세이프

SAFE

세이프

S. K. 바넷 | 김효정 옮김

INFLUENTIAL
인플루엔셜

언젠가 나와 함께 대관람차를 타고

별나라까지 갔던 로라에게.

나는 여전히 그곳에서 내려오지 않았죠.

일러두기

본문의 주는 모두 옮긴이가 독자의 이해를 돕기 위해 붙인 것입니다.

실종 후 하루가 채 지나기 전에 붙은 첫 전단을 시작으로, 1500장이 넘는 전단이 마을 곳곳을 빈틈없이 메웠다. 전부 동네 인쇄소 사장이 대량으로 찍어낸 것이었다. 그는 넋이 나간 아이 부모와 잘 아는 사이는 아니었지만 최소한 그 정도 도움은 주고 싶었다.

그 가운데 한 장은 '프레도의 이름난 피자가게' 앞 전신주에 단단히 붙어 있었다. 그 집의 피자는 전혀 유명하지 않았고 가게 주인 이름도 프레도가 아니었으니 이 상호에는 거짓이 두 가지나 담긴 셈이었다. 진짜 주인은 '밀체'라는 이름의 세르비아인이었지만 그는 이탈리아식 이름이 장사에 좀 더 도움이 될 것이라고 보았다. 영화 〈대부〉의 열혈 팬인 그는 너무 영어식으로 느껴지는 마이클보다는 프레도를 선택했다. 롱아일랜드 전역의 여느 피자가게처럼 이곳은 음주 연령에 미치지 못하는 청소년들이 모여서 노닥거리는 아지트로 전락했다. 영업 종료 시간이 되어 밀체가 가게에서 동네 아이들을 몰아낼라 치면 대장 노릇을 하는 열네 살짜리가 유명한 영화 대사를 인용하곤 했다. "당신 때문에 내 가슴이 아파, 프레도, 내 가슴이 아프다고."

정말로 가슴을 아프게 하는 것은 2007년 7월 10일에 프레도의 가게 밖 전신주에 붙은 전단의 주인공이었다. 뚜렷한 검정 글씨로 적힌 '실종' 밑에는 제니퍼 크리스털이라는 여섯 살 어린이의 사진이 실려 있었다. 1학년 때 학교에서 찍은 그 사진 속에서 어린 소녀는 나름대로 한껏 멋을 부린 채 카메라를 향해 미소 짓고 있었다.

그 옆을 지나다니는 부모들은 특히나 그 모순을 받아들이기 어려웠다. 저렇게 천진난만한 아이가 왜 전신주에 붙어 있어야 할까? 전신주는 창고 세일 안내문이나 지역 정치인들의 선거 벽보, 스트리퍼의 무대복 수술처럼 칼집 낸 전화번호 쪽지가 나풀거리는 잡역부 광고지를 붙이는 곳이었다. 어느 날 친구 집으로 놀러 가던, 깜찍한 미소를 지닌 여섯 살 소녀에게는 어울리는 곳이 아니었다. 아이는 겨우 여섯 살이었지만 두 집만 건너면 바로 친구 집이었고, 그때는 여름이었으며, 이곳은 우범지역도 아니었다. 이 마을은 중산층이 거주하는 도시 교외였고, 아이의 엄마 로리는 방충망 앞에 서서 현관 앞 계단을 내려가는 제니를 잠시 지켜보기도 했다. 그런데도 제니는 느닷없이 자취를 감췄다. 단짝 토니네 집 앞에 나타나지 않았고 자신의 집으로 돌아오지도 않았다.

휙.

사람들은 도저히 이해할 수 없었다. 한 아이가 그런 식으로 사라지다니. 반짝이 의상을 입은 마술쇼의 조수처럼. 그러자 존재 자체가 너무 덧없이 느껴졌고 일상을 떠받치는 전제들에 대해서도 회의감이 생겼다. 어린 소녀들이 갑자기 흔적 없이 사라질 수 있다면 다른 터무니없는 사건도 얼마든지 생길 수 있지 않을까?

사람들은 로리와 제이크를 무슨 말로 위로해야 할지 난감했다. 첫 전단을 붙인 사람은 다름 아닌 제이크였다. 저만치서 다가오는 그들 부부를 보면 이웃들은 대체로 피하기 바빴다. 가까운 가게 안으로 숨거나 차 안에 두고 온 물건을 가지러 가는 시늉을 했다. 로리와 제이크는 오랫동안 슬픔에서 헤어나지 못하는 듯했다. 하지만 아이를 잃은 부모에게 무슨 말을 할 수 있을까? 하나뿐인 딸이 아무도 모르는 곳으로 사라졌는데. 지금쯤 네 개 주를 거쳐야 하는 먼 곳에 있거나, 구중중한 지하실에 갇혔거나, 어쩌면 생각조차 하기 싫은 장소에 끌려갔는지도 모른다.

처음에는 공동체 전체가 감동적이고 열성적으로 힘을 모았다. 동네 인쇄소 사장뿐만 아니라 로리, 제이크 부부와 친분이 있던 이웃들도 도움을 아끼지 않았다. 제니가 그날 오후에 만나러 가려던 친구 토니의 부모 켈리 부부, 로리와 제이크가 주최하는 독립기념일 바비큐 파티의 고정 손님이었던 샤피로, 클라인, 무니 부부가 대표적이었다. 제니네 파티에는 항상 휘황찬란한 불꽃놀이가 빠지지 않았다. 노스캐롤라이나에서 폭죽과 물로켓을 한 트럭 싣고 오는 제이크의 의붓동생 브렌트 덕분이었다. 항간에는 그가 동네 십대들을 시켜 그 물건들을 남몰래 내다 판다는 소문도 있었다.

크리스털 가족과 전혀 안면이 없는 사람들도 제니를 찾는 일에 동참했다. 아들딸이 제니와 같은 학교 1학년 학생이거나 같은 축구팀에 소속된 부모들이었다. 제니를 아예 모르는 사람들도 그 또래의 자녀를 키운다는 이유로 그 가족의 불행을 "하느님의 은총이 없다면 누구나 겪을 수 있는 일"이라 여겼다. 그저 그 사건에 호기심을 느껴 도움을 준 사람들도 없지 않았다.

'제니퍼 공원 수색대'가 결성된 이후 자원봉사자들은 새벽 6시부터 비몽사몽간에 헌터 공원에 집결했다. 그들은 미식축구 온사이드킥 대형처럼 똑바로 줄을 지어 뒤엉킨 관목을 샅샅이 훑으며 호수까지 이동했다. 처음 몇 주는 동네 던킨도너츠가 무료로 제공하는 푸짐한 양의 커피를 연료 삼아 마을 사람들이 제니와 관련한 제보를 받는 핫라인을 24시간 내내 지켰다. 지원 팀을 조직한 주민들은 교대로 메이플가에 위치한 크리스털네 집에 오븐파스타, 캐서롤, 베이글 등 갖가지 먹거리를 가져다 날라 로리, 제이크, 그들의 아들 벤을 챙겨 먹였다. 로리나 제이크는 첫 주에 음식을 잘 넘기지 못했지만 여덟 살 벤은 늘 윗입술에 번들거리는 도넛 자국을 묻히고 돌아다녔다.

인근 학교 강당에서 대규모 집회도 열렸다. 그 자리에서 제니의 부모는 강당이 넘치도록 모인 군중을 상대로 눈물 어린 호소를 했다. 수상한 자동차나 낯선 사람을 목격하거나 조금이라도 의심스러운 소문을 듣는다면 핫라인에 신고해달라고 간청했다. 이 사건을 담당한 루퍼 형사는 20년이 넘는 경력을 지닌 베테랑으로, 해피엔딩을 위해서는 첫 며칠이 더없이 중요하지만 이 첫 며칠도 사실은 얼마 남지 않았다고 다소 냉정하게 경고했다.

루퍼의 수사가 교착 상태에 빠지자 전문가랍시고 나서는 이들이 속속 나타났다. 크리스털 부부가 고용한 룬도프스키라는 사설탐정은 하루에 500달러를 받으면서 헛다리만 짚고 다녔다. 경찰을 도와 미궁에 빠진 실종 사건을 여러 건 해결했다고 주장하는 영매 로레트 부인도 있었다. 그리고 한참 시간이 흐른 후에 조 페네베이커라는 미제 사건 전담 형사는 모든 증거를 다시 꼼꼼히 검토한다. 이 말은 다소 과장된 감이 있는데 실제로 증거, 적어도 물적 증거는 전혀 없었기 때문이다.

물론 허위 신고도 간혹 있었다. 신고자인 톰 도크라는 노인에 따르면, 크리스털 가족의 집에서 지근거리에 사는 성범죄 전과자가 나이를 특정하기 어려운 어린 소녀들이 등장하는 음란물을 지하실에 숨겨두었다는 것이다. 그러나 그 성범죄자에게는 빈틈없는 알리바이가 있었고 도크는 경찰에 허위 자백을 한 전력이 화려한 인물이었다. 과거에 그는 메드거 에버스*, 존 레넌, 심지어 케네디 대통령까지 자신이 암살했다고 주장했다. 케네디가 암살되던 해에 그는 겨우 일곱 살이었는데도 말이다.

얼마간 세월이 흐르자 처음으로 붙은 전단은 제니의 실종에 대한 지역사회의 관심과 더불어 서서히 퇴색하기 시작했다. 여전히 비탄에서 헤어나지 못하는 그녀의 부모도 차츰 잊혀갔다. 살다 보면 졸업과 이혼, 기념일과 장례식 등 집집마다 치러내야 할 좋거나 나쁘거나 다소 따분한 대소사가 생기게 마련이다. 이 나라에 일종의 집단 주의력결핍장애가 만연하는 탓도 있었다. 단 몇 초 사이에 담배 피우는 아기나 유명인의 기차 사고 소식이 줄줄이 올라오는 인터넷의 영향인지도 모른다. 사람들은 무엇에든 빠른 속도로 흥미를 잃었다.

그런 부류의 사건에 유독 관심이 많은 사람들이 혹할 만한 다른 비극들도 일어났다. 온 동네의 열혈 공화당 지지자들—롱아일랜드는 주 남부에서 마지막 남은 공화당의 보루였다—에게는 대통령 선거에서 전쟁 영웅 존 매케인이 시카고 출신 상원의원이었던 민주당 후보에게 패배한 사건이 그런 비극에 속했다. 매케인-페일린의 선거 벽보는 제니의 전단 바로 밑에 붙었다. 궂은 날씨에 한 해 가까이 시달렸지만 제니의 환한 미소는 변함없었다. 다만 그녀의 눈은 두

---

* 1963년에 암살당한 미국 흑인 인권운동가.

개의 빛바랜 동전처럼 생기를 잃었다. 누군가가 파란색 스프레이 페인트로 매케인-페일린 벽보에 가위표를 그리고 '이제는 희망과 변화*의 시대야'라고 써넣었다.

메이플가에 위치한 제이크와 로리의 집에서 희망은 자취를 감췄다. 그들은 범죄 현장을 떠날 생각이 없었다. 아무래도 그곳은 제니와 관계된 모든 것이 남아 있는 장소였으니까. 제니가 첫돌을 맞은 곳, 첫 말을 내뱉은 곳, 첫걸음마를 뗀 곳. 더구나 실종 아동의 부모들은 대체로 살던 곳에서 이사를 가지 않는다. 다른 데로 떠나버리면 아이들이 어떻게 집을 찾아오겠는가?

2012년에 와서는 미트 롬니와 척 슈머 선거 포스터 밑에 깔려 전단은 절반만 보이게 되었다. 위쪽 절반이 남았기에 제니 크리스털의 눈은 여전히 알아볼 수 있었다. 모나리자의 눈처럼 그것은 길 어느 방향에서든 다가오는 사람을 따라 움직이는 것 같았다. 행인들 중에는 전단의 주인공이 누구인지 모르는 이도 있었다. 이 동네에 새로 이사 온 사람들이 그랬고 실종 아동의 존재를 까맣게 잊은 고령의 주민도 있었다.

제니의 부모는 그런 호사를 누릴 수 없었다. 제니가 실종된 지 5년째 되던 날 제이크는 롱아일랜드 지역방송에 출연해 다시 한번 호소했다. 나사가 우주로 쏘아 보낸 행성 간 인

---

* 버락 오바마의 2008년 대선 슬로건.

공위성에 실린 메시지처럼 아무도 읽지 않더라도 시도하는 수밖에 없었다. "제니, 혹시 듣고 있다면 우리는 너를 절대 포기하지 않을 거라고 말해주고 싶어. 혹시 유괴범이 이 방송을 본다면 그냥 제니만 돌려달라고 간곡히 부탁합니다. 제발요. 우리가 바라는 건 그뿐입니다. 경찰에 신고하지 않을 거예요. 그냥 딸만 돌려달라는 겁니다."

지역 기자는 제니 또는 여느 실종 아동이 그만큼의 시간이 흐른 후에 살아 있을 확률을 계산한 암울한 통계치를 내놨다. 뉴욕주 복권에 당첨될 확률(뉴욕 통계국에 따르면 383만 8380분의 1)과 비슷한 수치였다. 하지만 한 줄기 희망의 실마리를 남기기 위한 몇 가지 사례도 인용했다. 유타주에서 발견된 엘리자베스 스마트라는 여자아이를 비롯해, 기적적으로 행방을 찾아냈거나 어느 날 제 발로 경찰서에 찾아와 신원을 밝힌 아이들의 사연이었다. 전신주에 부착된 것과 같은 사진이 화면에 떴다. 경찰 측에서 그린 제니의 현재 추정 모습도 함께였다. 어린 제니와 더 이상 비슷해 보이지 않는 십대의 모습이었다. 그것을 그린 사람은 지난 세월 제니가 감당해야 했을 어마어마한 공포까지 그림에 담으려는 의도였는지 화사한 미소와 웃음 띤 눈매는 표현하지 않았다.

— 《베니티 페어》, 〈상실을 생각한다〉

7년이 더 흐른 원래의 전단은 허옇게 빛이 바래 알아보기가 힘들었다. 희미한 유령의 이미지가 그곳에 도사리고 있었다. 비와 눈, 흙탕물, 시간이 나를 거의 지웠을 무렵 나는 결국 집에 돌아왔다.

1

이 동네의 중심이라 할 수 있는 포리스트 대로는 왕복 3차선 도로다. 오후 5시부터 디저트와 커피가 포함된 초저녁 특가 메뉴를 제공하는 포리스트 대로 식당이 그 북서쪽 모퉁이를 지키고 서 있다. 아니, 북동쪽 모퉁이였나? 잊지 말 것: 어느 쪽이 어느 쪽인지 확인하기. 어쨌든 나는 그 식당을 기억하고 있다.

자주 가던 곳이기 때문이다. 내가 빨간 플라스틱 유아 의자에 꼭 맞을 만큼 작았을 무렵부터 시작된 크리스털 가족의 일요일 행사였다.

엄마, 아빠, 벤이 지금도 그곳에 가서 식사를 하는지 궁금하다. 그토록 험한 일을 겪고도 가족의 전통을 꿋꿋이 지키고 있는지, 아니면 진작에 그곳을 버리고 일요일 아침마다 다른 식당을 찾아가는지, 아니면 외식을 아예 포기했는지.

내가 지나가는 순간 가게 문이 획 열렸다. 팬케이크, 시럽, 달걀프라이 냄새가 뒤섞여 문밖으로 퍼져 나왔다. 그래, 나는 배가 고팠다. 하지만 사실 나는 노상 속이 허했다. 배를 곯은 기억밖에 없다.

청바지 호주머니 속에서 2달러가 부스럭거렸다. 머핀이나 달걀 하나를 사기에도 부족한 돈이었다. 커피는 살 수 있겠지만, 허기를 달래는 데 커피가 무슨 소용일까?

나는 계속 부유했다. 둥둥 떠다니는 기분이었다. 걸어가는 듯이, 한편으로는 흘러가는 듯이 이 작은 동네를 꿈결처럼 맴돌고 있었다. 모든 것이 기억날 듯 말 듯 했다. 예전과 똑같아 보이기도 확연히 달라 보이기도 했다. 꼭 나처럼.

늦가을이었지만 지퍼를 채운 재킷을 벗어 던지고 싶을 만큼 날이 따뜻했다. 보도에 흩어진 갈색 낙엽들은 너무 푸석푸석해서 밟으면 산산이 바스러졌다.

사실 나는 놀이를 하고 있었다. 길을 걷는다기보다 걸음걸음마다 낙엽을 뭉개며 내 존재를 드러내고 있었다. 이봐요, 내가 돌아왔어요. 나는 구불구불한 곡선을 그리며 앞으로 나아갔다. 몇몇 가게 주인들이 쓸어 모은 낙엽을 수북이 쌓아놓아서 요리조리 폴짝거리며 지나가야 했다. 남들 눈에는 내가 밤을 꼴딱 새우고 뭔가에 취해 휘청거리며 집에 돌아가는 사람처럼 보이겠지?

그 순간 나는 여섯 살 때의 나 자신과 눈이 마주쳤다. 그토록 존재감 없는 눈이라니. 눈을 가늘게 뜨고 흰 공백을 유심히 들여다봐야 간신히 보였다. 그 전단지는 피자가게 밖의 전봇대에 붙어 있었다. 개 한 마리가 전봇대 밑동을 살피며 오줌 세례를 내려줄까 말까 망설이고 있었다. 개 주인 아주머니는 무심히 휴대폰을 만지작거리느라 개가 묶인 줄을 제대로 붙잡고 있는 것 같지 않았다.

전봇대로 다가가 자세히 살펴보고 싶었지만 개가 무서웠다. 그래서 그 아주머니가 휴대폰에서 눈을 떼고 한창 오줌을 싸고 있는 개를 홱 잡아당겨 끌고 갈 때까지 가만히 기다렸다.

전단지에 가까이 다가가자 거울을 들여다보는 기분이었다. 시간을 거슬러 올라가는 마법의 거울이라고 해야겠지만. 반대편에는 기이한 평행 세계가 도사리고 있었다. 나는 그 기이한 세계에서 돌아오는 중이었다. 그리고 모든 장난감이 내가 떠나던 순간과 똑같이 놓여 있을 여섯 살 적의 내 방으로 돌아가고 있었다. 기억할 것: 엘모와 브라츠 인형. 바비 둘. 플라스틱 말 여러 마리. 그 가운데 팔로미노*에게 나는 골디라는 이름을 붙였다.

기억하자…….

"저기요."

비음 섞인 '저기요' 소리를 두 번 듣고서야 누가 내게 말을 걸고 있음을 깨달았다.

남자애였다. 별로 대수로운 일은 아니었다. 어디서든 길을 걷다 보면 웬 놈팡이들이 다가와 치근대곤 했다. 이 남자는 나보다 나이는 많아 보이는데 옷을 애들처럼 입고 있었다. 뒷주머니에 빨간 반다나가 꽂혀 있는 바지가 골반에 아슬아슬하게 걸린 채 볼썽사나운 갈색 팬티를 한 치쯤 드러내고 있었다.

"담배 가진 거 있어요?" 남자가 물었다.

---

* 온몸의 털이 금빛이고 갈기와 꼬리는 흰색인 말.

"없는데요."

그래도 그는 내 옆에서 서성댔다. 저쪽 피자가게 입구 옆에 숨어서 이쪽을 엿보는 남자애들 —이 남자보다 더 어린 녀석들이었다 —을 보니 친구들 앞에서 객기를 부리려는 것 같았다.

"이 동네 사람 아닌가 봐요." 남자가 반쯤은 질문조로 수작을 걸었다.

"누가 그래요?"

"처음 보는 얼굴이라 그러죠." 남자는 염소수염을 기르고 있었다. 기르려고 어지간히 애를 쓰는 것 같기는 한데 암 환자 머리칼처럼 듬성듬성했다.

"그건 그래요." 내가 대꾸했다.

"그러니까 아니라는 뜻이죠?"

"뭐가 아니란 거죠?"

"이 동네 사람이 아니라고요."

"여기 사람 맞거든요. 최근에 떠나 있었을 뿐이지."

"아……." 남자는 어리둥절한 눈치였다. 그는 전봇대 쪽을 잠시 응시하며 나와 눈을 맞췄다. 나의 옛날 눈. 봐서는 안 될 것들을 보기 전의 눈이었다.

할 말이 바닥났는지 남자는 이제 다리를 비비 꼬았다.

나는 돌아서서 다시 전봇대를 들여다보기 시작했다. 꺼지라는 무언의 언어였다. 조금 있으니 남자는 눈치를 채고—그보다는 압박을 느껴서라고 해야겠지만—슬금슬금 물러났다. 미션을 그럭저럭 완수했다는 듯 숨어 있던 시시한 구경꾼들이 소리 죽여 낄낄거리며 손바닥을 마주치는 소리가 들렸다.

내 얼굴의 남은 일부와 대면하는 시간을 마치고 그 남자를 흘끔 돌아봤다. 그는 여전히 내 쪽을 바라보고 있었지만 이번에는 히죽거리는 표정이 아니었다. 뭔가 다른 감정이 담겨 있었다. 잠시나마 나는 그것이 무엇인지 알 것 같았다. 알 만하다는 표정. 무엇이 알 만하다는 것인지 확신이 없을 때만 지을 수 있는 표정이었다.

아니. 절대 알 수 없을걸.

나는 다시 걷기 시작했다. 내 의지보다 훨씬 빠른 속도로. 여전히 목적은 없었다. 마음속에 어렴풋한 목적만을 품고 있을 뿐. 더 이상 부유한다는 느낌은 없었다. 나는 바닥에 단단히 발을 붙이고 있었다. 길 양쪽에서 사람들이 내 옆을 지나갈 때면 돌연 뱃속이 오그라드는 공포를 느꼈다. 오늘이 토요일이었던가? 많은 사람들이 밖을 나다니며 뜻밖의 훈훈한 날씨를 만끽하고 있었다.

나는 그들에게 휩쓸렸다. 밀려드는 군중은 나를 데리고 서둘러 어딘가로 향하고 있는 것만 같았다. 나는 이미 낯선 곳에 가서 온갖 일을 다 겪은 터라 그것만은 사양하고 싶었다. 하지만 나는 상황에 대한 통제력을 잃어가고 있었다. 나 자신을 다스릴 수 없었다.

그만.

심호흡. 들숨, 날숨. 심호흡…….

어느새 나는 보도 한가운데에 주차된 회색 차에 기대 있었다. 자기도 모르는 사이 자신이 한 행동을 발견할 때마다 기분이 얼마나 이상한지 모른다. 몽유병 증세로 잠결에 걸어 다니고 있을 때 누군가가 갑자기 불을 켠 것처럼.

한 여자가 나를 보고 있었다. 그녀가 미는 유모차 안에는 입에 파란 공갈 젖꼭지를 문 어린아이가 타고 있었다. 파랑이면 남자아이라는 뜻이다. 그녀는 내가 어떤 상태인지 살피며 그곳을 서성였다.

"저기…… 음, 괜찮아요?" 그녀는 갑자기 내 옆에 섰다. 지퍼 달린 가죽 재킷에 더러운 청바지를 입은 내게 관심을 보이느라 유모차는 멀찍이 밀쳐둔 채. 나는 그녀에게 이렇게 말하고 싶었다. 저렇게 유모차를 방치하지 말아요. 무슨 일이 생길지 모르잖아요. 가까이 있으니까 별문제 없을 줄 알겠지만 상상도 못 할 일, 용서할 수 없는 일을 겪은 사람이 바로 당신 옆에 있다고요. 어서 돌아가요.

그렇게 말하고 싶었다.

하지만 나는 이렇게 말했다.

"경찰을 만나야 해요. 도와주세요. 제 이름은 제니 크리스털이에요. 경찰서에 가야 해요."

2

　나를 면담하는 형사는 여자였다. 그것이 규정인 모양이었다. 나는 백미러로 나를 자꾸 흘끔거리던 순경의 차를 타고 경찰서에 도착한 이후 20킬로쯤 과체중으로 보이는 내근직원—안타깝게도 이렇게 좋은 날씨에—을 거쳐 '메리'라고 이름을 밝힌 이 여형사에게로 넘겨졌다.

　형사는 꽤 예의를 차리며 내게 배가 고픈지 물었고(네, 배고파 죽겠어요) 화장실에 가고 싶은지도 물었고(네, 몇 시간이나 참았어요) 의사가 필요한지도 물었다(아니, 괜찮아요).

　그리고 내 이름을 다시 물었다. 정확한 기록을 위해서였다.

　"제니 크리스털이에요." 지난 30분 사이 세 번째로 내 이름을 밝힌 셈이었다. 유모차를 밀던 여자를 포함하면 네 번째. 그녀는 나 대신 911에 연락을 해주고 나서야 내 이름이 왠지 귀에 익는다고 했다.

　아기 엄마는 5분 뒤에 나타난 순경에게도 같은 말을 했다. 그가 나를 안전하게 순찰차 뒷좌석에 태운 다음에.

　제가 고등학생 때 실종된 여자아이가 있었거든요. 여자가 소곤거렸다. 이 근방에서는 유명한 사건이었어요. 그 아이 이름이 제니 크리스털이었던 걸로 기억하는데…… 그 아이는 아니겠죠, 설마?

순경은 잘 모르겠다고 했다. 하지만 그는 앞좌석에 앉자마자 내게 물었다.

나더러 혹시 마약을 했느냐는 질문은 이미 했었다. 주차된 차를 끌어안는 모습을 보고 아기 엄마는 내가 환각 상태일 거라 여긴 모양이다. 그냥 갑자기 고꾸라지더라고요, 그녀는 팔리라는 이름의 순경에게 귀띔했다.

나는 그에게 마약은 안 했고 못 믿겠으면 검사를 해보라고 했다. 그냥 경찰서에 가서 할 이야기가 있다고 했다.

그럼 왜 그랬니? 그분한테 듣기로 네가 상태가 영 안 좋은지 픽 쓰러지더라는데?

한동안 아무것도 못 먹었어요. 제발 경찰서로 데려가 주세요.

구급차를 불러줄게.

구급차는 필요 없어요. 빅맥 하나면 돼요.

구급차를 타지 않겠다……?

그냥 경찰서에 데려다주시면 안 돼요?

구급차를 거부한다고 네가 직접 말을 해야 해. 그게 규정이거든. 네가 원하면 거부할 수는 있지만 네 입으로 그렇게 밝혀야 된다고. 너 열여덟 살 지났니?

네.

그리고 구급차를 타지 않겠다고 했지.

네.

그제야 비로소 그는 나를 뒷좌석에 태웠다.

하지만 출발하기 전에 그는 몸을 돌려 철망 칸막이 틈으로 나를 보았다. 시선이 가슴 부근에 머물렀다. 그는 내게 과거에 유괴됐었냐고 물었다. 아까 그 선한 사마리아인한테 듣기로 12년 전에 이 근방에서 너랑 이름이 같은 아이가 유괴됐었다던데. 그게 혹시 너니?

그 선한 사마리아인은 거리에서 사라져야 마땅한 마약 중독자를 신고할 생각이었다. 나는 팔리 순경 대신 경찰서에 있는 사람에게 이야기를 하고 싶었다. 그가 내게 열여덟 살이 지났냐고 물은 이유는 역시 자기가 규정을 위반하지 않았음을 분명히 해두고 싶어서일 것이다.

나는 입을 다물었다.

대신에 모퉁이 수를 세었다. 보행보조기를 쓰는 할머니, 상자 여섯 개를 아슬아슬하게 팔에 얹어 운반하는 흑인 택배기사, 자전거를 타는 아이 둘이 오늘은 누가 감옥에 실려 가는지 궁금한 듯 뒷좌석을 흘끔거렸지만 나는 가급적 무시했다. 하나, 둘, 셋, 넷, 다섯······.

숫자를 세니까 팔리와 대화를 하거나, 가족들이 지금 어떤 모습일지, 그들이 무슨 말을 할지, 그들과 다시 부둥켜안으면 어떤 기분일지 상상하는 것 외에도 나름 할 일이 생긴 기분이었다. 모퉁이마다 큰 차이는 없었다. 흩어진 낙엽만 굴러다닐 뿐. 하지만 엘름가 모퉁이에서 누가 분필로 그려놓은 사방치기판을 발견하고는 사방치기를 하고 놀던 기억을 떠올렸다. 분필로 그린 네모 칸에 조약돌을 던져 넣어야 한다. 넘어지지 않고 한 발로 뛰어 그것을 잡기란 결코 쉽지 않다.

열한 번째 모퉁이는 거미줄 같은 균열이 한쪽에서 다른 쪽으로 깊이 뻗어 있었다. 그리고 딱 거미줄처럼 내 시선을 붙잡고 놓아주지 않았다.

왜 그러니? 앞좌석에서 팔리가 물었다.

내가 뭐 소리라도 질렀나? 창문을 쾅쾅 치면서 내보내 달라고 애원이라도 했나?

메이플가…… 너 전에 거기 살았니?

메리 형사는 한 올도 흐트러지지 않은 말끔한 올림머리를 하고 있었다. 사실 얼굴 전체에 흐트러진 구석이 없었다. 날마다 밑바닥 인생들을 상대해야 하는 직업이라면 저렇게 빈틈을 허락지 말아야 할 거라고 나는 추측했다.

"좋아, 제니." 메리 형사가 말을 이었다. "팔리 순경한테 옛날에 메이플가에 살았다고 했다던데. 제니 크리스틸이라는 아이도 실종되기 전에 거기 살았거든. 그렇다면 네가 바로 그 아이라는 뜻이니?"

기억해두기: 메리 형사는 제니퍼 크리스틸이 실종된 시기, 그 일이 실제로 일어난 날짜는 언급하지 않았다. 내가 직접 말하게 하려는 모양이었다.

메이플가 모퉁이 바닥의 균열이 갑자기 선명히 떠올랐다. 그 틈새가 정말로 나를 통째로 삼킬 만큼 넓었을까?

"맞아요. 제가…… 제니 크리스틸이에요. 친구 토니 켈리의 집으로 놀러 가다가 유괴당했어요." 메리 형사는 내가 간절히 원하던 빅맥을 사 오도록 사람을 보냈다. 그러자 갑자기 생각나는 게 있었다. "전날 밤…… 제가 납치되기 전날 밤에 다 같이 맥도날드에 갔었어요. 아빠와 함께한 마지막 시간이었죠. 아빠는 다음 날 아침에 일하러 가야 했으니까요……."

그 말에 메리 형사는 조금 흐트러졌다. 그녀는 내게 괜찮겠냐고 동의를 구한 뒤에(나는 괜찮다고 대답했다) 모든 대화를 녹음하고 있었다. 직접 메모하는 데 주의를 뺏기기보다 나와 눈을 맞추며 이야기 나누는 쪽을 택한 것이리라. 나는 그녀의 눈빛이 조금 부드러워졌다고 느꼈다.

"그게 정확히 언제였지, 제니? 언제 납치당한 거야?"

역시, 그렇다고 그녀가 확인을 그만둘 리는 없었다.

"여름이었어요. 2007년 7월 10일."

"음." 메리 형사는 내가 아주 흥미로운 말을 했다는 반응을 보였다. "그때 네가 몇 살이었더라……?"

"여섯 살이었어요."

"그랬구나. 여섯 살짜리가 그렇게 정확한 날짜를 기억하다니? 그냥 신기해서 그래. 대부분의 아이들은 성인들과 달리 시간을 별로 의식하지 않거든."

"제 생일이어서 기억하는 거예요."

그녀는 엄청난 거짓말이 발각났다는 듯 고개를 휙 들었다. 갑자기 입매가 굳어졌다.

"네 생일에 납치당했다고?"

"그날이 제 생일이 되었어요."

"무슨 소린지 모르겠다."

"새로운 생일요. 새 삶이 시작된 날이니까 새 생일이 되어야 한다고 그 사람이 그랬어요." 나는 눈가가 촉촉해지는 것을 느꼈다.

"그 사람이라니. 그 사람이 누구니, 제니?"

"'아버지'요."

"'아버지'라고? 널 납치한 사람 말이니? 그 사람 진짜 이름은 뭐지?"

"그게 이름이었어요. '아버지'. 그렇게 불러야 했어요."

"그 얘기를 자세히 하기 전에, 네게 무척 힘든 일이겠지만, 제니, 그날 이야기를 다시 해도 괜찮겠니? 그 일이 생기기 전에 무슨 일이 있었는지?"

"왜요?" 나는 당연히 그 이유를 알았지만 이번에는 그녀의 입을 통해 듣고 싶었다.

"우리가 일 처리 하는 방식이 그래. 그게 절차거든. 시간 순서로 진행하는 것. A에서 B로. 괜찮겠니?"

"그럼요, 괜찮아요."

"좋아. 그러니까 나를 조금 더 과거로 안내해주겠어? 그해 여름이 어땠는지? 이를테면 엄마와 아빠에 대해 기억나는 점이 있는지? 그리고 다른 가족들…… 형제자매는 있었니?"

"오빠 벤이 있었어요." 사실 이 형사는 내게 오빠가 있고 이름이 벤이라는 사실을 뻔히 알고 있었다. 어쩌면 벤의 정강이 안쪽 흉터에 대해서도 알 것이다. 내가 뒤뜰에서 여섯 살이던 벤을 토마토밭의 지지대에 밀어서 생긴 흉터였다. 적어도 그 시절의 벤이 가장 좋아하는 간식은 젤리빈이어서 핼러윈이 되면 내 젤리빈과 벤의 아몬드조이 초콜릿을 바꿔 먹고는 했다. 벤의 가운데 이름은 할아버지의 이름에서 따온 호러스였다. 벤은 해변에서 모래성 쌓는 놀이를 좋아했고 가장 좋아하는 TV 만화 주인공은 토마스 기차였다. 벤은 역시 토마스라고 이름 붙인 장난감 기차에 모래를 실어 이쪽 무더기에서 저쪽 무더기로 옮기며 놀았다.

이 형사는 이런 사실을 전부 알면서도 내게 확인할 작정이었다.

"맞아, 벤. 너랑 몇 살 차이지?"

"두 살 많아요. 벤은 여덟 살이었어요. 그 일이 있었을 때."

"맞아. 엄마와 아빠는?"

"뭘 알고 싶으세요?"

"글쎄다. 괜찮다면 부모님 얘기 좀 해주렴."

내가 이렇게 말하면 어떤 상황이 벌어질지 궁금했다. 네, 사실 괜찮지 않아요. 유괴당한 것도 서러운데 여기서 취조까지 당해야 돼요? 말 안 해도 괜찮겠어요? 내가 괜찮지 않다면 어쩔 건데요?

나는 이야기를 이어갔다.

"엄마에 대한 기억은 가물가물해요. '어머니'가 있긴 했지만 진짜 엄마 이야기를 해야겠죠……."

"'아버지'라는 사람한테…… 아내가 있었다는 뜻이니?"

"네. '어머니'요. '어머니'와 '아버지'와 '조베스'. 저의 새 이름이었어요. 저더러 이름을 고르게 하면서 첫 글자는 진짜 이름과 같은 것을 써도 됐대요. 참 사려 깊은 사람들이죠? 그렇게 착한 사람들이라니. 그렇게 선량한 사람들이라니."

그만 울어, 나는 나 자신을 타일렀다. 뚝.

"힘들다는 거 알아, 제니. 그 이야기도 전부 들을 거야, 약속할게. 일단 네 가족 이야기부터 해주겠니?"

"'어머니'에 대해 물으셨잖아요."

"그랬지. 내가 좀 앞서갔나 봐." 그녀는 미소를 지었다. 〈아메리칸 고딕〉* 속 여자를 닮은 사람에게 저 정도면 미소로 봐줘야 하겠지. 그래, 내가 삐딱하게 굴었는데도 이 형사는 그리 옹졸한 사람은 아니었던 모양이다. 그냥 내 신경을 좀 긁고 있을 뿐. "지금은 진짜 엄마 이야기부터 하는 게 어떻겠니?" 그녀가 말을 이었다.

"좋아요. 엄마를 잊지 않으려고 안간힘을 썼어요. 매일 밤엄마를 애써 떠올렸어요. 그 사람들은 내가 다 잊기를 바랐지만요. 엄마랑 아빠가 나를 원하지 않는다면서요. 지금부터는 자기들이 내 엄마, 아빠랬어요. 진짜 엄마랑 아빠가 나를 데려가 달라고 부탁했대요. 거짓말이라는 건 알았어요. 저도 알았죠. 하지만 겨우 여섯 살이었잖아요. 그래서 자세한 사정은 모르지만 일부 기억은 남아 있었어요. 그 일부를 악착같이 붙들

---

* 화가 그랜트 우드의 그림으로, 인물을 길고 경직된 모습으로 표현한 작품.

었어요. 매일 밤 남은 기억에 귀를 기울이면서……."

움직이면 더 아플 줄 알아라…….

"……침대로 돌아와 혼자가 되면 애써 기억을 더듬었어요. 엄마와 아빠, 벤, 할아버지, 할머니에 대해 떠올릴 수 있는 건 전부요. 다섯 살 때 디즈니월드에 가서 두 시간은 족히 기다렸다가 덤보를 탔는데 6초 만에 끝나버리는 거예요. 아빠한테 한 번 더 타자고 졸라서 다시 두 시간 동안 줄을 섰어요. '톰 소여의 섬'에서 벤을 잃어버린 기억도 나요. 동굴 안에서 갑자기 오빠가 없어져서 가족 모두 벤을 찾으러 나섰어요. 결국 울고 있는 벤을 발견해 커다란 아이스크림을 사주며 달랬어요. 잃어버렸다가 찾았다는 이유만으로 벤이 더 큰 아이스크림을 받았다는 게 저는 너무 불공평하다고 생각했어요. 유괴당한 뒤에도 침대에 누워 그 일을 떠올렸어요. 가족들이 나를 찾아내면, 엄마와 아빠가 나를 지금 찾아내면, 나는 아이스크림 가게를 통째로 받겠구나. 배스킨라빈스가 전부 내 차지가 되겠구나 생각했죠."

움직이지 말라고 했지?

"괜찮니, 제니? 원한다면 쉬었다 해도 돼."

"괜찮아요."

"아빠는?"

"말씀드린 대로예요. 저의 진짜…… 아빠. 저는 아빠를 무척 좋아했어요. 우리를 디즈니월드에 데려가 줬어요. 제 방에서 목말을 태워주기도 했고요. 어릴 때 저는 말에 꽂혔었거든요.

아빠는 저를 '제니페니'라 불렀어요. 아빠가 두 손가락 사이에 1페니를 숨겼다가 제 귀에서 꺼내는 마술을 자주 보여줬거든요. 어떻게 한 건지 끝내 눈치채지 못하고 자꾸만 다시 해보라고 졸랐더니 아빠는 저를 제니페니라 부르기 시작했어요."

메리 형사는 내게 티슈가 필요하냐고 물었다.

나는 고개를 저었다.

"시간이 흐르면서 두 분은 제가 지어낸 이야기책 속 엄마와 아빠가 되었어요. 제가 만들어낸 사람들이 되었죠. 부모님의 모습이 희미해지기 시작했거든요. 두 분의 목소리도요. 반면에 '아버지'와 '어머니'라는 사람들은 생생했어요. 바로 옆에 있었으니까요. 그렇게 여섯 살, 일곱 살, 여덟 살, 아홉 살이 되다 보니 어느새 그 사람들이 가족이 되어 있었어요. 네, 참 괴상한 가족이었지만요. 슈퍼맨 만화에 나오는 비자로 행성* 아시죠? '아버지'는 그 구닥다리 만화책을 전부 소장하고 있었어요. 또 다른 슈퍼맨과 로이스 레인, 지미 올슨이 사는 비자로 행성 있잖아요. 거기 사람들은 전부…… 제정신이 아니거든요. 지구에 사는 짝꿍들과는 정반대니까요. 한때는 그게 무서웠어요. 그 비자로 슈퍼맨 만화책이요. 제가 바로 그런 곳에 살고 있었으니까요. 그들이 바로 우리 가족이었으니까요. 지구로 돌아가면 아버지가 저렇지 않을 텐데…… 아버지가……."

---

*   DC 코믹스에 등장하는 정육면체 행성으로 영웅과 악당, 선과 악, 아름다움과 추함
     등의 개념이 지구와 정반대이다.

나는 메리 형사가 건네는 티슈를 받아 들었다. 결국 이렇게 되었다. 나는 여섯 살, 일곱 살, 여덟 살, 아홉 살 때의 이야기를 하고 다시 여섯 살, 일곱 살, 여덟 살, 아홉 살 때 이야기를 했다. 하던 얘기로 되돌아간 것이다.

　"그 사람들이 너를 어디로 데려갔니?" 메리 형사가 물었다. "너를 유괴한 다음에…… 어디로 갔지?"

　"끔찍한 곳으로요."

3

다음은 내가 나중에 알게 된 사실이다.

메리 형사는 메이플가의 집에 전화를 걸었다. 부모님은 일하러 가고 벤은 학교에 있어서 아무도 전화를 받지 않았다. 벤은 지금쯤 대학에 들어가고도 남을 나이지만 뭔가 큰 사고를 쳤는지 아직 고등학생이었다. 형사들은 엄마가 '무니부동산'에서 일한다는 사실을 알아내어 그곳에 전화를 했다. 엄마가 전화를 받자 메리 형사는 이렇게 전했다. 너무 기대는 안 하셨으면 좋겠지만 여기 따님이라고 주장하는 아이가 와 있어요.

엄마는 실신했다. 나중에 엄마한테 들은 말이다. 갑자기 눈 앞에 천장이 보이더구나.

톰 무니의 부축으로 바닥에서 일어난 엄마는—무니 가족은 독립기념일 파티 때마다 참석하던 사람들로, 엄마가 어쩌다 부동산 중개 일을 시작하면서 무니 씨는 엄마의 직장 상사가 되었다—아빠에게 전화했다. 아빠는 지금도 시내에 있는 프로그램 제작사에서 일하고 있었는데 지금은 뭐 하는 직책인지는 몰라도 제작 책임자라고 했다. 아빠는 사람들에게 점심 접대를 해, 엄마가 설명했다.

엄마는 아빠에게 형사가 한 말을 토씨 하나 틀리지 않고 그대로 전했다. 어떤 사실도 빠뜨리고 싶지 않아서였다. 너무 기대는 안 하셨으면 좋겠지만 여기 따님이라고 주장하는 아이가 와 있어요. 엄마의 희망은 이미 목성 너머까지 부풀어 올랐지만 아빠는 내가 사라진 다음 해에도 나일지 모르는 여자아이가 둘이나 나타났다는 사실을 상기시켰다.

둘 중 하나는 흑인 아이였단다, 아빠가 덧붙였다.

어쨌든 아빠는 경찰서로 오고 있었다.

메리 형사는 엄마 아빠에게 전화하러 자리를 비우기 전에 내게 사진을 찍어도 되겠냐고 물었다. 아직도 무척이나 예의를 차리면서. 나는 그 이유를 알면서도 이유가 뭐냐고 물었다. "이거 제 머그샷인가요?"

"아니야, 제니. 아무도 너를 체포하지 않아." 가짜 미소. "그냥 절차가 그렇단다."

카메라 보고 웃어, 나는 말했다. 아님 그렇게 말했다고 생각했거나. 아님 둘 다거나.

메리는 사진을 두 번 찍었다. 나는 한 번은 웃고 한 번은 웃지 않았다. 그녀는 잠시 후에 돌아오겠다고 했다.

"그 사이에 너 심심하지 않게 팔리 순경을 보내줄게. 괜찮겠지?"

"저는 혼자 있어도 괜찮아요."

"그것도 규정이라서 말이야."

경찰관들이 나를 보며 침을 질질 흘리는 것도 절차인지 묻고 싶은 충동이 일었지만, 나는 왠지 숨이 가빠지기 시작했다.

"제 부모님한테 아직 연락 안 하셨어요?"

하지만 메리는 이미 문을 나갔고 팔리 순경이 들어왔다.

"안녕, 처음 보는 아가씨네." 그는 여전히 친한 척 추근댔다.

"저를 돌봐줄 사람이라면 진짜 필요 없는데요. 그럴 나이는 지났다고요."

"알았어. 마실 것 좀 줄까?"

"잭 다니엘스. 얼음은 빼고요."

"커피는 어때?"

"아뇨, 됐어요."

그는 메리 형사의 의자에 앉아 이 방에 처음 들어온 사람처럼 내부를 두리번거렸다. 정말 처음인지도 모른다. 이곳은 형사들이 취조를 하는 곳이고 팔리는 형사가 아니니까. 그는 손가락으로 책상을 두드리며(손톱을 물어뜯는 모양이었다) 한숨을 쉬었다. 그러고는 목청을 골랐다가 다시 한숨을 쉬었다.

혼자 있고 싶었다. 집중을 하고 싶었다. 곧 그들이 이곳에 들어오겠지.

내가 물고기가 되어 멀리 헤엄친다면요? 아기토끼가 물었어요. 그러면 나는 어부와 물고기가 되어 너를 찾을 거야, 엄마토끼가 말했어요. 내가 새가 되어 멀리 날아간다면요? 아기토끼가 물었어요. 그러면 나는 나무가 되어 네가 돌아올 집을 마련해줄 거야, 엄마토끼가 말했어요.

엄마는 매일 밤 내게 《엄마, 난 도망갈 거야》를 읽어주었다.

그 목소리를 들으며 나는 곤히 잠들었다. 아기토끼가 무슨 짓을 하든, 아기토끼가 달리거나 헤엄치거나 날거나 뛰어서 얼마나 멀리까지 달아나든 엄마토끼는 아기가 있는 곳을 찾아간다. 아기토끼는 절대 엄마에게서 떨어지지 못한다.

"몸은 좀 괜찮니?" 팔리 순경이 물었다.

"추워요."

"그래? 나는 꼭 찜통 같구만."

"좋겠네요. 따뜻해서."

"내가 가서 온도를 확인해볼 텐데……." 그가 머뭇거렸다.

"그런데요?"

그는 혼란스런 표정이었다. 나를 도우면서도 실은 나를 자기 뜻대로 하고 싶었을 차 안에서처럼.

"저를 여기 혼자 둘 수 없는 거죠? 자살 못 하게 감시해야 하나요?"

"자살? 그럴 리가."

"난 또 그런가 해서. 추워 죽겠어요."

"정말 커피 안 마셔도 되겠니?"

"네."

내가 원하는 것이 곧 문을 열고 들어올 참이었다. **엄마가 낫게 해줄까?** 내가 롤러스케이트를 신고 메이플가 모퉁이 바닥의 균열 위로 돌진했다가 무릎에 피를 철철 흘리자 엄마는 이렇게 물었다. **응, 낫게 해줘요.**

"몸을 떨고 있구나." 그가 말했다.

"아닌데요. 아직 안 오셨어요?"

"네…… 부모님 말이니?"

"네."

"모르겠다. 도착했는지도 모르지."

"두려워……." 그냥 튀어나온 말이었다. 그럴 의도가 아닌데도 가끔씩 이런 일이 생겼다. 메리 형사가 사진을 찍을 때 나는 카메라 보고 웃어, 하고 말했다. 생각만 했을 뿐인데. 또 혼자서 시부렁거리냐, '아버지'는 이렇게 말하곤 했다. 입 좀 닫아라.

"그래." 팔리가 말했다. "그럴 거야…… 하긴, 기분 정말 이상하겠다. 두렵다니, 그럴 만도 해. 이해할 수 있어."

나는 대꾸하지 않았다. 내가 그 말을 입 밖으로 꺼냈다는 것을 99퍼센트만 확신하고 있었는데 그의 반응으로 100퍼센트 확실해졌기 때문이다. 더구나 진짜로 두려워 죽을 지경이라 입을 닫을 수밖에 없었다.

다시는 아무 말 하지 않을게요, 맹세해요…… 제발…….

"있잖아," 팔리가 말했다. "나도 순찰을 나갈 때마다 잔뜩 긴장했어. 내가 이라크를 두 번 다녀왔거든. 그때는 말야, 제정신이라면 두려울 수밖에 없어. 저만치서 위험한 상황을 목격하면 나는 나중에 있을 일에 생각을 집중했어. 기지로 돌아가 있는 상상을 했지. 그곳에서 내가 뭘 먹거나, 누구랑 이야기를 나누는 장면을 실제로 머릿속으로 그렸다는 뜻이야. 그러면 그 장면이 생생해지니까. 그걸 '시각화'라고 한단다."

팔리는 애를 쓰고 있었지만 꼭 내가 아닌 다른 사람에게 이야기하는 것 같았다.

입만 뻥긋했다간 봐라……

"그러니까, 가족들과 집에 있는 상상을 해보렴. 물론 그조차
도 두려울 수 있지만 시간이 흐르면 괜찮지 않겠어? 마치……
음, 그런 일이 없었던 것처럼 다시 서로에게 익숙해지겠지. 아
예 없었던 일이 될 수는 없어도 옛날과 비슷한 관계가 될 수는
있어. 그러니까 시각화란 걸 한번 해봐. 아마 너도 놀랄걸. 정
말 효과가 있으니까."

알겠어요, 경관님. 말씀 고마워요. 나도 노력하고 있다고요.

"그렇지. 벌써부터 좋아 보인다." 그가 말했다.

옛 거실에 앉아 있는 내 모습을 상상했다. 커다란 TV로 〈아
서와 도라〉를 즐겨 보았다. 우리 가족은 TV 위에 놓인 모노폴
리와 인생게임을 자주 했다. 나는 항상 분홍색 말을 골랐다.
이제 엄마, 아빠, 성인이 된 벤과 함께 그곳에 앉아 피자를 먹
었다. 엄마가 말했다. 접시를 받치고 먹어야지, 제니. 아빠는
썰렁한 농담을 했다. 우리는 행복한 가족이었다.

다른 장면들도 내 머릿속으로 밀려들기 시작했다. 추수감사
절 다음 날 수시티 쇼핑몰에서 경비원이 베드 배스 앤드 비욘
드*에 출근하려는 내게 문을 열어주자 밖에서 기다리던 고객
전부가 나를 따라 쏟아져 들어온 기억. 영업 시작 15분 전이라
모두 밖에서 기다려야 했는데 말이다. 경비원이 아직 영업시간

---

* 　미국의 대형 생활용품 매장.

이 아니라고 소리쳤다. 하지만 그것은 혼잣말이나 다름없었다.

내 머릿속 경비원도 그 수시티 쇼핑몰의 경비원과 비슷했다. 그의 이름은 해마드였지만 우리는 그를 '고주망태 씨'라 불렀다. 아침에 문을 열어줄 때 가끔 그의 입에서 술 냄새가 났기 때문이다. 그에게는 험상궂은 맛이 전혀 없다는 게 문제였다. 그런 경비원은 별로 쓸모가 없는 법이니까. 내 머릿속 경비원도 마찬가지였다. 그가 아무리 들어오지 말라며 쫓아내도 불청객은 자꾸만 내 머릿속에 다시 잠입했다.

지금 불청객은 크리스털 가족이 피자를 흡입하며 잃어버린 시간을 벌충하는 거실로 침투하고 있었다. '아버지'와 '어머니'가 갑자기 그곳에 나타나 내게 이제 방으로 돌아갈 시간이라고 선언하자 나는 뱃속이 쓰리고 울렁거렸다.

"이봐." 팔리가 말을 걸었다. "얘……."

이제 팔리 순경이 그 거실에 함께 있었다. 거실은 경찰서로 바뀌더니 우리 두 사람만 남았다.

"엄마가 보고 싶어요. 지금 당장."

4

그 시절의 모습대로 가족들을 그려보았다.

엄마는 여전히 백설공주 같다. 디즈니월드 매직 킹덤에서 벤 오빠, 나와 함께 사진을 찍으려고 포즈를 취하던 엄마. 아기토끼가 다시는 달아나지 않겠다고 약속했을 때 엄마토끼가 그랬듯이 나를 꼭 안아주던 엄마.

내가 너무 작아서였는지 아빠는 엄청 커 보였다. 더 이상 방안에서 목말을 태워주지는 않겠지만 나를 안아 올려 메이플가의 집까지 데려갈지도 모른다.

취조실에 들어온 엄마는 백설공주의 이모 같았다. 길었던 갈색 머리는 층을 내어 짧게 자르고 군데군데 밝은 금색으로 염색했다. 엄마는 창백하던 흰 피부를 포리스트 대로에 즐비한 수백 곳의 태닝 살롱 중 한 곳에서 태운 것이 틀림없었다. 던킨 도너츠를 자주 드나드나 싶기도 했다.

아빠는 그렇지 않았다.

쪼그라들었다.

두 사람은 문 바로 안쪽에, 나는 반대편 끝에 서 있었다. 나는 우리 사이의 실제 물리적 거리를 계산했다.

12년.

두 사람도 나와 같은 것을 하고 있으리라 짐작했다. 머릿속에 담아두었던 사진을 보정하고 있으리라. 지금도 전봇대에 붙어 있는 사진.

메리 형사가 테이프를 들려주었을 것이다. 디즈니월드에서 벤을 잃어버린 이야기, 덤보를 탄 이야기, 제니페니 이야기를. 좀 더 추한 이야기도 들려주었을지 모른다.

'아버지'라는 사람이 너를 어디로 데려갔니?

침대로요.

네가 어디에 살았었냐고 묻는 거야, 제니.

여기저기요. 오하이오. 아이오와. 미시건. 애리조나. 계속 옮겨 다녔죠. 무단 점유도 많았고요. 아무도 안 사는 집 말이에요. 마지막 집은 수시티 외곽에 방치된 트레일러였어요. 지붕에 구멍이 뻥 뚫려 있었죠.

형사는 직접 찍은 내 사진을 보여주며 이렇게 말했을 것이다. 따님이 맞나요? 가족이 재회하기 전에 확실히 해둬야 하니까요. 어쩌면 그녀는 시간이 여섯 살짜리에게 가져온 변화에 미리 적응시키기 위해 사진을 보여주었을지도 모른다. 지금 나를 보듯이 그들은 사진을 뚫어지게 들여다보았을 것이다.

"엄마……?"

울지 마, 나는 생각했다. 울면 안 돼. 어쩌다 보니 이 생각도 말이 되어 입 밖으로 나왔다. 나 자신이 아니라 부모님에게 하는 말처럼. 울지 마세요, 엄마, 울지 말아요, 아빠……. 이상할 건

없었다. 갑자기 그들이 울음을 터뜨렸으니까. 적어도 엄마는
눈물을 흘렸다.

나도.

우리 둘 다 울고 있었고 눈물은 결국 서로 만났다. 이 공간
한구석에 있던 내가 지금 이 순간 완전히 반대쪽에 와 있다는
사실이 이상하게 느껴졌다. 어찌 됐든 나는 그렇게 12년을 떠
돌았다. 엄마는 롤러스케이트를 신고 있던 옛날의 내게 그랬듯
어깨에 팔을 둘렀고 오래전에 약속했듯 내 상처를 치유해주고
있었다.

5

부모님이 나를 집에 데려가 이 집 기억나느냐고 물었을 때 나는 기억이 날 듯 말 듯 하다고 대답했다. 내가 떠나던 날 장난감이 가지런히 정리돼 있던 옛 침실은 이제 TV, 게임기, 접이식 소파 베드가 차지하고 있었다. 내일 예쁜 침대를 사줄게, 제니. 우리는 식탁에 모여 앉았다. 온기를 쬐기 위해 불가에 둘러앉은 기분이었지만 불은 다름 아닌 나였다. 이런저런 이야기를 나누면서도 우리는 그 일에 대해서는 한마디도 하지 않았다. 부모님은 내게 저녁에 무엇을 먹고 싶은지 물었다. 아빠는 배달을 시키자고 했지만 엄마는 내게 집밥을 먹여야 한다고 고집했다. 닭고기랑 으깬 감자를 먹자, 네가 제일 좋아했잖아. 벤은 한참 후에 집으로 돌아왔다.

아빠가 벤을 데리러 가야 했다. 우선 아빠는 전화로 벤의 행방을 수소문했다. 거기 벤 있니? 벤이 전화를 받지 않아 아빠는 최소 세 군데는 연락을 돌려야 했다. 마침내 벤이 옆에 있다는 대답을 듣고 직접 벤과 통화를 하게 된 아빠는 이렇게 당부했다. 거기 가만히 있거라, 내가 데리러 갈 테니까.

벤은 자기가 차를 운전해 집에 올 수도 있는데 아빠가 굳이 데리러 가겠다고 하는 이유를 물은 모양이었다.

차는 거기 그냥 둬라, 아빠가 벤에게 일렀다. 이유는 나중에 설명할게.

이런 상황에서는 뭐라고 말해야 할까? 벤, 네 동생이 돌아왔다? 아님 벤이 집 안에 들어오기를 기다렸다가 짜잔, 하고 놀래줘야 하나?

반드시 직접 전해야 하는 소식이 있는 법이다.

아빠는 현관문을 나서기 전에 잠시 나를 어색하게 끌어안았다. 나와 엄마만 남아 있어도 역시 어색했다. 서로를 힘껏 포옹하던 경찰서에서와 달리, 어릴 때 딱 한 번 만나본 먼 친척과 한 집에 앉아 있는 기분이었다. 엄마가 사진첩을 꺼내왔다.

"그날 이후로는 한 번도 안 봤어…… 그러니까, 널 잃어버린 이후로. 보고 싶니?"

"그럼요."

제니퍼 크리스털, 이라고 표지에 적혀 있었다. 나의 사진첩.

첫 페이지에 '제니가 태어난 날'이라고 적혀 있었다. 병원에서 눈을 꼭 감은 채 엄마 품에 안겨 있는 나. 여기서도 엄마는 백설공주, 아니 그보다는 전신 마취에서 깨어나는 잠자는 숲속의 공주 같았다. 다음은 아빠에게 안긴 나. 다음은 다른 어른들에게 안겨 있는 나.

"이분 기억나니?" 엄마가 물었다. 우리는 거실 소파에 앉은 채 서로에게 몸을 바짝 붙였다.

"할아버지예요?"

엄마는 고개를 끄덕였다. "널 참 예뻐하셨는데. 네가…… 사라졌을 때 얼마나 상심하셨는지 몰라. 할머니도 이미 돌아가신 터라 네가 그분의 보물이었지. 할아버지의 제니."

"제게 막대사탕을 갖다주시던 기억이 나요. 일단 어느 쪽 손에 있는지부터 맞혀야 했죠."

"기억하니?" 엄마는 슬며시 웃었다. "나 어릴 때도 똑같이 하셨는데."

"제가 한 번도 틀린 적이 없는 걸 보면 아무래도 양손에 하나씩 쥐고 계셨나 봐요. 항상 사탕을 먹을 수 있었거든요."

"이 사람은 누군지 알겠니?" 엄마는 그날 병원에서 나를 떨어뜨릴 새라 아주 조심스럽게 안고 있는 사람을 가리켰다.

"글쎄요. 낯이 익기는 한데……." 나는 어깨를 으쓱했다.

"브렌트 삼촌이야. 아빠의 의붓동생. 기억 안 나니?"

"아 맞다. 브렌트 삼촌. 기억나요. 삼촌이 독립기념일에 벤한테 폭죽을 터뜨리게 해서 엄마가 심하게 화를 냈잖아요. 벤이 손에 화상을 입어서 엄마가 삼촌을 몹시 나무랐죠."

엄마는 나를 돌아보며 진짜 놀랍다는 표정을 지었다. 그렇게 오래된 일을 생생히 기억하다니 막대사탕 두 개는 받아야 마땅하다는 표정. 잘했어, 제니.

"맞아." 엄마가 천천히 말을 이었다. "그때 얼마나 화가 나던지. 벤한테 아직도 흉터가 남아 있거든."

엄마는 다시 앨범으로 돌아갔다. 나의 첫돌. 케이크에 딱 하나 꽂힌 촛불을 불고 있는 나. 실제로 불을 끄는 사람은 아빠고 나는 멀뚱한 표정으로 앉아 있을 뿐이었지만. 얼굴에 초콜릿 케이크가 범벅된 나. 포장을 벗긴 선물에 둘러싸인 채 엄마 무릎에 앉아 있는 나. 이 페이지의 제목은 첫돌을 맞은 제니였다.

다음은 조랑말을 탄 내 사진이었다. 누가 말 옆에 붙어서 같이 한 바퀴를 도는 방식이었다. 분홍 카우보이모자를 쓴 나는 잔뜩 겁에 질린 표정이었다.

"네가 말을 참 좋아했잖아." 엄마가 말했다. "기억나?"

이런 식으로 엄마는 계속 사진에 설명을 덧붙였다. 고약한 두 살, 어지간한 세 살, 기막힌 네 살을 지나 성적 학대에 시달릴 여섯 살이 될 때까지.

"처음으로 눈을 만졌을 때 너는 울음을 터뜨렸지."

이유를 알 것 같았다. 지나치게 큰 다운재킷에 감싸인 채 눈 덮인 언덕에 앉아 있는 네 살 때의 내 사진. 나는 영락없는 행사용 풍선이었다. '우리의 꼬마 눈 토끼'라는 제목이 붙어 있었다.

"정말요? 기억이 안 나는데요, 엄마."

나는 이 단어를 입 밖으로 내보낼 때의 소리가 마음에 들었다. 엄마. 엄마. 엄마. 엄마. 엄마. 엄마. 이제 내가 가장 좋아하는 단어가 되었다. 나와 엄마가 옛 시절을 훑어보는 사이 아빠가 오빠를 데리고 돌아올 것이다. 먼지 쌓인 인생게임을 다시 꺼낸다면 나는 룰렛을 돌린 다음 내 분홍 컨버터블을 타고 게임판 위를 질주해야지. 차가 나를 어디로 데려다줄지 모르는 일 아닌가? 결국에는 나를 이곳으로 데려다주지 않았나? 이런 일이 일어날 확률은 얼마나 될까? 두렵다고 털어놓은 내게 그 경찰관이 알려준 대로 시각화한 장면과 똑같은 장면이 펼쳐지겠지. 나는 아직도 두려웠다. 아까 식탁 앞에 앉아 있을 때는 몸이 떨렸지만 지금 엄마 곁에 꼭 붙어 앉아 있으니 기분이 훈훈하고 몽롱해졌다.

1학년 때 사진이 나오자—전봇대에 붙어 있던 그 사진이었다—엄마는 차마 못 보겠다는 듯 페이지를 얼른 넘겼다. 앨범은 거기서 끝이었다. 극장에서 영사기가 고장 나 스크린이 갑자기 시커멓게 꺼지듯이. 흥미진진하던 이야기가 중간에 뚝 끊기고 공백만 바라보는 기분이었다. 티켓값을 환불받고 싶었다. 중단된 이야기는 다름 아닌 나의 이야기였다.

사진첩의 마지막은 바닷가에서 찍은 사진이었다. 그 일이 있기 직전이 틀림없었다. 엄마와 나는 해자를 갖춘 모래성을 지었고 누군가 그 위에 '크리스털의 성'이라는 글자를 새겼다. 우리는 당당한 보초병처럼 그 앞에 서 있었다. 아무도 이 성에 침입할 수 없다는 듯이. 그 성은 뭐랄까…… 난공불락으로 보였다. 하지만 사실은 그렇지 못했던 거다. 누군가 성벽을 부수고 가족들의 코앞에서 공주를 납치했으니까.

엄마는 맞은편 빈 페이지 위로 손가락을 천천히 움직였다. 그 모습에 나는 버스 안에서 본 적 있는, 점자책을 읽던 맹인이 떠올랐다. '제니의 실종'. 그것이 이 페이지의 제목이겠지.

"이게 다야. 이게 끝이야. 이후로는 사진을 안 찍어서……."

나는 엄마의 손을 꼭 쥐었다.

"지금부터 사진을 더 찍으면 되잖아요, 엄마. 사진 많이 찍어서 앨범에 정리해요."

그 순간 문이 열리고 벤이 들어왔다.

우리는 서로를 알아보았다. 와, 네가 내 동생이구나, 우리 오빠 맞지? 같은 식은 아니었다.

절대로.

뭐야, 피자가게 앞에서 나한테 치근대던 놈이잖아? 제길, 내가 담배 한 대 빌려달라고 말 걸었던 여자애잖아, 하는 식이었다. 우리 둘 다 서로를 응시하며 그 말을 입 밖으로 꺼낼지 말지 망설이고 있었다. 적어도 나는 그랬다.

아빠가 뒤에서 어서 들어가라고 쿡쿡 찌르는데도 벤은 현관문 앞에서 입을 꾹 닫고 꿈쩍하지 않았다.

"되게 어색할 거야, 벤, 우리도 기분이 이상하단다. 그래도 동생한테 인사는 좀 하지 그러니."

벤은 인사를 하지 않았다. 보일 듯 말 듯 고개를 까딱하고는 그 자리에 우뚝 서 있을 뿐. 이 집이 맞는지 헷갈린다는 듯이. 그가 아침에 나섰던 집과는 딴판일 테니까……. 실제로 그랬다. 그럴 수밖에 없다.

"안녕, 벤 오빠. 엄청 오랜만이야."

나는 분위기를 가볍게 만들려고 애썼지만 아무도 웃지 않았다. 아빠만 간신히 희미하게 웃으며 거실로 들어오더니 소파에서 우리 옆자리에 앉았다.

"저기, 벤?" 엄마가 말을 꺼냈다. "우리 같이 앉아서 얘기 좀 나눌까?"

벤은 분명 얘기를 나눌 기분이 아니었다.

"벤?" 엄마가 다시 그를 불렀다.

엄마가 점점 수위를 높여 간청하자 벤은 마지못해 거실로 들어왔다. 하지만 모두에게서 멀찍이 떨어진 거실 건너편 오렌지색 2인용 안락의자에 앉았다. 별로 안락해 보이지는 않지만.

한때 내 방이었던 곳에서 벤의 옛날 과학 숙제로 추정되는 물건이 눈에 들어왔다. 지점토로 만든 태양계 모형. 만약 나, 엄마, 아빠가 태양, 수성, 금성이라면 벤은 외행성이었다. 우주의 먼지 한 점 크기로 줄어든 명왕성이랄까.

편이 갈린 셈이다.

"동생한테 하고 싶은 말 없어, 벤?" 엄마가 물었다.

없겠지 뭐.

"그래. 궁금한 게 엄청 많겠지, 벤, 우리도 그러니까." 엄마가 말을 이었다. "제니는 그동안 갖은 고생을 다하고 돌아왔어. 그러니까 다시 가까워질 수 있게 서로 노력해야 돼. 그럴 수 있지? 아직은 네가 제니 오빠처럼 느껴지지 않을 거야. 엄마도 이해한단다. 시간이 필요하겠지. 많은 시간이. 그래도 일단 대화를 시작하면, 시작이라도 하면……."

벤은 시작할 기분이 아닌 모양이었다. 눈만 굴리는 벤을 보고 아빠는 지친다는 듯 한숨을 내쉬었다. 요즘 왜 항상 이 모양이냐, 나도 이제 지겹다 하는 식의 한숨이었다. 그러니까, 최근에 크리스털 집안의 분위기가 그리 화목하지는 않았던 모양이다.

"제니, 벤한테는 여간 큰 충격이 아닐 거야. 이 상황을 납득하고 이해하기가 힘들겠지. 우린 모두 네가, 그러니까……."

"죽었다고 생각했겠죠." 내가 문장을 완성했다.

그 말이 찬물을 끼얹은 모양이었다. 그 단어가. 아무튼 모두들 입을 닫았다.

"피곤해 죽겠어요. 자러 가도 돼요?" 내가 물었다.

"그럼." 아빠가 대답했다. "당연히 피곤하겠지……. 맙소사, 우리가 미처 생각을 못했구나."

엄마가 소파 베드에 잠자리를 준비하겠다고 했다.

"그것도 괜찮겠니?"

"편할 것 같은데요." 우리는 레스토랑을 나서듯이 한꺼번에 일어섰다. 오직 벤만 그 자리에 계속 앉은 채 경비원—고주망태 아저씨와는 다른 훌륭한 경비원—이 상점의 좀도둑을 감시하듯 눈을 동그랗게 뜨고 나를 쳐다봤다.

나는 엄마가 이불과 베개를 갖다줄 때까지 옛날 내 방에서 기다렸다. 아빠는 끙끙대며 소파를 펼쳐 매트리스로 만들었다. 두 사람 다 내가 돌아와서 얼마나 기쁜지 보여주려고 애쓰는 기색이 역력했다.

"잠옷 갖다줄까?" 엄마가 물었다. "우리 둘이 사이즈가 비슷할 거 같은데."

"티셔츠면 돼요. 원래 잘 때 티셔츠 입어요."

"정말 괜찮겠니? 알았다. 티셔츠야 얼마든지 있지."

엄마가 '코스타리카'라고 적힌 파란 티셔츠를 가져왔다. 아빠는 내게 실내 온도를 높이는 게 낫겠냐고 물었다.

"아니, 괜찮아요, 아빠."

그를 '아빠'라 부르기는 처음이었다. 아빠는 움찔하더니 얼굴을 붉혔다. "그래…… 잘 자렴." 그가 문 옆에 어정쩡하게 서서 말했다. 첫 데이트 때 키스를 해야 할지 말아야 할지 망설이는 사람 같았다.

"아침에 보자." 아빠가 말했다.

엄마는 나를 안아주었다. 진짜 포옹이었다. 하지만 방을 나가 문을 닫더니 손에 뭔가를 들고 살금살금 돌아왔다. 나는 이미 불을 끄고 침대에 들어간 터라 처음에는 그것이 무엇인지 알아채지 못했다. 잠시 후에야 눈에 들어왔다.

"내가 왜 이걸 여태 갖고 있었나 몰라. 3년쯤 지났을 때부터 아빠가 전부 내버리라고 성화였는데. 눈에 띄기만 해도 너무 고통스러웠던 거야. 아빠가 옳았어. 나도 힘들었으니까. 그래도 하나는 남겼어. 딱 하나…… 혹시나 해서. 잘 자라, 제니."

골디였다.

녀석을 턱 밑에 눕혔더니 부드러운 갈기가 내 목을 간질였다. 어린 시절의 냄새가 나는 듯했다. 좋은 냄새.

막 잠이 들려는 순간, 층계를 올라와 내 방 앞에서 멈추는 발자국 소리가 들렸다.

"하." 벤이었다.

6

로리

밤사이 적어도 다섯 번은 잠에서 깼다. 다른 사람들이 양을 세듯 그녀는 수를 세었다. 자꾸만 제니 꿈을 꾸었다. 주기적으로 그녀의 꿈에 나타나는 여섯 살의 제니, 도와달라고 아무리 소리쳐도 끝내 돌아오지 못한 제니.

로리는 정신과 주치의 레슬리 박사에게서 한때 강력 수면제를 처방받았지만 한 번도 복용한 적이 없다. 약을 왜 안 먹느냐고 나무라는 제이크를 안심시키느라 먹는 척하기도 했다. 그러는 제이크도 이해할 만했다. 거의 매일 밤 소리 죽여 훌쩍이는 아내 때문에 자다가 벌떡벌떡 잠을 깨는 사람은 그였으니까.

감정 상태가 어떤지 말해줄래요? 레슬리 박사가 그녀에게 물었다.

아니요, 못 하겠어요.

사실 그녀는 더 이상 제니를 만나지 못하는 것을 원치 않았다. 잠에서 깨어나면 딸을 볼 수 없었기에 악몽 속에서라도 만나고 싶었다. 깨어 있을 때나 잠들었을 때나 늘 두려움에 떨어야 한다면 악몽을 꾸어도 별 상관 없는 것 아닐까?

그 무렵 그녀는 짧은 시간이나마 종교에 푹 빠져 있었다. 집이 주는 위안이 절박하게 그리울 때면 어머니의 품으로 뛰어들듯 교회로 달려가곤 했다. 정신의학이 그녀를 구원할 수 없다면 교회가 할 수 있을지도 모른다. 교회는 꿈속의 인물을 영혼이라 부를 수 있고, 쓰라린 감정을 일으키는 악몽을 계시라 부를 수 있는 곳이었다.

세월이 흐르면서 그런 환영을 보는 빈도도 차츰 줄었다. 제니가 못 미더운 손님이 된 것이다. 로리에게 몇 달 혹은 몇 년씩 나타나지 않을 때도 있었다. 그러다가도 오래전에 집을 떠났지만 가끔씩 안부 인사를 전하는 가족의 일원처럼 느닷없이 그녀를 찾아왔다.

오늘 밤은 달랐다. 누군가가 가족 앨범의 먼지를 훌훌 털고 마법처럼 생명을 불어넣은 것만 같았다. 제니는 더 이상 비명을 지르지 않았다. 가장 좋아하는 팔로미노—실물 크기에 뜨거운 콧김을 내뿜고 있었다—를 타고 여섯 살답게 깍깍거리며 집 안을 신나게 뛰어다녔다. 그러다 갑자기 지하실 바닥에서 로리의 움푹한 하이힐을 신은 채 발끝으로 뱅그르르 돌며 춤을 추었다. 로리가 꾼 최고의 꿈이었는지도 모른다.

다섯 번째로 잠을 깬 로리는 침대를 빠져나왔다. 열여덟 살이 된 실제 딸아이가 복도 저편에서 잘 자고 있는지 확인해야 했다.

정말 이런 일이 가능할까?

방문 앞으로 다가간 그녀는 잠시 주저했다. 혹시 접힌 소파, 안 쓰는 게임기, 먼지 덮인 태양계 모형만 보게 되는 건 아닐지 두려워서였다. 기억을 지우기 위해 딸의 침실을 알아보지 못할 만큼 바꿔버린 지 오래였다. 제이크와 로리는 제니가 처음부터 존재한 적 없었다는 듯이, 한때는 제니가 주인공이었던 그림에서 그 아이를 붓질로 완전히 지워버렸다.

무엇보다 제니의 물건을 치우는 작업이 가장 고통스러웠다. 제니를 가장 생각나게 하는 사물들이었으니까. 움푹한 골판지 상자에 장난감이나 인형을 하나하나 던져 넣을 때는 제니를 매장할 때 관에 흙덩어리를 던지는 기분과 비슷했다. 로리는 숨이 제대로 쉬어지지 않아 하던 일을 자주 멈추어야 했다. 작업 도중에 예상치 못한 물건들을 발견하기도 했다. 제니가 오빠에게 주려고 그린 생일 카드(생일 추카해, 밴), 할아버지에게 받은 세 개의 1달러 은화와 인디언 머리가 그려진 동전, 아이스바 막대를 공작용 접착제로 붙여 만든 마구간. 물건 하나하나가 그들이 꾹꾹 닫고 있던 기억의 문을 열었고 각각의 문은 그녀의 마음에 남아 있던 무언가를 고통스럽게 짓눌렀다.

방을 비우자 마음이 한결 가벼워졌다. 이제는 이곳을 벽, 바닥, 천장으로 구성된 그냥 방으로 여길 수 있었다. 밴이 숙제를 하거나 로리가 청구서를 정산할 책상을 들여놓고, 대형 평면 TV를 벽에 설치해 밴의 엑스박스와 연결했다. 그곳을 홈 오피스든, 게임방이든 뭐라고 불러도 좋았다. 제니의 방이라고만 부르지 않는다면.

물론 로리는 장난감 딱 하나만큼은 중고물품으로 팔지 않고 남겨두었다. 소중한 아이가 소중히 여기던 말 한 마리. 그것을 옷장 속에 위태롭게 쌓아둔 신발 상자 밑에 감춰두었다. 수색 영장 없이는 제이크가 절대 들어가지 않을 곳이었다.

오늘 앨범에서 사진을 보기 전까지 그 장난감은 거의 잊고 있었다. 네 살배기 제니가 골디를 쥐고 자기 방 바닥에서 춤추게 하는 사진. 앞으로 무슨 일이 닥칠지 까맣게 모르는 엄마가 든 카메라의 존재는 까맣게 모른 채. 삶을 그 이전과 그 이후로 나눌, 상상조차 할 수 없었던 사건.

로리는 방문을 밀었다.

잠시 눈앞이 깜깜했다. 그녀는 눈이 어둠에 적응할 때까지 기다렸다가 펼쳐진 접이식 소파와 그 위에 누워 있는 사람을 확인했다.

그 애의 숨소리가 들렸다. 고장 난 에어컨처럼 들쑥날쑥한 소리였다. 로리는 제니가 무슨 꿈을 꾸고 있을지 궁금했다. 형사에게 들은 말을 감안하면 무시무시한 꿈인지도 모른다.

왜 이제야 도망쳐 나왔을까요? 로리가 형사에게 물었다.

그 사람들은 제니가 여섯 살 때부터 부모 노릇을 했어요. 괴물 같은 사람들이지만 그래도 제니에게는 그 괴물이 세상의 전부였죠.

로리는 괴물이 상대적인 개념으로 쓰일 수 있다는 사실이 끔찍하다고 생각했다. 비록 사실이라 해도. 형사의 말에 따르면 세상에는 온갖 괴물이 제멋대로 돌아다니고 있으며 그 가운데 일부는 자신과 관계가 있었다.

이 아이는 제니야, 그녀는 혼잣말을 했다.

크리스털 가족과 친하게 지내는 샤피로 부부는 콜롬비아에서 딸 쌍둥이를 입양했다. 부부가 방에 들어갈 때마다 생판 낯선 아이 둘이 품에 뛰어든다. 그러면 에이미 샤피로는 주문을 외우듯 이렇게 중얼거린다는 것이다. 이 아이들은 내 딸이야. 메건과 몰리 샤피로, 내 딸들이야.

지금 로리도 똑같은 행동을 하고 있었다.

이 아이는 내 딸, 제니야.

그녀는 제니처럼 보이지 않았다. 제니는 다리가 포동포동한 여섯 살 어린애였다. 제니처럼 행동하지도 않았다. 제니는 〈뮬란〉 주제가를 부르며 집 안을 우다다다 뛰어다녔다. 제니처럼 말하지도 않았다. 제니는 앞니가 빠져 발음이 샜다.

하지만 상관없었다.

이 아이는 내 딸, 제니야.

제니는 갑자기 뒤척이며 끙끙대더니 나쁜 꿈을 물리치려는 듯 주먹을 꽉 쥐고 한쪽 팔을 허우적거렸다. 이불과 격렬하게 몸싸움을 하다가 제압한 듯 그녀의 머리와 이불은 마구 헝클어져 있었다.

로리는 뜨거운 욕조에 몸을 담그듯 울퉁불퉁한 매트리스에 서서히 앉은 다음 머뭇거리다가 제니의 이마에 붙어 있는 금발 몇 가닥을 정리해주었다. 그녀는 제니의 머리를 쓰다듬으며 속삭였다. "쉿……."

"쉿……."

제니가 눈을 번쩍 떴다.

언젠가 제이크는 뒷마당 치자나무를 망가뜨리던 주머니쥐를 잡으려고 덫을 설치했다. 하지만 허술한 감옥에 갇혀 쉭쉭거리며 몸부림치는 녀석을 처음 발견한 사람은 로리였다. 주머니쥐의 눈빛이 지금까지도 뇌리를 떠나지 않았다. 공포에 질린 두 개의 불빛.

이 순간 제니의 눈빛이 딱 그랬다.

"옛날 옛적에 멀리 달아나고 싶은 아기토끼가 살았어요." 로리가 그녀의 머리를 계속 쓰다듬으며 속삭였다.

"토끼가 엄마에게 말했어요. '나는 멀리 떠날 거예요…….'"

제니는 눈을 깜박였다.

"'네가 떠나면' 엄마토끼가 말했어요. '내가 너를 찾으러 갈 거야…….'"

제니는 또 눈을 깜박였다. 로리는 그녀의 뺨 위를 구르는 눈물 한 방울을 보았다. 공포가 제니를 떠나 잠든 두 손으로 분노의 주먹을 쥐게 했던 비밀의 세계로 돌아갔다.

"'왜냐면 너는' 엄마토끼가 말했어요……."

제니는 로리의 무릎에 몸을 붙이고 눈을 감았다.

"'나의 아기토끼니까…….'"

7

여기가 어디지?

스스로에게 처음 던지는 질문은 아니었다. 이미 지겨울 정도로 묻고 또 물었다.

내가 대체 어디에 있는 거야?

어딘지 알 수 없는 장소에서 잠을 깬 경험은 너무 많았고 그중에는 알고 보면 아주 끔찍한 곳도 있었다.

이곳에는 익숙한 것이 아무것도 없다.

은빛 잔물결이 이는 창문.

시든 꽃이 아슬아슬하게 매달린 화분 속 선인장.

컴퓨터가 놓인 책상.

작은 우주.

눈에 초점이 잡혔다.

창문에 아른거리는 파문은 난방기기에서 나오는 온풍이 은빛 블라인드를 들었다 놨다 하면서 생긴 현상이었다.

시야가 또렷해지자 우주는 먼지 낀 모형이라는 구체적인 사물이 되었다.

우주는 벤의 소유였다. 벤의 태양계 모형. 그 애는 지난밤 내 방문 밖에 서 있다가 돌아갔다.

하지만 간밤에 이 방에 실제로 들어온 사람도 있었다.

확실하다.

기억이 가물가물한 악몽을 넘나들다가—역시 종종 겪는 일이다—내가 어느 호숫가의 불타는 나무에 쇠사슬로 묶여 있는, 유난히 섬뜩한 꿈에서 가까스로 벗어나, 깬 것도 아니고 잠든 것도 아닌 상태일 때 누군가 내 머리를 쓰다듬었다. 그리고 내게 속삭였다.

'엄마' 같은 사람이었다.

나는 가만히 누워 있었다. 침대에, 사실은 소파 베드에. 반짝이는 블라인드 틈으로 들어온 햇빛이 내 다리를 비추었다. 누군가 내 위로 따뜻한 모직 담요를 서서히 끌어당기는 듯이. 잠을 깨우는 소음이 들렸다. 그 소리들이 나를 안심시켰다. 슬리퍼를 질질 끄는 소리, 자는 이를 깨우지 않으려고 소곤거리는 목소리, 주방에서 조심스레 달그락거리는 소리.

오늘이 무슨 요일이지?

일요일.

일요일에 대해서는 늘 애증을 느꼈다. 한 주의 첫날이지만 대개 끔찍했던 한 주를 통째로 앞두고 있는 날이다. 수시티 쇼핑몰에서는 신참들에게 근무를 시키는 날이라, 남들이 휴일을 만끽하는 모습을 지켜보며 인테리어 매장 카탈로그와 플라스틱 행거를 갖다 나르느라 땀깨나 흘려야 했다.

하지만 내가 구매자 계급에 합류하기 전에도 일요일에 마땅히 해야 할 일을 하면서 보낸 일요일도 몇 번쯤은 있었다. 풀밭에 누워 희한한 모양의 구름을 찾는다든지, 새로 만화를 그린다든지. 나는 '아버지'가 숨겨둔 슈퍼맨 만화책을 찾는 것부터 시작했다. 내 만화의 주인공은 투명인간으로 변신하는 초능력을 지닌 열세 살 소녀였다. 이름하여 슈퍼투명소녀.

하! 어서 나를 찾아보시지!

이제는 투명인간이 되는 능력이 필요 없다.

집에 돌아왔으니까, 나는 그렇게 생각했다.

그렇게 말했거나.

혹은 그렇게 생각하면서 말했거나.

"난 집에 돌아왔어." 이번에는 그 소리가 어떻게 들리나 확인하고 싶어서 일부러 소리 내어 말해보았다. 마침내 집에 왔다. 영원히 집에 돌아왔다.

나는 일어나서 청바지를 찾았다. 어젯밤에 틀림없이 의자에 걸쳐두었는데 어찌 된 영문인지 사라지고 없었다. 바닥, 침대 밑, 옷장 속을 살폈지만 어디에도 보이지 않았다. 침대 속에 있나 확인하려고 이불을 들쳤다가 나를 응시하는 골디의 멍한 눈과 마주쳤다.

어떡하지?

나는 방문을 살며시 열었다. 파란 티셔츠와 팬티 차림이었다. 연녹색의 싸구려 H&M 팬티 위로 왼쪽 골반의 문신이 드러나 있었다. 내 몸에 새긴 문신은 그걸로 끝이었다. 살갗을 바늘로 찔러대는 통에 아파서 죽을 뻔했다. 자낙스*에 취해 정신이 몽롱하던 순간에는 문신이 대박 아이디어라고 생각했지만 대박 아이디어란 원래 다 그런 것이다. 문신은 내 몸의 일부가 되었지만 얼마 지나지 않아 나는 그 일부가 싫어졌다. VIDI. 라틴어로 '나는 보았다'라는 뜻이다. 그 문신의 목적은 아무도 모르는 언어를 선택해 사람들의 관심과 궁금증을 유발하는 것이었다.

'나는 보았다'라는 뜻이야. 나는 그들에게 알려주었다.

뭘 봤어?

이것저것.

그게 뭔데?

네가 알고 싶지 않은 것들.

그러면 대개 대화는 끝이 났다. 대부분이 알고 싶다고 말해도 사실은 알고 싶어 하지 않기 때문이다.

누군가 계단을 올라오고 있었다.

"얘," 엄마가 문틈으로 들여다보며 말했다. "잘 잤니? 괜찮아?"

"청바지를 못 찾겠어요."

"아, 미안. 실은 네 청바지 말야……."

"네?"

"세탁을 해야겠더라. 빨래하는 중이야."

---

*   신경안정제 알프라졸람의 상품명으로 약물의존성이 있다.

"옷이 그거 하나뿐인데 없어져서 당황했어요."

"자는 널 깨우고 싶지 않았단다."

"괜찮아요. 그냥 어디 있나 해서요."

"미안하구나."

"그러면 저는, 밖에 나갈 때 뭘 입어야……."

"운동복이 몇 벌 있어. 그거라도 괜찮겠니?"

"네, 괜찮아요."

"잠깐만 기다리렴." 엄마는 자기 방으로 들어갔다. 서랍을 뒤적이는 소리가 들렸다. 돌아온 엄마는 문틈으로 빨간 운동복 바지를 밀어 넣었다. 위험한 죄수가 갇힌 감방에 배식판을 밀어 넣는 사람처럼.

"어젯밤에," 나는 바지를 손에 쥐고 문틈으로 엄마에게 물었다. "혹시……."

"왜 그러니?"

"혹시, 제 방에 들어오셨어요? 왠지 그런 듯한 기억이 떠올라서……."

"네가 악몽을 꾸는 거 같길래."

"제가 잠꼬대라도 했나요?"

"잠꼬대는 안 했는데, 뭔가…… 불안해 보였어."

"아." 자동차 위에 엎어진 나를 내려다보던 그 여자가 떠올랐다. 나도 모르게 하고 있는 행동을 누군가 지켜보는 기분.

"네가 진정할 때까지 껴안고 있었단다. 네 프라이버시를 침해할 생각은 아니었어."

"그냥 제가 그런 데 익숙지 않아서요."

"위로받는 거…… 말이니?"

"프라이버시란 거요."

"그렇구나. 제니, 내가 이러다 자꾸 실수할까 걱정이다. 실수할 일은 수없이 많겠지? 다시 서로에게 익숙해지기까지 꽤 오랜 시간이 걸릴 테니까. 일단 그동안 잃어버린 시간부터 채워나가야겠지……."

잃어버린 시간 역시 어느 날 밤 누군가 의자에 무심히 걸쳐 두었는데 아침에 일어나 보니 보이지 않는 옷 같았다.

"참, FBI에서 연락 왔었어." 엄마가 마치 브렌트 삼촌이 연락했었어, 또는 보험에 가입하라고 누가 전화했었어 따위를 전하는 투로 말했다. 이 집에서는 FBI한테 전화가 오는 것도 흔한 일이라는 듯이.

"왜요?"

"왜냐고? 내 생각에는…… 잘은 모르지만 주경계선을 넘어서는 유괴 사건이 있으면 경찰이 FBI에 알리나 봐. 어쨌든 FBI가 너랑 통화하고 싶대. 널 납치했다는 사람들에 대해 물어보려나 봐. 그…… '아버지'랑 '어머니'라는 사람들 말이야. 잡으려면 네 도움이 필요하잖아."

"전 그 두 사람이 어디 있는지 몰라요. 도움을 줄 수가 없겠는데요."

"그래도 네가 뭔가 알고 있을 거라고 기대하겠지. 나중에 중요한 단서로 밝혀질지도 모르니까. 그냥 너랑 얘기 좀 하고 싶다는 거야, 제니."

"그 사람들 어디 있는지 전혀 몰라요. 아무것도 모른다고요. 지금쯤 어디로 옮겨갔는지 제가 어떻게 알겠어요."

메리 형사는 수시티 경찰에 연락해 트레일러를 찾아보게 했다. 그것은 버려진 트레일러로 드러났다. 당연히 메리 형사는 어제 엄마에게 전화로 그 일을 설명했다. 내가 그곳을 떠난 지 2년도 넘었기 때문에 경찰은 납치범들이 그곳에서 얌전히 경찰을 기다릴 거라고는 절대 기대하지 않았다. 엄마는 단서를 찾기 위해 경찰이 트레일러를 조사할 거라고 했다. 그들은 나도 그런 식으로 조사할 참이었다.

빼꼼히 열려 있는 문을 닫고 싶었다. 다시 침대로 파고들어 한참 누워 있고 싶었다.

"있잖아, 제니." 엄마가 차분히 말했다. "괜히 네게 나쁜 기억을 떠올리게 할 수 있다는 거 알아. 지금으로서는 네가 세상에서 가장 하기 싫은 얘기겠지. 이해해. 내가 잠깐 미뤄달라고 해볼까?"

"네."

"그러면 그렇게 얘기해볼게."

"고마워요."

"그 사람들도 너를 좀 이해해줘야지. 넌 이제 막 돌아왔잖니. 네 자신을 되찾을 시간이 필요하지. 다시 제니가 될 시간."

"저는 제니가 맞잖아요."

"나도 알지. 내 말은…… 우리 모두 적응할 시간이 좀 필요하다는 거야."

"그렇죠."

"아침 먹을래?" 엄마가 화제를 바꾸었다.

"배고파 죽겠어요." 정말 그랬다. 아침 식사를 해도 채워지지 않을 허기였다.

주방에 들어갔더니 아빠가 창문으로 뒷마당을 내다보다가 얼른 돌아서서 아침 인사를 했다. 나를 보고 반색했지만 나의 존재가 조금 아리송한 듯했다. 인테리어 용품 매장의 지점장처럼. 그는 내가 나타나면 늘 반가워했지만 나를 조시라는 다른 여자애와 자꾸 헷갈렸다.

"달걀 먹을래?" 아빠가 물었다.

"누텔라 있어요?"

"누텔라? 그게 뭐지?"

커피 잔을 손에 든 엄마가 거실에서 들어왔다. "그러게. 누텔라가 뭐니?"

나는 얼굴을 붉혔다. "초콜릿이랑 헤이즐넛을 반반 섞은 크림이요. 빵에 발라 먹는 거예요."

"미안." 아빠가 말했다. "그런 건 없는데."

"슈퍼마켓 가서 사 오면 돼." 엄마가 말했다. "금방 다녀올게."

"괜찮아요. 달걀이면 충분해요. 음…… 벤은 어디 있어요?"

"벤?" 아빠는 내가 누텔라 얘기를 또 꺼낸 듯이 반문했다. "벤은 저녁 시간이나 돼야 행차하실걸. 아직 자고 있을 거다."

"뭐, 일요일이니까요."

"그래, 하지만 토요일에도 하루 종일 자는걸."

"벤이 요즘 좀 심란한가 봐." 엄마가 설명했다. "그나저나 어젯밤 일은 미안하다. 벤 녀석이 너무 예의가 없었지."

"별로 걱정할 건 없어." 아빠가 덧붙였다. "널 싫어해서가 아니야. 벤은 누구한테나 그렇게 부루퉁하니까."

"기선제압 하려고 그러는 거겠죠. 괜찮아요."

"네가 그렇게 생각한다니 기쁘구나. 어떻게 만들어줄까, 제니?" 아빠가 물었다. "달걀 말이다."

"달걀프라이요. 서니사이드업으로 해주세요."

내 기분이 딱 그랬다.

"진짜 배고팠어요." 노른자 여러 개를 순식간에 후루룩 들이마신 다음이었다. 평소에는 노른자를 마지막까지 아껴두었는데.

"더 해줄까? 잠깐만 기다려봐." 엄마였다.

"많이 먹었어요."

"형사님이 그러던데," 엄마가 말을 꺼냈다. "한동안 너 혼자 살았다며…… 한 2년쯤?"

나는 고개를 끄덕했다.

"어떻게 살았니?" 엄마가 다정하게 물었다. "그러니까, 뭘 먹고 산 거야?"

"누텔라요."

엄마는 경찰서에서 돌아오는 길에 형사들에게 내가 지금까지 겪은 일에 대해 말하기를 원치 않는다면 아무 질문도 하지 않겠다는 약속을 받아냈다고 했다. 거리에서 지낸 나날들, 내게 일어난 최악의 사건과 최고의 사건 사이의 세월들. 엄마는 그 시간이 설명하기 어려운 영역이라 생각하는 듯했다.

"잠은…… 어디서 잔 거야?" 엄마가 머뭇거리며 물었다. 사실은 대답을 듣고 싶지 않다는 듯이.

"닥치는 대로요. 4성급 호텔에서 지냈다거나 한 건 아니지만 그럭저럭." 내가 어떻게 그럭저럭 잘 곳을 구했는지에 대해서는 밝히지 않기로 했다. 엄마가 듣고 싶어 할 리 없으니까.

우리는 잡담으로 돌아갔다.

아빠가 내게 잘 잤냐고 물었다. 네, 엄청 잘 잤어요. 내가 악몽에 시달렸다는 이야기를 엄마가 아빠에게 이미 했는진 알 수 없었지만. 엄마가 욕실 수납장에 남는 칫솔이 있다고 해서 나는 고맙다고 대답했다. 아빠는 날씨가 계속 따뜻했으면 좋겠다고 했고 나도 그랬으면 좋겠다고 했다. 그때부터 대화는 흐지부지해지다가 어느 순간 뚝 끊겼다. 모든 것이 변했는데도 우리는 아무것도 변하지 않은 듯 식탁에 둘러앉아 있었다.

"오늘 네 침대를 사러 갈까?" 영원히 이어질 것 같던 침묵을 깨고 엄마가 말을 꺼냈다.

"소파도 괜찮은걸요." 그간 내가 지내던 곳과 비교하면 황송한 잠자리였다. 무엇보다 근질근질한 벌레가 없었다. 빈대에 물리지 않고 편히 잘 수 있다니. 그리고 한밤중에 내 침대로 기어들어 오는 사람도 없었다.

"무슨 소리니." 엄마가 말했다. "너도 이제 제대로 된 침대가 있어야지. 옷도 좀 있어야겠고. 루스벨트필드 몰로 쇼핑하러 갈까?"

엄마는 내게 단추가 많이 달린 자기 셔츠와 막 세탁을 마쳐 표백제 냄새를 풍기는 청바지를 내주었다. 쇼핑몰로 가는 길에 엄마는 나더러 라디오를 원하는 만큼 크게 틀라고 했다.

우리는 티제이맥스*부터 갔다. 나는 옷을 바꿔 입을 때마다 탈의실에서 나와 엄마에게 선을 보였다.

엄마는 예쁘다, 좀 더 작은 사이즈가 낫겠어, 그 색 정말 마음에 드니? 같은 식으로 반응했다.

목이 깊게 파인 노란 블라우스가 정말 잘 어울린다는 엄마의 말에는 이렇게 대답했다. "고마워요, 엄마. 이런 데 데려와 줘서."

"고맙다는 말은 안 해도 돼, 제니."

최종 구매 목록은 스키니진 세 장, 윗도리 다섯 장, 스웨터 두 장, 신발 세 켤레, 겨울 코트 한 벌, 팬티 열 장, 갈색 가죽 벨트 하나였다.

베드 배스 앤드 비욘드에서 나는 "네가 직접 앉아봐야 돼"라는 엄마 말에 따라 세 가지 침대에 앉아보았다. 실리 포스처피딕 플러스 침대에서 경도 조절 기능을 시험하다가 나는 눈을 감고 코를 고는 시늉을 했다. 그러다 눈을 뜨고 엄마를 보니 유

---

* 미국의 의류 및 생활용품 할인매장 체인.

령이라도 본 듯한 표정으로 나를 응시하고 있었다.

"왜 그러시죠?"

"아니야, 아무것도……."

"진짜에요? 제가 뭘 잘못했나요? 미안해요……."

"넌 잘못한 게 아무것도 없단다, 제니. 아무것도. 그냥……
어제 그 형사가, 네게 눈에 띄는 신체적 특징이 있었는지 묻더
구나. 점 같은 거 말이지. 우리가 경찰서에 처음 찾아갔을 때,
실제로 너를 만나기 전에 그런 질문을 받았는데……."

"그래서요?"

"형사한테 네 눈에…… 네가 웃으면 눈가에 주름이 잡힌다고
했거든."

"그런데요?"

"방금 주름이 잡혔어. 네가 웃을 때 말야."

판매원이 내게 어서 일어나라고 눈치를 주었다. 매장 내에서
안내 방송이 흘러나왔다. 레숀 워싱턴의 보호자께서는 안내 데
스크로 와주시기를 바랍니다. 잠자는 숲속의 공주 놀이를 할
기분이 싹 달아났다.

"그게…… 참 예뻐, 제니. 작은 보조개처럼."

"엄마가 그렇다고 하신다면 정말 그렇겠죠."

그렇다고 말해줘요…… 제발…… 그렇다고 해주세요…….

나는 결국 경도 조절 기능이 없는 침대를 골랐다. 그런 기능
은 허리가 쑤시는 노인에게나 적합해 보였다. 우리는 꽃무늬
침대보 세 장과 분홍 이불도 골랐다.

계산을 하러 가서 내 또래로 보이는 계산대 앞의 여자아이가 예전의 나처럼 이 일을 지긋지긋하게 여길지 잠시 지켜보았다. 아마 그럴 것이다.

침대는 그날 오후에 도착했다. 얼룩진 러닝셔츠를 입은 두 명의 배달기사는 접이식 소파를 지하실에 내려놓은 다음 새 침대를 2층으로 옮겨주었다. "이제 벤이 하루 종일 잘 수 있는 곳이 두 군데가 됐군." 아빠가 말했다.

그러고 보니 집에 없었다. 벤이.

"잭네 집에서 자고 온대." 아빠가 말했다.

"정말?" 엄마가 대꾸했다. "제니가 돌아온 지 딱 하루밖에 안 됐는데?"

아빠는 어깨를 들썩했다. "어쩌겠어?"라는 듯이. 벤은 원래 그런 아이라는 뜻이었다.

"맙소사, 제이크……." 엄마였다.

나중에 두 사람이 그 일을 두고 소리 죽여 맹렬하게 다투는 소리가 들렸다. 내게 안 들릴 거라고 생각하는 게 분명했다. 내가 그들의 침실 문 앞을 기웃거리지 않았다면 당연히 들리지 않았을 테지.

두 사람이 주고받는 말을 토막토막 들었을 뿐이지만 그것만으로도 충분했다.

"……벤한테 너무 심했어……."

"……갑자기 저 애가 나타나니까……."

"……벤이 화가 난 거지……."

"……환장하겠네……."

엄마는 내가 두 번째로 좋아하는 음식인 미트볼 스파게티를 만들어주었다. 저녁 식사 후에 엄마는 내게 이 기쁜 소식을 다른 친척들에게 알리고 다음 날 집에 초대하고 싶다고 했다. 아빠의 의붓동생 브렌트처럼 가까이 사는 이들이 대상이 될 터였다. 그러면서 내게 괜찮겠냐고 물었다.

"좋아요."

또 한 번 엉망진창인 밤을 보낸 후 잠에서 깨보니 나는 땀에 흥건히 젖은 채 새 침대에 들러붙어 있었다. 친척들은 이미 왔을 것이다. 내 기억보다 훨씬 많은 친척이 한꺼번에 몰려와서 아침 인사를 나누는 모양이었다. 그야말로 폭동이라도 일어난 듯 내 방 창문 밖은 어지간히 소란스러웠다.

나는 그들에게 조용히 좀 해달라고 말하려고 블라인드를 걷었다.

8

"기억나? '삼촌'이라고 부를 때까지 브렌트 삼촌이 우릴 간질였던 거." 벤이 말했다.

"그럼, 기억나지." 나는 대답했다.

"그래도 삼촌은 '뭐라고?' 그러면서 계속 간지럼 태웠잖아. 그래서 우리가 다시 삼촌이라고 부르면 또 '뭐라고?'라며 간지럽혔지. 그렇게 유치한 장난을 자주 쳤잖아, 그치?"

"맞아. 기억나."

이런 대화를 하는 사이 브렌트 삼촌은 우리 바로 앞에 서 있었다. 병원에서 갓 태어난 나를 안고 있던 사진과 비교하면 늙수그레했지만 사진첩 속 다른 인물들도 전부 삼촌과 함께 나이를 먹었다.

삼촌은 친척 중에 맨 먼저 나타나 진열장 속 물건을 지를지 말지 고민하는 쇼핑객처럼 나를 훑어보고 있었다.

"그래," 그는 엄청나게 오랜 시간처럼 느껴지는 몇 분이 지난 후 이렇게 말했다. "삼촌 한번 안아주겠니?"

그럼요. 둘 다 어느 정도 서로를 경계하며 겉치레로 대하고 있었다. 그에게서 담배 냄새가 났다.

"집 밖에 난리가 났더구나." 삼촌이 말했다. "별일 없었니?"

"신나요. 항상 하루를 시끌벅적하게 시작하고 싶었어요."

아무도 웃지 않았다.

아침에 침실 창문의 블라인드를 열어보니 내가 아직 꿈을 꾸고 있나 싶었다. 그럴 수도 있지 않을까? 황당한 악몽을 꾸고 있는데 잠시 후 엄마가 들어와서 나를 깨우는 상황.

눈 한번 깜박이면 전부 휙 하고 사라질 거야.

사람들이 인도 전체와 도로 절반을 점유하고 있었다. 그들의 승합차가 그 나머지를 차지하지 않았다면 도로 전체가 사람들로 꽉 막혔을 터였다. 지붕에 위성 안테나를 달고 옆면에 페인트로 2, 4, 7, 9 따위의 숫자를 적은 큰 차들이었다.

전부 나를 만나기 위해 찾아왔음을 깨닫기까지 한참이 걸렸다. "제니." 몇몇 사람이 외치는 소리가 들렸다. "제니." 나를 아는 사람들인 양 내 이름을 불렀다. 하마터면 그들에게 소리를 지를 뻔했다. 대체 원하는 게 뭐야? 블라인드를 내리고 침대로 돌아왔지만 옷장 깊숙한 곳으로 숨고 싶은 기분이었다.

엄마가 달려왔을 때 나는 골디를 꼭 쥔 채 침대에 앉아 있었다.

"미안하다, 제니. 저 사람들이 어떻게 알았는지 모르겠다."

나는 알았다.

한밤중에 전화가 울렸고 이미 말똥말똥 깨어 있던 나는 곧장 전화를 받았다.

"여보세요. 크리스털 부인이십니까?"

"아닌데요."

침묵.

"그러면…… 제니 크리스털?"

"누구시죠?"

"맥스 웨스트필드입니다. 《뉴스데이》 소속이죠."

"누구시라고요?"

"맥스 웨스트필드. 기자입니다."

그는 관할 경찰서에서 소식을 전해 들었다고 했다. 내가 나타났다는 소식을. 그가 통화하고 있는 대상이 나라면? 만약 그렇다면 그는 돌아온 것을 환영한다는 말을 가장 처음으로 하고 싶었을 것이다. 그리고 누구보다 먼저 내 이야기를 듣고 싶었을 것이다. 진짜 기적이 일어났으므로.

나는 대꾸하지 않았다.

"이봐요, 제니…… 나랑 통화하는 사람이 제니 맞죠? 그간 당신이 무사히 돌아오기를 얼마나 많은 사람들이 기도했는지 몰라요. 그러니까 이런 사연이 그들한테 얼마나 감동을 주겠냐고요. 그들뿐만 아니라, 모든 사람한테요. 아이를 잃은 다른 부모들에게도 아이가 집에 돌아올지 모른다는 희망을 주겠죠……."

"제가 좀 피곤한데……."

"그럴 거예요, 제니. 지금까지 겪은 일을 생각하면 그럴 만도 하죠. 제니라고 불러도 되죠?"

"지금 새벽 1시예요. 그래서 피곤한 거라고요."

"맞다, 미안해요. 잠깐만 시간 내주면 돼요. 몇 가지 질문만 할게요. 당신이 음, 성도착자 몇 명한테 유괴당했다고 알고 있는데, 그자들은……."

딸깍.

이 일은 엄마에게 말하지 않았다. 엄마는 나의 존재를 알아낸 온 세상 사람들을 대신해 내게 사과하면서 기자들을 쫓아낼 거라 약속했지만 말이다.

어떻게 쫓아내겠다는 거야? 싶었지만 엄마 말로는 아빠가 경찰에 신고를 했단다.

"흠뻑 젖었구나, 제니." 엄마가 내 이마에 손을 얹으며 말했다. "열이 있니?" 나는 매일 아침 일어날 때마다 이렇게 세탁기에 들어갔다 나온 꼴이라는 말은 구태여 하지 않았다.

"옷 입으렴." 엄마가 루스벨트필드 몰에서 산 새 청바지와 목이 깊이 파인 상의를 꺼내주며 말했다. "여기 있어. 기자들은 우리가 처리할게." 엄마는 내 방 문을 닫고 계단을 성큼성큼 내려갔다.

옷을 입고 나는 다시 블라인드 밖을 내다봤다. 군중 사이에 경찰차 한 대가 서 있었고 경찰 한 명이 기자들을 쫓아내려 애쓰고 있었다. 하지만 기자들은 그러거나 말거나 아무도 갈 생각을 하지 않았다.

아빠가 테라스로 나갔다.

아빠는 그 사람들에게 사생활을 좀 존중해달라고 당부했지만 그들은 오히려 아빠에게 소리쳐 질문을 던졌다. 나에 대한 질문. 내가 참여하지 않는 대화에서 남들이 나를 두고 주고받는 말을 들으니 기분이 묘했다. 사실 대화라 하기도 뭣했다. 아빠는 한마디도 꺼낼 틈이 없었기 때문에 차라리 와글거리는 소음에 가까웠다.

　말소리는 개 짖는 소리가 되어갔다.

　아빠는 인터뷰고 뭐고 아무것도 없을 거라 선언했지만 누구 하나 들은 척도 가는 척도 하지 않았다. 아빠는 집 전체가 덜컹거리도록 현관문을 쾅 닫아버렸다.

　엄마가 가만히 있으라고 당부했지만 방 안에만 있으려니 감금된 기분이어서 나는 아래층으로 내려갔다. 기자들이 나를 볼 세라 한 걸음 한 걸음 살금살금 내디뎠다. 나는 결국 엄마와 아빠를 소스라치게 했다. 두 사람은 TV방송국 기자가 집에 몰래 들어왔다고 생각한 모양이었다.

　"위층에 있으라고 했잖아." 엄마가 나무랐다.

　"골디가 그러기 싫대요." 나는 골디를 아직도 손에 들고 있었다. 엄마는 내게 소파에 앉으라고 손짓했다.

　"경찰이 저 사람들을 돌려보낼 수 있으려나 모르겠다……. 법적으로 가능한지 모르겠어." 아빠가 말했다. "어쨌든 우린 기자들한테 아무 말도 할 생각이 없으니까."

　엄마와 아빠는 전화통에 불이 나도록 집 전화를 울려대는 사람들에게도 같은 뜻을 전했다. 휴대폰 번호를 모르는 사람들은 여전히 유선전화를 울려댔다. 엄마나 아빠가 수화기를 내려놓자마자 다시 방송사, 신문사, 토크쇼에서 온 전화가 따르르르

릉, 따르르르릉, 따르르르릉 울렸다. 하나같이 나에 대해 묻는 전화였다. 결국 부모님은 전화선을 뽑았다.

"벤이 집에 없어서 다행이다." 엄마가 말했다.

"젠장." 아빠였다. "녀석한테 잭네 집에 얌전히 있으라고 일렀어야 하는데. 그 말만 하면 될걸, 지금 벤이 저기 뛰어오고 있잖아."

너무 늦었다. 집에 일어난 소동을 뉴스에서 본 벤이 이미 군중을 뚫고 오고 있었다. 우리도 거실 TV로 그 애를 보고 있었다. 내가 살고 있는 집이 등장하는 뉴스를 그 집 안에서 시청하는 것은 다소 비현실적인 경험이었다. 나의 오빠는 자맥질하는 수영 선수처럼 마이크의 바다를 휘저으며 다가오고 있었다.

등 뒤로 현관문을 쾅 닫은 벤은 마치 이런 생각을 하는 듯 나를 흘끔 보았다. 이 그림에서 잘못된 점은? 고양이, 개, 새, 여동생 중에서 가족이 아닌 것에 동그라미를 치시오.

벤은 늘 앉던 안락의자에 자리 잡더니 엄마에게 채널을 바꿔 달라고 했다. 이 뉴스는 이미 봤다면서. 〈잉크 마스터〉가 끝나고 〈바 레스큐〉가 중반쯤 지났을 때 아빠가 말했다. "이제 갔나 보다."

"정말 그럴까?" 엄마였다.

아빠는 커튼 틈으로 밖을 내다봤다. "그래. 다들 갔어. 다행이다."

결국 우리 집 현관문 앞에 두 여자 경찰이 나타나 기자들이 돌아올지도 모른다고 설명했다. 경찰에게는 그들을 해산시킬

권한이 없고 우리 사유지에서 내보내는 것이 최선이라서, 만약 그들이 하루 종일 보도에서 죽치고 기다린다면 딱히 손쓸 방법이 없다고 했다.

"어쨌든 고마워요." 아빠가 인사치레를 했다. "도와줘서 감사합니다."

기자들이 해산하고 한 시간쯤 뒤에 나타난 브렌트 삼촌을 시작으로 나머지 친척들도 하나둘 돌아오기 시작했다. 폐기종을 앓는 예순다섯 전후의 이모할머니 저타와 아이 둘이 딸린 그녀의 딸 트루드도 왔다. 둘은 나와 육촌지간일 테지. 아빠 쪽 친척도 몇 명 있었다. 아빠의 사촌 아니와 세실, 아빠의 삼촌 새뮤얼. 아빠의 어머니, 곧 내 할머니는 플로리다에 살고 있었고 할아버지는 오래전에 돌아가셨다. 부모님은 내게 할머니에게 전화를 걸어 인사를 시켰다.

"우리 제니구나, 제니…… 할머니란다. 기억나니?"

"조금요."

나는 모두에게 똑같이 반응했다. 조금 기억난다고. 모두가 내게 같은 질문을 했기 때문이다. 브렌트 삼촌과 이모할머니 저타, 트루드, 아니, 세실, 새뮤얼 모두.

마지막으로 봤을 때 너는 두 살…… 세 살…… 한 살…… 여섯 살…… 갓난아기였지, 그들이 말했다. 너는 웃고…… 울고…… 자고…… 재잘거리고…… 말을 갖고 놀고 있었어.

그러면 나는 반문했다. 정말요?

저타 할머니는 울음을 멈추지 않았다. 소매 안쪽에서 구깃구

깃한 티슈를 자꾸만 꺼내어 붉어진 눈시울을 두드렸다. 그 모습은 배꼽에서 기다란 스카프를 꺼내는 마술사를 연상시켰다. 여든은 족히 되었을 새뮤얼은 내가 정말로 눈앞에 서 있다는 사실을 못 믿겠다는 듯 자꾸만 고개를 절레절레 저었고, 트루드는 나를 보고 히죽히죽 웃기만 했다.

소파에서 내 옆자리에 앉아 있던 새뮤얼이 그렇게 오랫동안 납치범들 밑에서 사는 게 어땠냐고 물었다. 분위기가 갑자기 얼어붙었다.

"새뮤얼 삼촌," 아빠가 차분히 말했다. "제니는 지금 그 이야기 꺼내고 싶지 않을 거예요."

"그래?" 새뮤얼은 어리둥절한 표정이었다.

"준비가 되면 그 얘기를 해주겠지만 아직은 아니죠."

이제 모두들 엄마가 슈퍼마켓에서 사온 스낵, 프레첼, 후무스를 우물거리며 나를 보고 있었다. 내가 무슨 대단한 구경거리이고 그들은 내게 뭔가 재미있는 쇼를 기대하는 청중이라도 되는 듯이.

"네. 괜찮으시면 지금은 그때 생각을 안 하고 싶어요." 내가 말했다.

납치범에 대한 새뮤얼의 질문에 내가 대답하지 않은 순간부터 분위기는 조금 가라앉았다. 그러자 다들 이것이 평범한 가족 모임이 아니라 누구나 경찰의 호위를 받아야만 집 안에 들어올 수 있는 특수한 상황임을 떠올렸다.

"그러면," 트루드가 환히 미소 띤 얼굴로 말을 꺼냈다. "앞으로 계획이 뭐야?"

"그러게." 벤이 거들었다. "앞으로 계획이 뭘까?"

"그냥 좀 쉬려고요."

"그래야지." 트루드가 말했다. "좀 쉬어야겠지."

"쉬고 나서는?" 벤이 물었다.

엄마가 그에게 초조한 시선을 던졌다. 벤은 무시했다.

"글쎄. 별로 생각 안 해봤어요." 그들, 생판 모르는 사람들이나 다름없는 이들이 여전히 나만 바라보며 내게 그동안 학교는 다녔냐 따위의 질문을 했다. 내가 실제로 어디서 굴러먹다 왔는지 조심스레 떠보려는 것이었다.

"서두를 거 없잖아." 엄마가 나섰다. "제니가 차차 생각해보겠지."

"그래야죠." 트루드가 맞장구를 쳤다.

"꿀꺽꿀꺽 게임 할래?" 아홉 살 멀리사가 자기 휴대폰을 내게 보여주며 물었다.

"그러자." 내가 대답했다.

멀리사는 가운뎃손가락으로 살찐 개구리의 입에 사탕을 채우며 게임 시범을 보였다. 서른아홉 단계가 있는데 멀리사는 내게 그것을 끝까지 다 보여줄 모양이었다.

"개구리 배가 다 찼어." 내가 말했다.

"개구리 아닌데." 멀리사가 킥킥거렸다. "괴물이거든."

"맞아." 다섯 살 서배스천도 거들었다. "괴물이야."

"그러면 괴물 한 마리 배가 다 찼네."

"누나 바보 같다……." 서배스천이 말했다.

"그래, 나 완전 바보야." 주위에서 어린애들을 보면 늘 배알이 꼴렸다. 나는 한 번도 아이 노릇을 해보지 못했기 때문일 거다. 질투라고 할 수 있겠지.

"누나 귀찮게 하지 마." 트루드가 아이들을 나무랐다.

그러게 말이야, 나는 생각했다.

"누가 사진 좀 찍어봐." 저타 할머니의 제안에 결국 아니가 나서서 자기 휴대폰으로 가족사진을 찍었다. 제목은 이렇게 붙여야 할 것 같았다. 친척 누나 제니를 성가시게 하는 멀리사와 서배스천.

벤은 멀찍이 떨어져서 나를 지켜보고 있었다.

"언니도 해볼래?" 멀리사가 내게 물었다.

"차라리 내가 직접 사탕을 먹겠어." 내가 말했다. "개구리는 꺼져."

"엄마…… 제니 언니가 욕했어."

트루드가 내게 뭔가 한마디 하려는 순간 그녀의 머릿속에서 작은 목소리가 이렇게 속삭인 것이 틀림없었다. 제니는 불쌍한 애니까 봐줘야지. 그녀는 대신 멀리사를 꾸중했다.

"언니 귀찮게 하지 말랬잖아."

"언니가 욕했단 말이야."

"맞아." 서배스천도 키득거리며 합세했다. "꺼져!"

"서배스천! 누가 그런 말 쓰래? 응?"

서배스천은 누나가 한 말을 그대로 옮겼을 뿐이라고 항변했지만 제니는 훈계의 대상이 아니었기에 트루드는 못 들은 척했다.

"다시는 그런 말 쓰지 마, 서배스천."

쾅. 서배스천은 멀리사의 아이폰을 바닥에 팽개쳤다.

"뭐 하는 짓이니!" 트루드는 아이에게 삿대질을 했다.

내가 잘 설명할 수 있는데. 다섯 살밖에 안 된 녀석이 당신더러 꺼지라고 했잖아.

금이 쫙 간 아이폰을 보고 멀리사는 울음을 터뜨렸다. 엄마, 쟤가 한 짓 좀 봐, 보라구. 그러자 서배스천도 가세해 양쪽에서 빽빽거리기 시작했다.

"우리 애들 때문에 미안하구나." 그녀가 모든 잘못을 아이들 탓으로 돌리며 말했다.

"괜찮아요." 내가 말했다.

상황이 엉망진창이 되었다. 트루드의 얼굴에서 웃음기가 사라졌다. 저타 할머니는 더 이상 눈물을 훔치지 않았다. 아니는 더 이상 사진을 찍지 않았다. 아빠의 삼촌 새뮤얼은 아직도 어리둥절한 표정이었다. 부자연스러운 화기애애함이 갑자기 어디로 사라졌는지 의아한 모양이었다.

벤은 아직도 나를 뚫어져라 응시하고 있었다.

트루드가 말썽꾸러기 아이들을 데리고 집에 돌아갈 시간이라는 말을 꺼내자마자 대탈출이 시작되었다. 모두들 한참이나 억지 미소를 띠고 있으려니 어지간히 피곤했던 모양이었다.

나는 작별 포옹과 키스 세례를 받았다.

벤은 위층으로 쿵쿵거리며 올라가기 전, 나를 스쳐 지나가며 내 귓가에 소곤거렸다.

"우리가 삼촌이라 부를 때까지 브렌트 삼촌이 간지럼을 태웠다는 장난 있지? 내가 지어낸 얘기야. 그런 일은 절대 없었어. 그런데도 네가 기억한다니 참 이상하다?"

9

우리와 함께 거실에 앉아 있는 FBI 요원의 이름은 헤스와 클라인이었다. 하지만 나는 그들이 유튜브의 2인조 코미디언 지망생이라고 상상하기로 했다. 대답하기 싫은 질문을 자꾸만 던질 때는 그렇게 생각해야 마음이 편해졌기 때문이다. 엄마마저 나서서 애가 불안해하니 그런 질문은 그만하라고 그들에게 당부했다.

"죄송합니다." 여자 코미디언 헤스가 말했다. "두 분 다 힘드시겠지만 제니가 겪은 일을 우리가 상세히 알아야 범인을 잡을 가능성도 높아지니까요. 너도 그 사람들이 잡히기를 바라지, 제니?"

내가 그들에게 바라는 것은, 성적 학대가 언제부터 시작됐니? 그 사람이 네게 어떤 짓을 했는지 정확히 설명해줄래? '아버지'라는 사람이 너를 강간할 때 피임을 했니? 따위의 질문을 그만하는 것이었다.

제니는 위층으로 올라가 낮잠을 자거나 새 옷을 몇 벌 더 사러 엄마와 함께 루스벨트필드 몰에 가고 싶었다.

"그 사람들 생각은 더 이상 하고 싶지 않아요." 내가 말했다.

"물론 그럴 거야." 헤스가 말했다. "충분히 이해할 수 있어. 하지만 그들은 아주 심각한 범죄자들이야. 여러 가지 중범죄를 지었다고. 다른 사람에게 또 그런 짓을 하기 전에 잡아들여야 돼. 이해하지, 제니?"

엄마가 면담을 중단시키려 해도 FBI는 더 강하게 밀어붙였다. 하루하루 시간이 지날수록 납치범을 찾기가 더 어려워진다면서.

"그런 것들을…… 왜 알고 싶어 하시는 거죠?"

헤스는 자신도 같은 것이 궁금하다는 듯 클라인을 돌아봤다. 하지만 그녀는 규정대로 바통을 넘기고 있을 뿐이었다. 엄마와 내가 그런 질문―주로 성적인 질문이었다―에 꼭 대답을 해야 하냐며 항의할 때마다 헤스는 바통을 클라인에게 넘겼다. 그러면 그는 주제를 바꾸어 내게 아이오와 어느 도시에서 살았나 같은 질문을 했다.

나는 FBI 요원 클라인에게 쓰레기장 한구석에 버려진 트레일러 얘기를 했다. 낡아빠진 침대 두 개와 바퀴벌레가 우글거리는 옷장, 물이 나오지 않는 세면대 얘기를 했다. 얼음장 같은 비가 쏟아져 들어오는 천장의 구멍 얘기도.

"실링 형사님께 아이오와 얘기는 다 했어요." 엄마가 끼어들었다. "경찰서에서요. 그런 자료는 공유가 안 되나요?"

"그 이동 주택은 확인을 마쳤습니다." 클라인이 말했다. "비어 있던데요."

"아니, 그 사람들이 아직도 그곳에 있을 거라 생각하셨어요?" 내가 물었다.

"네가 경찰을 찾아갈 줄 몰랐다면 그럴 수 있지." 클라인이 말했다. "그 생각을 했을까?"

나는 어깨를 으쓱했다. "제가 어떻게 알겠어요?"

"네가 떠날 때 그곳 상황이 정확히 어땠지?"

"상황이요?"

"그날 다툼이 있었니? 그 사람들과 말이야. 성적 학대나 유괴…… 그 밖에 다른 이유로 충돌이 있었니?"

"그렇지는 않았어요."

"알았다, 제니." 클라인이 침착하게 말했다. "그럼 어떤 상황이었니?"

"그냥 그곳을 벗어나고 싶었어요. 그래서 어느 날 실행에 옮긴 거예요."

"어떻게?"

"그곳을 나와서 돌아가지 않았어요."

내가 신체적으로 구속되어 있었냐는 질문에는 이미 대답했다. "이따금씩요."

팔은 이렇게 묶는 거야. 이렇게, 팔은 이렇게 묶는 거라고……

그들이 나를 학교에 보낸 적은 있었나?

"아니요." (헤스는 엄마에게 그들이 홈스쿨링을 선택한 데도 다 이유가 있다고 했다. 유괴범들은 공공기관과 가급적 접촉을 줄이려 하기 때문이란다. 나는 헤스에게 홈스쿨링은 아니었다고 설명했다. '아버지'가 수집한 DC 만화책을 탐독하며 영어를 배웠고 그가 거리에서 주워 온 빈병을 세며 산수를 익혔을 뿐.)

"어쨌든 그 사람들이 네게 조금이나마 자유를 준 셈이구나."
클라인이 말했다.

"뭐, 그렇게 생각할 수도 있겠네요." 그들이 내게 쇼핑몰에
서 거지 같은 일을 하도록 강요했다는 이야기는 이미 했다. 주
로 생활비를 충당하기 위해서였다.

"그러니까 네가 떠난 당일에 다툼은 없었다는 뜻이구나? 두
사람과 대립은 없었다는 거지?"

"없었어요."

"하필 그날 달아나기로 결심한 이유는 뭐니? 그때 몇 살이었
지?"

"열여섯 살쯤이었어요."

"왜 그날 떠났니? 전날도 다음 날도…… 한 달 전도 아닌 그
날이어야 할 이유가 있었니?"

"글쎄요. 그냥 그러고 싶었어요. 뭐 거창한 계획을 세우고
내린 결심은 아니었어요."

"그래서 어디로 갔지?"

"말씀드렸잖아요. 차를 얻어 탔어요. 멀리 떨어진 어느 도시
에 처음 내렸고요."

"거기가 어디였지?"

"그것도 말씀드렸는데요. 그게 그 사람들을 찾는 거랑 무슨
관계가 있죠?"

"같은 말 반복하는 거 같겠지만……."

"반복 맞잖아요. 같은 질문을 백만 번은 반복하셨어요."

"여러 번 생각해야 확실히 기억날 때도 있단다, 제니. 전에는 기억나지 않던 것들이 말이야. 미안하다, 이러는 거 따분하겠지."

나는 한숨을 쉬며 엄마를 넘겨다봤다. 엄마도 미안한 표정이었지만 다시 나서서 내 편을 들 만큼은 아닌 모양이었다.

"그날 누가 차를 태워줬는지 기억하니?" 클라인이 물었다. "혹시 차 종류는 기억 안 나?"

"2년은 지난 일이에요."

"남자였니? 여자였니?"

"남자애였어요."

"어떻게 생긴 남자애?"

"남자애처럼 생겼어요."

"그게 다야?"

"네, 그게 다예요. 그냥 차 좀 얻어 탄 것뿐이에요. 어떻게 생겼는지 알게 뭐예요."

"알았다. 그 남자애가 너를 어디다 내려줬지?"

"말씀드렸잖아요. 일리노이. 피오리아라고요."

"널 찾으러 오지는 않았니, 제니?"

"누가요?"

"'아버지'와 '어머니'라는 사람들?"

"제가 어떻게 알겠어요?"

"떠난 다음에는 다시 연락한 적 없다는 뜻이니?"

"네. 연락을 왜 해요?"

"글쎄다. 오랫동안 네 부모 행세를 했으니까. 네가 소식을 전하고 싶었을 수도 있을 거 같아서. 아무튼 넌 그 사람들한테 불만이 많아서 떠났겠지만."

"그 인간들 존재를 싹 잊고 싶어요. 그러고 싶다고요. 더구나 제가 무슨 방법으로 연락을 하겠어요? 그 사람들이 휴대폰이나 컴퓨터를 쓰는 것도 아니었는데."

"맞다. 편지를 보낼 수는 있었을 텐데?"

"그럴 수 없죠. 우편함도 없고, 주소도 없는데요. 거긴 버려진 트레일러였다고요."

"트레일러 얘기가 나와서 말인데, 제니." 헤스가 다시 말을 받았다. 내가 눈치채지 못하는 사이 보이지 않는 바통이 넘어간 모양이었다. "잠자리 배치는 어땠니?"

"잠자리 배치라고요?" 그런 황당한 질문이 어딨어요?라고 따지고 싶었다. 다음 질문은 뭐, 이런 건가? 저녁 식사 때 자리 배치는 어땠니?

"모두 같은 데서 잤니?"

"제 침대는 뒤쪽에 있었어요. 침대라 하기도 뭣하지만요. 그냥 매트리스였어요." 이 사람들은 틀림없이 머리카락 따위를 샅샅이 찾고 있을 것이다. 당연히 그러고도 남겠지.

"그러면 '어머니'와 '아버지'는 앞쪽에서 잤고?"

"네."

"그리고 '아버지'가, 미안하지만, 널 성폭행할 때는 '어머니'

89

를 뒤쪽에 있는 네 침대로 보냈니?”

“네.”

“그러면 ‘어머니’는 어떻게 했지?”

“코를 골고 잤어요.”

“‘아버지’가 너를 강간할 때 ‘어머니’는 잠을 잤다는 말이지?”

“주로 그랬어요.”

“항상은 아니다? 안 잘 때도 있었다고? 깨어 있기도 했니? 무슨 일이 벌어지는지 듣고 있기는 했다는 뜻이구나.”

“‘어머니’는 무슨 일이 벌어지는지 알았어요.”

“실제로 강간이 발생한다는 걸 알았다는 뜻이지?”

“모르겠어요.”

“‘어머니’가 잠을 깨어 소리를 들었는지 잘 모르겠다는 뜻이니?”

“그런 데 신경 쓸 정신이 없었어요.” 이제 내 목소리에 날이 서 있었다. 나는 내 목소리가 실제로 단단한 물체, 헤스와 클라인을 갈가리 찢을 수 있을 만큼 날카로운 강철 면도날이라 상상했다.

“그 얘기는 이미 끝난 거 같은데요.” 엄마가 끼어들었다. “자꾸 되풀이할 필요 있을까요?”

“몇 가지만 더 물어볼게.” 헤스가 말했다. “미안하지만.”

미안하기는 개뿔.

“‘어머니’라는 사람이, 뭐랄까…… 너를 가엾게 여겼니?”

“그게 무슨 뜻이죠?”

"너를 도우려 한 적이 있었냐는 뜻이야. '아버지'를 막았다거나. 너를 지키려 했었니?"

"그런 적 없어요."

"왜 그랬다고 생각해?"

한심하게도 몸이 떨리고 있었다. 나는 다시 비자로 행성으로 돌아왔다. 지구에 사는 제니와 정반대인, 약해빠진 제니가 사는 곳.

"그냥 쌍년이었으니까요."

그는 내 분노가 누그러지기를 기다리는 듯 잠시 침묵했다.

"유괴당한 날에 대해 기억나는 건 있니?" 클라인이 다시 화제를 전환하며 물었다.

"네?"

"네가 유괴당한 날 말이야. 뭐 기억나는 거 없어?"

잠깐만, 나는 생각했다. 잠깐만…….

"이웃에 있는 친구 토니의 집으로 걸어가고 있었어요. 그러다 붙잡혀서…….'"

"그래, 그건 우리도 알아. 하지만 어떻게? 그 사람들이 차를 타고 지나가다가 너를 차 안으로 끌어들였니? '아버지' 혼자 있었니? 아니면 두 사람 다?"

"기억이 안 나요……. 좀 헷갈리네요."

"잠깐 그때 일을 생각해보겠니?"

나는 대신에 벤이 내 귀에 속삭인 말을 떠올렸다. 내가 지어낸 얘기야. 그런데도 네가 기억한다니 참 이상하다?

"언제?" 클라인이 말을 꺼냈다. "'아버지'라는 사람 혼자 있었니? 차 안에? 아니면 둘 다 있었니?"

"혼자 있었어요."

"차 안에?"

"네."

"무슨 차였지? 기억나니?"

"그때 저는 여섯 살이었어요."

"그랬지. 하지만 그 사람들이 한동안 같은 차를 타고 다녔을 거 아냐?"

"아니요. 아마…… 아닐 거예요."

"그러니까 그 사람이 길을 걷고 있던 너를 낚아챘구나?"

"네. 맞아요."

"어떻게?"

"어떻게라뇨?"

"등 뒤에서 다가와 너를 붙잡았니? 아니면 너한테 말을 걸면서 일단 앞길을 막았니?

"나를…… 막았어요."

"말을 걸면서?"

"네."

"뭐라고 했지? 무슨 말 했는지 기억나?"

"우리 엄마가 나를 데려오라고 했다면서요."

"하지만 너는 그게 거짓말이라는 걸 알았을 테지? 옆 블록에 있는 토니네 집에 가고 있었으니까. 엄마는," 그는 이제 엄마를 돌아봤다. "조금 전에 너를 문밖으로 내보냈고. 그래서 너는 그 말이 사실이 아니라는 걸 알았겠지. 그 낯선 사람이 널 데리러 온 게 아니라는 걸."

"네네. 맞아요."

"그래서 어떻게 됐니? 그 사람 말대로 순순히 따라가진 않았을 텐데. 그 사람이 널 붙잡았니?"

"네."

"비명을 질렀니?"

"비명이요? 아니…… 네."

비명을 질러도 입이 열리지 않아 아무 소리도 내지 못하는 느낌이 어땠는지 문득 떠올랐다.

움직이면 더 아플 줄 알아라…….

"그래서 그 사람이 어떻게 했지? 입에 재갈을 물렸니?"

"손으로 제 입을 막았어요."

"손으로 입을 막았다. 그리고 차 안으로 끌고 들어갔다?"

"네."

"그다음에는?"

"생각이 잘 안 나는데……."

"차에 타고 나서도 넌 계속 소리를 질렀니?"

"네."

"그래서 '아버지'가 어떻게 했니?"

"말씀드렸잖아요. 제 입을 손으로 막았다고."

"운전을 하는 중에도?"

"네. 기억은 잘 안 나지만요."

"좋아. 그 사람이 널 어디로 데려갔지?"

"잘 생각이 안 나는데…… '어머니'한테였던 거 같아요. 저는 무서워서 계속 소리를 질렀어요."

"'어머니'라는 사람이 어디 있었는지 기억 안 나? 어디까지 차를 타고 갔지?"

"모르겠어요."

"집이었어? 공동주택?"

"아마…… 공동주택이었던 거 같아요."

"차를 타고 오래 이동했니? 너를 납치한 곳에서?"

"기억이 안 나요. 오래 갔던 거 같아요."

"그 공동주택에서 얼마나 지냈지?"

"잘 모르겠지만 한동안 살았어요."

"한 달? 1년?"

"정말 기억이 안 나요. 한 달보다는 길었던 거 같은데."

"공동주택에 이웃은 있었니?"

"기억 안 나요."

"확실해? 아무도? 지금까지 살았던 장소에서 '아버지', '어머니'와 교류한 사람이 한 명도 기억 안 나니? 이웃 사람이라든가, 집배원, 피자 배달부라든가……?"

"네."

"집 대문을 두드린 사람이 한 명도 없었어?"

"아니요. 그건 아니었던 거 같아요."

"그래. 누가 찾아왔었지?"

"글쎄…… 특별히 떠오르는 사람은 없어요."

"확실해? 기억을 좀 더듬어볼래?"

"말씀드렸잖아요. 특별히 기억나는 사람은 없다고요."

"애를 너무 몰아붙이시네요." 엄마가 또 나를 두둔하고 나섰다. "제니가 얼마나 지옥 같은 삶을 살았는지 모르시겠어요? 어디 살았든 찾아온 사람이 아무도 기억 안 난다잖아요. 버려진 집이라면서요. 폐기된 트레일러요. 누가 그런 곳에 일부러 찾아오겠어요?"

"아마 잘 모르실 텐데요, 크리스털 부인. 숨어 살아야 하는 자들도 가끔은 세상에 나올 수밖에 없습니다. 사람들을 만나고 사람들도 그들과 마주치고요. 그중에 집으로 찾아온 사람들이 있었을지도 모르죠. 트레일러라 해도요. 실제로 그들을 아는 사람, 그들을 본 사람, 대화를 나눈 사람이 있다면 저희한테 엄청난 도움이 될 겁니다. 따님이 경찰에 설명한 내용은 다소 모호해서요."

"그 인간들이 어떻게 생겼는지 정확히 말씀드렸는데요." 내가 항변했다.

"그게 정확한지는 잘 모르겠구나, 제니." 클라인이 자기 수첩을 내려다봤다. "네가 말한 '아버지'라는 사람은 키 180센티미터에 갈색 눈, 회색 머리, 중간 길이 턱수염을 길렀다며. 눈에 띄는 다른 특징은 없고 말이야. '어머니'는 키 165센티미터, 갈색 머리, 갈색 눈, 보통 체격이라고 했고." 그는 고개를 들었다. "이래서는 찾을 수가 없어."

"'아버지'는 듬성듬성한 회색 머리였다고 말씀드렸어요."

"그래. 듬성듬성한…… 그것도 수첩에 적혀 있구나. 경찰서에서 몽타주 화가는 만나봤니?"

"실링 형사님이 만나보겠냐고 묻기는 했어요." 엄마가 대답했다. "솔직히 그때 우리는 제니를 얼른 집에 데려오고 싶은 생각뿐이었어요."

"그러셨겠죠. 충분히 이해합니다. 내일 한 사람 보내도 되겠니, 제니?"

나는 어깨를 들썩했다. "그러세요."

"이 얘기는 이미 끝났지만 그 사람들이 서로 실제 이름 부르는 건 들은 적 없다고 했지? 진짜 이름 말이야. 그냥 항상 '아버지'와 '어머니'였다는 거지?"

그만하세요…… 말 잘 들을게요…….

이러지 마세요. 누구세요……?

제발…… 약속할게요…….

제발요, 누구세요……?

아버지…….

"네."

"너도 진짜 이름을 물어본 적 없고? 보통 어린애들은 부모한테 이것저것 물어보잖아?"

"그 인간들은 부모가 아니잖아요."

클라인은 몇 가지 질문만 더 하겠다는 말을 되풀이했지만 역시 빈말이었다. 질문은 끝이 없었다.

"혹시 널 의사한테 데려간 적은 있니?" '아버지'는 의사를 믿지 않았다고 대답했다. "쇼핑하러 간 적도 없고?" 없었다. 그들은 기부물품 수거함에서 옷을 훔쳐왔다. "슈퍼마켓에 데려간 적은 있니?" 기억에 없었다. 질문은 계속 이어졌다. 두 사람은 우리가 살았던 장소들에 대해 이것저것 물었지만 나는 대부분 기억나지 않는다고 했다. 잠시 후 그들은 같은 질문을 또 했고 나는 역시 기억이 없다고 했다.

마지막으로 엄마가 끼어들었다. "그만 좀 하세요."

나는 무심결에 소파에서 몸을 움츠리고 있었다. 그들에게서 물리적으로 멀어지려는 듯이. 헤스와 클라인, 그들의 온갖 한심한 질문으로부터. 협조적인 척하는 데도 지쳤다.

헤스와 클라인은 마지못해 면담을 끝내기로 했다.

클라인은 나와 악수를 했고, 헤스는 내 어깨를 토닥이며 피해자들이 면담 후에 비로소 새로운 기억을 떠올리는 경우도 흔하다면서, 만약 그런 일이 생기면 즉시 연락 달라고 당부했다.

"'아버지'와 '어머니'를 잠깐이라도 만났거나 알고 지낸 사람이 혹시라도 떠오르면 우리한테 알려주렴." 그녀가 말했다.

"수시티에 사는 사람들한테는 안 물어봤어요? 그 이웃에 사는 사람들 말이에요." 엄마가 물었다.

"이웃이랄 게 없습니다." 클라인이 대답했다. "트레일러가 쓰레기 더미 한구석에 있었거든요. 400미터쯤 떨어진 곳에 허름한 집 몇 채가 있었고요. 제니를 본 적 있다는 사람은 몇 명 있었어요. 제니가 설명한 인상착의에 부합하는 남성이나 여성을 봤다는 사람은 아무도 없었고요. 걱정 마세요." 클라인이 나를 돌아봤다. "저희가 계속 수소문을 할 테니까요."

10

벤

벤은 친구 잭에게 열심히 설명했다.

하지만 과연 정확한 설명이었을까?

토요일에 집으로 돌아가는 차 안에서 아빠가 그 말을 힘들게 꺼냈을 때, 벤은 아빠가 자신의 행방을 그렇게 열심히 찾은 이유가 무얼까 의아해하며 앞좌석에서 마음을 졸이고 있었다. 두 친구로부터 아빠가 그를 사실상 지명수배 중이라는 문자를 받았다. 벤이 최상급 마리화나를 피우고 있을 때였다. 평소에는 그것을 피우면 오한이 들었지만 아빠가 차를 친구 돔의 집 앞에 버려두게 하고 그를 여덟 살 아이처럼 집으로 끌고 가는 지금은 그렇지 않았다.

"무슨 문제 있나요?" 벤은 아주 공손한 말투로 물었다. 덕분에 노상 그에게 버릇없다고 타박하는 아빠의 입을 막을 수 있었다.

"인식은 현실이 아니잖아요." 벤은 아빠의 설명에 이렇게 반응했다. 커뮤니케이션 수업에서 본 자동차 광고 문구를 그대로 옳은 것이었다. 그에게 마약을 했냐고 추궁하는 학생주임에게도, 큼지막한 F가 적힌 시험지를 돌려주며 왜 시험공부를 안했냐고 타박하는 역사 선생님에게도 이미 써먹은 표현이었다. 앞서 두 사람 다 그 말에 재밌어하지는 않았기 때문에 아빠가 같은 반응을 보이는 것도 이상하지 않았다.

"내가 지어낸 얘기라고 생각하는구나." 아빠는 이렇게 말했다. "정말 그러냐?"

"법적 효력의 3분의 2는 의도에서 나오잖아요." 벤이 말했다. 나오는 대로 지껄인 말이고, 실제로 법적 효력의 3분의 2를 차지하는 것은 소유였지만. 벤이 하려던 말은 자신에게 버릇없이 굴 의도가 없었기 때문에 죄가 없다는 것이었다.

"뭐야? 의도가 뭐의 3분의 2라고? 야, 집어치워. 무슨 일이 있었는지 설명할 테니 잘 들어봐."

제대로 설명을 못 하는 게 문제였다. 아빠의 턱은 치과에서 국소마취 주사를 두 대쯤 맞은 듯 말을 만들어내려고 힘겹게 달싹이고 있었다. 아직 약 기운을 벗어나지 못한 벤이 보기에는 무척이나 우스꽝스러웠다.

"오늘 전화가 왔는데……." 아빠가 말했다. "네 엄마가 오늘 연락을 받았는데…… 믿기지 않겠지만…… 참 나, 너한테 어떻게 설명해야 할지 모르겠다."

이 무렵 벤은 터지려는 웃음을 억지로 참느라 아빠가 하고 있는 말, 하려는 말에 도저히 집중할 수 없었다. 그래서 아빠가 마침내 본론으로 들어갔을 때도 별다른 반응을 하지 않았다. 무슨 말인지 제대로 소화하지 못해서였다.

"내 말 알아들었니, 벤?" 벤이 듣기에는 웃기기 짝이 없는 부드럽고 진지한 목소리로 아빠가 물었다.

"그럼요."

"지금 하는 말 알아들었냐고? 내 말 듣기나 했어?"

"네, 네, 대장님."

아빠가 도로가에 차를 세우자 벤의 과잉흥분 상태도 급정거를 했다.

"너 마약 했니, 벤?" 아빠가 물었다. 벤은 학생주임에게서 똑같은 질문을 받았을 때처럼 '인식은 현실이 아니잖아요'를 반복할까, 아니면 나는 법적으로 성인이니 하고 싶은 건 다 할 수 있다고 아빠에게 상기시킬까(그래봤자 "아직 내 집에 사는 주제에" 같은 반응이 돌아올 게 뻔했지만) 고민하다가 아빠의 과하게 진지한 얼굴을 보고 그만두었다.

"마약? 그게 뭐죠?" 그는 일부러 이렇게 대답했다. 평소에 생각해둔 대답이었다. 이런 일을 두고 실없는 소리를 할 만큼 심상하게 반응하면 확실히 마약을 안 한 것으로 보일 거라는 노림수였다.

"방금 제니 얘기를 했잖아. 그런데도 너는 그렇게 실실거리고만 있니?"

"네? 누구요?"

"제니 말이야. 네…… 동생."

"제 동생이라고요?"

한동안 이렇게 아빠가 뭐라고 말을 하면 벤이 똑같이 반문하는 식으로 대화가 이어졌다. 꼭 스페인어 수업 같았다. 무슨 말인지 이해할 수 없는 것도 똑같았다. 아빠가 "네 동생 제니"라고 할 때 벤은 무슨 뚱딴지 같은 소린가 했다. 머릿속이 더 혼미해졌다. 이 말에 음침하고 절박한 저의가 깔려 있거나 그를 집요하게 집어삼키려는 무서운 힘이 담겨 있을지도 모른다고 생각했다.

"제니…… 뭐라고요? 저는…….."

"네 동생 말이야. 그 애가 돌아왔어. 너 내 말 안 듣고 있었니?"

이제야 알아들었다. 하지만 대마초를 짧은 시간에 너무 많이 피운 터라 이 말이 도저히 현실적으로 들리지 않았다. 웅웅거리는 자신의 뇌에서 나오는 말처럼 느껴질 뿐. 진짜일 리 없지 않나?

"동생이 어쨌다고요? 그 애가…… 돌아왔다고요? 어디로 돌아왔다는……?"

"여기로. 제니가 집에 돌아왔다고, 벤. 넌 도저히 이해가 안 되겠지만 그건 우리도 마찬가지야. 하지만 기적 같은 일들은 종종 일어나잖니, 일어날 수도 있다고……."

"아니, 잠깐만요. 그러니까, 아빠 말은…… 내 동생이 집에 왔다는 거잖아요. 집이라면…… 우리 집이요?"

"제니가 납치범들한테서 탈출한 거야. 도망친 거지. 그래서 집에 돌아왔어."

그는 물에 빠진 듯 숨을 쉴 수가 없었다. 아빠 차의 앞좌석에 앉은 채로 익사할 것만 같았다. 그러면 가족은 다시 세 명이 된다. 구성원은 달라지지만. 벤이 없어지고 그 자리를 동생 제니가 채우게 된다.

"괜찮니, 벤?" 아빠가 그를 포옹하려는 듯 팔을 뻗었지만 벤은 아빠가 언제 마지막으로 자신을 안아주었는지 기억이 나지 않았다. 열두 살 때 축구 경기에서 두 골을 넣었을 때였나? 그래서 그는 부지불식간에 몸을 움츠렸다. 그저 모든 게, 동생 제니가 돌아왔다는 사실이, 집으로 돌아왔다는 사실이, 그 소식을 듣는 순간의 죽을 것 같던 느낌이, 그를 끌어안으려는 아빠가 너무 이상해서였다.

"괜찮아, 벤. 여간 큰 충격이 아니겠지." 아니, 충격은 한창 대마초를 피우다가 학생주임한테 걸려서 연기를 삼켜야 할 때, 여자친구인지 아닌지 헷갈리는 달라가 친구인지 아닌지 헷갈리는 AJ와 키스하는 사진을 스냅챗에서 봤을 때 느낄 법한 감정이고, 지금은 차라리 번개 맞은 기분이라 해야 할 것 같았다 (벤은 언젠가 뉴스에서 번개를 맞아 연기가 나는 시신이 영안실로 실려 가는 사진을 본 적이 있었다).

"언제…… 오늘요?" 벤은 이 말을 하면서도 참 한심한 말이라고 느꼈다. 당연히 오늘이겠지. 어제까지만 해도 그의 동생은 죽어서 땅에 묻혀 있었으니까. 사실 그 애를 찾지 못했으니 묻혔다고 하기도 뭣했다. 더구나 은유적으로도 묻혔다고 표현할 수도 없었다. 지난주 은유와 직유에 대한 숙제를 내준 영어 선생님에게 찬사를. 벤이 그동안 동생을 되살렸으니까. 그는 동생을 위한 제단을 만들고 동생과 얽힌 추억을 봉헌했다. 몇몇 열성 신도들과 더불어 예배를 하러 가듯 그곳을 꼬박꼬박 찾았다. 그 페이스북 페이지의 방문자는 현재 983명에 이르지만 부모님은 그 존재를 알지 못한다.

사실 그는 거울을 들여다볼 때마다 탈리도마이드 기형아가 자신을 쏘아보는 듯한 기분을 느꼈다. 열두 살 무렵에 잭 때문에 품게 된 공포였다. 다리와 팔이 없는 아이들을 보여주는 의학적 기형을 주제로 한 웹사이트. 옛날 옛적에 임신부들이 탈리도마이드라는 수면제를 복용한 결과였다. 보고 싶은 마음과 고개를 돌리고 싶은 마음을 동시에 느끼며 그 아이들을 본 벤은 생각했다. 저건 나야. 아무도 볼 수 없는 것을 그는 볼 수 있었다. 누구인지 모를 유괴범이 동생 제니를 납치해 간 그날, 벤의 일부도 함께 뜯겨 나갔다. 정확히 어느 부위라고 꼬집을 수는 없지만 다시는 자신이 온전한 존재라고 여길 수 없었다. 제니가 사라진 그날의 일은 깡그리 잊었다. 겁에 질려 넋이 나간 탓이었다. 공식 병명은 '아동기 외상성 비탄'이었다. 그는 아동 정신병원에 1년 넘게 갇혀 있어야 했다. 사람들은 그곳을 '학교'라 불렀지만 그곳 학생들은 전부 약에 절어 멍청했다. 더구나 그곳이 학교가 맞는다면 멀쩡한 사람들의 세계로 돌아온 그가 두 학년이나 뒤로 돌아가야 할 이유가 있었을까? 그 때문에 나이 스물에 아직도 고등학교에 처박혀 있다.

그는 이 상황을 도저히 논리적으로 정리할 수 없었다. 나무 블록 빼기 놀이처럼 어느 한 기억을 뽑으려 했다가는 미처 빼내기도 전에 모든 기억이 와르르 무너져 내렸다. 가끔씩 특별히 품질 좋은 대마초를 피우면 기억이 거의 날 듯하다가도 결국 거기서 더 나아갈 수 없었다. 무엇보다 당혹스러운 점은, 여덟 살 때 어린 여동생과 그렇게 친하다고 느낀 적이 한 번도 없다는 사실이었다. 그들은 연년생이었지만 그다지 애틋했던 적은 없었다. 사실 그에게는 늘 투닥거리며 싸운 기억밖에 없었다. 하지만 동생이 사라지자 그의 중요한 일부―한 가지만 꼽자면 한동안이기는 해도 평범한 아이답게 행동하는 능력―도 함께 사라졌다. 동생과 그날에 대한 기억을 떠올리려 할 때면 누군가 전등을 꺼버린 듯한 기분이 들었다. 알고 싶은 동시에 알게 될까 두려웠다.

페이스북에 추모 페이지를 만든 이유도 그 때문이었다. 동생과 잃어버린 자신의 일부를 위한 제단에서 그는 몇 줄기 빛을 서서히 받아들였다. 가족을 잃은 다른 사람들도 서로의 어깨에 기대기 위해 모여들기 시작했다.

아빠는 마침내 길가에 세워둔 차를 움직였다. 벤은 이 엄청난 소식을 듣고 행복한 척하려고 애써 정신을 가다듬었지만 왠지 기쁘지가 않았다. 집으로 가는 동안 그 이유가 정확히 무엇일지 곰곰이 생각했다.

사실이라기에는 너무 놀라운 일이라서, 그의 존재 전체가 어떤 존재, 곧 동생 제니의 부재로 형성되었기에 갑자기 그녀가 돌아오면 자신이 지워질 것 같아서인지도 모른다. 이제 그는 어떤 존재란 말인가?

집으로 가는 길에 두 사람은 한마디도 나누지 않았다. 아빠가 그에게 그 소식을 소화할 시간을 주려는 거라고 벤은 추측했다. 하지만 생각은 고사하고 벤은 숨조차 제대로 쉴 수 없었다. 제니가 사라질 즈음에 그는 저녁 먹으러 오라고 가족들을 부르는 엄마의 목소리를 듣고 늘 그렇듯이 층계를 뛰어 내려가다가 발을 헛디뎠다. 층계에서 굴러떨어져 왼팔을 바닥에 부딪쳤고 뼈에 금이 가고 말았다. 처음에는 아프지 않았다. 아무런 감각이 없다가 점점 통증이 심해졌다. 조만간 어떤 일이 닥칠지 예감했던 것이다. 고통의 세계를 코앞에 두고 있는 지금도 벤은 갑자기 무감각해졌다.

집에 도착한 벤은 들어가고 싶은 생각이 없었지만 딱히 대안이 있는 것 같지도 않았다.

일순, 그는 이 모든 상황이 짓궂은 장난이라고 느꼈다. 프레도 피자가게 앞에서 본 예쁜이가 엄마와 나란히 소파에 앉아 있다니.

"안녕, 벤 오빠. 엄청 오랜만이야." 서로 눈싸움을 마친 다음 그 아이가 말했다.

아니, 오랜만이 아니었다. 마지막으로 저 애를 본 지 몇 시간밖에 지나지 않았다.

그 말을 하려다가, 그만두려다가, 해서 안 될 것 없다고 생각하다가, 어떻게 해야 할지 모르겠다고 생각했다. 엄마가 그에게 어서 가족 상봉에 동참하라고 종용했다.

대마초 때문인지 클래시의 노래 가사가 머릿속을 맴돌기 시작했다. **머물러야 할까 떠나야 할까.** 결국 그는 둘 중 어느 쪽도 아닌 가만히 서 있는 쪽을 택했다. 엄마는 자꾸 들어오라고 하고 아빠는 자꾸 뒤에서 밀었다. "동생한테 인사해야지." 두 사람 모두 그를 재촉했지만 그 아이는 동생이 아니라 프레도 가게 앞에서 만났던 여자애였다. 더구나 동생이 죽었다는 건 누구나 알고 있었다. 페이스북에서 찾아볼 수도 있다.

결국 그는 거실로 들어갔다. 언제까지나 가만히 서 있을 수는 없었고 돌아서서 나갈 수도 없었기에 모두에게서 뚝 떨어진 위치를 골랐다.

동생에게 하고 싶은 말 없냐고 묻는 엄마에게 그는, 있어요. 그 애는 어딨죠?라고 반문하고 싶었다. 그 순간 프레도 가게 앞에서 본 여자애가 피곤해서 자러 가겠다고 하자 벤만 빼고는 다들 일어서서 위층으로 올라가 버렸다.

벤은 앉아 있던 자리, 호박색 안락의자에 그대로 머물렀다. 그러자 갑자기 말도 안 되는 동화, 한밤중에 여자애가 호박으로 변하는 이야기—아니, 마차가 호박으로 변했나? 기억이 어렴풋했다—가 떠올랐다. 비슷한 일이 여기서도 일어나 프레도 가게 앞에서 본 여자애가 다시 호박이 되면서 동화가 끝날지도 모른다. 원래대로 돌아가는 것이다.

결국 아래층으로 내려온 엄마가 그에게 괜찮냐고 물으며 이 상황에 적응하려면 시간이 걸릴 거라고 했다. 벤은 그냥 고개만 주억거렸다. 그도 그 애처럼 갑작스러운 피로를 느껴서였다. 벤은 자기 방으로 가는 길에, 부모님이 그 애에게 내어준 방의 달힌 문 앞을 지나가다가 문득 이 방으로 갑자기 들이닥치곤 했던 여덟 살 때를 떠올랐다. 아니, 이 방에서 달아났었나? 여하튼. 자정이 되면 방 안의 여자애는 자취를 감출 것이다.

하.

다음 날, 과연 그 애는 사라졌다. 소파 베드는 다시 소파로 돌아갔고 그 애의 흔적은 어디에도 없었다. 벤은 이 모든 사건이 잭과 함께 피운 강력한 대마초의 농간이라고 여겼다.

하지만 오렌지주스를 마시러 주방에 내려갔더니 싱크대 옆에서 커피를 마시던 아빠가 말했다. "제니랑 엄마는 쇼핑하러 갔어."

웬걸. 벤은 아빠에게 프레도 피자가게에서 만난 여자애를 제니라 부르지 말라고 요구할 작정이었지만 아직도 충격 또는 여진에 시달리고 있었다. 한차례 지진이 지나간 후 다 끝났다고 생각하고 무너진 잔해 틈에서 머리를 내밀었다가 더 크게 당황하는 상황. 그래서 그는 입을 꾹 닫았고 애초에 무슨 용무로 주방에 내려왔는지도 잊었다. 아빠가 말을 붙이려 했지만 벤은 복도 어딘가에 놓아둔 휴대폰에서 문자 수신음이 울렸다는 듯 주방을 휙 나갔다. 하지만 수신된 메시지는 없었다. 대신 잭에게 곧바로 그쪽으로 가겠다는 문자를 발송했다.

잭의 집에 갔더니 잭이 물었다. "무슨 일이야?" 벤은 대꾸하지 않았다. 다음 날 그의 집이 TV 뉴스마다 빠짐없이 등장할 때까지 벤은 아무 말도 하지 않았다.

11

엄마는 부동산중개소에 일하러 갔고 프로그램 제작 책임자
인 아빠는 시내에 있었다. 다음에 회사를 한번 구경시켜주겠다
는 아빠의 말에 나는 좋다고 대답했다. 엄마가 출근하러 가도
괜찮겠냐고 묻길래, 나는 왜 안 되겠어요?라고 했다.

혼자지만 잘 지내고 있으렴, 제니.

나는 엄마에게 혼자 있는 게 뭐가 나쁘냐고 묻고 싶었다. 다
른 이유로는 절대 무릎을 꿇지 않던 내가 무릎까지 꿇으며 제
발 혼자이게 해달라고 간절히 기도했던 적이 얼마나 많은데.

걱정 마세요, 괜찮아요.

나는 피곤했다. '고개를 들고 있지 못할 만큼' 피곤한 건 아
니었지만 숙면을 취했다고는 할 수 없었다. 기괴한 악몽 탓이
었다. 모두가 무슨 말을 꺼내고 무슨 말을 꺼내지 말아야 할
지, 어떤 행동을 하고 어떤 행동을 하지 말아야 할지 신경을 곤
두세운 채 서로의 주위를 돌며 춤을 추느라 지쳤을 거다. 최신
곡에서 옛날 노래로 자동차 라디오 채널을 끊임없이 바꾸듯이
과거와 현재를 넘나들면서.

어젯밤에 아빠는 나를 제니페니라 부르며 내 귀에서 동전을

꺼내는 마술을 보여주었다.

나는 어떻게 한 거예요, 아빠? 하고 물을 뻔했다. 여전히 마술을 믿고 싶은 마음에.

이걸 줄 테니 생각해보렴, 아빠가 동전을 내 손에 놓으며 말했다.

그랬다. 나는 다시 여섯 살이 되어 아빠의 등에 업혀 다니는 삶을 생각하고 있다. 회사에 놀러 오라는 아빠의 초대를 받아들이면 아빠는 내게 사무실 내부를 구경시켜줄 거다. 그리고 나를 이렇게 소개하겠지. 내 딸 제니예요. 집에 왔어요. 이제 돌아왔어요. 다시는 이 아이를 놓치지 않을 겁니다.

지금 나는 길고 달콤한 낮잠 속에서 옛날을 꿈꾸듯 생각에 빠져 있다. 가짜 자낙스에 취한 것 같은 기분으로 깨어나게 될 꿈.

그런 생각을 전화가 방해했다.

전화기는 자꾸만 울렸다.

우리는 아직도 '전화받지 않기' 원칙을 엄격히 지키고 있었다. 거절을 하는 방법에는 한계가 있기 때문이다. 고맙지만 사양할게요, 관심 없다고 말씀드렸잖아요, 한 번만 더 전화하면 경찰에 신고하겠어요 등등. 경찰에 신고하는 것이 아빠의 새로운 취미가 되었다. 한밤중에 나와 통화했던 《뉴스데이》 기자, 이름이 뭐였더라? 맞다, 맥스. 그는 번호를 어떻게 알아냈는지 아빠의 휴대폰으로도 전화했고, 아빠는 예의를 챙기려는 시늉도 하지 않은 채 꺼지라고 소리쳤다. 〈폭스뉴스〉의 출연 섭외 담당자에게도, 《타임》 기자에게도, 〈엘런〉 제작자에게도, 카운

슬러 필 박사에게도 아빠는 똑같이 말했다. 필스터가 자기 쇼에 출연해달라며 내게 개인적으로 전화했을 때는 사실 조금 설렜다. 아빠는 그에게 고맙지만 사양하겠다고 대답했다. 욕설을 뺀 것은 오로지 엄마가 그의 열혈 팬이어서다.

지금도 전화기가 울리고 있다.

그 소리를 무시하려 했지만, 무시하려 할수록 더 의식하게 될 때가 있다. 더구나 벨소리는 한밤중에 울리는 자동차 경적 소리처럼 요란했다.

나는 수화기를 들고 잠시 고요한 순간을 즐기다가 귀에 갖다 댔다.

"여보세요, 크리스털 부인이신가요?" 남자 목소리였다.

"나가셨는데요."

"아." 침묵. "혹시…… 아닙니다. 잠깐만요, 부인께 조지 페네베이커라는 사람이 그동안 미안했다고 사과하더라는 말 좀 전해주시겠습니까? 다시는 전화하지 않겠다고요. 그게 다입니다. 그냥 그렇게만 전해주세요."

"그럴게요." 전화를 안 하겠다는 말을 하러 전화를 하는 사람이 있다는 사실에 나는 뜨악했다. "그렇게 전할게요."

전화를 끊고 나서 세상 사람들이 전부 이 사람 같으면 얼마나 좋을까 생각했다. 전화기는 다시 울리기 시작했다.

귀가 찢어질 것 같아서 나는 차라리 자리를 뜨기로 했다.

현관문 열기가 만만치 않았다. 딱히 무거워서는 아니었고 지난번에는 밖에서 안으로 들어왔기 때문에 잘 몰랐던 것 같다.

그동안 포위되었다가 마침내 방책을 여는 셈이었다.

하지만 거리에는 경찰차 한 대가 느릿느릿 움직이고 있을 뿐이었다. 첫날 나를 차에 태워준 경찰관—그 사람 같았다—이 내게 손을 흔들었다.

"안녕. 잘 지내지?" 그가 소리쳤다.

"아니요."

"왜, 뭐가 문제야?"

"경찰이 자꾸 질문을 하잖아요."

그는 눈을 가늘게 떴다.

"농담이에요."

"그래." 그가 대답했다. "네 아버지가 우리한테 경비를 서달라고 요청해서 이러고 있는 것뿐이야."

"알았어요."

"그럼 잘 지내, 아가씨." 부웅. 경찰차가 속도를 높여 길 저편으로 사라졌다.

30초도 안 되는 짧은 시간에.

반 블록쯤 떨어진 곳에 웬 여자가 보였다.

기자겠지, 나는 생각했다.

그녀는 쭈뼛거리다가 블록 끝에 일렬로 늘어선 벌레 먹은 철쭉 덤불에 가로막혔다. 이쪽을 훔쳐보고 있었다. 그것이 바로 기자가 하는 일이기는 하다. 집에 돌아온 여자애의 사진을 찍으려고 기회를 노리는 것. 엄마는 지역신문사 웹사이트에 실린 헤드라인을 보여주었다. '실종된 아이 돌아오다.' 왼쪽에는 전봇대에 붙은 사진이, 오른쪽에는 메리 형사가 경찰서에서 찍은 사진—내가 카메라를 보고 얼빠진 표정을 짓고 있는—이 나란히 실려 있었다. 엄마는 어떻게 신문사에 그 사진이 흘러들어 갔는지 이해가 안 된다며 경찰서에 항의 전화를 하겠다고 나섰다. 나는 오른쪽의 여자애가 왼쪽 꼬마와 공통점이 별로 없어 보인다는 생각밖에 할 수 없었다.

나는 우뚝 멈춰 섰다. 떠나는 경찰차 소리가 아직도 내 귓전을 울렸고, 덤불 뒤의 얼굴은 여전히 나를 응시하고 있었다.

나를 놀라게 하려는 카메라 기자일까?

시야에 온전히 들어오는 곳으로 걸어 나온 그녀는 혼자였다. 그렇다고 위협적이지 않은 것은 아니었다. 그녀의 얼굴에 뭔가 내 맘에 들지 않는 구석이 있었다.

우선 표정에 소심함과 분노가 번갈아 나타났다.

그 얼굴에 담긴 다른 것이 무엇인지도 나는 알 것 같았다.

"얘기 좀 하고 싶어……." 여자가 말했다.

나는 달렸다. 재빨리. 공포는 나를 갑자기 우사인 볼트로 만들었다. 나는 다시 블록을 내려가 우리 집 현관으로 돌아갔다.

문은 열리지 않았다.

꿈쩍하지 않았다.

저절로 잠긴 모양이다. 아무도 내게 열쇠를 주지 않았는데.

"제발……." 등 뒤에서 여자의 목소리가 들렸다. "이제 그만해."

내가 돌아보지 않으면 그 여자는 여기 없는 거다.

나는 집 뒤편까지 달려갔다. 미닫이 유리문까지. 누군가 그 문을 굳이 잠그려고 했을까?

문을 밀었다.

집 안으로 뛰어들자마자 안쪽에서 문을 잠갔다. 거실로 달려가 이미 내려진 커튼을 더 빈틈없이 당겼다. 빛의 입자까지 차단할 정도로.

기자들이 내 이름을 외치며 집을 에워쌌던 아침에 엄마와 아빠와 내가 앉아 있던 소파에 털썩 몸을 묻었다. 이제 다른 사람이 내 이름을 외치고 있었다.

심호흡…… 심호흡…….

똑똑.

똑똑.

똑똑. 똑똑. 똑똑. 똑똑. 똑똑. 똑똑. 똑똑. 똑똑. 똑똑. 똑똑. 똑똑. 똑똑. 똑똑. 똑똑…….

현관문을 두드리는 사이사이 여자는 뭐라고 소리를 쳤다. 나는 두 손으로 귀를 막고 있어서 그 말을 알아들을 수 없었다.

그냥 가만히 기다리면 저 여자는 돌아갈 거야.

열리지도 않을 문을 계속 두드릴 순 없겠지.

대답 없는 사람을 언제까지고 부를 수는 없어.

문 두드리는 소리가 멈췄다.

이제 멈췄다.

나는 손을 내리고 숨을 죽였다. 머리를 다리 사이에 파묻고 있었다. 비행기가 추락할 때 취해야 한다는 자세였다.

문 두드리는 소리가 다시 시작될까 봐 기다렸다. 조금 더 기다려보았다.

얼마 후에 나는 소파에서 서서히 몸을 일으켜 블라인드 틈으로 밖을 내다봤다. 아무도 없었다. 그렇다면 내 기분도 나아져야 한다. 이제 마음이 편해져야 한다.

하지만 전화기가 울리기 시작했다. 또.

그 여자가 아닐 확률은 0.1퍼센트쯤 되었다. 나는 그 가능성을 굳게 믿기 시작했다. 다른 토크쇼, 다른 신문사 사람일 거다. 페네베이커 씨가 또 전화해 다시는 전화를 안 한다는 건 거짓말이었다고 할지도 모른다.

"결국 받았네." 수화기를 들자 그 여자가 말했다.

나는 대꾸하지 않았다. 폐가 갈비뼈에 짓눌리는 기분이었다.

"잊지 마." 그녀가 말했다. "난 네가 진짜 누구인지 안다는걸."

12

진짜 나는 누구일까.

기억이 잘 나지 않지만 옛날에 어린 소녀가 있었다. 그 애 엄마는 어느 날 아침 유모차에 딸을 태웠다. 그 아이는 이미 다섯 살이나 되어 유모차 따위는 필요 없었는데도 말이다.

아마 그 일은 아이 엄마의 썩어가는 누런 이와 실제로 이가 빠져 달아난 뻐끔한 빈틈, 얼굴에 생긴 커다란 붉은 반점—엄마는 볕에 탄 자국이라 둘러댔지만 어린아이가 보기에도 절대 햇볕 화상은 아니었다—과 관계가 있었을 것이다. 어쩌면 그 날 아침 엄마가 보인 심한 정서불안 상태와 관계가 있을지도 모른다. 그런 증상은 엄마가 소녀의 눈에 크리스털처럼 보이는 유리 파이프를 빨 때만 사라졌다. 크리스털은 엄마를 큰 소리로 웃게 만들었다.

어린 소녀가 파이프를 빠는 엄마의 모습을 본 지 며칠이 지났다. 엄마는 그 며칠 사이 침실에서 몸을 앞뒤로 흔들고 미친 듯이 긁어대기도 했다. **가려워 죽겠어.** 그러다 엄마는 아이에게 아무 말 하지 않고 집을 몇 번이나 뛰쳐나갔지만 한층 더 처참한 몰골로 터덜터덜 돌아오곤 했다.

엄마는 몇 번이나 어딘가로 전화를 걸어 제발…… 제발……
하고 애원했지만 아이는 엄마가 고맙다고 말하는 것은 듣지 못
했다. 그러던 엄마는 그날 아침 다시 한번 전화를 걸어 소녀가
잘 알아들을 수 없는 말을 소곤거렸다. 좋아요…… 네…… 그쪽
으로 갈게요. 작게 대답하는 엄마의 마지막 말만 들렸다.

엄마는 소녀에게 티셔츠와 멜빵바지를 입혔다. 옷에는 음식
물이 말라붙어 있었다. 소녀는 엄마가 언제 마지막으로 세탁을
했는지 기억이 나지 않았다. 엄마는 소녀의 다른 옷 몇 벌도 커
다란 비닐봉지에 쑤셔 넣었다. 소녀는 엄마에게 수영하러 가는
거냐고 물었다. 소녀가 기억하기로 엄마가 옷을 챙길 때는 수
영장 가는 날뿐이었다. 염소 냄새가 진동하는 넓은 시립 수영
장에 가는 날.

엄마는 대답하지 않고 소녀더러 유모차에 타라고 했다. 소녀
가 싫다고, 걸어가겠다고 하자 엄마는 소리를 빽 지르더니 그
녀를 안아 올려 파란 유모차에 태운 다음 벨트를 단단히 채웠
다. 벨트 줄이 몸을 파고들어서 소녀는 아프다고 호소했다. 이
미 너무 커버린 소녀를 엄마가 공원의 아기그네에 억지로 앉혔
을 때와 비슷한 느낌이었다. 그때 소녀는 숨을 못 쉬겠다고 불
평했지만 엄마는 들은 척도 않고 어딘가로 가버렸고 소녀는 그
네에 몇 시간이나 매달려 있어야 했다.

쉿…… 그만 좀 징징거려. 엄마의 타박에 소녀는 입을 닫았다.
이렇게 신경이 곤두서 있을 때는 엄마한테 무슨 말을 해도 소
용없기 때문이었다.

유모차를 타고 한참을 이동하던 소녀는 그들이 어디로 가고 있는지 궁금해졌다. 공원과 수영장은 분명히 다른 방향이었고, 생각해보니 그때는 여름이 오기 전이라 수영을 하기에는 너무 추울 것 같았다.

"우리 어디 가, 엄마?"

엄마는 동화책에 나오는 커다란 나쁜 늑대처럼 헉헉거리다가 잠시 멈추고 숨을 골랐다.

"엄마 친구 만나러 가는 거야." 엄마가 대답했다.

"누구?"

하지만 엄마는 대답할 생각은 않고 다시 유모차를 밀기 시작했다. 영업 중인 상점들 사이사이로 폐업한 점포와 쇠창살이 늘어선 구역을 하나하나 지나쳐가면서 소녀는 엄마와 함께 동물원에 왔고 가게 안의 사람들이 동물이라고 상상했다. 소녀는 연기에 뛰어난 소질이 있었다. 엄마는 소녀가 크면 배우가 되겠다고 했다. 집에 TV가 있던 시절 소녀는 〈한나 몬타나〉 같은 드라마 속 등장인물들을 곧잘 흉내 냈다. 그러면 엄마는 박수를 치며 소녀에게 TV에 출연해도 되겠다고 칭찬했다. 소녀는 놀이터에서 만나는 아이들과도 흉내 내기 놀이를 했다. 같이 지나다니던 플라스틱 다리는 아기 염소 삼형제가 깡충깡충 지나간 다리라고 상상했다. 친구 하나가 소녀에게 입에 담배를 문 채 벤치에서 자고 있는, 얼굴이 붉은 반점으로 뒤덮인 여자를 가리키며 네 엄마냐고 물으면 소녀는 이렇게 대답했다. 아니, 나 돌봐주는 아줌마야.

그래서 유모차에 태워져 알 수 없는 곳으로 계속 이동하면서도 소녀는 창살 쳐진 가게 안 사람들이 사자, 호랑이, 곰이라고 믿을 수 있었다. 몸을 구부정하게 축 늘어뜨린 채 차에 기대선 가게 밖 사람들이 더 위험해 보였지만 말이다.

그들 중 몇몇은 엄마처럼 얼굴이 붉게 얼룩졌고 뺨이 푹 꺼졌으며 이가 빠져 있었다. 크리스털 같은 파이프를 빤 직후의 엄마처럼 얼굴 표정도 깨어 있지만 잠자는 사람들 같았다.

녹슨 차에 기대서 있던 남자 한 명이 비틀대며 다가와 엄마에게 가진 돈 좀 있냐고 물었다. 엄마는 대꾸하지 않고 꼿꼿이 유모차만 밀었다. 남자는 엄마를 잡년이라 불렀고 소녀는 그것이 나쁜 말임을 알고 있었다. 사이가 틀어진 할머니에게 엄마가 쓴 말이었기 때문이다(할머니와의 전화 통화를 마친 엄마는 빌어먹을 잡년이라며 투덜거렸다. 누가 들으면 내가 한 백만 달러쯤 내놓으라고 한 줄 알겠네). 소녀는 엄마가 제발이라고만 하고 고맙다는 말은 하지 않은 통화 상대 중에 할머니도 있을지 궁금했다. 소녀는 엄마가 어떤 친구를 만나러 가는지 알고 싶었다. 엄마 친구 중에는 집으로 찾아와서 엄마와 함께 파이프를 빨던 남자들도 있었다. 방금 엄마더러 잡년이라 부른 남자와 비슷하게 생긴 남자들이었다.

두 사람은 어느 모텔의 사무실 창문을 지나 주차장에 멈췄다. 역시 비슷한 쇠창살과 번쩍거리는 빨간 간판이 있는 곳이었다. 이곳에는 어떤 동물이 살고 있을까? 소녀는 궁금했다. 주차장에 다른 사람은 없었기에 소녀는 엄마가 또 한 번 숨을 고르려 멈췄다고 생각했다.

그런데 그 순간 어떤 차 문이 열리더니 한 남자가 밖으로 나왔다. 그는 발을 질질 끌며 다가왔다. 배가 불룩하고, 가는 머리카락이 듬성듬성한 그가 소녀를 보고 씩 웃었다. 그의 차 안에 남아 있는 여자가 차창으로 그들을 내다보고 있었다.

"나 일어나고 싶어, 엄마." 소녀가 말했다.

"좀 이따가. 엄마 친구랑 얘기 좀 하고."

소녀가 스스로 벨트를 풀려 하자 엄마가 손을 찰싹 때렸다.

"좀 기다리라고 했지."

"화장실 가고 싶단 말이야." 소녀가 말했다.

"지금은 안 돼." 엄마는 오늘 아침보다 더 예민해 보였다. 이웃집에 사는 흰 고양이 룰루가 비를 맞았을 때처럼 몸을 떨고 있었다.

"거기 예쁜이." 남자가 소녀에게 말했다. 어느새 그는 두 사람 앞에 서 있었다. "금방 화장실에 데려다줄게, 알았지?"

소녀는 대꾸하지 않았다. 그 남자가 누구인지도 모르는 데다 낯선 사람이 자신을 화장실에 데려가는 것은 질색이었다.

"이름이 뭐지?" 남자가 물었다. "조베스 맞지?"

소녀는 고개를 까닥했다. 누가 이름을 물으면 마땅히 그래야 하니까.

"예쁜 이름이네." 남자가 말했다. "예쁜 아이한테 어울리는 예쁜 이름이야."

소녀는 허벅지를 내려다봤다. 분홍 벨트가 배를 조이고 있었다.

"고맙습니다 해야지." 엄마가 재촉했다.

"고맙습니다." 소녀가 웅얼거렸다. 남자의 말투나 미소 같지도 않은 미소가 못마땅했다.

"뭐…… 천만에."

"가져왔어요?" 엄마가 남자에게 물었다.

"어지간히 급했나 보군." 남자가 껄껄거렸다. "일단 내 사무실로 들어가지."

소녀는 남자가 모텔 주인인가 싶었다. 그곳에 사무실은 한 곳밖에 없었으니까. 하지만 엄마는 소녀에게 얌전히 앉아 있으라고 지시하고 남자를 따라 그의 차로 갔다. 앞좌석에 앉은 여자는 아직도 그들을 내다보고 있었고, 소녀와 눈이 마주치자 씩 웃어 보였다.

남자가 뒷문을 열어주자 엄마는 차에 탔다. 소녀는 엄마와 남자가 자기만 그곳에 남겨두고 차를 타고 가버릴까 봐 무서워졌다. 하지만 차는 그 자리에서 움직이지 않았고 엄마와 남자는 뒷좌석에서 이야기를 나누고 있었다. 엄마가 그에게 뭔가를 요구하는 모양이었다. 전에 부탁했던 것인지도 모른다. 남자가 고개를 젓자 엄마는 기도를 하듯이 양손을 모아 입에 댔다. 아주 오래전, 교회에 마지막으로 갔던 날 이후로 소녀는 엄마의 그런 동작을 본 적이 없었다. 남자가 소녀 쪽으로 고갯짓을 하자 엄마는 우는 듯이 양손에 얼굴을 묻었다. 들썩이는 어깨를 보니 정말 울고 있는 것 같았지만 얼마 지나지 않아 엄마는 머리를 손에서 떼고 끄덕거렸다. 소녀는 남자가 엄마에게 뭔가를 건네며 어깨를 두드리는 모습을 보았다.

이제 차에서 나오는 엄마를 보며 소녀는 생각했다. 다행이다. 이제 집에 돌아갈 수 있나 봐. 그런데 엄마의 얼굴이 시뻘겋다. 평소보다 훨씬 더. 엄마는 소녀에게 눈길도 주지 않고 휙 지나 쳐갔다.

"이제 가는 거야?" 엄마가 유모차를 밀고 집으로 돌아가기를 기다리며 소녀가 물었다.

"엄마 친구가," 엄마가 꺽꺽거렸다. "엄마 친구가…… 너를 돌봐줄 거야, 알겠지?"

"다른 사람이 날 돌봐주는 건 싫어." 소녀가 말했다. "난 집에 가고 싶다구."

"엄마 말 들어야 돼……."

"싫어!" 다시 겁이 났다. 차가 움직이고 있는데 엄마는 무슨 소리를 하는 건가? 소녀가 차에 타야 한다는 뜻일까? 소녀는 이해할 수 없었다. 엄마는 왜 저런 낯선 사람들에게 나를 돌봐 달라고 할까? 그냥 집에 돌아가면 안 되나?

남자가 차에서 내리더니 역시 억지 미소를 지으며 다가왔다. 뒷걸음질 치기 시작하는 엄마를 보고 소녀는 벨트를 잡고 버클을 풀려고 더듬거렸다.

"얘, 조베스." 남자가 소녀를 불렀다.

남자가 "야…… 야, 거기"라고 외치는 사이 소녀는 가까스로 버클을 풀고 벨트에서 빠져나오고 있었다.

그녀는 유모차에서 기어 내려가 엄마에게 곧장 달려갔다. 엄마는 사무실 창문 앞을 막 지나가고 있었다. 하지만 소녀를 끌어안는 대신, 어린 딸을 포근하게 꼭 안아주는 대신 엄마는 가슴 위로 팔짱을 낀 채 그대로 서 있기만 했다. 소녀는 엄마의 한쪽 다리를 붙잡았다.

"집에 가고 싶어!"

소녀는 이제 울고 있었다. 욕지기를 참지 못해 올라온 토사물처럼 주체할 수 없이 터져 나온 울음이었다. 빈 유모차 옆에 멈춰 선 남자의 얼굴에선 더 이상 미소를 찾아볼 수 없었다.

"거래는 끝났잖아." 남자가 엄마에게 말했다. "먹고 튈 작정은 아니지?" 엄마가 대답하지 않자 남자가 말을 이었다. "이 바닥에서 빚을 떼먹으면 무슨 꼴 당하는지 잘 알지?"

엄마는 여전히 말이 없었다. 소녀가 죽기 살기로 붙들고 있는 그녀의 다리는 오한이라도 든 듯 후들거렸다.

"어서." 남자가 말했다. "내 것을 네가 갖고 있으면 쓰나. 어서 내놔야지."

"알고 있어요." 엄마가 말했다. "정말…… 괜찮아요." 소녀도 생각했다. 그래. 괜찮아. 이제 엄마에게 돌아왔으니 언제라도 집으로 향할 수 있었다. 집에 가서 한나 몬타나 인형과 놀고 싶었지만 일단 화장실부터 가야 했다. 오줌이 너무 마려웠다.

하지만 엄마는 소녀의 팔을 하나씩 다리에서 떼어내기 시작했다. 소녀가 내일은 없다는 듯이 울어대는데도. 엄마가 소녀에게 입버릇처럼 쓰는 표현이었다. 그렇게 내일이 없다는 듯이 울지 좀 마라. 그 말은 내일이 올 것이고 오늘보다 나을 거라는 뜻이었다.

"자, 내가 아까 뭐랬지?" 엄마는 여전히 컬컬거렸다. "엄마 친구가 널 돌봐준다고 했지?"

"싫어!" 훌쩍거리며 이렇게 소리친 소녀는 엄마의 다리를 꼭 붙들었다. 하지만 엄마는 소녀를 떠돌이 개 쫓듯 떼어내려고만 했다.

그때 갑자기 누군가 소녀를 끌어안아 일으켜 세웠다.

"자, 조베스, 이제 뚝 그쳐야지. 그래야 우리가 맛있는 아이스크림 사 주지." 남자였다.

하지만 소녀는 울음을 멈추지 않았다. 멈출 수가 없었다. 그러자 남자가 향수 냄새를 풍기며 말했다. "내 말 들을 거야, 안 들을 거야?" 아까 이름이 예쁘다고 할 때처럼 다정한 목소리가 아니라 소녀가 뭔가 잘못했을 때 엄마가 내는 엄한 목소리였다.

"착한 아이한테만 아이스크림을 사 줄 거다." 그가 말했다. "착하게 굴 거야, 말 거야?"

"엄마!" 소녀가 날카롭게 소리를 질렀지만 엄마는 벌써 돌아서서 떠나고 있었다. "엄마!"

남자는 벨트처럼 소녀를 꽉 붙들어 그의 차로 데려가려 했다. 소녀가 버둥거리며 엄마 쪽을 돌아보니 엄마는 이미 모텔 모퉁이 너머로 사라지고 있었다. 소녀는 더 이상 참을 수가 없었다. 소변을 참을 수 없었다. 남자가 호통을 쳤다. "제기랄, 너 뭐 한 거야?"

내가 더 이상 기억하지 못하는 소녀가 엄마를 본 것은 그날이 마지막이었다.

13

캐런 그리어.

알렉사 콘블루스.

테리 차노.

새러 러들로.

제니 크리스털.

나는 종종 실수를 한다.

이미 최소 두 번은 했다. 한번은 아빠의 엄마를 엘로이즈 할머니라 불렀는데, 그건 다른 여자애의 할머니였다. 한번은 홀리호크 초등학교 1학년 때 이야기를 하고 나서 생각해보니 제니 크리스털이 다닌 학교는 레이크사이드 초등학교였다. 두 번다 바로잡았다. 이런, 그러니까 레이크사이드요. 엄마는 눈치채지못한 것 같았다.

물론 내가 벤에게 한 실수를 포함하면 세 번째였다. 맞아, 우리가 삼촌이라 부를 때까지 브렌트 삼촌이 간지럼을 태웠지. 그러자 벤은 있지도 않은 일을 기억하다니 참 이상하다고 했다.

보통은 내가 좀 실수를 해도 다들 봐주는 편이다. 나는 유괴와 학대를 당했고 모든 게 아주 오래전의 일이다. 몇몇 이름을 헷갈리고, 몇몇 얼굴을 못 알아보고, 몇몇 날짜를 잊는 등 기억이 좀 틀릴 수도 있다. 충분히 예상 가능한 상황 아닌가? 그간 거쳐온 지옥 같은 삶을 감안하면 뭐라도 기억하는 게 차라리 기적이다. 엄마도 FBI에게 그렇게 말하지 않았나? 제니가 얼마나 지옥 같은 삶을 살았는지 모르시겠어요? 잘했어요, 엄마.

대부분의 사람들은 내가 무슨 일을 겪었는지 알기에 할머니를 엉뚱한 이름으로 부르고, 오하이오에 있는 학교 이름을 대고, 브렌트 삼촌의 시시한 장난에 웃었다는 얘기를 해도 별다른 눈치를 채지 못한다. 뭔가 눈치채고 나를 옭아매려 한 것은 오로지 벤뿐.

나는 그냥 착하게 굴려고 노력 중이다. 벤이 그 일을 다시 걸고넘어지면 이렇게 말할 생각이다. 사실 브렌트 삼촌이 우리를 그렇게 간지럽히면서 몇 번이나 삼촌이라 부르게 했다는 건 기억이 안 나지만 오빠가 나를 놀리며 재밌어하는 것 같아서 나도 장단을 맞춰줬을 뿐이라고. 그리고 오빠가 애초에 그 얘기를 꺼낸 저의는 뭐야? 날 못 믿어서 그런 거 아냐?

벤 같은 존재는 어딜 가나 있었다.

아빠일 때도 있었다. 엄마일 때도, 언니일 때도. 삼촌일 때도. 대개는 늙어서 눈치를 못 챘지만 할머니나 할아버지일 때도 있었다. 이번에는 벤이다.

철저히 믿는 것이 요령이다. 믿는 시늉을 하는 것이 아니라. 진심으로 믿어야 한다.

그 경찰관이 제안한 시각화와 비슷하다. 다만 그는 미래의 어떤 장면을 상상하라고 했지만 나는 과거의 사건들을 상상해야 했다.

엄마가 여섯 살이던 나를 단짝 토니 켈리네 집에 놀러 가라고 현관문으로 내보낸 직후에 나는 유괴를 당한다. 그 때문에 나는 과거의 모든 삶을 빼앗겼다. 나는 아빠가 태워주는 목말을 타고 침실을 빙그르르 돌았고, 매년 여름 독립기념일에 뒷마당에서 환상적인 불꽃놀이를 구경했고, 디즈니월드에 갔다가 톰 소여의 동굴에서 오빠 벤을 잃어버렸다. 벤의 신기한 페이스북 페이지 덕분에 나는 공백을 채울 수 있었다. 흩어진 온갖 기억을 욱여넣어 죽은 누이에게 헌정한 페이지. 제니가 없어지기 직전에 가족끼리 해피밀 세트를 실컷 먹었다는 알짜 정보도 있었다. 그 일을 갑자기 떠오른 기억처럼 메리 형사에게 말했다. 어떤 게시물은 겨우 몇 단어로 끝났지만('골디에게 비비탄을 쏘다가 동생한테 들키는 바람에 다툰 적이 있다'), 대체로 장황하게 횡설수설하며 생각나는 대로 적은 글들이었다. 이를테면 그가 동굴에서 길을 잃었다는 일화는 마지막에 이런 의문을 던지며 끝냈다. '내 동생도 이렇게 깊숙하고 컴컴한 동굴 속에서 길을 잃었는데 아무도 찾아주지 않는 기분이었을까?'

맞아, 벤, 그런 기분이었어.

내가 읽기만 한 것은 아니었다. 인터넷은 서로 소통하는 매체 아니던가. 나는 동생을 애도하는 오빠와 대화를 트게 되었다. 나도 동생을 잃었기 때문에 우리는 사실 동병상련이라고 했다. 처음에 벤은 나를 경계하는 듯 단답형 대답만 했다. 내가 한 발짝 더 다가가 지극히 내밀하고 고통스러운 기억을 공유한 뒤에야('이런 말은 아무한테도 한 적 없는데') 그는 성의 있게 반응하기 시작했다. 얼마 후에 그는 잠글 수 없는 수도꼭지가 되어버렸다. 내가 원하던 바는 아니었다.

'동생은 어떤 아이였어요?' 나는 그에게 물었다. '가장 기억에 남는 점이 뭔가요?'

'그런 게 별로 없다는 게 문제예요.' 그가 대답했다. 벤은 많은 기억을 차단하면서 살아왔을 것이다. 그래서 오랫동안 잘 기억하지 못했다. 애초에 추모 페이지를 시작한 이유도 그 공백을 메우기 위해서였다. 벤에 따르면 효과가 있었다. 기억이 되살아나고 있다고 했다. 함께 뒷마당에 나와 있던 제니가 그를 토마토 지지대로 밀쳤다. 그때 생긴 흉터가 아직도 남아 있다. 동생과 호숫가에서 인디언 놀이를 하던 기억도 떠올랐다. 추장은 항상 벤이었다. 바닷가에서 제니는 트럭 티미로 모래성을 짓는 그를 도왔다. 바다에서 함께 헤엄도 쳤다. 밀려온 바닷물에 파도 속으로 쓰러져 겁에 질렸던 기억도 났다. 벤은 어느 쪽으로 움직여야 물 밖으로 나갈 수 있는지 헷갈렸다. 1초도 숨을 더 참을 수 없어 당장이라도 시퍼런 물을 삼키게 될 지경이었다. 그러던 벤이 벌떡 일어서 허겁지겁 공기를 들이마실 때 동생 제니가 그를 껴안고 있던 것 같았다. 아니면 아빠였는지도 모른다. 결국 물에 빠져 죽지 않고 살아남았다. 제니가 사라진 날에는 깊고 컴컴한 동굴로 다시 들어가 끝끝내 빠져나오지 못한 기분이었다.

동생은 이런 아이였다고 그는 내게 답장을 보냈다. 이러이러한 아이였다고. 말뿐만 아니라 사진으로도 알려주었다. 2005년경에 찍은 벤과 제니의 사진. 한때 엄마들이 아이들을 수시티 쇼핑몰에 데려와서 찍곤 하던 사진과 비슷했다. 온 가족이 촌스러운 루돌프 스웨터를 입고 인조 크리스마스트리 앞에 앉아 있었다. 제니는 오빠의 무릎에 앉아 버둥거리고, 뒤편에는 커다란 지팡이 사탕 묶음이 보인다. 크리스털 가족의 앞마당 잔디밭에서 제니가 할아버지와 찍은 사진도 있었다. 스프링클러 물줄기 사이로 뛰어다닌 듯 제니의 수영복에서 물이 뚝뚝 떨어지고 있었다. 누군지 기억나니? 엄마가 병원에서 갓 태어난 제니를 안고 있는 백발의 남자를 가리키며 물었다. 외할아버지라는 나의 대답에 엄마의 눈가가 촉촉해졌다. 폐가와 부서진 트레일러에서 끔찍한 '어머니', '아버지'와 12년을 살았는데도 나는 엄마의 아버지를 기억했다. 벤도 그랬다. '할아버지는 늘 제니에게 막대사탕이 어느 손에 있는지 맞혀보라고 하셨고 제니는 틀리는 법이 없었다.' 벤은 이렇게 기록했다. 내가 어떻게 그 놀라운 일을 해냈는지는 눈치채지 못한 것 같았다. 별로 어렵지도 않은데. 벤은 자신이 피워대는 마리화나 덕도 보았다. 마리화나가 기억을 떠올리는 데 어떤 도움을 주었는지도 적혀 있었다. 하지만 내 경험은 정반대였다. 적어도 최절정 상태에 있을 때 대마초는 기억에 작별 인사를 하는 데 특효약이었다.

이따금씩 벤은 내게도 동생에 대한 기억을 공유해달라고 요구했다. 그러면 나는 지난 2년 반 사이 재회했던 여러 동생들에게서 짜깁기한 이런저런 사실들을 들이밀었다. 세 살짜리 동생 캐런을 잃어버린 소심한 앨리슨 그리어도 그 소재가 되었다. 앨리슨은 우리의 눈물겨운 재회 후에 엄숙하게 약속했다. 나를 다시는 자신의 시야에서 놓치지 않겠다고, 영원히 자매로 남겠다고. 물론 일이 틀어지기 전까지였고 나는 그 후 대번에 그녀의 시야에서 밀려나야 했다.

내가 재빠르게 대처하지 못한 적도 많았다. 집에 왔다는 생각에 경계가 허술해지고 마음이 해이해져 내가 어떤 사람이라고 말했었는지 잊곤 했다. 내 역할에 몰입하지 못하고 대사를 망치기 시작했다. 아빠의 의아한 표정을 대수롭지 않게 여기고 내 처지가 얼마나 위태로운지 완전히 망각했다. 나는 두 번이나 소년원에 보내졌다. 그곳에서도 그들은 내게 넌더리를 냈다. 처음에 나는 위탁 양육되었고(정부 지원에 눈이 멀어 위탁 아동을 한 트럭쯤 쟁인 두 명의 밑바닥 인생에게) 두 번째는 탈옥했다. 앞문 열쇠를 빼돌려 한밤중에 슬쩍 빠져나간 것이었다. 나와 대면한 각 분야의 권위자에게 나는 가장 큰 골칫거리이자 혼란거리였다. 나 같은 애를 대체 어떻게 해야 하나? 내가 누구를 공격했거나 가택 침입을 한 건 아니었다. 내가 그런 짓을 했다고 생각한 사회복지사도 없지 않았지만 말이다. 넌 그 가족을 공격한 거야, 조베스. 그녀는 내게 훈계했다. 너는 그들의 꿈과 희망을 농락했다고. 그 가족에 돌이킬 수 없는 상처를 안겼어. 그러니까 기분이 어때? 그녀는 그 집 아빠가 나를 이상한 눈으로 보기 전에는 기분이 어땠느냐고 물었어야 했다. 안전하고 따뜻한 기분이었다. 그녀는 그 가족에게도, 몇 주 내내 싱글벙글하다가 충격에 빠진 부모에게도 물었어야 했다. 더구나 내가 알기로 꿈을 파괴하는 것은 형법에서 인정하는 범죄도 아니다.

대체 왜 그런 짓을 하니? 그 사회복지사가 내게 물었다. 좋은 질문이었다. 하지만 좋은 대답을 할 수는 없었다. 나는 어깨만 으쓱했고 그걸로는 그녀를 전혀 납득시킬 수 없었다. 누군가의 희망이 철저히 파괴된 그날 아침, 그 형편없는 모텔로 그녀를 데려가서 보여줘야 하나? 하지만 별로 그러고 싶지 않았다. 그곳에 가기 싫었다. 미처 깨닫기도 전에 나는 한심하게 다시 몸을 떨기 시작했다. 그곳에 안 가면 될 거 아냐? 사회복지사의 질문에 대한 대답은 이렇다. 나는 그 아이가 되고 싶지 않았기 때문이다. B급 마약을 주고 나를 손에 넣은 더러운 변태에게 오줌을 뒤집어씌운 어린 소녀. 그런 애가 되고 싶은 사람이 어디 있을까?

나는 조베스로서 공포의 집을 빠져나왔다. 그리고 이런 사람들이 되었다.

캐런 그리어.

알렉사 콘블루스.

테리 차노.

새러 러들로.

제니 크리스털.

세어보니까 2년 반 사이에 다섯 명의 아이로 변신한 셈이다. 내가 이름을 기억해야 했던 다섯 쌍의 부모, 다섯 곳의 학교,

친척들, 중뿔난 이웃들, 친한 친구들. 서로 다른 다섯 가지 삶. 너무 많은 건 분명하지만 그중 어느 삶도 내 것이 아니었다.

내게는 그것이 감당할 수 없는 불안감을 덜어주는 마약인 셈이야, 엄마. 잠을 못 이룰 때도 있지만 바깥은 그보다 훨씬 더 깜깜하거든.

그런 생활이 지속될 거라고 진짜로 믿었던 적도 몇 번 있다. 내가 야무지게 잘 해낼 줄 알았다. 가족 휴가와 대학 졸업을 기대했다. 사실 고등학교도 못 나온 내가 너무 주제넘었던 감은 있지만. 심지어 어느 날 환히 웃는 차노 씨와 나란히 결혼식장에 들어가는 내 모습도 상상했다. 언젠가 내가 저녁 식사 때 소금 좀 건네줄래요, 아빠? 했더니 그는 흐느껴 울기 시작했다. 그 순간은 지금도 눈앞에 선명하다. 그러다 나의 경계심이 고주망태 씨처럼 허술해지면 쫓겨나는 건 시간문제다.

훨씬 짧게 머무른 적도 있었다. 아이오와주 르마스에 살던 마지막 가족이 그랬다. 베키 러들로와 그녀의 남편 라스. 처음에는 무척 아둔해 보였는데 알고 보니 라스는 생각보다 잔머리를 많이 굴리는 사람이었다. 내가 그 집에 들어가자마자 그는 내가 가장 싫어하는 세 글자를 뱉어냈다. 내가 널 못 믿겠다는 뜻은 아니고, 우리 모두 같은 마음이라 조금도 의심하지 않지만 DNA 검사 좀 받아봐도 괜찮겠니, 새러?

음, 라스, 당신이 말을 꺼냈으니까 하는 말인데 사실 나는 DNA 검사 받는 거 별로 괜찮지 않아요. 하지만 나는 이렇게 대답했다. 그럼요, 그런데 제가 적응할 시간을 며칠만 가져도 될까요? 며칠 후 새러는 종적을 감췄고 내가 얼씬거리지 말아야 할 도시 목록에 르마스가 추가되었다.

솔직히 나는 그 엄마의 희망과 꿈을 깨부수고 싶지 않았다. 베키는 내가 어떤 검사든 받는 것을 단호히 반대했으니까. 무슨 사실을 알게 될지 두려웠겠지. 베키는 내가 엄마를 선택할 수 있다면 기꺼이 찜하고 싶은 엄마였다. 애플파이처럼 달콤하지만 적절히 가미된 새콤한 맛 때문에 더 매력적인 엄마. 나를 데리러 경찰서에 왔을 때—나는 보통 가장 가까운 경찰서를 찾아간다. 딱 한 번 곧장 현관문으로 다가가 초인종을 누르고 제가 돌아왔어요, 한 적이 있긴 하다—그녀는 10분 만에 10년은 젊어진 것 같았다. 내가 대기 중인 공간으로 들어왔을 때와 집으로 돌아갈 때는 완전히 딴사람처럼 보였다. 그날 밤 나는 그녀의 침실 문틈으로 흐느끼는 소리를 들었다. 라스가 괜찮아, 여보, 하며 달래자 베키는 이렇게 반응했다. 그래, 맞아, 라스, 이제 괜찮을 거야. 모든 게…….

10년 전 홈디포에서 아빠의 손을 놓친 후 흐릿한 감시 카메라 화면에 다른 사람의 손을 잡고 걸어 나가는 모습이 마지막으로 잡힌 새러는 진짜 아빠밖에 모르는 아이였다고 베키는 말했다. 아빠가 앞장서서 DNA 검사를 요구한 이유도 그 때문이겠지. 그렇게 오랜 시간이 흐른 후에도 그는 엄마가 느끼지 못한 뭔가 이상한 낌새를 차린 것이다. 그가 작은 폭탄을 떨어뜨린 다음 날, 나는 떠나면서도 이제는 다른 이유로 침실에서 흐느끼게 될 베키가 자꾸만 눈에 밟혔다.

그때 나는 이제 이런 짓은 아예 그만둬야 하나 고민했다. 하지만 고작 이틀 후에 나는 또다시 실종 아동에 대한 정보를 찾아 인터넷을 샅샅이 뒤지고 있었다. 정확히 말하면 아이를 못 잊는 부모들을 찾는다고 할까. 어렵지 않았다. 미국에는 그런 사람들이 차고 넘쳤다. 물론 실종된 여자아이들의 나이, 눈과 머리색이 나와 비슷해야 했다. 그리고 나와 닮지 않았다고 딴지를 거는 사람이 없도록 충분히 어린 나이에 유괴된 아이여야 했다. 그 아이에 대한 정보도 어느 정도 필요했지만 페이스북과 지역신문만 검색해보면 그만이었다. 유괴 발생 후 한 주 정도는 실종된 아이의 가족, 친구, 동급생, 이웃, 교사에 대해 세상에 알리는 기사가 쏟아져 나왔다. 아이의 실종을 믿지 못하는 주위 사람들은 실종 아동을 둘러싼 유용한 사실을 아낌없이 방출했다.

그게 다였다. 그러면 끝이었다.

물론 이따금씩 굉장히 운이 좋아 실종된 아이의 약쟁이 오빠가 만든 추모 페이지가 얻어걸릴 수도 있다. 줍기만 하면 되는 온갖 솔깃한 정보가 넘쳐나는 곳. 거기다 제니가 처음 사라졌을 때 나온 수많은 기사와, 제니가 유괴되고 수년이 지난 후에 쓰인《베니티 페어》의 분석 기사도 있었다.〈상실을 생각한다〉인가 뭔가 하는 제목의 멋을 잔뜩 부린 글이다.

실종 후 하루가 채 지나기 전에 붙은 첫 전단을 시작으로, 1500장이 넘는 전단이 마을 곳곳을 빈틈없이 메웠다. 전부 동네 인쇄소 사장이 대량으로 찍어낸 것이었다. 그는 넋이 나간 아이 부모와 잘 아는 사이는 아니었지만 최소한 그 정도 도움은 주고 싶었다.

그 가운데 한 장은 '프레도의 이름난 피자가게' 앞 전신주에 단단히 붙어 있었다…….

이렇게 고마울 데가.

기사에는 사진도 여러 장 실렸다. 분홍 발레복 차림으로 체육관 매트에 앉아 있는 제니. 호숫가에서 제니 옆에 서 있는 여덟 살의 벤. 제니가 실종된 후 동네 강당에서 열린 집회에 참석한 제니의 부모. 제이크는 로리가 연단에서 떨어지지 않게 붙잡으려는 듯 그녀의 허리를 감고 서 있다.

로리의 얼굴이 마음에 들었다. 베키를 닮은 구석이 있었다. 주의 깊게 살펴보면 누구나 느끼겠지만 나와 함께 경찰서를 나온 엄마들은 대부분 내 진짜 엄마를 많이 닮았다. 마약중독에 빠지기 전, 지나가던 남자들이 간혹 고개를 돌려 바라보던 시절의 엄마. 결국 엮이는 남자들 중에 제대로 된 인간이 없었다는 게 문제였다.

제니 크리스털. 제니 크리스털. 제니 크리스털.

거울 앞에서 연습하기 시작했다. 그러자 엄마가 손에서 놓지 못하던, 내가 크리스털 같다고 생각했던 파이프가 떠올랐다. 그것이 정말로 크리스털 같았는지 아닌지는 중요하지 않다. 그것이 연상되는 이름일 뿐. 그 이후 나는 벤과 페이스북 메시지를 교환하면서 제니 크리스털처럼 생각하기 시작했다.

나는 제니 크리스털이 되었다.

르마스를 떠난 후에 머물게 된 지저분한 거처에서 매일 아침 세수를 하다가 고개를 들고 나를 빤히 응시하는 제니 크리스털을 보았다. 내 기억은 그 애의 기억이다. 내 과거는 그 애의 과거다. 나는 그 애처럼 먹고 자고 걷고 말했다. 마침내 그 전봇대에 붙은 빛바랜 실종 전단 앞으로 다가가 그 얼굴을 만났다. 내 얼굴이었다.

나는 집에 돌아왔다.

그 집에 조금 전 베키 러들로가 나타나, 현관문을 두드리며 내게 이제 그만하라고 소리쳤다.

14

"너 오늘따라 좀 초조해 보인다, 제니." 아빠가 말했다. 전화 벨이 울릴 때마다 나는 소스라쳤다. 유선전화가 아직 금지 모드이기를 기도했지만 그렇지 않다면 어떡하지? 엄마가 고객의 전화를 받아야 하거나, 아빠가 플로리다에 사는 할머니의 연락을 기다리거나, 벤이 멍청하게 수화기를 든다면? 그리고 전화 저편의 목소리가 이렇게 말한다면? 말씀드릴 게 있어요. 신문에 나온 실종 아동 기사에는 틀린 사실이 많아요.

그러면 어떻게 하나?

현관문도 문제였다.

문이 점점 커지는 기분이었다. 경찰서 출입문처럼 다신 보고 싶지 않은 온갖 사람들을 들여보낼 것만 같았다. 그중 최악은 딸을 아빠 라스와 함께 홈디포에 보낸 이후로 한 번도 만나지 못한 엄마다.

한참이나 묵묵히 저녁을 먹다가 엄마는 아빠에게 오늘 회사 일은 어땠냐고 물었고 아빠는 별일 없었다고 대답했다. 벤에게 학교는 어땠냐고 묻자 그 애는 환장하게 좋았다고 대답했다. 엄마가 상소리 좀 그만할 수 없겠냐고 하자 벤은 잘 모르겠다고 했다. 그런 불꽃 튀는 대화가 한창일 때 누군가 초인종을 울렸다.

나는 포크를 떨어뜨렸다. 접시 위에 떨어졌으면 괜찮았겠지만 스파게티를 잔뜩 감은 포크는 바닥으로 떨어졌다.

다들 아무 말도 하지 않았다.

아직도 나를 이마에 '취급주의' 도장이 찍힌 사람으로 취급하고 있는지도 모른다. 그래서 아무도 맙소사, 제니, 접시에 좀 받치고 먹어라, 또는 조심 좀 할 수 없니? 따위의 말을 하지 않는 거다. 대신 모두들 스파게티 소스가 사방으로 튄 바닥만 내려다봤다. 유괴 사건 전 우리 네 사람의 사진 액자 아래쪽에도 몇 방울이 튀었다(엄마는 이전의 크리스털 가족사진을 찾느라 사진첩을 샅샅이 뒤졌다). 소스는 꼭 핏방울 같았다.

"죄송해요." 내가 말했다.

"괜찮아." 엄마가 말했다. "이 정도 사고야 늘 일어나는걸."

그 사고 가운데 한 가지가 곧 일어날 참이었다. 현관에서 다시 벨이 울렸다.

"제가 나가볼게요." 엄마는 바닥에 떨어진 음식물을 치우려고 이미 주방으로 향했고, 아빠는 자리에서 일어날 자세를 취했다. 벤은 팔꿈치에 기댄 채 내가 식탁 위에 토사물이라도 쏟아냈다는 듯 경계의 눈초리를 보냈다.

내 생각은 이랬다.

만약 그 여자라면 면전에서 문을 닫고 가족들한테는 기자라고 해야겠어. 그리고 지난번처럼 그 여자가 떠날 때까지 모두 거실에 모여 앉아 있는 거야.

일어서려던 아빠가 주춤했다. 의자 차지하기 게임에서 음악이 언제 멈출까 조바심 내는 아이 같았다.

"제가 나가볼게요." 내가 반복했다.

"아니야." 아빠가 나를 만류했다. "그 인간들이 맞는다면 나갈 필요도 없지."

그 인간들이란 기자를 뜻했다. 기자가 맞다 쳐도 내가 나가봐야 하는 마땅한 이유를 떠올릴 수 없었다. 그래서 그냥 내 자리로 돌아갔다.

모르는 사람이라고 잡아떼자.

미친 여자라고 할 테야. 메리 형사가 앞으로 불쑥불쑥 튀어나올 거라고 경고한 미치광이 가운데 하나라고 둘러대지 뭐.

'누구를 믿을 거예요, 저 여자예요, 나예요?'라고 하는 거야.

아빠가 문구멍으로 밖을 내다봤다. 잠시 주저하다가 아빠는 문을 벌컥 열었다.

"들어오세요." 아빠가 말했다.

"저는 제 방에 가 있을게요." 내가 선수를 쳤다. "속이 안 좋아요." 나는 의자에서 비척비척 일어나 층계로 향했다.

"기다려 봐." 엄마가 물이 뚝뚝 떨어지는 수세미를 손에 든 채 주방에서 나오며 말했다.

나는 기다리지 않았다. 다시 르마스 짝이 나게 생겼다. 그리고 피오리아. 딜루스. 위치타. 그리고……

"정말 속이 불편해요."

누군가 현관문으로 들어왔다.

"봐요……." 내가 말했다.

하지만 나는 보고 있지 않았다. 보기를 거부했다. 대신에 우리 네 사람의 사진을 응시했다. 그러자 내가 처음에 이 모든 일을 꾸민 계기가 되었던 다른 사진이 떠올랐다. 유괴당했다가 10년쯤 지난 후 텍사스 어딘가에서 구조되었다는 여자아이에 대한 《피플》지의 옛 기사 속 사진. 그 아이 부모는 시간이 그렇게 많이 흘렀어도 희망을 버린 적이 없다고 했으니 다른 부모들도 마찬가지일 거다. 그리고 중요한 사실은 그들이 처음에는 딸을 잘 알아보지 못했다는 점이다. 너무 어린 나이에 유괴되는 바람에 길거리에서 만났다면 딸이라는 사실도 모르고 지나쳤을 거라고 했다. 그 4인 가족이 교회에 가고, 뒷마당 수영장에서 즐거운 시간을 보내고, 식탁 앞에서 기도하는 사진을 보니 누구라도 그 일원이 되고 싶겠다는 생각이 들었다. 그랬다, 그 가족에 간절히 속하고 싶었다. 그때부터 나는 다른 부모, 딸을 아직 되찾지 못한 부모를 물색하기 시작했다.

그러다 그리어 가족을 찾았다.

그들은 딸 캐런이 실종된 이후로 밤마다 2층에 있는 딸의 침실에 불을 켜놓았다. 딸이 집으로 오는 길을 찾을 수 있도록. 캐런 그리어는 나처럼 금발에 파란 눈, 흰 피부였기에 나도 그 아이가 될 수 있을 것 같았다. 안 될 거 뭐 있어? 서맨사라는 단짝 친구와 퍼스라는 고양이, 꽃 그림을 그리는 재능, 트램펄린에 대한 열렬한 사랑, 그 밖에 그 아이가 가진 모든 것이 내 것이 되지 말아야 할 이유가 뭐지? 그날 아침 일일 캠프에 참가해 인근 수영장에서 놀던 아이가 내가 아니어야 할 이유가 있을까? 캠프 인솔자가 5분간 다른 아이를 간호사에게 보이는 사이, 안전 요원은 인솔자의 엉덩이를 흘끔거리느라 어떤 변태가 데려가는 줄도 몰랐던 아이. 내가 그 아이가 못 될 이유가 뭐냐고?

더군다나 그리어 가족은 두 개 주만 넘어가면 되는 곳에 살고 있었다. 지도에서 보면 그 두 주는 걸어서도 갈 수 있을 만큼 작아 보였다.

나는 캐런 그리어다.

나는 캐런 그리어다.

나는. 나는. 나는. 나는. 나는. 나는. 나는……

결국 나 스스로 그 말을 믿을 때까지 반복하고 또 반복했다.

"무슨 일이시죠?" 아빠가 집 안에 들어온 사람에게 물었다.

"오늘 아침에 낙엽을 치웠어요." 정원사가 짙은 스페인어 억양으로 말했다. "82달러입니다."

"알았어요." 아빠가 대답했다. "드려야죠."

식탁 앞에서 내가 조마조마했던 이유는 또 있었다.

미처 밝히지 못했는데, 나도 페이스북 페이지를 만들었다.

친구 수를 확인해보니 모든 게 더 현실적으로 느껴졌다.

제니 크리스털의 친구들.

현재 무려 1372명이며 점점 늘어나고 있다.

좋아, 그래. 일단 나를 친구로 추가한 모든 이와 친구를 맺었다. 그들 대부분은 우리 집에 전화벨 세례를 퍼부은 사람들과 동일한 이들이었다. 제이크가 꺼지라고 한 사람들.

기자들. TV방송국 사람들. 홍보업계 사람들. 에이전트. 자신들의 이름을 딴 회사를 운영하는 사람들로, 크리스털 궁전의 보초병들을 따돌리려 하고 있었다.

그냥 평범한 사람들도 있었다.

그들은 나의 귀환을 환영했다. 신을 찬양했다. 나더러 결혼해달라고 했다.

이런 메시지를 보낸 사람도 있었다.

조심해.
그 집에 있으면 안전하지 않아.

15

다음 날 아침, 나는 혼자 게임을 했다.

'베키가 또 왔는지 확인하지 않고 진득이 앉아 있기' 게임.

엄마와 아빠는 각자 차를 타고 떠났다. 엄마는 내 방 문을 끼익 열고 내가 자고 있는지 살폈다. 나는 깨어 있었지만 자는 시늉을 했다. 얘는 아직 한밤중이야, 엄마가 뒤에 서 있을 아빠에게 속삭였다.

나는 이런 상상을 해보았다. 베키가 앞길을 가로막는다. 두 사람의 차를 막아서며 말한다. 드릴 말씀이 있어요. 나는 아빠가 업무상 문자메시지를 확인하기 바빠 그 말을 듣지 않는다고 상상한다. 진입로에서 차를 빼던 아빠는 그녀를 치어 납작하게 만든다. 이 비극적인 사고가 신문에 난다. '유괴당한 여자아이들에게 집착하는 미친 여자가 마땅한 벌을 받았다.'

하지만 문틈으로 들었던 그녀의 울음소리를 떠올리자(그래, 맞아, 라스, 이제 괜찮을 거야), 나는 부끄러워졌고 그녀는 마법처럼 다시 베키로 돌아갔다.

차 두 대가 움직이는 소리, 엔진 소리가―엄마 차는 차분하고 매끄러운 소리인데 아빠 차에서는 이상한 잡음이 났다―우르릉대는 쓰레기차, 닫히는 쓰레기통 뚜껑, 갑자기 멈추는 스쿨버스 등 다른 소리와 섞였다.

나는 두 가지에 안도했다. 그 여자가 부모님을 불러 세우지 않았다는 것. 두 사람이 그 여자를 차로 치고 지나가지 않았다는 것.

욕실에 들어갔다가 벤이 문을 닫고 학교로 향하는 소리를 들었다. 고등학교였다. 엄마에게서 내막을 들었다. 내가 유괴된 후 벤에게 문제가 생겨서 1년 이상 치료를 받아야 했다고. 그래서 학년이 뒤처진 것이었다.

그 말을 하니까 이런 생각이 들었다.

제니 크리스털의 복습 시간, 단기 속성과정이 필요하다.

이미 시험을 최소 세 번은 망쳤다. 벼락공부를 해야 한다.

벤은 내가 나타난 이후에는 페이스북에 게시물을 올리지 않았다. 그럴 만도 한 것이, 죽었던 사람이 살아오면 추모 페이지는 의미가 없어질 수밖에 없기 때문이다. 혹시 내가 놓친 내용이 있나 처음부터 다시 살폈다.

내 동생 제니는 내가 여덟 살 때 사라졌다.

벤이 쓴 첫 문장이었다.

'이 페이지를 동생에게 바친다'가 두 번째 문장이었다.

독립기념일에 우리 집 뒷마당에서 열린 파티가 동생에 대한 나의 마지막 기억이다. 물로켓과 폭음탄을 쏘아 올리는 브렌트 삼촌을 보고 제니와 나는 폭죽을 쏘고 싶다고 졸랐지만 삼촌은 우리가 너무 어리다며 허락하지 않았다. 삼촌 말이 맞았다. 이듬해 여름에 삼촌은 내게 폭죽에 불을 붙이게 했지만 나는 제대로 날려 보낼 수 없었다. 그때 생긴 흉터가 아직도 남아 있다.

벤은 뒷마당에서 제니에게 떠밀려 무릎에 흉터가 생겼다는 이야기를 하다가 곧이어 마음의 상처 이야기로 넘어갔다. 어찌나 자꾸 이 이야기 저 이야기를 왔다 갔다 하는지 벤이랑 '다음에 이어질 주제 맞추기' 놀이를 하고 싶어졌다.

골디에게 비비탄을 쏜 이야기도 적혀 있었다. 동생이 그 사실을 알게 되어 둘이서 큰 싸움이 났다는 이야기. '엄마가 둘을 각각 다른 방으로 떼어놓는 바람에 우리는 남은 하루 내내 혼자 놀아야 했다. 그 일을 까맣게 잊을 뻔했다……'

'제니는 하루 종일 방에 틀어박혔다.' 저녁 시간에도 내려오지 않았다고 한다. 다음 날 마침내 제니가 밖으로 나온 틈을 타 벤은 그 애 방에 몰래 들어갔다가 제니가 열심히 그려놓은 그림들을 발견했다. 그림 속 벤은 전부 머리가 잘렸거나, 상상 속의 총알이 두개골을 뚫고 들어갔는지 이마에 크고 새빨간 크레용 자국이 박힌 채 죽어 있었다.

'남매끼리는 원래 투닥거리면서 크는 법이다.' 벤이 진지하게 논평했다.

벤의 마지막 게시물은 제니가 사라진 날에 대한 글이었다.
보아하니 둘은 그날도 다툰 모양이었다.

나는 2층 방 침대에 누워 있었다. 팔에 거대한 깁스를 해
서다. 그야말로 층계에서 360도 굴러 팔이 부러졌다. 시원
하게 긁을 수가 없어서 미칠 지경이었다. 나와 동생은 전
날 밤에 기억나지 않는 어떤 이유로 대판 싸웠고, 이번에는
아빠가 동생을 내 방에서 내보냈다. 하지만 다음 날 아침
에 내가 그 애 방에 들어간 기억은 난다. 여전히 동생한테
삐져 있었지만 휴전을 선언할 작정이었던 모양이다. 기억
이 어렴풋한데 그 애 방문을 열었다가 소스라치게 놀란 기
억은 난다. 동생이 방 안에 없어서였다. 그 순간 엄마도 그
애를, 제니를 찾으러 왔다. 이웃집에 보냈는데 도착하지 않
았다면서. 그날 남은 하루는 어떻게 지나갔는지 잘 기억나
지 않지만 경찰이 찾아오면서 다들 넋이 나가기 시작했고
엄마는 아예 미친 사람처럼 되어버렸다. 나도 제정신이 아
니었다…….

계속 읽고 싶었지만 멀티태스킹이 쉽지 않았다. 최고의 제니
가 되기 위해 공부하는 동시에, 내가 조잡한 짝퉁에 불과하다
는 사실을 아는 여자가 철쭉 덤불 뒤에 숨어 내게서 자백—또
는 사과? 다시는 이런 짓을 하지 않겠다는 엄숙한 맹세?—을
받아내려고 기회를 엿보고 있지나 않은지 신경 써야 했다.

제발. 이런 짓 좀 그만둬…….

나는 이 게임에서 지고 있었다. 밖으로 나가서 살펴보고 싶은 충동을 참는 게임.

문을 조금씩 열었다. 자동 잠금장치를 푼 다음 조금씩 서서히 열고 발매트에 한참 서 있다가 밖으로 나갔다.

적은 보이지 않았다.

생울타리 뒤에도 여자가 숨어 있는 기색은 없었다.

나는 물에 들어가기 전 온도를 시험하듯 문밖으로 발을 내민 다음 나머지 부위를 천천히 밖으로 끌어냈다. 지금까지는 순조로웠다. 현관문에서 이어진 길을 걸어 내려가고 인도를 지나 연석에 다다를 때까지 별로 잘못된 건 없어 보였다.

한 노파가 거리에서 빈 쓰레기통을 끌고 있었다.

한 남자가 잔디밭에서 갈퀴질을 하고 있었다.

한 아이가 진입로에서 농구공을 튀기고 있었다.

나는 거리를 내려갔다.

한 걸음 한 걸음을 쿵쿵 내디디며 걸었다. 당신이 나타나지 않으면 한 발짝 더 움직일 거야. 그래도 안 나타나면 또 한 발짝 움직일 거야…….

내가 그날 지나갔던 길이었다.

어느 여름날 나는 단짝 친구 토니 켈리의 집에 가던 길에 유괴당했다. 등 뒤에서 다가와 너를 붙잡았니? 아니면 너한테 말을 걸면서 일단 앞길을 막았니?

그가 말했다. 거기 예쁜이, 금방 화장실에 데려다줄게…….

나는 조베스가 아니야. 나는 혼잣말을 했다. 제니 크리스털이야.

그는 이렇게 말했다. 네 엄마가 나한테 널 데려오라고 했어.

가만. 이름이 뭐지? ……조베스 맞지? 하고 말했던가.

아니. 그렇게 말하지 않았다. 그는 조베스라고 하지 않았다. 아무 말도 하지 않았다. 나를 붙잡아 자기 차로 끌고 갔을 뿐.

비명을 질렀니, 제니?

그랬다. 비명을 질렀다.

이렇게 소리쳤다. 싫어, 엄마, 집에 가고 싶어…….

나는 그렇게 소리치지 않았다. 그는 내 입을 틀어막았다. 그리고 차로 끌고 들어갔다.

'아버지' 혼자 있었니? 아니면 둘 다 있었니?

둘 다. '아버지'는 나를 '어머니'에게 넘기며 말했다. 얘가 나한테 오줌을 쌌어.

아니, 그 남자 혼자 있었다.

나는 토니 켈리의 집에 놀러 가다가 유괴당했다. 남자는 나를 멈춰 세우고 말했다. 네 엄마가 나한테 널 데려오라고 했어.

그러고는 나를 자기 집으로 데려갔다.

단독주택이었니, 공동주택이었니……?

단독주택이었다. 대문이 잠겨 있어서 사람들은 초인종을 눌러야 했다. 찾아오는 사람은 고객들뿐이었기에.

공동주택이었다. 공동주택이었던 것 같다…….

이야기를 지어내려면 제대로 지어내야지.

나는 진실을 빌려와 거짓을 꾸며낸다. 그렇게 하면 조금 쉬워졌지만 간혹 전부 엉켜버릴 때가 있다. 진짜 '아버지'와 '어머니'는 나를 대문이 잠긴 집에 가둬두었던 변태 마약 밀매상이었다. 지어낸 '아버지'와 '어머니'는 방치된 공동주택과 폐기된 트레일러를 무단 점유하며 살던 떠돌이 변태였고. 알겠지?

집 대문을 두드린 사람이 한 명도 없었어?

말씀드렸잖아요. 특별히 기억나는 사람은 없다고요.

참, 딱 한 사람 있었다.

경찰이었다.

누가 이름을 불렀는지 경찰이 찾아왔다. 감형 좀 받아보겠다고 어떤 더러운 년이 우리를 팔아넘겼어. 가서 그년한테 안부나 한번 제대로 전해야겠다, '아버지'가 나중에 말했다. 진짜 '아버지'가. 그들은 내게 방에 들어가 있으라고 했지만 나는 거실 한구석에 서 있었다. 경찰은 미소를 지으며 내 머리를 헝클었다. 도와주세요, 나는 생각했다. 도와주세요, 제발 구해주세요. 생각만 한 것이 입 밖으로 튀어나온 것은 그때가 처음이었다.

뭐라고? 경찰이 나를 돌아봤다. 거실에 마약을 숨길 공간이 있나 살펴보던 경찰은 몸을 돌려 나를 보았다.

뭐라고 했니?

나는 꽁꽁 얼어붙었다. 곱슬머리 어린 소녀였던 내가 시키는 대로 전부 다 했을 때 그들이 사주곤 했던 스쿠비두 아이스바처럼. 경찰관 뒤에서 나를 노려보는 '아버지'와 '어머니'를 보았기 때문이다. 감히 어디서, 그들의 얼굴은 이렇게 말하고 있었다. 감히 어디서……. 무서운 보복을 불러올 정신 나간 도발이었다.

그래서 나는 위험을 무릅쓰지 않았다.

아무것도 아니에요.

경찰관은 아이와 눈높이를 맞추고 싶을 때—말 그대로 아이 대 아이처럼 보이고 싶을 때—어른들이 하는 행동을 했다. 무릎을 꿇고 내 눈을 보았다.

그래, 꼬마야, 여기서 무슨 일이 일어나고 있는지 말하고 싶은 거라도 있니?

아니요.

방금 말했잖아, 네가 "도와주세요"라고 하는 걸 틀림없이 들었는데. 그런 말 안 했어?

나는 고개를 저었다. '아버지'와 '어머니'가 좀 더 다가와 경찰관 바로 뒤에 서 있었다. 그래서 경찰관의 얼굴을 보면 그들의 얼굴도 보였다.

무서워할 거 없단다, 꼬마야.

아니, 있었다. 무서워할 이유가 뻔히 보였다.

혹시 여기…… 너를 힘들게 하는 게 있으면 나한테 얘기해도 돼.

워낙 암띤 애라서요, 경관님, '아버지'가 말했다. 거짓말을 해서 벌을 줬더니 오늘 우리가 미운가 봅니다. 애들이 다 그렇잖아요. 거짓말만큼은 용납이 안 된다는 걸 가르쳐야 하죠.

경찰관은 계속 나를 보았다. 부활절 달걀에다 칠하고 싶은 하늘색 눈으로.

정말이니, 꼬마야? 벌을 받았니?

그건 옳았다. 그래서 엄마가 나를 떠난 후 돌아오지 않는 거였다. 나는 엄마 말을 안 들어서 벌을 받고 있었다.

　움직이면 더 아플 줄 알아라…….

　그곳에서 잠을 깬 첫날 아침 나는 내가 어디에 있는지 헷갈렸다. 내 방 벽지에 한 줄로 늘어서 있던 분홍 아기 토끼들은 깡충깡충 달아나 버리고 축축한 갈색 얼룩만 남아 있었다. 내가 크레용으로 그린 해바라기, 할머니, 한나 몬타나 그림도 없어졌다. 엄마가 먹이 주는 걸 잊을 때까지 피넛이 살았던 빈 새장도 사라졌다. 나는 소리를 질렀다.

　너무 무서웠다.

　목청껏 비명을 질렀다.

　베개가 내 얼굴을 덮을 때까지. 두 사람은 시뻘건 얼굴로 돼지처럼 툴툴거리며 내 방으로 달려와 얼룩덜룩한 베개를 내 입에 쑤셔 넣었다. 닥쳐 닥쳐 닥쳐.

　그럴 수 없었다. 그제야 내가 어디 있는지, 내 방이 왜 내 방처럼 보이지 않는지 깨달았다. 베개로 입이 막혔는데도 나는 자꾸 소리를 질렀다. 자꾸만 자꾸만 소리를 질렀다.

　너처럼 입을 안 닫는 못된 애들이 어떻게 되는지 알아? '아버지'가 말했다.

　그들은 직접 보여주었다.

　'어머니'가 라디오를 켰다. 엄청 요란하게. 당신과 춤추고 싶어요……. 뜨겁게 사랑하고 싶어요…….

　그들은 나를 화장실로 끌고 가 세면대에 머리를 담갔다. 세면대는 갈색으로 녹슬어 있었다.

움직이면 더 아플 줄 알아라……. '어머니'가 말했다.

그러고는 세면대 밑에서 뭔가를 꺼냈다. 금속 상자였다. 상자를 열어 뭔가를 꺼냈다.

조용히 하라고 했지, '아버지'가 말했다. 그는 내 머리를 누르고 있었다. 말을 잘 들어야지…….

'어머니'는 음악에 맞춰 어깨춤을 추고 있었다.

당신과 함께하고 싶어요……. 당신과 사랑하고 싶어요…….

그녀는 뭔가에 집중하려 애를 쓰면서도 음악에 맞춰 몸을 들썩였다. 손에 반짝이는 바늘이 들려 있었다. 그녀는 바늘에 까만 실을 꿰었다.

나는 '아버지'의 손아귀에서 빠져나가려고 몸부림을 쳤다. 그는 한 손으로 내 턱을 들어 올리고 다른 손으로 내 머리를 세면대에 눌렀다. 나는 안간힘을 썼다. 힘껏 발버둥을 쳤다.

움직이면 더 아플 줄 알아라…….

'어머니'는 시간을 끌었다.

'아버지'는 붙잡고 '어머니'는 바느질하고.

한 땀. 한 땀. 한 땀. 한 땀.

반질반질한 검정 실로 내 입술을 정성껏 꿰맸다.

한쪽 입술과 반대쪽 입술을.

'아버지'가 내 머리를 꽉 눌렀지만 나는 비명을 지르고 고개를 흔들고 울부짖었다. 더 이상 소리를 낼 수 없을 때까지. 아무 소리도 나오지 않을 때까지.

갈색 얼룩이 선명한 빨강으로 변했다.

그들은 하루 꼬박 나를 그 상태로 방치했다. 입술을 꿰맨 채로. 그래서 나는 코로만 숨을 쉬고 웅얼거리며 말해야 했다. 자세히 보면 지금도 흉터가 남아 있다. 입술 피어싱, 나중에 흉터의 정체를 묻는 사람들에게 나는 그렇게 둘러댔다.

경찰관이 찾아온 날 아침에 나는 입을 꾹 닫고 있었다. 바늘이 내 몸을 들락날락하는 감각이 여전히 생생해서였다. 얼룩진 화장실 거울을 볼 때마다 누더기 인형 앤*의 입술이 보였다. 지금까지도 보인다.

경찰관이 가고 나서 그들은 나를 벌주는 공간에 가뒀다.

싫어요…… 제발, 제발…… 잘못했어요. 말 잘 들을게요……. 제발, 무서워요, 어머니, 제발…….

어떻게 왔는지도 모르게 나는 블록이 끝나는 지점에 도착해 있었다. 차에 엎어져 있던 나를 발견한 아주머니가 경찰을 불러주었을 때처럼. 양쪽 뺨이 마술처럼 축축이 젖어 있었다.

철쭉 덤불 뒤에 다람쥐 두 마리와 치우지 않은 개똥이 보였다.

갑자기 다시 집 안에 들어가고 싶어졌다.

올 때처럼 느릿느릿 돌아갔다. 베키가 튀어나와 야유를 보내길 기다려서가 아니라 다시 걸음마를 배우는 기분이 들어서였다. 걷는 법을 잊은 꿈속에서처럼. 한 발, 또 한 발, 다시 한

---

* 작가 조니 그루엘의 동화 속 주인공으로, 빨간 털실 머리카락과 세모난 코, 실로 수 놓은 입술을 지닌 헝겊 인형.

발, 나는 지나온 길을 돌아가 진입로를 통과해 현관문으로 들어갔다.

계단을 오르고 가구 광택제의 레몬 향이 나는 반질반질한 나무 복도를 지나 내 방으로 들어갔다. 한때는 가족용 컴퓨터를 두고 휴식 공간으로 쓰던 곳이다. 이제 보니 나는 컴퓨터를 끄지 않았고 심지어 페이스북 페이지도 로그아웃하지 않은 채 화면에 뻔히 보이도록 띄워놓았다. 벤의 페이스북 페이지. 깜박했다.

그의 책가방도 뻔히 보이도록 의자에 팽개쳐져 있었다.

어떻게 이럴 수 있었을까?

음악 소리가 들렸다. 그 기타 리프를 듣고 나는 바닥에서 벌떡 일어나 화면을 들여다봤다. 그곳에 벤은—수업을 땡땡이치고 집에 돌아온 것이 분명했다—워드 문서를 열어두었다. 그 문서는 추모 페이지에서 제니가 사라진 날에 대한 게시물의 일부를 가리고 있었다. '……그날 남은 하루는 어떻게 지나갔는지 잘 기억나지 않지만 경찰이 찾아오면서 다들 넋이 나가기 시작했고…….'

내게 두 단어 이상 말하지 않던 오빠가 세 단어를 남겼다.

너는 대체 누구냐?

나는 그날 오후 내내 내 방에 머물렀다. 골디를 두고 오빠와 싸운 제니가 그랬듯이. 나는 그림을 그리고 있었다. 그러니까,

머릿속으로 말이다. 집에 돌아온 엄마와 아빠에게 벤이 고자질을 하고 있다. 두 사람을 앉혀놓고 위층의 여자애가 디즈니월드와 할아버지, 인디언 놀이, 독립기념일 파티에 대해 잘 아는 이유를 설명하고 있다.

그 게시물들을 읽었기 때문이다.

기억을 떠올린 것이 아니다. 외운 것이다.

다른 장면도 떠올렸다. 벤의 연설이 한창일 때 초인종이 울린다. 딩동. 베키 러들로가 파티에 참석하러 들어오고 있다. 헤스와 클라인에게서 전화가 올지도 모른다. 그들은 뒷조사를 끝내고 나를 곤경에 빠뜨리려고 벼르고 있다.

그 집에 있으면 안전하지 않아.

웃기지 마.

적은 안에도 있고 밖에도 있다.

그 순간 조금 이상한 기억이 떠올랐다.

독립기념일에 대한 벤의 게시물.

나는 바보짓을 세 번 한 줄 알았다. 그 때문에 열심히 복습을 하다가 컴퓨터를 켜놓은 거다. 제퍼슨 고등학교에서 가장 골때리는 문제아가 집에 돌아와 그것을 보고 책가방과 짧은 쪽지를 남겼다.

하지만 세 번이 아니었다.

아니었다.

네 번이었다.

독립기념일에 우리 집 뒷마당에서 열린 파티가 동생에 대한 나의 마지막 기억이다. 물로켓과 폭음탄을 쏘아 올리는 브렌트 삼촌을 보고 제니와 나는 폭죽을 쏘고 싶다고 졸랐지만 삼촌은 우리가 너무 어리다며 허락하지 않았다. 삼촌 말이 맞았다. 이듬해 여름에 삼촌은 내게 폭죽에 불을 붙이게 했지만 나는 제대로 날려 보낼 수 없었다. 그때 생긴 흉터가 아직도 남아 있다.

나에 대한 벤의 마지막 기억 중 하나. 브렌트 삼촌이 우리에게 폭죽을 주지 않았던 여름. 토니 켈리의 집에 놀러 가던 내가 실종된 여름.

엄마가 내게 아빠의 의붓동생 브렌트 삼촌에 대해 물었을 때 나는 이렇게 대답했다. 아 맞다. 브렌트 삼촌. 기억나요. 삼촌이 독립기념일에 벤한테 폭죽을 터뜨리게 해서 엄마가 심하게 화를 냈잖아요. 벤이 손에 화상을 입어서 엄마가 삼촌을 몹시 나무랐죠.

하지만 벤이 소원을 성취한, 그가 간절히 원하던 진짜 폭죽을 조그만 손에 쥔 여름은 브렌트 삼촌이 벤을 가엾게 여겼을 이듬해 여름이었다. 벤은 졸지에 외동이 되었다. 그 무렵에는 동생이 없어진 지 이미 1년에 가까웠다.

벤의 글을 꼼꼼히 읽지 않은 탓이다.

벤의 기억을 내 기억으로 착각하는 멍청한 짓을 저질렀다.

느슨하게 끼워진 현관 조명처럼 반딧불이가 깜박이기 시작하는 그날 밤을 상상했다. 나는 내 손에서 끈적끈적한 오렌지 아이스바 냄새를 맡으며 시커먼 생울타리 옆에 머리를 맞대고 있는 벤과 브렌트 삼촌을 보았다. 브렌트 삼촌이 쉿…… 조용히……라며 담배 끝으로 도화선에 불을 붙였다. 귀청을 찌르는 날카로운 폭발음이 들리더니 파란 불꽃이 자잘한 색종이 조각처럼 공중에서 파닥거렸다. 벤은 뜨거운 눈물이 흐를 때까지 그것을 쥐고 있으려 했다.

내가 경솔한 실수를 했다.

하지만 그게 이상하다는 건 아니다.

잘 들어봐.

내가 깜빡했다는 게 이상하다는 건 아니다.

이상한 건 엄마의 반응이다.

그럼요, 브렌트 삼촌 기억해요. 삼촌이 독립기념일에 벤한테 폭죽을 터뜨리게 해서 엄마가 심하게 화를 냈잖아요. 벤이 손에 화상을 입어서 엄마가 삼촌을 몹시 나무랐었죠.

그러자 엄마는 이렇게 말했다. 그래, 맞아, 제니. 그때 얼마나 화가 나던지. 벤한테 아직도 흉터가 남아 있거든…….

이미 한 아이를 잃었고 다른 아이는 크리스털 가족이 매년 독립기념일에 여는 파티에서 손을 날릴 뻔했다. 간신히 정상적인 일상을 되찾으려 노력하던 무렵에. 여기서의 키워드는 노력이다. 다시 정상적인 일상으로 돌아가기는 불가능했을 테니. 엄마가 말했다. 그래, 제니, 그래…… 맞아…… 그래…….

그렇게 맞장구를 쳤다. 내가 진짜 그 자리에 있었다는 듯이.

엄마는 있을 수 없는 일을 분명히 기억하고 있었다.

16

한 가지 얘기를 빠뜨렸다.

나는 페이스북 친구 번호 1371에게 메시지를 보냈다. 프로필은 텅 비어 있었다. 취미는 없다. 사진도 없다. 관심거리도 없다. 플레이리스트도 없다. 나이, 직업, 출신지도 없다. 이름뿐이다. 성도 없고. 로렘이라니. 여자일까, 남자일까?

'누구세요?'

'너의 페이스북 친구. 내가 누구라고 생각해?'

'기자세요?'

'아니, 기자는 아니야.'

'그럼 벤이구나? 나랑 장난치자는 거야?'

'벤도 아니야. 장난치자는 것도 아니고.'

'그러면 누구냐고요?'

'네 친구. 말했잖아.'

'내가 당신을 친구 삭제 하면 끝이죠. 그러면 당신은 전 친구가 되는 거예요.'

'내가 너라면 그렇게 안 해. 넌 지금 위험해. 조심해야 돼.'

'또 그 소린가요?'

'그래서? 조심하고 있어?

'엄청 조심하고 있거든요. 검은 고양이랑은 상종도 안 하고 사다리 밑으로는 절대 안 지나간다고요.'

'늘 경계해야 돼. 모든 사람을 조심하라고.'

'왜죠? 아 그렇죠. 내가 이 집에 있으면 안전하지 못하니까. 그나저나 이유가 뭐죠?'

'제니를 곁에 두기에는 질이 나쁜 사람들이라고만 해두지.'

17

떠날 준비를 해야 하나 보다.

마음 단단히 먹고 엄마, 아빠, 벤, 브렌트 삼촌, 저타 할머니, 트루드, 서배스천, 멀리사, 골디, 나의 새 실리 엑스트라 컴포트 침대에게 작별을 고해야 한다.

누구 말마따나 나의 안전을 위협하는 크리스털 일가족 모두에게.

로렘.

정신 나간 인간이 틀림없어. '포트나이트' 게임과 '퓨디파이'의 최근 유튜브 동영상 시청이나 하다가 잠시 쉬고 있는 평범한 인터넷 악플러일 뿐이야.

나는 자꾸만 그렇게 혼잣말을 했다. 그와 반대되는 혼잣말을 하지 않을 때는.

그는 뭔가 알고 있다.

그리고 나의 안위를 살피며 경고하고 있다. (나는 동전 던지기 끝에 로렘이 남자라고 결론 내렸다.)

'네 친구'라고 그는 확언했다.

우리 집에서 환영받지 못하는 사람이 되기 전에 할머니는 나와 이런 놀이를 자주 했다. 내 등에 손가락으로 글씨를 쓴 다음 뭐라고 썼는지 맞혀보라고 했다. 사—랑—해, 할머니가 즐겨 쓰는 단어였다. 다만 할머니의 날카로운 손톱 끝은 내 등뼈에 서늘한 고통을 남겼다. 그것이 바로 교훈이었다. 사랑은 아프다는 것.

페이스북 메신저 속 단어들이 주는 효과도 같았다.

넌 안전하지 않아…….

나는 서늘함을 떨치고 온기를 되찾을 수 없었다.

엄마와 아빠가 주방에서 뭐라 속닥이는 소리가 들렸다.

나는 그들이 무슨 말을 하는지 알았다.

아까 두 사람이 집에 오는 소리를 들었다. 5시 조금 넘어서 엄마가 먼저 들어오고 6시 45분쯤에 아빠가 들어왔다. 벤이 지껄이는 소리도 들었다. 부모에게 한 주에 두 마디도 안 하는 것 같던 벤이. 베키 러들로가 찾아오지 않았을 뿐 내가 상상한 그대로였다. 언제 닥칠지 모를 상황이라는 건 나도 충분히 알고 있었다.

그렇다. 이제 튀어야 할 시간이 닥쳤다.

하지만 그럴 마음이 들지 않았다.

그러기 싫었다.

우선 엄마가 또 닭고기와 으깬 감자 요리를 하고 있어서였다.

"오늘 네가 가장 좋아하는 요리를 할 거야, 제니." 엄마가 쾌

활하게 말을 걸었다. "엄마 좀 도와줄래?"

나는 다른 반응을 예상했다. 대략 이런 반응들.

우리 얘기 좀 하자, 제니…….

또는, 우리한테 어쩌면 그럴 수 있니, 제니……?

또는, 경찰에 신고할 거다, 제니…….

네가 가장 좋아하는 요리를 할 거야, 이것은 예상했던 반응이 아니었다.

"오늘 하루 어땠니?" 엄마가 찬장에서 프라이팬을 꺼내며 물었다.

"그래, 하루 종일 뭐 하면서 지냈니, 제니페니?" 아이폰을 들여다보며 주방에서 나오던 아빠가 물었다.

나에 대한 사실을 제대로 알기 위해 벤의 추모 페이지를 염탐하다가 로그아웃하는 것을 잊었다. 벤이 들어와서 내게 쪽지를 남겼다. '너는 대체 누구냐?'

"별건 안 했어요."

"네 걱정 했어." 엄마였다. "하루 종일 혼자 둬서."

"괜찮아요."

괜찮았다. 모든 게 괜찮았다.

엄마는 '세계 최고의 엄마'라고 적힌 앞치마를 보고 있었다. 벤의 어머니날 선물일 거라고 추측했다. 그 애가 마리화나를 피우고 내게 협박 메시지를 남기기 전에. 나는 가스레인지 옆에 서서 감자 껍질을 벗긴 다음 물이 끓는 냄비에 넣는 역할을 맡았다. 첫 감자를 집었을 때—감자에는 울퉁불퉁한 눈이 있었다. 그것을 보니 누가 애초에 감자 따위를 먹을 생각을 했을까 의문이 생겼다—내 머릿속을 스쳐 간 추한 이미지 때문에 감자를 바닥에 떨어뜨렸다.

"죄송해요." 이렇게 말하며 나는 감자를 슬그머니 주웠다.

벽장.

나는 갑자기 그 안에 들어가 있었다.

주방에서 조금 떨어져 식료품 저장실로 쓰이던 곳.

아니.

벽장이 아니었다. 식료품 저장실도 아니었다.

골방이었다.

벌받는 장소.

너무 어두워요…… 무서워요…… 제발, 무서워요……. 제발 꺼내 주세요…… 제발…… 말 잘 들을게요……. 나쁜 짓 안 할게요…… 절대 안 할 거예요…… 어머니, 제발…… 제발…… 정말로요……. 착한 아이가 될게요…….

떠나던 날에 나는 벽장 문 안쪽의 긁힌 자국을 세었다. 50까지 센 다음에 포기했다. 바닥에 곰팡이 핀 감자가 담긴 찢어진 자루가 놓여 있었다. 환한 대낮에 그것들은 두려움의 대상이 아니라 껍질을 벗기고 으깨어 먹을 수 있는 식품으로 보인다. 하지만 그 냄새가 나를 괴롭혔다. 이제 날감자 냄새는 생생한 공포를 연상시킨다.

"괜찮니, 아가?" 엄마가 물었다.

내가 괜찮아 보일 리 없었다.

"그날이라서요." 내가 말했다.

"그랬구나." 엄마가 말했다. "진통제 좀 갖다줄까?"

"괜찮아요." 내 손이 파들거리고 있었다. 손을 등 뒤에 숨겼다.

"오늘 같은 날 괜히 너한테 요리를 부탁했구나. 거실에 가서 좀 눕지 그러니."

"그냥 배가 조금 쑤시는 거예요."

"그래?"

엄마는 밀가루를 묻힌 닭고기 조각을 달걀 반죽에 빠뜨린 다음 살살 굴려 보드라운 흰 무더기로 만들었다. 아빠는 거실에서 야구를 보는지 실황중계 소리가 들렸다. 나는 이곳을 나가야 했다.

일단 질문부터 해야 했다.

"벤은 어디 있어요?"

엄마가 동작을 멈췄다. 50년대 사진 속 여자들처럼 장갑을 낀 듯 손에 온통 흰 밀가루가 묻어 있었다. "친구 집에 갔어."

"벤한테…… 문제없는 거죠?"

밀가루 먼지가 지나가는 구름처럼 아일랜드 싱크 위에 떠다녔다.

"벤이 원래 좀 그렇잖아……." 엄마가 말했다.

엄마와 나는 저녁 식사를 준비한다. 아빠는 거실에서 TV를 본다. 오늘 하루 어땠니, 제니? 두 사람이 내게 묻는다. 크리스털 가족에게는 또 하나의 평범한 날이었다.

"가서 좀 누워 있어야겠어요." 내가 말했다.

냄새를 피해야 했다. 그 냄새가 나를 다시 끌고 가려는 장소로부터 벗어나야 했다. 아빠는 소파에 누워 뉴욕 닉스 농구팀의 경기를 보고 있었다. 아빠가 지금 당장 나를 봐주었으면 했다. 벽장문을 부수고 나를 구해주었으면 했다.

"스코어가 몇이에요?" 내가 물었다.

"닉스가 한참 지고 있어." 아빠가 침울하게 말했다. "그럴 만도 하지."

"올해 성적이 별로인가요?"

"별로네."

"저 선수 파울이에요?"

"그래."

아빠는 게임에서 눈을 떼지 않았다.

나 여기 있어요, 아빠. 내가. 바로 여기 있다고요.

나는 오렌지색 안락의자에 몸을 뻗고 누웠다. 내 다리가 적절한 각도로 벌어져 있는 것을 의식하지는 못했지만 남자의 관심을 원할 때 내가 주로 이 방법을 쓴다는 사실은 알고 있었다. 잠재의식인지 무의식인지, 그 정확한 차이는 잘 모르겠지만 일부러 하는 행동은 아니라 쳐도 어쨌든 나는 그렇게 하고 있었다. 맹목적인 반사작용이랄까. 소년원에서 나를 자주 훈계하던 사회복지사가 내게 도발적인 행동을 자주하는 걸 아는지 물었다. 그녀가 아니라 나를 그녀의 사무실로 안내해준 나이 많은 흑인 경비원 오티스에게 그랬다는 것이다. 그녀가 지적하기 전까지 나는 알지 못했다. 의자까지 느릿느릿 걸어오며 오티스에게 한참 내 엉덩이를 감상할 기회를 주었다고 했다. 그 여자는 자신의 주장을 뒷받침하기 위해 차노의 집에서도 내가 도발적인 행동을 했다고 지적했다. 차노 부인에 따르면 하필 차노 씨가 지나갈 때 내가 욕실 문을 활짝 열어놓고 샤워를 했다는 것이다.

이해할 만은 하다고 그 여자는 말했다. 아주 어린 나이부터 성적 대상이 되었기 때문일 거야. 하지만 그건 변명거리가 안 돼. 어릴 때 겪은 일은 네 잘못이 아니야. 하지만 지금 그런 행동을 하는 것은 네 잘못이라고.

지금 내가 하고 있는 행동이 딱 그거였다. 속이 훤히 들여다보이도록 다리를 쩍 벌리고 있는 것. 도발하는 것. 도저히 끊을 수 없을 오래된 습관.

"나 많이 보고 싶었어요, 아빠?"

그 말에 아빠는 결국 내 쪽으로 눈을 돌렸다. 그리고 보았다.

나는 갑자기 욕지기를 느꼈다. 그만해.

재빨리 다리를 접어 깔고 앉았더니 아빠가 눈길을 돌렸다.

"그럼." 아빠가 시선을 내 왼쪽 어깨 너머 어딘가로 보내며 차분히 말했다. "당연히 제니가 보고 싶었지. 왜 안 보고 싶었겠어?"

적절한 반응이었다. 아빠가 딸을 그리워하지 않을 이유가 어디 있을까. 다만 내가 알기로 딸을 보고 싶어 하지 않는 엄마는 있었다. 나는 창가에 앉아 엄마를 기다리곤 했다. 내가 고아나 다름없는 신세라는 건 잘 알았지만 엄마가 언제라도 나타날 거라는 기대를 버릴 수는 없었다. 그들은 엄마가 오지 않을 거라고, 더 이상 나를 키울 마음이 없으니 이제 체념하고 현실을 받아들여야 한다고 했다. 문득 떠오르는 기억이 있었다. 열한 살 때 TV에 어머니날을 겨냥한 은장식 팔찌 광고가 나오고 있었다. **사랑의 증표를 선물하세요.** 장식 하나하나는 축구공이나 발레 슈즈처럼 아이의 특성을 상징했다. 나는 어떤 장식이 내 팔찌에 어울릴까 고민하다가—아무래도 만화책이겠지—우리 엄마가 어떻게 생겼는지, 엄마의 진짜 얼굴이 어땠는지 잊었다는 사실을 깨달았다. 왜 엄마가 나를 사랑하지 않았을까 하고 나도 모르게 혼잣말을 하자, 그들은 내가 혼란을 느낄까 봐 구태여 이렇게 알려주었다. **아, 네 엄마는 너를 사랑했어, 아가, 하지만 크리스티를 더 사랑했을 뿐이야……**

나는 크리스티가 다른 여자애인 줄 알았다. 그들은 내 앞에서 웃어젖혔다. 크리스티나, 티나, 크리스, 크리스티, 크리스털……

"얼마나요?" 나는 아빠에게 물었다. 내 떨리는 목소리가 못마땅했다. 손의 떨림이 온몸으로 퍼져나간 것 같아 손을 깔고 앉아 꽉 누르고 싶었다.

"뭐라고?" 아빠가 반문했다.

"아빠한테 이런 질문 한 적 없는 거 같아서요. 내가 얼마나 보고 싶었어요?"

TV에서 페이즐리 무늬 정장을 입은 아나운서가 떠들어대고 있었다. 오늘 밤 멋진 기량을 선보이고 있습니다……. 경기장을 홀로 장악하며……

"엄청 보고 싶었단다." 아빠가 다시 나를 보며 말했다.

이제는 내가 눈길을 돌릴 차례였다. 빈 벽을 향해. 내가 조베스로 돌아가는 모습을 아빠가 볼세라. 아직 그 모텔 주차장을 벗어나지 못한 조베스. 엄마의 다리를 붙들고 늘어지던 조베스.

나는 떠나지 않을 거다.

그럴 작정이다.

여기저기 떠돌 만큼 떠돌았다. 농구공보다 더 튀어 다녔다.

바깥 생활을 너무 오래 했다. 바퀴벌레 들끓는 고물 트레일러에서 머무르기도 하고 뱀이 출몰하는 모텔 침대에서 잠을 자기도 했다.

이곳이 나의 종착역이다. 마지막 남은 기회다.

한밤중에 나를 다독여주는 엄마가 있는 곳. 귀에서 동전을 꺼낼 수 있는 아빠가 있는 곳.

그 집에 있으면 안전하지 않아.

닥쳐. 닥쳐. 닥쳐.

당신이 틀렸어. 살면서 이렇게 안전하긴 처음이라고.

난 안전해.

제니를 곁에 두기에는 질이 나쁜 사람들이라고만 해두지.

여기는 위험하지 않아.

내가 머무르고 있는 이곳은.

18

제이크

어떤 기분이었나?

공백 같았다.

공백은 구멍이다. 존재하지 않는 것, 거대하고 완벽한 공허. 공백에는 피난처가 없다. 발판이나 손잡이, 난간이 없다. 바닥이 보이지 않는 곳으로 자유낙하할 뿐이다.

어떤 기분이었나?

자연의 질서에 파열이 생긴 것 같았다. 아이를 낳을 때, 아이들이 자랄 때처럼.

어떤 기분이었나?

심장에 수술로 치료할 수 없는 종양이 생긴 것 같았다. 자꾸자꾸 커져서 아침마다 심장을 짓누르는 종양.

감각이 없어질 때까지.

나 많이 보고 싶었어요?

대답은 그럼, 당연하지였다. 그는 자신이 목말을 태워주었던 아이, 귀에서 동전을 꺼내거나 레스토랑에서 노란 감미료 봉지를 파란 봉지로 바꾸기만 해도(얍! 짜잔!) 재밌어서 어쩔 줄 모르던 아이가 그리웠다. 아이는 구겨진 파란 봉지가 숨겨져 있던 주먹 안쪽을 보여달라고 한 적이 없었다.

그는 그 아이가 그리웠다. 그들의 삶에서 사라지기 전부터 그 아이가 그리웠다.

그 꼬마보다 열두 살 많아진, 그가 알지도 못하는 이 아이를 어떻게 보고 싶어 할 수 있었을까?

내가 얼마나 보고 싶었어요, 아빠?

아주 많이.

그는 커뮤니티 칼리지에서 최고 학년 때 받은 형편없는 평균 학점 때문에(두 번째로 친한 친구 커티스의 도움으로 약을 꾸준히 입수한 탓이었다) 어쩔 수 없이 메서드 연기 수업을 들었다. 메서드의 유일한 원칙은 '연기하지 말고, 믿어라'였다. '나'는 대본이 말하는 '나'다. 다른 사람들도 마찬가지다. 세상 전체가 무대이고 모든 남녀는 배우에 불과하다. 그 확실한 증거가 여기 있다.

그래, 네가 보고 싶었어. 당연히 네가 보고 싶었다. 엄청.

45번가에 있는 클럽 '플래시댄서스'의 회전무대에 서기 위해 오디션을 보는 열여덟 살 미소녀에게도 이 말을 한다. 제이크가 그곳 단골은 아니었지만 고객은 고객이었고 1달러 지폐를 잔뜩 챙겨 갑자기 찾아갈 때도 있었다.

그 애는 일부러 그렇게 앉아 있었을까?

그 애는 제니퍼 모로 크리스털이다. 모로는 로리의 아버지 이름이었다. 그는 독실한 개신교 신자는 아니었고 제이크루*를 입을 만한 사람도 아니었지만 지독히 와스프**스러운 이름을 갖고 있었다. 제니퍼는 그의 할아버지 조지프의 이름 첫 자를 따서 지은 이름이었다.

이 아이는 제니퍼 모로 크리스털이며, 제이크에게 자신을 보고 싶었냐고 물으면 그래, 많이 보고 싶었다라는 대답을 들을 것이다.

지금 그 아이는 낯설다. 하지만 시간이 지나면 달라질 것이다.

이 아이는 제니퍼 모로 크리스털. 짧게는 제니라고도 한다. 별명은 제니페니다.

경찰서에서 형사가 말했다. 마음의 준비를 하셔야 해요.

그때 제이크는 생각했다. 우리는 준비가 되어 있어. 꽉 막힌 롱아일랜드 고속도로를 지나오는 내내 그는 마음의 준비를 했다.

그 애를 보듬어줘.

그 애를 보듬어줘.

그 애를 보듬어줘.

액면 그대로의 의미는 아니었다. 비록 액면 그대로 실행되었지만, 처음에는 그리하지 못했다. 경찰서에서 먼저 다가가 그 애를 맞은 것은 로리였다. 제니의 얼굴에 절박함이 드러났지만 제니도 그들의 얼굴에서 절박함을 보았는지 모른다. 그들도 절

---

*   미국의 의류 브랜드로 아메리칸 캐주얼의 대명사.

**   Wasp. 미국 사회의 주류인 백인 앵글로색슨 개신교도를 일컫는 말.

박하지 않았던가.

제이크는 서로를 부둥켜안는 두 사람을 지켜봤다. 이십대에 옥상 파티에 가서 화장실 문을 열었다가 생판 낯선 사람에게 다리를 감고 있는 절친의 여자친구를 보았을 때의 당혹감을 느꼈다.

아이를 잃으면 가족은 더 끈끈해지거나 아예 찢어지거나 한다는 말이 있다. 그들의 경우 양쪽 다였다. 서로 찢어지기 위해 더 끈끈해졌다. 하지만 그것은 아물지 않은 상처가 벌어져 피가 철철 흐르던 처음의 상황이었다. 치유를 가장한 딱지가 앉기 한참 전. 두 사람은 이따금씩 참지 못하고 딱지를 뜯어버렸다.

지금은 그 아이가 낯설지만 곧 달라질 것이다.

첫날 아침 제니가 주방으로 들어왔을 때, 그는 혹시 벤의 친구냐고 물을 뻔했다. 곧 기억을 떠올렸지만. 이 아이는 제니퍼 모로 크리스털이야.

식탁에 둘러앉은 그들은 아침 식사 자리에서 가족들이 할 법한 행동을 했다. 아무렇지도 않은 척하기. 벤과 함께 식탁에 앉아 있는 것과 크게 다르지 않았다. 뒷마당에서 공을 차거나, 그와 같이 세차를 하거나, 게임기를 파는 가게에 들어가자고 졸라대던 여덟 살짜리 벤. 동면에서 깰 때만 주방으로 내려와 베이글 반쪽을 해치우자마자 다시 자신의 동굴로 숨어버리는 사춘기를 훌쩍 지난 마약 중독자가 아니라.

벤. 그가 기대한 것이 그가 낳은 것과 만난 결과물.

벤.

날씨가 계속 따뜻했으면 좋겠구나, 그는 지역 기상학자를 연기하며 벤의 동생에게 말했다. 아빠 연기를 하기에는 너무 이른 아침이었기에.

아니면 너무 늦었거나.

벤이 광산에 매몰되는 사고를 당한 사람처럼 눈을 깜박이며 주방으로 들어올 때(박하사탕으로 연명한 칠레 광산 노동자들을 기억하는가?) 제이크는 벤이 자신과 함께 추억의 길을 더듬으며 아들로서 아버지와 진심으로 공감할 수 있는 대화를 나누고 싶어 할지도 모른다고 생각했다. 내가 옛날에 즐기던 마약과 벤이 좋아하는 마약을 소재로 얘기를 해야 하나? 심리상담사는 공통의 관심사를 찾으라고 했는데.

내 동생이 어디…… 집에 있어요? 내 동생……?

벤도 메서드 연기 수업에 참가했으면 좋았겠다는 생각이 들었다. 그런 머리 상태로 제대로 된 생각을 하기가 얼마나 힘들까 하는 생각에 벤이 측은했다. 벤은 마약은 근처에도 가본 적 없다고 잡아뗐지만 말이다. 누가요, 제가요? 네 말을 믿을까, 내 눈을 믿을까?

그날 아침 엄마와 제니는 쇼핑몰에 갔다는 말을 하면서 제이크는 벤의 얼굴에 다시 퍼지는 충격을 보았다. 벤은 그 일이 꿈이었다고 생각한 모양이다.

한때는 제이크도 꿈을 꾸었다. 그 일이 일어난 직후에, 그는 잠을 깰 때마다 잠시 동안, 완전한 의식이 무딘 인식을 몰아내

기 전 짧은 변화의 순간에 아이들을 깨워 학교에 보내야겠다고
생각했다.

이를 닦으라고 해야겠다. 옷을 입으라고. 오늘 아침에는 제
발 좀 싸우지 말라고 해야겠다.

'아이들'에게.

언젠가 집 냉장고 밑으로 쏜살같이 달려가던 갈색 쥐처럼 순
식간에 지나가던 그 순간, 그런 말이 실제로 입 밖으로 나온 적
도 있었다.

벤이 그에게 엄마가 어디 있냐고 물었을 때 그는 목소리에
아주 조금 날을 세웠다.

제니랑 엄마는 쇼핑하러 갔어.

그 말을 듣고 벤은 다시 동굴에 틀어박혔다.

벤.

아, 벤……

19

현관문을 열었더니 이번에는 정원사가 아니었다.

베키 러들로도 아니었다.

그건 확실했다. 내 방 창문에서 밖을 내다보다가 아래층으로 내려가 문을 열었다. 지난 며칠간 방 안에만 웅크리고 있었다. 진짜 침대를 들여놓으니 이제 침실답게 느껴진다. 아침과 저녁도 침대에서 먹었다. 엄마한테는 생리통이 너무 심하다고 했다.

아래층으로 내려가 현관문을 열기까지가 기나긴 여행처럼 느껴졌다.

호기심을 원망해야겠지. 나처럼 생긴 여자애가 초인종을 누르고 있었다.

문을 열었더니 더 이상 나처럼 보이지 않았다. 딱 붙는 분홍 티셔츠의 배 부분이 불룩하게 불거져 있었다. 청바지도 몸에 꽉 끼었다.

"무슨 일이죠?"

그 아이가 어찌나 말을 더듬거리는지 도저히 알아먹을 수 없었다.

"뭐라고요? 오니……?"

그 애는 고개를 저었다. 그러자 가슴이 출렁거렸다. "토니."

"토니라고요? 알았어요. 미안한데, 대체 무슨 일이죠?"

"나는 토니 켈리라고 해. 그러니까, 저기……."

토니 켈리. 토니 켈리. 그 이름이 내게 무슨 의미가 있는지 의아해하다가 번득 깨달았다.

나는 토니 켈리의 집에 놀러 가다가 유괴당했다…….

"정말 신기하다……." 그 애가 말을 더듬거렸다. "진짜, 믿을 수가 없어. 네가 살아 돌아오다니."

그 애를 껴안아야 할지 손을 잡아야 할지 알 수 없었다.

"반갑다, 토니."

우리는 내 방으로 올라갔다. 같이 놀기로 미리 약속이나 한 듯이.

침대에 같이 앉았지만 처음에는 아무 말도 하지 않았다.

토니는 내 방을 둘러봤다.

"많이 달라졌어. 내 기억이 아주 정확한 건 아니지만. 너 말 인형 수집하지 않았어? 브레이어 인형들?"

"맞아. 이제 전부 개 사료가 되었어." 우스갯소리였지만 토니는 웃지 않았다. "엄마가 전부 내다 버렸지 뭐."

"아. 그치."

침묵이 이어졌다. 오렌지색 선인장 꽃이 쪼그라든 채 마룻바닥에 떨어져 있었다.

"그나저나…… 기분이 어때?" 토니가 물었다.

"뭐가?"

"집에 오니까. 그렇게…… 온갖 힘든 일 다 겪고 나서?"

"좋지." 나는 대사를 제대로 읊지 못하고 있었다. 이 아이가 이렇게 나타난 것만으로도 내 평정심은 흐트러졌다. 나는 여섯 살 적 짝꿍과 옛 추억을 더듬을 준비가 안 되어 있었다. "엄청 좋아. 믿기지 않을 정도로."

이번에는 좀 나았다. 그 말에 토니는 고개를 끄덕였다. 사람들은 내가 새로 얻은 삶을 충분히 고마워하기를 기대한다. 그렇게 정해진 대본대로 대답해야 한다.

"그냥…… 네가 집에 왔으니까, 돌아왔다길래…… 인사라도 하러 와야 될 것 같았어."

"맞아. 잘 왔어. 와줘서 고맙다."

다시 침묵.

"그동안 힘들었지? 지난 일을 얘기할 필요는 없지만 말이야. 신문에서 보니까, 정말 힘들었겠더라."

"맞아."

"너 어떻게…… 그니까, 도망쳤니?"

"저기, 나 별로……."

"아, 그래. 얘기 안 해도 돼. 난 그냥 궁금해서…… 내가 읽은 기사 때문에. 어쨌든 네가 돌아와서 정말 기쁘다."

"고마워." 나는 그 애의 티셔츠 밑으로 접힌 뱃살이 몇 겹인지 세고 있었다. 세 겹.

"집에 부모님이랑 같이 있으면 좀 불편하겠다. 오랫동안 못 만났으니까. 많이 어색할 거야, 그치?"

"괜찮아."

"기자들은 왜 그렇게 떼로 몰려왔대? 와. 근데, 우리 이사 갔어. 네가…… 네가 실종된 다음에. 우리 엄마가 좀 무서웠나봐. 유괴범이 이웃에 산다고 생각했겠지. 우린 벨모어로 갔어. 별로 먼 곳은 아니야. 그래도 너희 집 주변에 몰린 기자들은 봤어. TV에서. 진짜 와글와글하더라."

"맞아. 미치는 줄 알았어."

"있잖아, 기자 한 명이 나한테 전화도 했어, 내 소감이 어떤지 알고 싶다나?"

"너한테도 전화했다고?"

"응…… 그게, 그날 아침에 네가 우리 집에 놀러 오는 길이었잖아. 그러니까 네가……."

"유괴된 날. 너희 집에 놀러 가다가 유괴됐었지."

"맞아."

슬슬 토니를 돌려보내고 싶다는 생각이 들기 시작했다.

"어쨌든…… 너 되게 좋아 보인다. 내 말은, 그런 고생을 하고도 말야. 진짜 좋아 보여."

"너도 그래." 요런 거짓말쟁이.

"그나저나…… 나 사진 한 장만 찍어도 될까?"

"뭐?"

"내 폰으로. 너랑 나랑."

"왜?" 이제 이 아이를 대문 밖으로 내보내며 와줘서 고맙다고 인사할 시간임이 분명했다.

"글쎄. 어려운 일 아니잖아? 그냥 둘이서 같이 사진 찍는 거?"

"그건 좀······."

토니가 휴대폰을 꺼내는 순간 마치 내게 총을 겨누는 기분이었다.

"얼른 찍자. 한 장만. 어서······."

아하, 이제 알겠다.

"그 사람이 시킨 거야?" 내가 물었다.

토니는 얼굴을 붉혔다. "누구?"

"기자 말이야."

"기자?"

"너한테 전화한 기자. 너한테 소감이 어떠냐고 물었다며?"

"나는······ 어······ 그러니까, 잘 모르겠어······." 토니는 다시 말을 더듬기 시작했다.

제이크는 안 된다고 했지만 기자들은 거절을 대답으로 받아들이지 않는다. 어떻게든 방법을 찾아내고야 만다. 아니면 토니를 찾든가.

"그 기자가 뭐라던? 찾아가서 옛정을 들먹이라고 시켰어? 마을에 돌아와서 환영한다고 얘기하래? 나더러 좋아 보인다고 하래? 가서 사진은 꼭 찍으라고 했겠지?"

"얘, 그렇게 까칠하게 나올 거 없잖아. 난 네가 나를 만나면 반가워할 줄 알았어."

"그 기자가 반가워했겠지. 네가 그 사람이 시키는 대로 하겠다고 했을 때."

"네가 뭐 대단한 인물이나 되는 줄 아나 봐. 다들 너한테 엄청 관심이 많은 줄 아나 보지. 네가 그 아빠지 아버진지 나발인지한테 강간당하면서 살았다는 이유만으로……." 그 애의 얼굴은 여전히 붉었지만 수줍어서가 아니었다. 관자놀이의 혈관이 팔딱거리고 있었다.

"만나서 반가웠다." 내가 말했다.

그 애는 독기 가득한 표정으로 나를 노려봤다. 그 애 휴대폰이 진짜 총이었다면 방아쇠를 당기고도 남았겠지.

나는 그 애를 구태여 문 앞까지 배웅하지도 않았다.

악몽에서 깨어났더니 더 나쁜 현실이 기다리고 있었던 적이 있는지? 그것이 꿈이었다는 데 안도했다가 곧바로 그 꿈속으로 되돌아갔으면 하고 바란 적은?

엄마가 그곳에 있었다. 내 꿈속에. 진짜 엄마는 번듯해 보였다. 법원 명령으로 재활 치료를 받던 시절처럼 쪼그라들거나 불안정해 보이지 않는 멀쩡한 엄마의 모습이었다. 엄마가 어쩌다 우리 집에 나타났는지 의아했다. 이 집인지, 다른 집인지, 누구 집인지 확실히 알 수 없었다. 하지만 엄마가 찾아오자 놀란 나는 왜? 왜? 하고 물었다. 왜 여기 있어?라는 질문이 다른 질문으로 바뀌었다. 원래 꿈속에서는 그런 법이니까. 왜 나를 모텔 옆에 두고 갔어?라고 묻자 엄마는 불같이 화를 냈다. 내가 유모차에 타지 않겠다고 고집을 부리면서 엄마의 무릎을 붙잡고 늘어졌을 때처럼.

엄마는 떠났다. 집에서, 주차장에서, 꿈에서.

나는 엄마에게 소리를 지르고 있었다. 목이 터져라 악을 써댔다.

그러다 갑자기 비명은 내게로 향했다.

누군가 내게 소리를 지르고 있어서 나는 머리를 무릎 사이에 묻었다. 상대방은 곧 나와 충돌할 것이다.

그리고 죽을 것이다.

20

"올라가면 안 돼요."

나더러 올라가지 말라고?

"멈추라고 했어요."

뭘 멈춰?

"두 번 말 안 합니다. 어서 나가주세요."

나가라고?

나는 집 안에 진짜 엄마와 같이 있는 꿈을 꾼 게 아니었다.

나는 멀쩡히 깨어 있고 집 안에는 가짜 엄마가 있다.

"당장 안 나가면 경찰에 신고하겠어요."

경찰이라고?

내 머리에 모직 담요가 씌워져 있었다. 아니, 내 머리가 모직 담요였다. 담요가 말했다. 다시 자러 가게 해줘. 제발.

"부탁할게요, 저는 그냥……."

다른 목소리. 이제 목소리는 둘이었다. 한 목소리는 상대방에게 떠나라고 소리치며 경찰을 부르겠다고 위협하고 있었다. 다른 목소리는 뭔가 할 일이 있으니 제발 봐달라고 애원하고 있었다.

둘 중 한 사람은 가짜 엄마였다.

다른 한 사람은 또 다른 가짜 엄마였다. 두 명의 가짜 엄마.

베키 러들로가 집에 찾아왔다.

"그 애랑 얘기만 좀 할게요. 당신한테 사실대로 말하라고……." 이번에도 베키였다.

나는 침대를 빠져나갔다. 바닥을 기어 문에 등을 기댔다. 로리의 두려움이 베키의 분노에 맞서는 중이었다. 두려움에 배팅하라.

나는 로리의 파란 코스타리카 티셔츠를 걸치고 있었다. 처음부터 거의 내 옷처럼 입고 다녔다. 내 문신이 VIDI, '나는 너를 본다'라고 말하고 있었다.

창밖으로 탈출을 시도한다면 나는 (a)다리가 부러질 것이다. (b)목이 부러질 것이다. (c)로리의 가슴을 찢을 것이다.

내가 과거에 마음을 찢은 사람은 아직도 위층으로 올려 보내 달라고 애원하고 있었다.

"약속할게요. 그 애랑 얘기만 하고 그냥 갈게요. 약속해요. 제게 5분만 주시면……."

"이건 주거침입이에요. 정체를 속이고 들어왔잖아요. 어서 나가주세요."

"제 딸도 유괴됐다고 말씀드렸잖아요. 정말이에요. 새러도 유괴됐다고요."

"저한테 할 말이 있다고 하셨죠. 아이를 잃은 엄마끼리요. 그렇게 말했잖아요. 저는 당신이…… 뭘 바라는지 도저히 모르겠지만 이건 아니잖아요."

"꼭 드릴 말씀이 있어요. 똑같이 아이를 잃은 엄마로서요. 한쪽 엄마는 납치됐던 아이를 되찾았잖아요. 그 애만 안 돌아왔어요. 내 아이만요. 하지만 사실은 당신 아이도 안 돌아온 거라고요."

"정말 경찰을 불러야겠어요?"

"이봐요, 그게 어떤 기분인지 알아요? 어리석은 질문이네요. 당연히 아실 테니까. 산 사람은 계속 살아야 한다고요? 당신 딸이…… 목숨보다 사랑하던 딸이…… 사실이잖아요. 사람들이 별생각 없이 쓰는 표현이기는 해도 사실이죠. 정말로 목숨보다 사랑하죠. 제가 그걸 어떻게 아는지 말씀드릴게요. 딸이 실종됐을 때 저는 더 이상 살고 싶지가 않았어요. 수면제를 잔뜩 삼켰어요. 위세척을 하고 병원에서 깨어났지만 그래도 살고 싶은 생각이 없었어요. 12년이 지났지만 아직도 날마다 죽고 싶은 심정이에요. 그 기분 알아요? 매일 아침 눈을 뜰 때마다 죽고 싶은 마음만 간절하다고요. 하지만 남편도 있고 다른 자식도 있죠. 네, 새러한테는 남동생이 있어요. 다른 아이의 엄마이면서도 죽고 싶다는 생각을 하는 게 너무 고통스럽지만 솔직한 기분은 그래요. 제 감정이 그렇다고요. 그렇게 됐다고요."

"따님 일은 참 안됐어요. 진심으로요. 하지만 여기 와서 이렇게 미친 사람처럼 굴면……."

"미쳤다고요? 네, 저는 제정신이 아니에요. 저도 인정해요. 제가 몇 번이나 사람을 착각했는지 아세요? 길거리에서도, 공항에서도. 한번은 영화를 보러 갔는데 극장 앞쪽에서 뒤를 돌아보는 여자애를 봤어요. 그 순간 저는 벌떡 일어서서 외쳤죠, 새러, 새러. 그 일곱 살짜리는 잔뜩 겁에 질려서 나를 돌아봤어요. 그 애 엄마도 옆에 있었는데 둘 다 표정이, 나를 미친 사람 보듯 했어요. 정신병자 보듯이요. 미쳤다고요? 그래요, 저 미쳤어요. 하지만 지금 하는 말은 미친 소리가 아니에요. 그 아이에 대한 얘긴 사실이라고요…….”

그 아이란 나를 말했다.

나는 방문에 몸을 딱 붙였다. 문이 더 두꺼웠다면 저 여자가 이 방에 들어오는 것을 막고 저 목소리도 내 머릿속에서 차단할 수 있을 텐데. 나는 베키가 얼마나 죽고 싶은지, 새러를 잃은 것이 그녀에게 어떤 영향을 주었는지 하소연하는 소리를 듣고 싶지 않았다. 저 여자가 새러를 두 번 잃었다는 이야기를 할 차례가 다가오고 있어서였다. 더구나 나는 그 일이 그녀에게 어떤 영향을 주었는지 안다. 아이오와 르마스에서 이곳까지 오는 비행기를 타게 했다. 덤불에 숨고, 길거리에서부터 나를 쫓아오고, 이 집까지 들이닥쳤다.

“당장 경찰을 부르겠어요.” 로리가 다시 으름장을 놨다. “이미 점잖게 말씀드렸어요. 부디, 부디, 이 집에서 나가달라고요. 그런데 아직도 안 가셨네요.”

“오라고 하세요. 상관없으니까요. 제가 경찰서에서 온 전화를 받은 날 기분이 어땠는지 알기나 해요? 전화를 받았는데 상대방이 형사라고 밝히면, 범죄 드라마에서처럼 결국 시체가 발

견됐구나, 그 애 유품이 발견됐구나 하는 생각밖에 안 든다고
요. 그러면 잠시 심장이 멎는 기분이에요. 그런데 경찰은 예상
과 전혀 다른 소리를 하는 거죠. 도저히 일어날 법하지 않은 일
같아서, 제가 제대로 못 들은 거 같으니까 한 번만 더 말해달라
고 해요. 경찰이 다시 한번 설명하면 그제야 조금 전까지만 해
도 완전히 멈추고 얼어붙은 심장이 스르르 녹아서 터질 것 같
은 기분이 되죠. 그리고 갑자기 큰 소리로 비명을 질러요. 무
릎을 꿇고 크게 소리치는 거죠. 새러가 돌아오고 다시 그 애 엄
마가 됐다는 게 너무 기뻐서. 당신도 그랬나요, 로리? 똑같았
나요? 당신도 무릎을 꿇고 하느님께, 경찰에게, 심지어 아이를
살려둔 유괴범한테 고마워했나요? 그랬나요?"

"당신이랑 얘기하고 싶지 않아요. 내 감정과 인생을 당신과
공유하고 싶은 생각 없어요. 당신 큰 실수 하는 거예요. 이건
주거침입이라고요. 이러시면 경찰을 불러서 당신을 체포하게
하는 수밖에 없어요. 그러기 싫지만 좋은 말로 부탁해도 당신
이 듣질 않잖아요."

"사진을 갖고 있어요." 베키가 말했다.

사진을 갖고 있어요…….

우리는 집 뒤편 테라스에 앉아 있었다.

사진을 갖고 있어요…….

베키와 나는 집에서 만든 핑크레몬에이드 잔을 들고 있었다.
희미한 벌레 소리 외에는 사방이 쥐 죽은 듯 조용했다. 우리만
시끄럽게 떠들고 있었다.

사진을 갖고 있어요……

나는 쇠사슬에 매달린 나무 의자에 앉아 앞뒤로 천천히 움직였다. 맨발가락으로 데크를 밀 때마다 두 개의 녹슨 쇠사슬이 끽끽거렸다. 베키는 집 안에 있는 라스에게 소리쳤다. 카메라를 가져와서 내가 집에 온 첫날을 사진으로 기록하자고 했다. 베키는 아직도 못 믿겠다고 했다. 도저히 믿기지 않는다고. 사진을 손에 쥐고 들여다봐야 100퍼센트 확신이 생길 것 같다고 했다. 테라스로 나와 사진을 찍던 라스는 이미 그 상황이 진짜인지 아닌지 의심하며 내면의 번민과 싸우고 있었을지도 모른다.

찰칵.

"사진이라뇨?" 로리가 심드렁하게 물었다.

"그 애가 떠나기 전에, 라스가 DNA 검사를 요구하기 전에 찍은 사진이요. 저는 라스를 만류했어요. 안 돼. 어리석은 짓 하지 마. 그 애가 뭘 기억하는지 당신도 봤잖아. 어린 시절을 그렇게 또렷하게 기억하잖아. 그 일이 있기 전, 어느 토요일 아침에 라스가 아이를 홈디포에 데려가기 전의 기억 말이에요. 어쨌든 저는 그이를 한 번도 나무란 적 없어요. 원망이 솟구쳤지만 그의 면전에서는 한 번도요. 그가 제게 그럴 여지를 주지 않았어요. 끊임없이 자신을 나무랐으니까요. 이해하시겠어요? 그런데 그런 원망도 갑자기 전부 의미가 없어졌어요. 그 애가 돌아왔으니까. 기적이 일어나서 아이가 집으로 돌아온 거예요. 그 애는 전부 다 기억하고 있었어요. 요세미티로 캠핑을 떠난 일, 편도선이 부었을 때 방에 틀어박혀 〈니모를 찾아서〉를 열 번도 넘게 본 일, 겨울에 다 같이 만든 눈사람의 코를 까마귀가 먹어치운 일. 큼직한 당근을 썼더니 까마귀들이 몰려와서 그걸 다 먹어버렸죠. 그 애가 울음을 멈추지 않아서 우리는 눈사람한테 새 코를 이식하는 수술을 해야 했어요. 왜 우리가 DNA 검사를 받아야 하지? 저는 라스한테 따졌어요. 왜? 저 아이는 새러만 알 수 있는 사실을 알고 있잖아? 그랬더니 확실히 해둬서 나쁠 건 없다는 거예요. 저 애가 아는 사실들은 당시에 신문에도 많이 공개됐다면서. 처음부터 100퍼센트 확실히 해두자는 거라며 나를 점잖게 설득하려 했어요. 그이는, 아이를 또 잃으면 제가 얼마나 큰 타격을 받을지 알았던 거죠. 그 얘기를 꺼낸 그 사람이 저는 죽도록 원망스러웠지만요. 하지만 라스는 뭔가 낌새를 챈 거예요. 뭔가 이상하다고 느낀 거죠. 사실 그이를 원망한 이유는 저도 긴가민가했기 때문이에요. 저 역시 어렴풋이 느낀 모양이에요. 그러자 그 아이는 좋아요, 검사 받을게요, 하더니 다음 날 밤에 사라져버렸어요. 쪽지 하나 남기지 않고 그냥 떠났다고요."

"유감이네요. 진심으로 유감이에요. 하지만 그 일은 우리 애와 상관없잖아요. 전혀 상관이……."

"신문에서 제니 기사를 읽었어요. 잃었던 아이를 되찾았다는 기사 있잖아요. 그런 기사를 읽으면 한편으로 이런 생각이 들죠. 음, 저 사람들한테 그런 일이 일어났다면, 그렇게 세월이 흘렀는데도 살아 있는 딸을 되찾았다면, 어쩌면, 나도…… 하지만 한편으로는 다른 아이들, 다른 부모, 그들의 행복, 그들에게 생긴 말도 안 되는 경사에 대해 알고 싶지 않다는 고약한 마음도 생기죠. 그러다 그 아이 사진을 봤어요. 제니 사진이요. 심장이 또 한 번 멎는 기분이었어요. 제게 라스가 찍은 그 애 사진이 있어요. 부디, 한 번만 봐주세요……."

로리는 볼 것이다. 라스가 찍었다는 사진을. 어느 여름날 그네에 앉아 있는 베키와 새러를. 호기심 때문에라도 말이다. 아니면 그저 베키를 집에서 내보내고 싶어서라도. **제발 봐주세요, 그러면 갈게요.** 그러니 로리는 볼 것이다.

베키가 들이미는 사진을 한 번만 보면 큰 그림이 보일 것이다. 자신의 페이스북 페이지가 컴퓨터 화면에 열려 있더라는 벤의 이야기도 납득이 될 것이다. 내 기억의 밑천과 내가 없는 독립기념일에 벤이 손을 다친 사건을 떠벌린 나의 실수를 전부 까발리는 페이지. 사진만 보면 베키가 보고 싶지 않은 진실을 외면한 것과 같은 이유로 로리가 지금까지 애써 외면하던 사실이 단박에 드러난다. 그리고 이 큰 그림 속에는 작은 그림이 담겨 있다. 여름 테라스에 앉아 있는, 한때 새러였다가 지금은 다른 사람이라고 주장하는 아이가.

사진을 갖고 있어요.

"볼 생각 없어요." 로리가 말했다.

"잠시만 시간 내서 봐주시면……."

"제니가 돌아온 날에 그 애를 의사한테 데려갔어요. 당신 남편 말이 맞아요. 확실히 해둬야 할 것들이 있죠. 우리도 100퍼센트 확신을 갖고 싶었고요. 그래서 아이를 의사한테 데려가서

DNA 검사를 받았어요. 그 애는 우리 딸이 맞아요. 99.9퍼센트 확실하대요. 당신이 찾아와서 그런 소리를 하니까 하는 말이에요. 당신을 찾아온 아이가 가짜였다니 유감이네요. 하지만 제니는 아니에요. 우리 딸이 돌아온 거라고요. 그러니까 이제 돌아가 주시겠어요?"

갑자기 침묵이 흘렀다. 나직한 목소리로 더듬더듬 사과가 이어졌다. 현관문이 쾅 닫히는 소리가 들렸다. 로리가 느릿느릿 터덜터덜 층계를 올라와 내 방 앞에 멈추는 소리가 들렸다. 내가 침대에 다시 누워 눈을 질끈 감는 순간, 내 방 문 열리는 소리가 들렸다. 방 안에 들어온 로리는 잠시 서 있다가 내가 대화를 한마디도 못 들을 만큼 깊이 잠들었다고 확신한 모양이었다.

또 다른 소리가 들렸다.

로리가 내 방을 살금살금 나간 다음에 내 침대가 있는 쪽 벽 너머에서 나는 듯한 소리.

울음소리.

잠시 이런 생각이 스쳤다. 우리가 의사를 찾아가서 DNA 검사를 받았고, 내가 이 집 딸일 확률이 99.9퍼센트로 나왔다고? 정말 그랬나? 우리가…… 정말…… 그랬었나?

아니.

우리는 검사를 받지 않았다.

당연히 받은 적 없다.

절대로.

21

탭스를 만난 건 우연한 계기였다. 그 애가 자꾸만 나를 빤히 쳐다봐서 나도 되갚아주려던 것뿐이었다. 막판에는 누가 오래 눈을 깜박이지 않는지를 겨루는 눈싸움이 되었다.

비겼다고 치자.

나는 직접 비자로 만화책을 그리려고 도서관에 갔다. 내가 비자로 행성으로 옮겨진 기분이 들어서였다. 누가 어깨 너머로 내 그림을 들여다볼까 봐 집을 나와야 했다. 이 가족에서 저 가족으로, 지저분한 무료 숙박소로, 때로 시간당 요금을 받는 모텔로(미안하지만 생각도 하기 싫다) 옮겨 다니는 사이, 도서관은 내게 집처럼 편한 장소가 되었다.

'아버지', '어머니'와 살던 집을 나와 다시는 돌아가지 않는 것이 실제로 가능하다는 사실을 깨닫게 된 계기는 쇼핑몰에서는 십대 애들이 하는 허접한 아르바이트였다. '아버지'가 아파서였는지도 모른다. 죽을 만큼 아프지는 않았지만 2주도 넘게 침대에 누워 있으니 갑자기 슈퍼파워를 잃은 듯 연약해 보였다. 다시는 나를 괴롭히지 못할 사람 같았다. 아니면 다른 이유였는지도 모른다. '아버지'가 고객에게 마약 한 봉지와 함께 다른 것을 내준 날.

그날.

내 침실 문이 벌컥 열리더니 운동복 차림으로 땀을 뻘뻘 흘리는 어떤 남자가 자기랑 놀아달라고 했다.

'어머니'와 '아버지'가 바깥문을 잠그지 않은 지는 한참 됐지만 나는 여전히 갇힌 기분이었다. 전기충격을 주는 보이지 않는 울타리에 갇힌 개 같은 기분. 다시는 돌아가지 않겠다고 생각한 날, 나는 쇠창살을 통해 다른 편 세상을 내다보며 서 있었다. 달을 응시하며 누가 진짜로 저기 갔을 리는 없다고 혼잣말을 하는 사람처럼. 나는 숨을 죽인 채 집 밖으로 나갔다. 문이 내 면전에서 쾅 닫히리라 확신하면서. 내가 다시 안으로 끌려가 영원히 벽장에 갇히리라 확신하면서.

마침내 달리기를 멈추고 보니 나는 늦게까지 문을 여는 어느 건물에 와 있었다. 아무도 내게 왜 여기서 하루 종일 빈둥대느냐고 묻지 않는 곳. 컴퓨터에서 오래된 《피플》 잡지를 뒤적이고 구글을 검색해 캐런 그리어라는 실종 아동을 찾을 수 있었던 곳.

나는 로리가 사준 스케치북에 만화를 그리고 있었다. 로리는 얼룩진 냅킨에 낙서를 하는 나를 보곤 스케치북이 필요한지 물었다.

네.

나는 만화책을 읽기 시작한 것과 같은 이유로 만화를 그리기 시작했다. 그 집이 아닌 다른 곳에 있기 위해서였다. '아버지'와 '어머니'가 곯아떨어진 한밤중에 까치발로 지하실에 내려가 데일리 플래닛에 빠져들었다. 그곳에서는 극악무도한 악당들이 추방되고 도움의 손길은 늘 가까운 곳에 있었다. 내가 처음 따라 그린 그림은 슈퍼맨이 불타는 집에서 여자아이를 구하는 장면이었다(나중에는 안 보고도 외워서 그릴 수 있을 정도가 됐다). 아이가 그의 팔에 안전하게 안기자마자 지붕이 무너져 내린다.

걱정 마, 제인, 내 망토가 너를 불길에서 지켜줄 거야.

슈퍼투명소녀를 떠올린 나는 직접 만화를 그리기로 결심했다. 아무도 볼 수도 없고 잡을 수도 없는 소녀.

만질 수도 없는 소녀.

어느 날 내 서랍 깊숙이 숨겨둔 그림 몇 장을 발견한 '아버지'가 말했다. 네 할 일이나 **똑바로 해.**

나의 새 비자로 만화에서 마지막 장면을 마무리하고 있을 때 나를 뚫어져라 응시하는 탭스의 눈길을 느꼈다. 물론 그 애가 탭스라는 사실을 몰랐을 때라 이상하게 생긴 여자애가 컴퓨터 뒤에서 나를 훔쳐보고 있다고만 생각했다.

나는 테이블에서 그 애 맞은편에 앉아 있었다. 고개를 들었더니 나를 보는 그 애의 얼굴이 바로 내 눈에 들어왔다. 여러 가지 전형적인 이미지가 기묘하게 조합된 모습이었다. 고스족처럼 보이기도 했다. 무엇을 고를지 결정하지 못해 한꺼번에 여러 인격을 걸친 사람 같기도 했다. 어쩌면 그 인격 중 어디에도 해당하지 않는다고 주장하거나 자, 잘 찾아내 봐 하고 질문을 던지고 있는지도.

둘 다 눈에 눈물이 그렁그렁 맺히기 시작하면서 눈싸움은 끝이 났다. 나중에 탭스는 자기가 그만하자고 말하려는 바로 그 순간에 내가 포기했다고 했다. 동시에 그만둔 것에 무슨 의미나 있다는 듯이. 탭스는 그런 아이였다. 의미 없는 데서 의미를 찾았다.

"엉엉." 내가 말했다.

"흑흑." 그 애가 맞받았다.

나중에 듣기로 그 애는 나를 알아봤다고 한다. 유괴당한 가엾은 아이. 탭스는 곧바로 일종의 동질감을 느꼈단다. 그 애한테 유괴당한 경험이 있는 건 아니었다. 유괴당하는 게 소원이었을 뿐. 자기 부모는 '영혼 없는 속물들'이라며 다른 부모 밑에서 태어났으면 훨씬 좋았을 거라고 했다. 남들에게 뒤처지지 않으려고 쓸데없는 물건만 사들이는 부모는 별로라고 했다. 탭스에 따르면 그 애의 부모는 매일 아침 눈을 뜨는 유일한 이유가 그것이었다.

"참 웃긴다." 내가 말했다.

"뭐가? 부모를 갈아치우고 싶은 거?"

"유괴되는 게 소원이라는 거."

"미안. 네가 겪은 고통을 깎아내리려는 의도는 아니었어. 그냥 솔직히 말했을 뿐이야."

분명 탭스는 솔직한 게 어울렸다. 그러자 나도 솔직해지고 싶었다. 주어진 상황 속에서 최대한 솔직해지고 싶었다.

결국 우리는 스타벅스에서 저지방 바닐라라테에 거금을 썼다. 그곳에서 탭스는 친구가 별로 없다고 털어놓았다. 어떤 집단에도 확실히 속하지 않는 유형이기 때문에 이런저런 형태의 지옥에서 배제된다는 것이다. 내가 보기에도 그래 보인다고 말해주었다. 그렇다고 그 애가 불평하는 것은 아니었다. 대부분의 사람들은 그 애의 부모처럼 '영혼 없는 속물들'이라면서. 그래도 나는 갈라진 금 위에 있는 사람과 이야기를 나누게 되어 좋았다.

'금 간 데 밟으면 엄마 허리 부러진다.' 나는 이 미신을 믿고 일곱 살 즈음에 실제로 시도해봤다. 엄마의 허리를 부러뜨리려고. 두 명의 엄마. 거미줄 같은 균열을 찾아서 쿵쿵 밟으려고 바닥을 내려다보며 걸었다.

탭스가 맘에 든 점은 내게 뻔한 질문을 하지 않았다는 것이다. 예의를 차리는 것인지 관심이 없는 것인지까진 알 수 없다. 둘 다인지도 모른다.

나는 조베스에 더 가깝게, 제니에 덜 가깝게 말할 수 있어서 고마웠다. 우리에 갇혀 있다가 풀려나온 기분이었다.

탭스는 갭이어*를 보내는 중이었다. 하나가 끝난 후 다른 하나가 시작되기 전의 1년. 어중간한 한 해.

"그래. 나는 갭이어를 열두 번이나 거쳤어." 내가 말했다.

탭스는 헛짓거리를 하기 위해 갭이어를 얻었다. 그렇다면 잘

---

* 　주로 고등학교 졸업 후 쉬면서 여행, 봉사 등 경험을 쌓고 진로를 결정하는 시기.

하고 있는 셈이었다. 도서관에서 빈둥대며 도서관 컴퓨터로 이런저런 웹사이트를 해킹했다. 자신을 '해킹활동가'라고 밝혔다. 자기가 혐오하는 기관에 엿 먹이기를 좋아한다는 뜻이었다. 이를테면 총기협회 지역사무소에 침투해 뉴타운의 학교 총기 사건 희생자 사진을 뿌렸다.

"그래도 안 걸려?" 내가 물었다.

"개인 컴퓨터를 안 쓰면 잘 안 걸려." 탭스는 롱아일랜드의 도서관 여섯 군데를 번갈아 이용하고 같은 곳에 연달아 가지 않는다고 했다.

이 아이도 나처럼 범법자였다. 그래서 통하는 데가 있었나 보다. 새로운 우정이 싹텄다. 우리는 번호를 교환하고 이번 주 안에 다시 연락하기로 했다.

"넌 뭘 그리고 있었어?" 우리가 반대 방향으로 갈라지기 전 탭스가 물었다. 둘이서 스무 블록쯤 걸어가면서 한순간도 입을 닫은 적이 없었다. "도서관에서?"

"만화." 조금 부끄러웠다.

"스파이더맨 같은 거?"

"응, 비슷해."

"멋지다. 좀 봐도 돼?"

"안 돼." 나는 스케치북을 가슴에 꼭 끌어안았다. "아직······ 완성을 못 했거든."

22

비자로의 등장인물들이 갈라졌다. 몸에 실제로 균열이 생겼다는 뜻이다. 결국 그들은 진짜 슈퍼맨과 로이스 레인, 젊은 기자 지미 올슨이 아니라는 뜻이다. 비자로 슈퍼맨, 루이스 레인, 지미 올슨은 지구(earth)를 거꾸로 쓴 히트라이(Htrae)라는 곳에 산다. 비자로의 규칙은 이렇다. 지구와는 모든 상황이 반대다. 이를테면 내가 지하실에서 읽고 또 읽은 곰팡이 핀 만화책에서—히터에서 물이 새는 바람에 전부 다 젖어버렸다—잘나가는 비자로 채권 판매원은 자랑스레 이런 홍보 문구를 내걸었다. **확실히 돈을 잃게 해드립니다!** 비자로 세계에서는 멍청하다는 말이 칭찬이다. 못생겼다, 탐욕스럽다, 게으르다도 마찬가지다.

그곳에서는 모든 것이 반대, 거꾸로다.

내 비자로 만화책의 주인공은 히테보이(Hteboj)다. 멍청해서 눈치를 못 챈 사람들을 위해 '조베스'의 철자를 거꾸로 쓴 이름이라고 밝혀둔다. 다시 말하는데 '멍청하다'는 말은 칭찬이다. 히테보이는 피부가 갈라졌고 말발이 세다. 비자로 세계에서는 말을 잘 못한다는 뜻이다.

에이루얼(Eirual)과 에카이(Ekaj)는 히테보이의 비자로 부모로, 비자로의 규칙을 충실히 따라 지구에서와 정반대로 행동한다. 히테보이가 기억할 리 없는, 오빠 네브(Neb)가 손을 잃을 뻔한 이야기를 실수로 에이루얼에게 했을 때 에이루얼은 어떻게 반응했을까? 그녀는 히테보이에게 틀레베수어 람(Tlevesoor Llam)(루스벨트 몰을 거꾸로 썼다)으로 쇼핑을 가라고 한다. 에이루얼과 에카이가 아들에게서 히테보이가 네브의 쿠베카프(Koobecaf) 페이지에서 그의 기억을 훔쳐가다가 들켰다는 이야기를 들었을 때 두 사람은 어떻게 반응했을까? 그들은 히테보이에게 그녀가 가장 좋아하는 닭고기와 으깬 감자 요리를 만들어주었다. 그리고 이크세브(Ykceb)가 엘팸(Elpam)가로 찾아와 에이루얼에게 같은 엄마로서 위층 침실에서 자고 있는 당신 딸이 자신의 딸 행세를 한 아이와 같은 아이라고 주장하면서 실제로 증거를 보여주겠다고 하자(내게 사진이 있어요) 어떤 일이 벌어졌을까? 응?

에이루얼은 그 거짓말쟁이 여자에게 이렇게 말했다.

저 아이는 DNA 검사를 받았어요. 99.9퍼센트 우리 딸이에요.

모든 것이 정반대인 세상.

그곳이 비자로의 세상이다.

23

아침에 아래층에서 로리는 출근하기 전에 내게 곧 다가올 생일 선물로 뭘 갖고 싶으냐고 물었다.

처키치즈*에서 했던 제 세 번째 생일 파티 기억하세요? 내가 물었다.

그래, 제니……. 로리가 대답했다.

아빠가 몇 번이나 스키볼**을 했잖아요. 저한테 가장 귀여운 동물 인형을 갖다주려고요.

그랬지, 제니.

그래서 제가 골디를 손에 넣었잖아요.

맞아, 제니.

그날 저녁에 내 방에서 리얼리티 쇼를 보고 있는데 로리가 들어와서 저녁으로 무얼 먹고 싶으냐고 물었다. 그때 나는 사진첩에서 보았던 나의—사실은 내가 아니라 제니의—조랑말 타는 사진을 무심히 언급했다. 그 애는 형광분홍색 카우보이모

---

* 게임기, 놀이기구 등이 있는 패밀리 레스토랑 체인.

** 공을 경사진 긴 테이블 위로 굴려 점수가 표시된 표적을 맞히는 게임.

자를 쓰고 질퍽질퍽한 승마장을 돌고 있었다.

기억이 떠올랐어요. 엄마. 어릴 때 조랑말을 타던 기억이요. 제가 집에 조랑말을 데려가자고 떼를 쓰면서 울음을 그치지 않아서 엄마가 곤혹을 치렀죠. 그래서 집으로 돌아오는 길에 차를 세우고 골디를 사주셨잖아요.

네 말이 맞는 것 같아, 제니……. 그래, 생각해보니 그때 네게 골디를 사줬나 보다……. 내가 어떻게 그 일을 잊겠니?

좋은 질문이다.

이 집에는 분명 뭔가가 있다.

내 만화에 들어가야 할 비밀이 있다. 비자로 행성에서처럼 모든 상황이 저절로 뒤집어지고 있다. 그리어 씨와 차노 부인, 라스 씨는 더 이상 수상한 냄새를 맡고 냄새의 원인을 파헤치려 하지 않는다.

이번에는 내가 냄새를 맡고 있다.

나는 낌새가 있을 때마다 일찌감치 알아채곤 했다. 이상한 표정은 내 레이더에 포착되지 않을 때도 있었지만, 이상한 질문은 어김없이 걸려들었다. 뜬금없이 튀어나온다는 사실을 무시하면 처음에는 별 의도가 담기지 않은 질문처럼 들리기도 한다. 차노 부인은 핼러윈도 한참 멀었는데 느닷없이 나의 첫 핼러윈 의상 얘기를 끄집어냈다. 그때 너 어떤 옷 입었는지 기억나니? 그리어 씨는 바닥을 응시하다가 생뚱맞게 나를 처음으로 위노위 호수의 낚시터로 데려갔을 때를 언급했다. 네가 물고기를 몇 마리나 잡았는지 기억나? 나는 내가 물고기를 몇 마리나 잡았는지 기억하지 못했다. 너무 오래된 일이고 나는 다섯 살도 될까 말까 했으니까. 그들은 물론 그 일로 괜한 걱정하지 말라고 했다. 하지만 나는 걱정되기 시작했다. 더 많은 질문이 날아올 것이고 질문은 갈수록 집요해질 것이다. 차노 부인, 그리어 씨, 라스는 더 끈질기게 내 답을 들으려 할 것이다.

나는 제니가 언제 골디를 손에 넣었는지 몰랐다.

몰랐다.

조랑말을 탄 직후가 아닐 공산이 컸다.

내가 꾸며낸 얘기니까. 내가 울었다는 것도. 진짜 조랑말을 갖고 싶다고 졸랐다는 것도. 전부 다 지어냈다.

세 살 생일 파티는 처키치즈에서 했다. 벤의 추모 페이지에 따르면 그랬다. 그곳에서 아빠가 끝도 없이 스키볼 게임을 했다는 얘기는 나의 창작이다.

그날을 좀 잘 떠올려 봐, 멍청한 벤아…….

내 기억으로는 그때…….

집에 갈 때 콜레티 부인이 나한테 선물을 챙겨준 건 절대 못 잊을 거야…….

로리가 헷갈렸는지도 모른다. 그녀의 기억이 정확하지 않은 건지도 모른다. 그녀가 틀렸는지도 모른다. 로리는 제대로 기억하면서도 내 기억이 틀렸다는 걸 내가 모르길 바라는지도 모른다.

로리가 베키에게 거짓말한 게 아닌지도 몰라.

식재료를 사러 마트에 가는 길에 나는 몬토크에서 대합을 캐던 여름이 생각난다고 했다.

그 이야기도 벤의 페이스북에서 봤다. 몬토크에 놀러 가서 조개를 캐는 가족. 미니 골프도 하고 고래도 구경했다. 전부 벤의 페이스북에 적혀 있었다.

그리고 전부 제니가 유괴된 후에 있었던 일이다.

벤의 표현에 따르면 마음을 딴 데로 돌리기 위한 부질없는 노력이었다. 온전하던 시절의 크리스털 가족이 여름에 주로 놀러 가던 호숫가 대신 제니와 함께 간 적 없는 장소를 고른 것이다. 제니와 오빠가 인디언 놀이를 하고, 피라미 낚시를 하고, 마시멜로를 굽던 장소에 가고 싶지 않아서, 그 아이 생각을 그만하고 싶어서, 휴가 내내 잃어버린 딸을 떠올리고 싶지 않아서였다.

그래서 그들은 몬토크에 가서 대합을 캤다.

제니가 사라진 지 꼬박 1년은 지났을 무렵이었다. 벤은 이미 손에 입은 화상을 잊었을 무렵. 제니는 이미 미제 사건으로 분류되어갔을 무렵.

로리가 말했다. 우리 5분 후에 도착해.

잊지 말고 아빠가 먹을 배를 사야 한다고 알려줘.

너 돌리 매디슨 아이스크림 좋아하니?

아빠가 그곳에서 우리에게 조개껍데기 까는 시범을 보였다고 나는 로리에게 말했다. 몬토크에서. 엄마가 그걸로 대합 소스 스파게티를 만들었다고. 내가 그런 걸 기억하다니 놀랍지 않아요?

운전대를 쥔 그녀의 손이 하얗게 변했다. 손에서 핏기가 다 빠져나갔다.

그래. 제니. 로리가 말했다. 그래…… 그랬어.

그녀는 알고 있다.

24

그들은 연극을 하고 있다.

왜 연극을 하고 있을까?

그들이 연극을 하든 말든 별로 상관없다.

내가 원하던 것을 얻었으니까.

엄마, 아빠, 오빠.

자물쇠 채운 출입문 대신 진입로가 있는 집. 엄마랑 같이 쇼핑 갈래, 제니? 저녁 준비하는 것 좀 도와줄래, 제니? 닉스 스코어가 몇이에요, 아빠? 벤이 까불어요, 아빠.

그들은 딸을 되찾고 싶었다. 그뿐이다.

진짜 딸이 아니라 해도.

딸을 너무 간절히 원한 나머지 진짜 딸인지 아닌지도 중요하지 않은 거다.

그렇게 생각하면 말이 된다.

말이 안 된다.

터무니없는 소리다.

그래, 맞다. 잊을 뻔했다. 가족 중에는 동생이 돌아오기를 원치 않는 사람도 있다.

〈고스트 헌터〉라는 드라마를 본 적이 있다. 주인공이 귀신 들린 집에 찾아가 온도가 낮은 지점을 찾는다. 집의 나머지 부분은 온도가 30도지만 어느 문 뒤편, 2층 다락은 1월 중순처럼 싸늘하다.

그의 숨결이 그가 사냥하고 있는 영혼처럼 위로 소용돌이치며 올라간다. 남자는 카메라를 똑바로 응시하며 엄숙히 선언한다. 이 집은 귀신이 들렸다.

이 집도 마찬가지다.

어느 날 집을 나섰다가 영영 돌아오지 못한 누군가의 귀신이 들렸다.

어느 날 아침 나는 주방 벽에 걸린 제니의 사진을 응시하는 로리를 보았다. 등 뒤에서 내 소리가 들리자 그녀는 나쁜 짓을 하다가 들킨 사람처럼 홱 돌아섰다.

이 집에는 두 사람의 제니가 있다.

그리고 이 집에는 냉점이 있다.

벤.

나는 뭔가 읽을거리를 찾고 있었다.

이것만큼은 확실히 해두자.

내가 '뭔가'라고 하면 '아무거나'라는 뜻이다. 《피플》 잡지, 시시한 연애소설, 장보기 목록.

뭐든지 상관없었다.

회전목마를 타고 빙빙 도는 내 생각을 멈추는 것이 목적이었다. 자꾸만 돌고 돌고 돌다 보면 늘 같은 지점으로 돌아온다. 왜일까?

그래서 어지러웠다. 내리고 싶었다.

아빠가 나갔다.

저녁에 보자, 제니페니.

그래요, 아빠…….

로리도 나갔다.

오늘 하루 즐겁게 보내, 제니.

엄마도요…….

벤도 나갔다.

잘 다녀와, 오빠…….

문이 쾅 닫힌다.

회전목마가 손짓하고 있다. 내 손에는 이미 티켓이 쥐어져 있다. 오르간 소리가 시작된다.

TV는 대안이 아니었다. 볼만한 건 카다시안가의 킴, 코트니, 클로이, 카일리, 켄덜의 리얼리티쇼 정도였지만 그나마 전부 백색 소음이 되고 말았다.

아래층 책장에 실제로 책이 꽂혀 있었다. 슈퍼히어로 만화책이 가득한 '아버지'의 책장에는 마약이 숨겨져 있었는데.

《노튼 영문학 개관》. 토머스 홉스의 《리바이어던》. 데이비드 흄의 《자살에 대하여》. 수십 년간 한 번도 펼쳐진 적 없이 문받침으로 쓰였을 법한 책들이었다.

《알렉스 크로스》* 소설이 책꽂이 한 칸 대부분을 차지하고 있었다. 그 가운데 한 권에서 모건 프리먼의 얼굴이 밖을 엿보고 있었다.

그 소설들 뒤편에 두꺼운 서류 봉투가 꽂혀 있었다.

한 번 더 강조한다. 그냥 분명히 해두려는 거다.

나는 그냥 읽을거리를 찾고 있었는데 그 서류 봉투 겉면에 수신처로 로리와 제이크 크리스털의 주소가 적혀 있고 왼쪽 위의 발신인란에는 조지아주 베이커스필드, J. 페네베이커라고 휘갈긴 글씨가 적혀 있어서 나는 더 읽고 싶은 욕구, 바람, 필요를 느꼈다.

페네베이커. 내가 아는 이름이었다.

서류 봉투를 소파로 가져가 자리를 잡고 자세히 들여다봤다.

페네베이커.

내가 산책을 하다가 베키와 마주치기 전에 집으로 전화했던 남자.

크리스털 부인께 제가 다시는 전화하지 않겠다고 전해줘요.

전화하지 않겠다는 말을 하러 전화한 사람.

페네베이커. 조.

그때도 그 이름이 왠지 귀에 익었다. 메이플가, 포리스트 대로, 그리고 이 집처럼.

봉투를 열고 속을 들여다봤다. 스테이플러가 찍힌 종이 묶음을 꺼내 꼼꼼히 읽기 시작했다. 열심히 읽었다. 벤의 페이스북

---

*   소설가 제임스 패터슨의 범죄소설 시리즈로 모건 프리먼 주연의 영화로 제작되었다.

게시물을 읽을 때처럼 그것에 내 인생, 나의 새 삶이 걸린 듯이. 실제로 그랬으니까. 그 이유가 기억났다.

25

[참고인 조사. 켈리 부부. 2007년 7월 12일 오전 10:24.]

L: 나소 경찰서의 루퍼 형사입니다. 괜찮으시면 제니 크리스털에 대해 몇 가지 여쭤보고 싶습니다.

루퍼 형사.

2007년 7월 12일.

켈리 부부.

두 사람은 자음만 제시되고 모음을 추측하여 단어를 완성해야 하는 퀴즈 쇼의 힌트 같았다. 생각의 절반만 드러내는 듯했다. 아니면 프레도의 이름난 피자가게 옆 전신주에 붙은 실종의 '종' 자만 보이는 포스터의 절반 같거나.

루퍼 형사. 제니 실종 사건 수사를 담당한 형사. 내가 읽고 또 읽은 모든 기사에서 사건과 관련된 경찰의 이름이 언급되면 어김없이 이 사람이 등장했다.

2007년 7월 12일. 제니의 실종 이틀 후.

그나저나 켈리 부부가 누구였더라……?

L: 이틀 전 시점부터 시작합시다. 크리스털 부인이 따님 토니와 같이 놀라고 제니를 이 집으로 보냈죠? 전화로 약속 시간을 잡았고요?

어쩐지. 토니 켈리의 부모였다. 티셔츠 밑에 삼겹살이 없던 시절의 토니.

이것은 제니 사건을 수사한 루퍼 형사의 기록이었다. 조지아 주 베이커스필드의 J. 페네베이커가 로리와 제이크에게 이 자료를 보낸 것이다. 루퍼는 그날 아침 제니가 토니 켈리네 집에 놀러 가는 시점부터 시작했다.

켈리 부인: 네. 음, 하지만 시간을 딱히 정하거나 하지는 않았어요.
L: 그러면 약속을 어떻게 정했습니까?
켈리 부인: 토니가 집에 있는지 묻길래 제가 있다고 하니까 제니를 놀러 가게 해도 되냐고 했어요.
L: 그래서 괜찮다고 하셨고요?
켈리 부인: 네.
L: 그런데 크리스털 부인이 시간은 정하지 않았다고요?
켈리 부인: 오전이라고만 했어요. 제가 하루 종일 집에 있으니까 언제든 와도 된다고 했죠.
L: 평소에도 그런 식으로 약속을 잡나요?
켈리 부인: 평소에는…… 아니요…….

L: 제니를 보낼 때 크리스털 부인은 정확한 시간을 정하지 않는 편인가요? 오전인지 오후인지만 밝히고요?

켈리 부인: 글쎄요. 제 생각에는…… 토니가, 제 딸 토니와 제니는…… 같이 어울려 놀 때가 많지 않았어요.

L: 둘이 친구 아닌가요?

켈리 부인: 맞아요. 음…… 동네 친구죠…….

L: 그러니까 평소에 흔히 있는 일은 아니었다는 말씀이죠? 제니가 놀러오는 것이?

켈리 부인: 드문 일은 아니었어요. 그러니까, 한때는 자주 같이 놀았어요. 아이들이 좀 더 어렸을 때는요. 제 생각에는 벤이…… 그 애 오빠 벤이, 팔이 부러졌는데 제니가 자꾸 신경을 건드리니까, 애들끼리 종종 투닥거리잖아요. 그래서 아마 로리가 제니를 잠깐 집에서 내보내려고 그랬나 봐요. 보내도 괜찮겠냐고 물었어요.

L: 부인은 괜찮다고 하셨고요.

켈리 부인: 네.

L: 그런데 제니가 안 나타났군요.

켈리 부인: 네.

L: 그래서 크리스털 부인께 연락하셨나요? 제니가 어디 있는지 물어보셨습니까?

켈리 부인: 아니요.

L: 왜죠?

켈리 부인: 저는, 글쎄…… 마음이 바뀌었나 보다 했거든

요. 말씀드렸듯이 정확한 시간을 정하거나 한 상황이 아니어서요. 확실히 약속한 게 없잖아요. 그냥 계획이 바뀌었구나 했어요.

L: 그랬군요. 그러면 계획이 바뀌지 않았다는 사실을 언제 아셨습니까?

켈리 부인: 로리가 전화를 했어요.

L: 그게 언제였습니까?

켈리 부인: 3시쯤이었어요.

L: 그래서 뭐라고 하던가요?

켈리 부인: 제니랑 통화하고 싶다고 했어요.

L: 당황하셨겠네요?

켈리 부인: 그럼요. 그 아이를 본 적도 없었으니까요. 저는 그 아이가…… 로리가 그 애를 안 보낸 줄 알았어요.

L: 제니가 안 왔다고 하니까 크리스털 부인은 어떻게 반응하던가요? 부인께서 곧바로 그 사실을 알리셨을 텐데요?

켈리 부인: 네, 그랬어요. 제니 엄마는…… 심하게 흥분했어요. 오전 10시 30분에 제니를 집에서 내보냈다더군요.

L: 부인 댁으로 보냈다는 뜻이죠?

켈리 부인: 네.

L: 궁금한 게 있는데, 크리스털 부인은 문을 열고 그 자리에 서서 제니가 인도로 나가는 모습을 지켜봤다고 했습니다. 그러고는 집에 다시 들어갔고요.

켈리 부인: 네네…….

L: 그 말을 듣고 놀라지 않으셨나요?

켈리 부인: 제가 놀랐냐고요? 무슨 말씀이신지……

L: 이 동네에서는 부모가 아이를 남의 집에 혼자 보내나요? 친구 집에 갈 때라든가. 그러니까, 아이를 혼자 밖에 내보내는 일이 흔하냐는 말이죠.

켈리 부인: 이 동네는 꽤 안전해요. 두 집만 건너면 우리 집이고요.

L: 그러니까 제니가 항상 혼자 여기까지 걸어왔다는 뜻인가요?

켈리 부인: 항상? 항상은 아니었어요. 말씀드렸다시피, 제 딸이랑 제니는…… 요즘 들어 별로 어울리지 않았어요.

L: 그렇군요. 그러면 어울려 놀았던 때는 언제였나요?

켈리 부인: 글쎄요, 제가 기록을 해두는 것도 아니고 해서. 제니도 이제 좀 컸잖아요. 제 딸이 친구 맨디네 집에 놀러 간다고 해도 혼자 보낼 것 같은데요. 틀림없이 그럴 거예요. 말씀드렸듯이 이 동네는 꽤 안전하니까요. 적어도 얼마 전까지는 그랬죠.

L: 네. 그러면 전화 통화 이야기로 돌아가 볼게요. 크리스털 부인이 제니랑 통화하고 싶다고 했을 때 부인께서는 제니가 나타나지 않았다고 하셨죠.

켈리 부인: 네, 토니가 문을 열어줬을지도 모르지만 저는 그 아이를 못 봤다고 했어요. 그럴 수도 있잖아요? 그래서 수화기를 내려놓고 위층으로 올라가 봤어요.

L: 따님 방으로요?

켈리 부인: 네. 하지만 제니는 그곳에 없었어요. 토니는 만화를 보고 있었고요. 제니를 그날 한 번도 못 봤다더군요.

L: 네. 그래서 어떻게 하셨죠?

켈리 부인: 전화기로 돌아가서 로리에게 알렸어요. 그 무렵에 저는 겁이 나서 울음이 터질 지경이었어요. 아무래도…… 나쁜 일이 생긴 걸 직감했나 봐요. 아주 끔찍한 일이 생겼다는 예감이 들었어요.

L: 그때 크리스털 부인은 어땠습니까?

켈리 부인: 어땠겠어요? 이렇게 소리를 질렀죠. "그 애를 찾아야 해요! 그 애를 찾으러 가야겠어요!"

L: 그래서 부인은 어떻게 하셨나요?

켈리 부인: 물론 그쪽으로 달려갔어요. 로리네 집으로요. 당연히 토니도 데려갔고요……. 이런 마당에 아이를 혼자 두고 갈 수는 없으니까요. 로리는 경찰에 신고를 했고…… 그렇게 된 거예요. 그렇게 시작된 거죠. 사람들이, 순찰경찰이라고 하나요? 두 사람이 왔고, 다음에는 부모들, 저랑 신디 무니, 낸시 클라인, 에이미 샤피로가 모여서 제니를 찾느라 동네 인근을 돌아다녔어요. 제이크도 직장에서 돌아오고, 저도 브라이언에게 연락했더니 금방 집에 왔어요.

켈리 씨: 네, 제 아내가 제정신이 아니더군요. 크리스털 부부도 마찬가지였고요. 다들 넋이 나간 사람들 같았습니다.

218

질문은 조금 더 이어졌다. 아내의 전화를 받았을 때 어디에 있었냐 등 켈리 씨에게 직접 묻는 질문도 있었다. 그는 직장, 모건 스탠리에 있었다고 대답했다. 두 사람 모두를 겨냥한 질문도 있었다. 이를테면 제니를 해치고 싶어할 만한 사람이 있었는가? 터무니없는 질문 같았다. 만약 토니 켈리의 부모가 여섯 살짜리를 해치려는 사람을 알았다면 다른 부모들에게도 미리 알리지 않았을까.

아니요. 켈리 부부는 단언했다.

켈리의 집은 그날 철저히 수색당했다. 전부 내가 인터넷 기사를 찾아보고 알게 된 사실이다. 경찰은 제니가 그 집에 스스로 들어갔다가 옷장이나 좁은 공간, 라디에이터 뒤편 등에 끼여 있을지도 모른다고 생각한 모양이다. 그들은 뒷마당 테라스 밑, 다락 내부, 벽돌로 쌓은 바비큐 그릴 아래를 살폈다. 아무것도 없었다.

L: 제니에 대해 더 하실 말씀 없습니까? 참고가 될 만한 건 뭐든지요.

켈리 부부: 글쎄요…… 정확히 뭘 알고 싶으시죠?

L: 말씀드렸듯이 뭐든지요. 제니는 어떤 아이였습니까?

켈리 부인: 제니가…… 어떤 아이였냐고요?

L: 네.

켈리 부인: 평범했어요. 그냥 귀엽고 사랑스러운 여섯 살짜리요.

루퍼는 두 사람에게 토니와 이야기 좀 나눌 수 있겠냐고 물었지만 켈리 부인은 토니가 집에 없다고 했다. 부부는 제이크와 로리가 메이플가에 세운 상황실인 '제니 본부'에서 자리를 지키느라 아이를 할머니 집에 데려다 놓았다. 상황실이란 전화를 받고 서로를 위로하는 곳이었다.

[참고인 조사. 클라인 부부. 2007년 7월 12일 오후 1:34.]

루퍼가 제니의 실종 당일에 대해 질문했다.

클라인 부인: 끔찍한 날이었어요. 다들 충격으로 어쩔 줄 몰랐으니까요.

L: 제니의 실종 소식을 언제 처음 들으셨습니까?

클라인 부인: 샌디의 전화를 받고 알았어요.

L: 켈리 부인 말씀인가요?

클라인 부인: 네.

L: 그때가 몇 시였는지 기억나십니까?

클라인 부인: 3시 15분쯤이었던 걸로 기억해요.

L: 켈리 부인이 뭐라고 하시던가요?

클라인 부인: 제니가 없어졌다고요. 로리, 그 애 엄마 로리가 토니 집에 보냈는데 나타나지 않았다고 들었어요.

L: 놀라셨겠네요?

클라인 부인: 큰 충격이었죠. 실제로 아는 사람한테 그런

일이 생길 거라는 생각을 어떻게 하겠어요. 끔찍하죠. 도저히 믿기지 않았고요.

L: 크리스털 부인이 아이를 직접 그 집에 데려다주지 않았다는 사실은 놀랍지 않으셨나요?

클라인 부인: 글쎄요. 그런 생각은 해본 적이 없네요. 제니 생각만 했지.

L: 죄송하지만 켈리 부인에 따르면 부인께서, 잠시만요, 제 수첩 좀 확인하고요……. 부인께서는 제니가 어떻게 그 집에 도착하지 못했는지 이해가 안 된다고 하셨다더군요? 가는 길에 누가 로리한테서 아이를 낚아챈 게 아니냐고 물으셨다면서요?

클라인 부인: 그랬는지도 모르죠. 기억이 안 나네요. 어떻게 된 일인지…… 제가 좀 헷갈렸나 봐요.

L: 그러니까 크리스털 부인이 제니를 친구 집에 직접 데려다주지 않아서 놀라셨다는 뜻입니까?

클라인 부인: 그런 뜻은 아니었어요. 엄마마다 생각이 다르니까…….

L: 하지만 부인 같으면 그렇게 안 하시겠다는 거죠?

클라인 부인: 상관없지 않나요? 그게 제니가 유괴된 거랑 무슨 관계가 있죠? 그 아이가 유괴당했다는 게 중요하잖아요?

L: 이 동네 사정이 어떤지 파악하려는 것뿐입니다, 클라인 부인. 놀이 약속을 어떻게 잡는지가 궁금해서요.

클라인 부인: 왜죠?

L: 아이를 혼자 친구 집에 보내는 경우가 흔치 않다면, 유괴범이 어쩌다 그곳에 있었다는 뜻이지요. 부적절한 시간에 부적절한 장소에요. 그러다 갑자기 유괴를 생각했겠죠. 우발적 범죄랄까요? 하지만 이 동네 아이들이 항상 혼자 다닌다면 누군가 사전에 범행계획을 세웠을 가능성이 있죠. 그런 의미에서, 혹시 최근에 이 동네에 낯선 사람이 어슬렁거리는 걸 본 적 있으신가요?

클라인 부인: 아니요…… 그러니까, 저는 본 적이 없어요. 당신은 어때?

클라인 씨: 나도. 그런 사람은 본 기억 없는데.

L: 알겠습니다, 혹시 나중에라도 떠오르는 것이 있으면, 아주 천천히 움직이는 차를 봤다거나, 공연히 얼쩡거리는 사람을 목격하셨다면—놀랍게도 그런 기억은 뇌 속에 숨어 있다가 갑자기 튀어나오기도 하니까요—제게 연락 주세요. 제니는 훤한 대낮에 실종됐으니 목격자가 있을 공산이 큽니다.

클라인 부인: 그날 오전에요?

L: 네, 그날 오전에요. 하지만 다른 오전이라도 상관없습니다. 그 사람, 누가 됐든 제니를 데려간 사람이 전에도 여기 왔을 가능성이 있으니까요. 크리스털네 집 거의 맞은편에 사시잖아요? 그 블록 맞은편이죠?

클라인 부인: 한 집 건너면 바로 그 집이죠. 맞은편에요.

L: 그렇죠. 그러면 제니와 제이시는 자주 왕래하며 같이 놀았습니까?

제이시 클라인. 이제 기억이 난다. 역시 제니의 친구다.

클라인 부인: 서로 집에 놀러 다녔냐고요? 아, 글쎄요……. 어떻게 말해야 할지. 가끔씩 그랬어요.

L: 가끔씩이라. 그렇군요. 크리스털 부인께 제니의 친구 명단을 적어달라고 부탁드렸더니 거기 제이시 이름이 있어서요.

클라인 부인: 네. 같은 반 친구에요.

L: 하지만 그렇게 자주 어울리지는 않았다고요?

클라인 부인: 학교 동급생이죠. 좀 더 어릴 때는 자주 만나서 놀았어요. 서로 집에 놀러 가기도 하고요. 아이들이 다 그렇죠. 특히 여자애들이요. 그 나이 때는 친구 사이도 워낙 변덕스럽잖아요.

L: 맞습니다.

루퍼 형사는 클라인 부부에게(클라인 부인이 주로 대답을 했지만) 켈리 부부에게 한 것과 같은 질문을 했다. 제니는 어떤 아이였나?

클라인 부인: 평범했어요. 그냥 귀엽고 사랑스러운 여섯

살짜리요.

L: 고맙습니다. 다른 특이 사항이 있으면 제게 연락 부탁드립니다.

다음은 무니 부부 차례였다. 톰 무니는 로리가 일하고 있는 부동산중개소의 소장이다. 그의 아내 이름은 신디였다. 그들은 클라인 부인과 비슷한 시간에 나타났다.

그런데 읽다 보니 뭔가 신경 쓰이는 것이 있었다. 무엇이었을까? 정확히 알 수는 없었다. 나는 켈리 부부의 인터뷰로 돌아가 루퍼가 제니에 대해 질문한 부분을 다시 확인했다.

L: 제니는 어떤 아이였습니까?
켈리 부인: 평범했어요. 그냥 귀엽고 사랑스러운 여섯 살짜리요.

그리고 클라인 부부가 같은 질문을 받는 부분으로 돌아왔다.

클라인 부인: 평범했어요. 그냥 귀엽고 사랑스러운 여섯 살짜리요.

이상한데?
페이지를 넘겨, 무니 부부의 면담 끝부분으로 갔다. 역시.
루퍼는 모두에게 같은 질문을 던졌다. 제니는 어떤 아이였습니까?

답은 이랬다.

　　무니 부인: *평범했어요. 그냥 귀엽고 사랑스러운 여섯 살*
　　짜리요.

FBI가 아니라도 수상한 낌새를 느낄 수밖에 없겠다.

그냥 대답이 아니었다. 같은 대답이었다. 그냥 같은 대답이
아니었다. 완전히 똑같은 대답이었다.

토씨 하나 틀리지 않고.

26

사진첩을 뒤적이는 기분이 지난번과 사뭇 달랐다. 지난번에
는 돌발 퀴즈 같았다. 제니 크리스털에 대해 얼마나 꼼꼼히 공
부했나 시험해볼까? 내가 매긴 점수는 B다. 할아버지는 단번
에 알아봤지만 아빠의 의붓동생을 맞히지 못해 감점.

이번에는 답을 맞히려는 게 아니었다. 뭔가 확인할 게 있었다.

제니가 태어난 날.

다시 병원에서 로리의 품에 안긴 내 사진. 그래, 내가 아니
라…… 그 아이. 신생아 제니. 병원 창가에서 방금 복권이라도
당첨된 표정으로 제니를 어르고 있는 제이크도 있다. 벤은 어
리둥절한 표정으로 여동생이라는 존재 옆에 억지로 앉아 있다.
아기 제니의 민머리에 입을 맞추는 막대사탕 자판기 할아버지
도 있다. 그리고 담배를 피우며 아기 안는 임무에서 해방시켜
줄 누군가를 초조하게 기다리는 듯한 브렌트.

다음은 집에 온 제니의 사진들이다. **집에 온 걸 환영해, 제니.**
집 앞 복도에 종이를 오려낸 글자가 걸려 있다. 제니는 2층의
내 침실에 놓인 아기 침대에 누워 있다. 골디가 뛰노는 초원으
로 바뀌기 전에 그 방은 분홍 코끼리 벽지로 꾸며진 아기 방이

었다.

제니는 사진마다 아기 특유의 놀란 표정을 짓고 있었다. 모든 가족과 삼촌—브렌트 당신 말이야—이 침대에 얼굴을 들이밀거나 카메라를 들이대었을 테지.

크리스털의 집 뒤란 어딘가에서 여자아이를 의미하는 분홍색 기저귀만 차고 담요 한가운데 반듯이 누워 있는 제니도 있다. 등딱지가 뒤집힌 거북이 같다. 아니면 하루에도 수백 번씩 나오는 짜증 나는 광고 속 여자. 넘어졌는데 일어날 수가 없네.*

제니가 쪼그마한 크리스마스 모자를 쓰고 자기 이름이 수놓인 크리스마스 양말 옆에 서 있다. '제니의 머리에 온갖 웃긴 물건을 올려놓고 사진을 찍자' 시리즈의 첫 사진이었다. '첫돌을 맞은 제니' 페이지에서 제니는 커다란 '1'이 붙은 생일 고깔모자를 쓰고 있었다. 초콜릿케이크가 묻어 얼룩덜룩해진 얼굴은 꼭 무슨 피부병 같았다.

전형적인 선물 개봉 사진도 있었다. 주름 종이, 리본, 포장지 무더기가 찢어진 싸구려 속옷처럼 바닥에 흩어져 있었고 여전히 머리에 고깔을 쓴 제니는 평소보다 더 놀란 표정이었다. 당연하지 않을까? 생일 선물은 대개 한 살짜리가 진심으로 좋아할 만한 품목—이를테면 딸랑이?—이 아니라 아기옷이었으니까.

나도 생일에 대한 기억이 있다. 새로운 주인공을 연기하기

―――――

*　　긴급 의료 출동 서비스 라이프콜의 1990년대 TV광고 슬로건.

위해 억지로 주입한 기억이 아니라 진짜 기억이다.

네다섯 살 무렵의 생일이었다. 엄마가 준 선물은 즉석복권이었다. 백만 달러가 될 수도 있다고 엄마는 잔뜩 흥분하며 선언했다. 당첨이 되면 생활비 좀 보태달라고 할머니한테 사정하지 않아도 된다면서. 내가 속이 상했던 이유는 선물이 너무 보잘것없어서가 아니었다. 엄마가 이미 그것을 긁어버렸다는 게 문제였다. 실망스럽게도 꽝이었다.

제니는 훨씬 복 받은 아이였다. 두 살 생일 무렵에 첫 브레이어 말 인형을 손에 넣었다. 골디는 아니었고, 흑백 점박이 종마를 제니는 물어 씹고 있었다. 말을 넣어두는 플라스틱 울타리도 있었다. 제이크가 조립했을 거다. '대체 어떻게 하는 거야' 하는 표정으로 설명서를 들여다보고 있는 그의 사진도 있었으니까.

이번에는 케이크가 달랐다. 틀림없이 초콜릿보다 바닐라를 입힌 케이크가 뒷수습이 훨씬 쉽다는 이유였겠지만 초대 손님은 제니의 첫돌 때와 거의 비슷했다. 각자 제니를 무릎에 앉히고 있는 할머니와 할아버지, 지금은 고인이 된 남편으로 짐작되는 미소 띤 남자 옆에 서 있는 저타 이모할머니. 제니와 벤은 바닥에서 장난감 기차—안녕, 토마스—옆에 뻗어 있었다. 오렌지색 안락의자에 뚱하게 앉아 있는 사람은 십대 시절의 트루드 아닌가? 케이크 옆에서 약에 취한 듯 얼빠진 표정으로 웃고 있는 브렌트 삼촌이 없다면 생일 파티를 파티라 할 수 있을까? 그런 점에서 벤이 가족의 전통을 이어간다는 게 다행이라 해야 하나. 다른 할머니도 한 명 참석했는데 내가 보기에는 플로리다에서 조용히 살고 있는 제이크의 어머니 같았다. 할머니란다. 기억나니……?

뒤 페이지로 얼른 넘어가고 싶었다. 세 번째 생일에는 제니가 무슨 재미있는 선물을 긁어모았는지 궁금했다. 이번 사진을 보니 처키치즈로 추정되는 곳에서 모든 선물이 탁자 위에 차곡차곡 정리되어 있었다. 벤의 추모 페이지에도 언급된 대로 인형 뽑기 기계 집게로 봉제 인형 무더기에서 초라한 곰을 들어 올리려 애쓰는 제이크도 흐릿하게 담겼다. 테이블 위에는 몇 상자나 되는 말 인형이 쌓여 있었다. 친척들이 이런 언질을 받은 것이 틀림없었다. 지금부터는 모두 브레이어 말을 준비해주세요. 역시나 그중에는 골디도 있었다.

제가 떼를 쓰면서 울음을 그치지 않아서 엄마가 집으로 돌아오는 길에 골디를 사주셨잖아요.

네 말이 맞는 것 같아, 제니…….

거짓말, 거짓말, 거짓말쟁이.

요란한 끽끽 소리가 들렸다. 나는 사진첩을 덮었다.

한밤중에 있었던 일이다. 나는 꿈을 꾸다가 잠을 깼다. 뭐, 악몽이라 해야겠지. 꿈속에서 신나게 바늘에 실을 꿰는 '어머니'를 보고 나는 오줌을 지리고 말았다. 실제로. 침대에서 튀어나간 나는 냄새나는 이불을 걷어 2층에 놓인 바구니에 던졌다.

다시 잠을 이룰 수가 없어서 아래층으로 내려갔다. 곧장 사진첩으로. 제니가 사라진 날 아침에 대한 경찰의 기록을 읽은 다음 나는 그 일이 있기 전 제니의 삶을 다시 들여다봐야겠다고 생각했다.

무단 침입하는 기분이었다. 조만간 현행범으로 체포되어 감옥에 끌려갈 주거침입자. 다만 행복한 집주인들은 집 안에 있는 침입자에게 신경 쓰지 않는다.

2층 바닥을 조심조심 밟으며 지나갔다.

엄마와 헤어진 첫날 저녁에 나는 문이 잠긴 집 안에 갇혀 있었다. 엄마가 언제라도 다시 나타날 줄 알았다. 솔직히. 그들이 저녁이랍시고 건넨 기름진 KFC를 마다하고 TV 앞에 놓인 추저분한 소파에 앉아 있었다. 그들은 엄마가 남기고 간 비닐봉지에서 더러운 잠옷을 꺼내주며 내게 잘 준비를 하라고 했다. 나는 그대로 앉아 있었다. 엄마가 데리러 올 테니 자러 가지 않고 기다려야 했다. 그렇게 쭉 버티고 앉아 있었을 것이다. 새 어머니, 자동차 앞좌석에서 나를 보고 미소 짓던 여자가 다가와 내 얼굴을 후려치지 않았다면. 나는 결국 바닥에 고꾸라진 채 별을 보았다. 2층에 있는 벤의 모형과는 다른 별이었다.

아직 상황 파악을 못 했구나. 그 여자가 말했다.

사실이었다.

위층에서 변기 물 내리는 소리, 뒤이어 발자국 소리, 뒤이어 침대가 살짝 삐걱대는 소리가 들렸다. 나는 잠시 기다렸다가 다시 사진첩을 펼쳤다.

어디까지 봤더라……?

맞다, 처키치즈에서 선물을 한가득 받는 사진. 이 무렵에는 경마장 6번 레인까지 채울 수 있을 만큼 말이 잔뜩 모였다. 엄마의 약쟁이 친구 한 명이 경마를 좋아했다. 그가 마약 살 돈을 경마장에서 다 날리자 엄마는 악을 쓰며 그에게 물건을 던지다가 흐느끼며 바닥에 주저앉았다. 경마장 하니까 그 일이 생각난다.

나는 말을 타본 적도, 가까이서 본 적도 없다.

어린 조베스의 생일에는 브레이어 따위는 없었다.

제니가 놀이터에서 노는 사진을 지나쳐—대체로 모래통에 혼자 앉아 있었다—네 살 생일 사진으로 휙 넘어갔다. 분홍 카우보이모자를 쓰고 난생처음 조랑말을 타는 제니, 유치원 한구석에서 레고를 갖고 노는 제니, 뒤뜰의 플라스틱 수영장 한가운데 서 있는 제니, 산타 무릎에 시무룩하게 앉아 있는 제니.

네 번째 생일 파티는 집에서 치렀지만 맥 빠지게도 앞의 세 번과 거의 비슷했다. 유일하게 바뀐 것은 케이크—호박색—였고 당연히 제니는 아기티를 벗고 금발의 예쁜 아이로 성장하고 있었다.

잠시나마 궁금해졌다. 나는 그 나이에 어떤 모습이었을까. 마지막으로 본 날 엄마는 짐을 가볍게 쌌다. 증표 따위는 없었다. 나중에 '어머니'와 '아버지'가 찍은 내 사진들은 간직할 만한 종류가 아니었다. 좋아, 아가, 다리를 좀 더 벌려, 잘했어…….

나는 페이지를 넘겼다.

일곱 살 벤과 함께 인디언 의상을 입은 제니. 깃털 머리장식까지 완벽하게 갖췄다. 장소는 북부 어딘가일 거라고 나는 추측했다. 벤은 추모 페이지에 그 일에 대해, 어느 해 여름부터 더 이상 가지 않게 된 장소에 대해 기록했다. 그들은 그곳 대신 몬토크에 가서 대합을 캐고 기억을 묻었다.

우리 모두 몬토크를 좋아했잖아요?

북부에서 찍은 제니의 사진들이 또 있었다. 변변찮은 피라미가 매달린 낚싯대를 든 제니, 캠프파이어 옆에 책상다리를 하고 앉아 있는 제니, 절벽 옆에 서서 묘하게 무심한 표정으로 허공을 응시하는 제니. 그리고 같은 장소에서 벤이 제니 옆에 서 있는 사진도 있었다. 벤은 평소에도 대체로 그렇듯 그 자리가 아닌 딴 곳에 있고 싶은 표정이었다.

이제 딱 1년이 남아 있었다. 머잖아 영화의 끝을 보게 된다.

하지만 그 전에 '꿈이 실현되는 세상'으로 떠난 여행이 남았다. 미키를 끌어안은 제니의 사진, 뗏목 비슷한 것을 타고 카메라를 쳐다보는 엄마와 아빠 사진도 있었다.

'톰 소여의 섬'으로 가는 길 같았다. 다음 사진 속 가짜 나무 표지판에 그렇게 적혀 있었다. 벤과 제니가 표지판 아래 부루퉁한 표정으로 서 있었다. 이제 벤은 잔뜩 시무룩한 표정이다. 벤이 길을 잃었던 바로 그 동굴 같은데? 나는 그 일에 대해 메리 형사에게 분명히 이야기했다. 내가 세상에서 온데간데없이 사라지기 전 어린 시절의 소중한 추억들을 충분히 꺼내놓았다.

벤은 아직도 충격에서 헤어나지 못한 표정이었다. 지금 막 깜깜한 동굴에서 구출되어 눈이 시린 플로리다의 햇살 속으로 나온 듯이. 정말 그랬는지도 모른다. 제니가 다정한 친구처럼 팔을 둘렀지만 벤은 그 팔을 떨치고 아빠가 약속한 커다란 아이스크림콘을 받을 참이었다.

벤과 제니가 덤보를 타고 도는 사진도 몇 장 있었다. 덤보를 타려고 두 시간을 기다렸는데 딱 6초 만에 끝났어요……. 곰들한테 멍청해 보이는 흰옷을 입혀놓은 '컨트리 베어 잼버리'라는 곳도 있었다. 일행 모두, 곧 로리, 제이크, 제니, 벤, 할머니, 할아버지가 칙칙폭폭 기차에서 손을 흔들고 있었다. 아니, 손을 흔드는 사람은 다섯이었다. 아직도 매장될 뻔한 충격에서 벗어나지 못한 벤은 손을 흔들고픈 유혹에 꿋꿋이 저항하고 있었다. 사진은 누가 찍었을지 궁금했다. 별에게 소원을 빌어도 결국 시시한 놀이기구 한 번 타려고 두 시간이나 기다리는 처지가 된 다른 집 아빠일 것이다. 어쩌면 앞에 선 사람의 커다란 엉덩이들만 보다가 다른 가족의 사진을 찍게 되어 반색했을지도 모른다.

빠른 속도로 가까워지고 있었다. 끝이.

또 한 번의 화기애애한 크리스마스. 다시 산타의 무릎에 앉은 제니는 북부 절벽에서처럼 심드렁한 표정이었다. 다음은 크리스마스에 빠질 수 없는 크리스마스 양말 옆에 선 제니의 사진이었다. 양말에 가득 담긴 줄무늬 지팡이 사탕 몇 개가 위로 삐죽 튀어나와 있었다. 트리 밑에는 말 몇 마리가 더 보였다.

즐거운 시간 보내, 제니……. 이렇게 생각했는데 나도 모르게 소리 내어 말하고 있었다.

부디. 네가 행복했기를 바라. 정말로, 진심으로 바라…….

나는 순전히 질투심 때문에 생일에서 생일로 건너뛰었다. 제니가 가진 모든 것을 보면서 내가 가지지 못한 것을 떠올렸다. 브레이어 말들과 신나는 파티, 크리스마스 행사들. 나는 갖지 못했지만 제니가 가진 것은 하나 더 있었다. 마약에만 정신 팔려 있지 않은 엄마.

이제는 더 이상 질투가 느껴지지 않았다.

무슨 일이 닥칠지 알고 있으니까. 스멀스멀 올라오는 욕지기처럼 그 시작을 느낄 수 있었다.

제니는 유모차에 실려 가서 다 쓰러져가는 싸구려 모텔 주차장에 쓰레기처럼 버려지지는 않는다. 대문 밖으로 걸어 나가 흔적 없이 사라질 것이다. 영화가 끝을 향하고 있었다.

그 애의 마지막 생일.

여섯 살이 되자 손님은 확 줄었다. 제이크의 모친은 플로리다로 서둘러 돌아갔는지도 모른다. 저타 할머니는 나타나지 않았다. 트루드도. 첫돌 두 돌이 아니라면 그리되기 마련이다. 손님 명단이 짧아진다. 누구도 선물을 바리바리 싸 들고 메이플가에 찾아가야 한다는 의무감을 느끼지 않는다. 수표만 전달하면 그만이다. 나야 잘 모르지만.

그런데 제니의 마지막 생일에는 사람 외에도 뭔가 빠진 게 있었다. 행복. 그냥 내 상상인지도 모르지만. 내가 아는 사실로 채색된 사건이 곧 일어날 참이었다. 제니는 촛불 여섯 개만 불어 끄는 것이 아니었다. 그 애의 숨도 꺼져가고 있었다. 결국 가지고 놀지도 못할 선물 포장을 풀고 있는 제니. 모두의 미소가 억지스럽게 보이는 이유는 뭘까? 제니의 마지막 생일이라는 이 행사에서 하나같이 자기 역할을 연기하는 배우들처럼? 어쩌면 지금이 한밤중이고 내가 이해할 수 없는 상황 속에 있기 때문인지도 모른다.

이제 바닷가 사진 한 장만 남았다.

크리스털의 성. 엄마와 딸이 보초병을 만드느라 모래 위에 기다란 그림자를 드리우고 있었다. 해가 넘어가기 직전이었나 보다. 제니의 그림자는 절대 오지 않을 미래에 대한 거짓 약속 같았다. 그녀는 더 이상 자라지 못한다. 영원히 아이로 머무른다.

제니의 마지막 생일에 빠진 것이 무엇인지 알 것 같았다.

이제 알겠다.

빠진 것은 행복이 아니었다.

다른 것이었다. 제니의 마지막 생일에만 빠진 것도 아니었다. 사진첩 전체에 빠져 있었다.

괜한 억측이 아님을 확인하려고 나는 사진첩을 다시 휙휙 넘겨 보았다.

제니는 놀이터, 교실, 수영장, 뒤뜰에 서 있다. 붐비는 쇼핑몰, 여름날의 길거리, 조랑말 등, 사람들 무릎, 통통한 분홍 코끼리가 가득한 자기 방에 있다.

제니는 여기, 저기, 어디에나 있다.

하지만 다른 아이와 함께 있었던 적은 없다.

한 번도.

제니, 제니, 제니.

늘, 변함없이, 혼자였다.

27

벤

흥분을 식히러 차를 몰고 헌터 공원까지 왔지만 벤은 여전히 흥분을 가라앉히지 못했다.

"대체 뭐가 문제야?" 주문 제작한 전자 담배로 조금 전에 대마초를 피운 잭이 물었다.

달라도 똑같은 질문을 했다. 달라는 벤과 꽤 정기적으로 데이트를 하는 사이였기에 그에게 뭐가 문제냐 따위의 질문을 할 수 있다고 여겼다. 그녀는 밤새도록 그와 붙어 있었다. 차 안에서, 공원에서 그의 손을 쥐고 있었다. 그렇지 않으면 그에게 끝내주는 펠라티오를 약속하며 안아달라고 졸랐다. 벤이 알기로 그녀는 그것을 별로 좋아하지 않았다. 그럴 생각이라도 하려면 완전히 취해야 한다. 이 모든 애정 표현은 벤이 갑자기 유명인 또는 그 비슷한 존재가 됐다는 사실과 관계가 있을 것이다……. 그의 동생이 빌어먹을 뉴스에 여기저기 나오게 된 바람에.

다만 그 애가 벤의 동생이 아니라는 게 문제였다. 결국 그는 이중으로 가짜 유명인이었다. 그 때문에 달라가 그의 손을 잡거나 귀에 속살거릴 때마다 그는 더 화가 났고, 그녀를 뿌리치는 식으로 분노를 드러냈다. 여름마다 단풍나무에서 빙글빙글 돌며 떨어지는 징그러운 애벌레를 튕기듯이. 그럴 때 달라는 그에게 뭐가 문제냐고 물었다.

"문제는 무슨 문제." 벤이 말했다. "너야말로 뭐가 문제야?"

달라는 그 말에 기분이 상해서 사랑의 나무 옆에 서성거리던 여자아이들에게로 가버렸다. 아이들이 나무에 자기들 이름을 자꾸 새기다 보니 그런 이름이 붙게 되었다. '지미는 샤리를 사랑한다', '토니가 마리아에게 반했다' 하는 식으로. 그 어딘가에 '달라는 벤을 좋아한다'라고 새겨져 있어도 그는 놀라지 않을 터였다. 틀림없이 달라 짓일 테니까. 달라는 지금 벤의 옛 여자친구 제이미와 속닥거리고 있다. 이 기회를 틈타 의기양양하게 그의 험담을 늘어놓고 있을지도 모른다. 둘이서 저기 서서 그가 얼마나 몹쓸 놈인지 수군거리고 있을 것이다.

이 와중에 절친이라는 잭마저 벤의 짜증을 돋우고 있었다.

"너 진정 좀 해야겠다." 잭이 말했다. 평소 벤이 여자애들한테 잘 쓰는 말이라 더 귀에 거슬렸다.

"우리 부모 좀 갈아치우고 싶어." 벤이 말했다.

"난들 안 그럴까?" 형편없는 부모 얘기라면 잭도 할 말이 많았다. 잭의 아버지는 애리조나주 스코츠데일로 이사 간 후 아들을 1년에 딱 한 번 여름에만 만났다. 만난다고도 할 수 없는 것이, 잭을 아무 할 일도 없는 아파트에 하루 종일 앉혀두고 그냥 일하러 가버리기 때문이었다. 그의 엄마—잭이 이런 이야기를 시작하면 끝이 없었다—는 새 남자친구와 쏘다니느라 집에 붙어 있을 새가 없었다. 엄마의 남자친구는 메르세데스 컨버터블을 타는 또라이로, 엉성한 정수리 위로 머리카락을 빗어 넘기고 다녔다.

"둘 다 제정신이 아니야." 벤이 말했다. "진짜로."

"뭐야?" 잭이 대꾸했다. "뭘 어쨌길래?" 형편없는 부모를 둔 고충이라면 그도 얼마든지 공감할 수 있었지만, 벤의 부모는 자기 부모와는 비교도 안 되게 낫다고 생각했기에 잭은 어리둥절했다.

벤은 오래전에 잃어버린 동생 이야기를 잭에게 어느 정도 털어놓았다. 처음에는 아무 얘기도 하지 않다가 그날 아침에 온갖 뉴스에서 떠들어대자 하는 수 없이 동생의 존재를 인정했다. 그리고 그 아이가 진짜 동생이 맞는지 점점 의심스러워진다는 얘기도 했다. 벤은 동생이 진짜가 아니라는 말을 잭이 곧이듣는지 헷갈렸지만 잭은 그런 의혹을 흥미롭게 여겼다.

"왜 그 아이가 네 동생이 아니라고 생각해?" 잭이 물었다.

"왠지 그래." 벤의 대답은 설득력이 없었다. 특히 대마초 연기가 가득한 자동차 뒷좌석에서 웅얼거리는 대답일 때는.

"그 애가 너희 가족에 대해 이것저것 다 기억한다면서? 누가 누구인지도 잘 알고. 네 동생이 아니면 어떻게 알겠어?"

벤은 그 장면을 본 순간 확신이 섰다.

"읽어보고 아는 거지."

"뭘?"

"내 추모 페이지."

벤은 잭에게 추모 페이지의 존재와 자신이 올린 온갖 게시물에 대해 말한 적이 없었다. 제니와 관련된 사소하거나 사소하지 않은 모든 추억을 모은 곳. 따라서 그 애의 기억처럼 보이는 것은 기억이 아니었다. 암기의 결과물일 뿐.

이렇게 털어놓자 잭은 어느 정도 믿는 눈치였다.

"와, 그러니까 그 애가 가짜일 수도 있다는 거네?"

벤은 집으로 돌아가 자신의 컴퓨터 화면을 보았다. 그를 놀리는 것처럼 뻔히 보이도록 열려 있던 페이지. 가족들이 아무도 집에 없을 때를 틈타 그 애가 벤의 페이스북 추모 페이지를 자세히 읽어본 것이 틀림없다.

벤은 크게 한 방 터트리겠다고 벼르며 부모가 집에 돌아오기를 기다렸다. 끝장을 볼 작정이었다.

엄마가 먼저 귀가하자 벤은 두 단계 전략을 짰다. 먼저 엄마에게 은밀히 알린 후 아빠한테 털어놓는 거다. 하지만 엄마는 요즘 제니에게 푹 빠져 있었고—정말 어리석기 짝이 없다—좀 심란한지 집에 도착해서는 벤이 쾌활하게 인사를 해도 들은 척도 않고 방으로 들어가 문을 닫아버렸기에 그는 아빠가 돌아오기를 기다려 두 사람에게 한꺼번에 알리는 쪽으로 전략을 수정했다. 아무래도 아빠가 조금은 더 이성적이었고 벤이 하려는 말은 전부 변명의 여지가 없는…… 빼도 박도 못할 사실에 근거했다.

벤이 아래층에서 기다리고 있을 때 아빠가 녹초가 된 모습으로 현관에 들어섰다. 하지만 벤은 아빠가 정신을 번쩍 차리게 할, 두 사람을 일시에 망상에서 벗어나게 할 소식을 갖고 있었다.

"아빠, 다녀오셨어요." 벤이 인사했다.

"그래, 벤." 아빠는 어깨에 멘 가방을 탁자에 떨어뜨리고 나서 벤의 운동화에 걸려 넘어질 뻔했다. "맙소사, 벤, 내가 운동화 좀 치우라고 몇 번이나 말했니?"

"수백 번요. 스니커즈를 아무 데나 팽개친 건 순전히 저의 불찰이옵니다."

아빠는 그를 빤히 보았다. "너 괜찮니?"

"괜찮사옵니다. 엄마 좀 불러주시겠나이까?"

"뭐?" 아빠는 누구인지 못 알아보겠다는 듯 벤을 찬찬히 훑어봤다.

당신의 하나밖에 없는 아들이요, 아빠. 그게 저예요.

"두 분께 말씀드릴 엄중한 소식이 있어서요."

"엄중? 그런 표현을 써야 하는 특별한 이유라도 있니, 벤?"

그랬다. 그런 표현을 쓰는 데는 특별한 이유가 있었다. 엄중한 결과를 가져올 엄중한 문제였기에 그는 이 엄중한 상황에 적절한 단어를 사용하고 있을 뿐이었다. 두 사람도 곧 이해하게 될 터였다.

"너 혹시 정학당했니, 벤? 이번에도 대마초 때문이야?"

"아니, 정학이라뇨. 대마초는 입에도 대지 않았습니다." 그는 거짓말을 하고 있었지만 지금은 진실을 말하는 시간이 아니었다. 사실 진실을 말하는 시간이긴 했지만 위층 은신처에 사는 사기꾼이 훨씬 엄중한 골칫거리였다. 그나저나 그 애는 어디 있을까? 벤이 컴퓨터에 쪽지를 남겨도 그 애는 전혀 반응을 보이지 않았다.

"좋아, 우리한테 알려야 할 엄중한 소식이 대체 뭐니?"

"아, 곧 알게 되실 겁니다. 엄마 좀 불러주시겠어요?"

"그래, 벤. 잠깐만 기다려라." 아빠는 위층으로 올라갔다. 벤은 그가 부부 침실로 들어가는 소리를 들었다. 벤은 거실로 어슬렁어슬렁 들어가 소파 맞은편 풋스툴에 앉았다. 그가 〈워킹 데드〉를 볼 때 주로 발을 올리는 곳이었다. 위층에 있는 여자애야말로 '워킹 데드' 아닌가? 벤의 전략상 완벽한 위치였다. 그의 요청으로 소파에 앉을 두 사람을 마주 볼 수 있는 위치. 그들은 이렇게 앉아야 했다.

벤은 사실 조금 초조해졌다. 남은 마리화나로 용기를 충전하지 않은 자신이 원망스러웠다. 그는 부모에게 초대박 뉴스를 터뜨릴 참이었다. 그들의 가슴을 찢어놓을지도 모른다. 하지만 그 애가 한 짓, 죽은 여동생 행세에는 비할 바가 아니었다. 그것은 철창신세를 지게 될지도 모를 미친 짓, 극악무도한 짓이었다. 잘은 모르지만 어찌 되나 두고 볼 것이다.

침실 문이 열리고 부모가 계단을 내려오는 소리가 들렸다.

자, 엄마, 아빠, 충격이 크시겠지만……

엄마, 아빠, 마음 단단히 먹으시고……

한번 맞혀보세요…….

벤은 어떤 말로 운을 뗄지 궁리했다. 그가 형편없는 성적을 받은 토론 수업에서는 첫 문장이 무척이나 중요하다고 배웠다. 하지만 더 중요한 것은 맺음말이다.

엄마와 아빠가 거실로 들어왔다.

"좋아, 벤." 아빠가 말했다. "무슨 일이지?"

"일단 좀 앉으세요."

"괜찮아, 벤." 엄마가 말했다. "무슨 사고 쳤니? 학교에서?"

"아니, 학교랑 상관없어요. 아빠한테도 말씀드렸지만 학교에서는 아무 문제 없습니다. 엄청 성실하게 다니고 있어요."

"듣던 중 반가운 소리구나." 아빠가 말했다. "그러면 뭐가 문제지?"

"아무래도 일단 앉으셔야겠어요."

"진짜 왜 이러니, 벤." 아빠가 한숨을 쉬며 고개를 절레절레 저었다. "알았다, 앉으라면 앉아야지. 로리, 당신도 좀 앉을래?" 아빠가 소파에 손짓하자 엄마는 얼른 거기에 앉았다. 하지만 아빠는 거실 오른쪽 구석의 안락의자에 털썩 앉았다.

"여기 앉으세요." 벤이 말했다.

"뭐?" 아빠가 말했다.

"여기 앉으시라고요. 아빠도 여기 앉으셔야 할 거 같아요. 엄마랑 같이요."

"웬일이니. 우리가 어디에 앉든 무슨 상관이지?"

벤이 기침을 했다. 그는 안절부절못했다. 바닥으로 시선을 떨궜다. 심장이 벌렁거리다가 갑자기 온몸에서 땀이 났다.

"드릴 말씀은," 그가 입을 열었다. "제니는 제니가 아니라는 거예요."

그는 부모의 얼굴에서 충격과 경악을 기대하며 눈을 치떴지만 기대하던 것을 볼 수 없었다. 그들은 층계를 내려올 때와 똑같은 표정이었다. 드러나는 감정이라고는 약간의 짜증이 전부였다.

"뭐라고?" 아빠가 되물었다.

"제니는 제니가 아니라고요. 이런 말하기 정말 싫지만요. 두 분이 얼마나…… 그 애를 그리워하셨는지 아니까요. 저도 알아요. 하지만 그 애는 제니가 아니에요."

이제야 두 사람의 얼굴에 약간의 경계심이 드러났다. 좋아, 자신의 말이 먹히기 시작한다는 생각에 벤은 긴장이 조금 풀리는 기분이었다. 심장이 흉곽을 뚫고 나올 것 같은 불안감은 더 이상 없었다.

"잘 들어, 벤……." 엄마가 말했다. "이런 일을 겪게 돼서 힘들다는 거 알아. 누군들 힘들지 않겠어? 그런 감정, 그러니까…… 박탈감을 느끼는 건 당연해. 하지만 도가 너무 지나치잖아."

엥? 그가 부모의 얼굴에서 본 경계심은 위층에 버티고 있는 어떤 정신 나간 사기꾼을 향한 것이 아니었다. 벤을 향한 감정이었다. 그것을 이해하기까지 얼마간 시간이 걸렸고 속에서 화가 부글부글 끓기까지도 약간 시간이 걸렸다. 마치 이 모두가 벤이 학교에서 망나니짓을 했기 때문이라는 듯 엄마는 고개를 젓고 아빠는 한숨을 쉬었다.

"제 말 듣고 있는 거예요? 진짜로…… 빌어먹을, 제가 하는 말 알아들은 거냐고요?"

"욕은 빼도 되잖니, 벤." 아빠가 말했다.

"뭐라고요? 그러면 이건 어때요? 빌어먹을 2층에 앉아 있는 빌어먹을 년은 당신들 딸이 아니라고요. 빌어먹을 내 말 알아들었어요?"

"그만해라, 벤." 아빠가 진심으로 불쾌한 표정을 지었다. "같은 말 반복하지 않으마, 알겠니?"

"하, 저는 한 번 더 반복할게요. 저 애는 제니가 아니에요." 그는 제니 방이 있는 방향의 천장을 손으로 가리켰다. "저 위에 있는 여자애는 아빠 딸이 아니라고요. 내 동생도 아니고요. 아무도 아니에요. 그냥 가짜라고요. 미친년이라니까요. 못 알아먹겠어요?"

엄마가 입을 열었다. "일단 목소리부터 낮춰. 네가 우리한테 이런 말을 하는 것 자체가 황당하지만 제니 귀에 들리게 하고 싶진 않아. 너도 물론 속상하겠지, 벤, 이해해. 오랫동안 외동으로 살았는데 갑자기 동생이 돌아왔으니 혼란스럽고 불만스럽겠지. 엄마도 인정해, 흔히 있는 상황은 아니니까. 네가 헷갈리는 것도 당연해. 그래, 좋아, 이 상황을 납득하고 수용하느라 여간 힘들지 않을 거야. 그렇다고 네가 터무니없는 모함을 하고 제니 귀에 들리도록 악을 쓰는 건 용납할 수 없어. 알아듣겠니?"

"제니 귀에 안 들어가요. 여기 없으니까요. 엄마한테는 안된
일이라 미안하지만 상황이 그렇다고요. 좋아요, 제 말 좀 들어
보세요……. 그 애가 아는 모든 것, 우리 가족, 디즈니월드에
서 일어난 일, 전부 읽어서 아는 거예요. 아시겠어요? 죄다 외
운 거라고요."

아빠는 한숨을 쉬었다. 엄마도 한숨을 쉬었다. 둘 다 한숨을
쉬었다.

"헛소리 아니에요." 벤이 말을 이었다. "제가 꾸며낸 소리가
아니라고요……." 벤은 자신이 징징대고 있음을 깨달았다. 그
가 그동안 부모에게 야단맞고 벌받는 것을 피하고 싶을 때마다
내던 소리였다. 지금은 절대 내고 싶지 않은 소리인데. 마리화
나 등을 이유로 외출금지를 당하지 않으려고 잔꾀를 부릴 때
그는 대체로 거짓말을 했지만, 지금은 절대 아니었다. "한 번
도 말씀 안 드렸지만…… 제가, 제니 추모 페이지를 만들었어
요. 페이스북에."

두 사람이 멍한 표정으로 벤을 응시했다.

"그건…… 뭐랄까, 동생이 유괴된 이후로…… 항상 기분이
이상해서 한 일이에요. 두 분이 그 일에 대해서 절대 얘기를 꺼
내지 않으니까 제 기억이 자꾸 가물가물해지는 거예요. 그 일
이랑, 제니에 대한 기억이요. 그 일을 겪고 제가 넋이 나가니
까 저를 빌어먹을 정신병원에……."

"맙소사, 벤." 엄마가 말했다. "거긴 가톨릭 학교였어. 너를

정신병원에 집어넣은 게 아니야."

"아 그래요? 그러면 그곳 애들은 왜 다들 약에 취해서 빌빌거렸을까요? 저도 날마다 약을 먹어야 했는데 말이죠. 기억나요. 기억이랄 게 별로 없지만 그 기억은 나네요. 그 당시에는 약도 제대로 삼킬 수 없었어요. 알약을 삼킬 줄 몰라서 수녀님들이 사과소스에 갈아 넣어야 했잖아요. 내가 너무 번거롭게 해서 되게 귀찮았을걸요."

"데파코트였어, 벤." 엄마가 말했다. "그건 빨리 회복하려고 먹는 약이었잖아. 제니가 납치된 후에, 너를 정신과의사한테 데려갔더니…… 네가 트라우마를 겪고 있다더라. 너는 기억 못하겠지만, 그때 기억이 별로 없겠지만, 너는 학교에 가려고 하지 않았어. 그냥 고집을 부렸지. 내가 너를 학교에 끌고 갔다가 한 시간 뒤에 다시 집으로 끌고 와야 했다. 넌 난폭해졌어. 다른 아이들이랑 싸우기나 하고. 가려고 하지도 않고 가고 나면 거기 있으려 하질 않았어. 널 나무라는 건 아니야, 벤, 그건 아니야……. 제니를 잃은 건 모두에게 큰 충격이었어. 그때는 나도 완전히 망가졌었지. 넌 그것도 기억 안 날 거야. 하지만 나는 기억해. 큰 충격이었어. 내가 그 꼴이 아니었다면 너를 좀 더 보살폈겠지. 미안하구나……."

"미안하다는 말 듣자는 게 아니에요. 제가 엄마한테 미안하죠, 아빠한테도요. 제가 하려는 말이 그거예요. 페이스북에 그 페이지를 만든 건 그 많은 시간을 빼앗긴 것 같아서였어요. 마치 누군가가 지워버린 듯이요. 제니에 대한 기억뿐만 아니라,

모든 기억을요. 그래서 추모 페이지를 만든 거예요……. 그리고 기억이 나는 것은 뭐든지 기록했어요. 제니와 제 이야기, 우리 이야기를요. 떠오르는 대로 다 적었어요. 제니가 나한테 자기 말을 갖고 놀지 못하게 했던 일, 제가 디즈니월드에서 길을 잃은 일도요……. 머릿속에 떠오르는 대로 전부 적었어요. 그 페이스북 페이지의 팔로워가 천 명쯤 돼요. 대부분 나처럼 형제자매를 잃은 사람들이지만 아닌 사람도 있어요. 그런데 그 애가 그걸 읽은 거예요. 2층에 있는 애가 그걸 읽고서 연기를 하고 있는 거예요. 그래서 두 분을 속일 수 있었던 거라고요. 경찰도 속였고요. 이제 아시겠죠……."

벤은 이 말을 두 사람이 어떻게 받아들이는지 표정을 살폈다. 그들의 얼굴에서 깨달음의 표정이 떠오르는 걸 보고 싶었다. 아빠는 더 이상 그를 한 대 칠 듯한 표정이 아니었고 엄마도 그를 정신병원에 돌려보내야겠다고 생각하는 표정은 아니었다. 이 집에서 그는 평소 두 사람이 무슨 말을 하는지에는 별로 관심이 없었으니까.

"얘, 벤." 학교에서 상담 교사가 그와 공감하는 시늉을 할 때처럼 엄마가 소파에서 몸을 앞으로 기울였다. "너의 희망사항일 거야. 네가 그렇게 여동생을 잃었고, 그 일로 심한 충격에 빠졌지만 극복하고 나니까 괜찮아졌잖아. 그 애가 이제 다시 우리 삶에 돌아왔지만 너는 곧 괜찮아질 수 있어……."

"제 얘기 들으신 거 맞아요? 두 분 다? 저 애가 제 페이스북을 읽었다는 얘기요! 그 애가 보는 걸 제가 봤어요. 그 애는 그걸 보고 아는 거라니까요. 우리에 대해서……."

엄마가 그에게 미소를 짓고 있었다. 지적장애인 올림픽에서 결승선을 지나는 아이들을 보고 지을 법한 미소(작년에 그의 학교에서 지역 예선을 치를 때 벤은 봉사 점수를 따려고 자원봉사를 했다), 한편으로는 장하다, 한편으로는 너 참 불쌍하다, 하는 미소.

"벤, 내가 분명히 말하는데, 동생을 잃었다가 되찾았으니 네게는…… 앞으로 해결해야 할 문제가 많아……. 엄마는 이해해, 진심으로. 우리 같이 이겨내자. 엄마와 아빠는 항상 네 곁에 있어."

벤은 귀를 의심할 수밖에 없었다. 그는 두 사람 앞에 전부 꺼내놓았다. TV에 나오는 시시한 범죄 드라마에서처럼. 살인 사건 속으로 한 걸음 한 걸음 안내하면 모두들 사건이 해결됐다며 고개를 끄덕인다. 하지만 그의 부모는 고개를 끄덕이지 않았다. 고개를 절레절레 흔들고 있었다. 그에게 측은한 미소를 지으며 이 상황을 이겨내야 한다고 훈계하고 있다. 벤은 어릴 때 본 공상과학 영화 속에 들어온 기분이었다. 지구를 침략한 외계인이 부모의 몸을 차지해 미소 짓는 인형으로 만들어버리는 영화.

"두 분 다 망상에 빠져 있어요. 제가 중국어라도 했나요? 그 애가, 제, 페이스북을, 읽는 걸, 봤다고요." 벤이 한 단어 한 단어에 힘을 주어 뱉어냈다. "그 애가 집에 없을 때 2층에 올라갔더니 컴퓨터에 제 페이스북이 열려 있더라니까요. 저한테 들킨

거라고요. 현행범으로요. 대체 여기서 어느 부분이 이해가 안

된다는 거죠?"

"음, 네가 그 애라도 호기심이 생기지 않겠니?"

"뭐라고요?"

"네가 제니라도 궁금하지 않을까? 오빠가 자기에 대해 뭐라

고 썼는지?"

"네……? 그게 무슨 상관이죠? 전 그 애가 말한 모든 게 거

기 적혀 있다고 말씀드리는 거예요. 제 페이스북에요. 제가 그

걸 다 썼으니까. 브렌트 삼촌이랑 할머니, 해변에 놀러간 일이

랑 독립기념일에 불꽃놀이를 한 것도요……. 그 밖에 전부를

요. 그 애는 그냥 외운 거라고요."

"네가 쓴 내용은 전부 실제로 일어난 일이야, 벤." 다시 엄마

였다. "당연히 제니한테도 같은 기억이 있겠지. 그 애도 겪은

일이니까. 속상한 건 이해해, 적응이 필요하겠지. 하지만 시간

을 갖고 기다려봐. 우리에게는 그냥 시간이 필요해……."

벤은 진절머리가 났다. 이쯤에서 그만둬야 할 것 같았다. 그

들에게는 시간이 필요치 않았다. 이 공상과학 영화에서 '컷'이

라고 외칠 감독이 필요할 뿐이었다. 전부 현실로 돌아갈 수 있

게. 그의 부모가 외계인에게 세뇌된 인형처럼 우리에게는 시간

이 필요해, 이 말만 반복하지 않고 정신을 차릴 수 있게. 이제

그의 눈에서 뜨거운 눈물이 왈칵 쏟아졌다. 스무 살 먹은 벤은

부모 앞에서 펑펑 울었다. 두 사람은 여전히 얼굴에 멍청한 미

소를 띤 채 그 자리에 앉아 있었다.

"두 분 다 제정신이 아니에요!" 벤은 이렇게 소리치며 벌떡 일어나 현관문 쪽으로 달려갔다. 문을 열고 홱 빠져나가 쾅 소리가 나도록 닫았다. 차에 오른 그는 헌터 공원으로 향했다.

28

"원하는 게 뭐야?"

좋은 질문이다.

"미안하다는 말을 하고 싶었어." 내가 말했다. 그 비슷한 말도 전혀 할 마음이 없었지만. 사실은 이렇게 말하고 싶었다. 충고 한마디 하려고 왔다. 요 맹추야. 맥스라는 기자 친구는 잘 지내는지 묻고 싶었다. 토니가 메이플가의 유괴당한 아이 집에 찾아갔다가 사진도 못 찍고 빈손으로 돌아왔어도 그가 여전히 토니의 친구라면 말이다.

"그래?"

좋아, 됐다. 토니 켈리는 내 사과는 예상하지 못했을 테지.

"사과하러 왔다고." 나는 이를 갈며 말했다. 사과하려는 사람의 표정이라기보다 도저히 목구멍으로 넘어오지 않는 단어를 내뱉을 때 지을 법한 표정이긴 했다.

"아." 토니가 이제 좀 관심을 보였다. 기자의 전화번호와 그가 대가로 약속한 것이 정확히 무엇이었는지 기억을 더듬는 모양이었다.

"아직 여기저기 적응이 필요해서……." 내가 말을 이었다.

내가 집에 도착한 첫날 저녁에 엄마 로리가 내게 뭐랬더라?

"나 자신을…… 되찾아야 하니까."

"그렇지." 다시 토니가 가짜 다정함을 내뿜고 있었다. "이해해."

"그래? 이해한다니 기쁘다."

나는 온라인에서 이 아이 번호를 찾았다. 페이스북과 인스타그램을 확인했다. 그곳에서 토니는 어림 반 푼어치도 없는 자랑거리를 끌어와서 우쭐거리고 있었다.

'세상에.' 내가 돌아온 날에는 이렇게 올렸다. 그다음 날, 내가 새벽 1시에 그 기자와 무심코 몇 마디 나눈 후에 토니는 이렇게 썼다. '제니 크리스털은 살아 있었다! 여섯 살 때의 내 단짝. 그 친구는 우리 집에 놀러 오다가 그 일을 당했다. 믿기지 않는다. 하느님 감사합니다!'

토니가 하느님을 많이 생각하는 사람 같지는 않았다. 올해 봄방학 때 찍은 사진 속에서 입고 있던 '나를 따먹어'라고 적힌 티셔츠를 감안하면.

"그래서, 음…… 나랑 놀러 온 거야?" 토니가 물었다.

"그럼." 그보다 더 하고 싶지 않은 것은 떠오르지 않았다. 하지만 내게는 임무가 있었다. 코드명 '제니'라고 해두자.

발각될까 봐 죽도록 두려워하며 지난 몇 년을 보냈다. 이상한 표정이 더 이상 우습게 느껴지지 않는 그 순간이 두려웠다. 연극이 끝나고 충격에 빠진 부모와 화난 사회복지사 앞에 불려 나오는 그 순간.

이 얘기를 해야겠다.

1960년대에 〈진실 혹은 대가(Truth or Consequences)〉라는 퀴즈 프로가 있었다. 내가 어떻게 아냐고? 대회 승리를 계기로 마을 이름을 프로그램 제목으로 바꿔버린 뉴멕시코의 어느 마을에 대한 기사를 읽고 그 배경을 찾아봤기 때문이다. 맹세하는데 뉴멕시코에는 'Truth or Consequences'라는 지명이 있다. 2007년에 그곳에서 실종된 6세 여아가 있다길래 나는 그 아이 노릇을 해볼까 고민하고 있었다. 일단 유튜브에서 그 퀴즈 프로를 찾아보았다. 격자무늬 폴리에스테르 정장을 입은 진행자가 시시한 퀴즈를 낸 다음 탈락한 사람들에게 유치한 광대짓을 시켰다. 그중 한 편은 마치 연출 같았다. 〈Don't Be Cruel〉을 부른 가수 이름을 맞히지 못한 여자아이가 결국 자신을 포기하고 입양 보낸 엄마와 재회하는 장면이 나왔다. 모두들 엘비스 프레슬리의 이름을 들어본 적도 없다는 여자애를 보며 배꼽 빠지게 웃는 대신 눈이 빠지도록 울어댔다. 나도 마찬가지였다. 어쨌든 이 프로그램의 교훈은 진실을 내놓지 않으면 대가를 치러야 한다는 것이었다.

그런 주제에 대해서라면 나도 책 한 권은 쓸 수 있을 것이다.

그 규칙이 크리스털 집안에는 적용되지 않았다. 나는 진실을 내놓지 않았지만 대가를 치르지 않았다.

왜일까?

다시 깜깜한 벽장에 갇혀 희미한 빛줄기를 간절히 찾는 기분이었다. 벽장에서 몸을 사시나무처럼 떠는 내 모습이 눈에 선

했다.

제니에게 무슨 일이 일어났다.

나는 무슨 일인지 알아야 했다.

문을 열었더니 토니가 만면에 미소를 띠고 있었다.

"어서 와." 그 애의 미소에 미소로 화답하려 애썼다. 옛 절친과의 재회를 간절히 바라던 사람처럼 행동하자. 친구 이야기가 나와서 말인데…….

"너는 어째서 내 생일 파티에 한 번도 안 왔니?" 나는 내 방으로 돌아가 그 애한테 물었다.

"뭐?"

"옛날 사진첩을 뒤져봤어. 내 생일 파티에는 가족밖에 없더라고. 그래서 궁금했어."

토니는 어깨를 으쓱했다. "내가 어떻게 알겠어?"

"친한 여자애들이 다 왔어야 하는 거 아닌가? 같이 놀던 애들은 전부."

"내가 바빴겠지. 다른 파티에 갔거나."

"그래. 그러면 제이시는?"

"응?"

"제이시 클라인. 그 애도 바빴나?"

"뭐야, 너 혹시 내가 네 생일 파티 안 갔다고 삐진 거니?"

"그런 거 아냐." 내가 웃어 보였다. "그건 절대 아니고."

"맞아. 나는 겨우 여섯 살이었는데."

"나도야."

"12년 전의 일을 누가 알겠어?"

"그렇지. 내가 지금 원하는 게 바로 그거야. 알아내는 거."

"알아내? 뭘 알아내? 내가 왜 네 생일 파티에 안 갔는지?"

"뭐든지. 뭐든 상관없어. 너랑 얘기하면서 기억이 좀 돌아왔으면 좋겠어. 네가 내 기억 되살리는 걸 좀 도와줬으면……."

"아." 토니는 그 말에 반색했다. "알았어. 좋아." 돌팔이 상담사 노릇을 하면 몇 푼 안 되는 돈과 찰나의 명예를 대가로 나를 팔아넘기려 했던 만행을 용서받을 거라 생각하는 모양이었다. 어쩌면 그 애한테 뚜쟁이 노릇을 요구한 기자가 그것을 주제로 기사 한 편을 써낼지도 모른다. 토니는 몸을 앞으로 기울였다. "뭘 알고 싶은데?"

"너랑 나에 대해서. 우리 사이에 대해서."

"단짝 친구 사이였지……." 토니가 대꾸했다.

"맞아. 단짝 친구. 그런데 다른 사람도 아니고 단짝 친구가 내 생일 파티에 오지 않았어."

"진짜, 제니. 이미 말했잖아…… 내가 바빴을지도 모르고. 엄마가 아빠 때문에 정신이 없어서 나를 데려가는 걸 잊었을지도 몰라."

나는 사진에 더 이상 켈리 씨가 없다는 점을 눈여겨봤다. 토니의 페이스북에는 가족사진이 없었다. 켈리 씨와 토니 둘이서만 찍은 사진 몇 장, 가짜 가슴이 달린 젊은 여자와 켈리 씨 옆에서 가엾은 토니가 한쪽에 찌그러져 있는 사진 한 장이 전부였다.

"그럴지도 모르지. 우리 자주 같이 놀았었나?"

"그럼. 늘 같이 놀았지."

"정말?"

토니와 제니는…… 같이 어울려 놀 때가 많지 않았어요. 켈리 부인이 루퍼 형사에게 한 말이다. 그날 제니가 나타나지 않았는데도 토니 엄마가 이상하다는 생각을 못 한 이유도 그 때문일 것이다. 그녀는 애초에 제니가 나타날 거라 기대하지 않았는지도 모른다.

"그래, 진짜로. 왜?"

"우리가 같이 논 적이 별로 없다는 말을 들은 것 같아서. 아주 어릴 때 말고는."

"누가 그런 말을 했어?"

그러게, 누구였을까?

"엄마가."

"너희 어머니가 우리가 같이 안 놀았다고 하셨어?"

"그런 투로 말했어."

툴툴대는 소리를 내려고 풍선에서 바람을 뺀 적이 있는가? 토니가 바로 그랬다. 소리만 안 낼뿐. 나는 제니 크리스털의 이야기에서 의리 있는 단짝 친구라는 그녀의 새 역할을 위협하고 있었다. 어쩌면 그녀의 머릿속에서 춤추는 달러 기호를 위협했는지도 모른다. 신문 1면 독점기사를 대가로 토니가 손에 넣을 돈.

"너는 그날 아침에," 토니가 강조하듯 말했다. "우리 집에 놀러 오고 있었잖아."

"나를 너한테 떠넘기려고 그랬을 거야. 벤 옆에서 깐족거릴까 봐. 벤의 팔이 부러졌으니까."

"너를 제이시한테 떠넘긴 건 아니었잖아?"

"그러게. 너한테 버렸지."

"뭐라고?"

"아니야. 기억 좀 되찾게 해줘, 토니."

"무슨…… 기억?"

"어떤 기억이든지. 네가 기억을 되찾는 데 도움을 줄 거라 생각했어. 그러니까 한 가지만 알려줘. 너랑 네 단짝 친구에 대해서."

"음, 생각 좀 해볼게." 토니의 얼굴에 화색이 돌았다. "독립기념일마다 너희 집에서 하던 바비큐 파티가 생각나. 네 삼촌이 물로켓을 터뜨렸잖아. 되게 멋있었는데."

"맞아. 바비큐 파티 때는 빠진 사람이 없었어. 그러면 너랑 나 둘만 있을 때는? 서로 집에 놀러 가면 우리는 뭘 했어? 작은 거라도 한 가지만 알려줘, 토니. 한 가지만."

"너한테 말 인형이 많았잖아."

"그래서?"

"우린…… 네 말들을 가지고 놀았어."

"좋아. 내가 어느 말을 가장 좋아했더라, 너 기억나?"

"응?"

"내가 제일 좋아하는 말이 있었는데 그게 어떤 거였어? 기억날 것 같은데 확실치가 않아서. 플리카였나?"

"맞아. 그래, 플리카였어."

"사실은 블랙뷰티였다고 생각했는데."

"맞아. 블랙뷰티. 그거였어."

"잠깐만. 나 어쩜 이렇게 멍청할까? 아무래도 골디였던 것 같아."

토니의 얼굴이 빨개졌다.

"그래, 네가 어느 장난감 말을 제일 아꼈는지 나는 모르지. 그걸 내가 어떻게 기억하겠어?"

"좋은 지적이야. 다른 건 어떨까?"

"이를테면 어떤 거?" 토니가 불편해 보이기 시작했다. 그 애 몸에 비해 두 사이즈나 작은 청바지가 꽉 조이는 모양이었다.

"좋아하던 영화. 좋아하던 만화. 좋아하던 색. 너는 내 절친 이었잖아. 그러니까 내가 뭘 제일 좋아했는지 기억할 수도 있 지 않을까?"

"모르겠어."

"그래?"

"기억이 안 나." 토니는 자기 손목의 실 팔찌를 만지작거리 기 시작했다.

"우리 엄마 말이 맞는가 봐." 내가 말했다.

"뭐?"

"우리가 같이 놀지 않았다는 말."

토니는 나를 빤히 보았다.

"이유가 뭐라고 생각해?"

"무슨 이유?" 그 애가 물었다.

"왜 우리가 같이 놀지 않았을까?"

그 애 얼굴에 며칠 전 우리 집에서 쫓겨날 때와 같은 표정이 떠오르고 있었다. 내가 자기를 내 이야기에서 배제할까 봐, 일정표에 아무 일정이 없는 뚱땡이 못난이로 돌아갈까 봐 초조해하고 있었다.

"네가 좀…… 난폭했잖아." 토니가 입을 열었다.

갑자기 내가 입을 꾹 다물 차례가 되었다. 토니한테 한 방 얻어맞은 기분이 드는 이유는 뭘까. 내가 연기하는 아이가 아닌 나에 대한 평가라는 듯.

왠지 그랬다.

"난폭해……?" 마침내 내가 물었다. "그게 무슨 뜻이야?"

"몰라서 물어? 난폭했다고. 나한테 물리적으로 해를 끼쳤어. 제이시한테도 그랬고. 날 정글짐에서 밀친 적도 있어. 그때 내 이가 깨졌지. 네가 기억을 되살리고 싶다고 해서 하는 말이야."

"내가 그런 짓을 했다고? 널 다치게 했어?"

"그렇다고 할 수 있지. 우리 엄마는 분명히 기억해. 네가 다시 나타나니까 엄마가 계속 그때 얘기를 하더라. 너는 그렇게 위험한 아이였어."

그 순간 나는 위험한 아이는 내가 아닌 벤이라고 말하고 싶었다. 그렇게 말할 뻔했다.

"그래서 우리가 더 이상 같이 놀지 않은 건가?" 나는 그 애를 부추겼다. "왜 넌 내 생일 파티에 오지 않은 거야, 왜 친구가 아무도 안 왔을까?"

토니는 어깨를 들썩였다. "맞아, 그래서 같이 안 논 거 같은데."

"너를 왜 정글짐에서 밀었을까?"

"모르지 뭐."

"우리가 다투거나 한 건 아니었겠지? 그 또래 애들처럼 서로 욕하면서?"

"나는 그냥 가만히 앉아 있었을 뿐이야. 그런데 네가 나를 밀어서 내 이가 부러졌다고. 넌 그렇게 변하기 시작했어. 다른 애들 괴롭히고…… 사실 너는……." 토니가 말을 멈추고 손톱을 뜯었다.

"뭐? 무슨 소리야? 내가 뭘 했다고……?"

"됐어."

"그게 문제야. 잊어버린 게 문제라고. 그래서 내가 기억을 되찾으려는 거잖아?"

"그래. 하지만 이런 기억은 아닐 거야."

"내가 뭘 했냐니까?"

"말했잖아. 못 들은 걸로 해."

"이러지 마. 얘, 내가…… 어떻게 했다는 거야, 토니?"

"좋아, 네가 자꾸 캐물으니까 말하는데, 넌 벤을 밀었어."

"벤? 우리 오빠? 벤을 어디서 밀어?"

"계단에서 밀었잖아. 그래서 팔이 부러졌지. 기억 안 나?"

"내가 벤을 계단에서 밀어서 팔이 부러졌다고? 누가 그래?"

"다들 그래."

"다들. 다들이라면 누구를 말하는 거야?"

"우리 엄마랑 아빠. 다른 사람들."

"내가 왜 그랬겠어? 내가 왜 벤을 계단에서 떠밀겠어?"

"말했잖아. 넌 괴물 같은 애가 됐다고. 사탄의 인형 처키처럼 말야."

"그런 말은 들은 적 없는데. 엄마도 아빠도, 벤도 그런 얘긴 안 했어. 내가 그랬다는 말을 안 했다고. 아무도 안 했어." 나는 벤이 그 일에 대해 쓰지 않았다고, 그런 얘기는 그 애의 추모 페이지에 없었다고 말할 뻔했다. 그 애가 계단에서 굴러떨어진 사건에 대해 읽은 기억은 있지만 내가 그 일을 일으킨 장본인이라는 언급은 없었다.

토니가 어깨를 으쓱했다. "네 심기를 건드리고 싶지 않았겠지. 네가 지금까지 그렇게 험한 일을 겪고 돌아왔으니까."

"내가 벤한테 물어보면 '그래, 네가 날 밀었어' 이럴까?"

"벤이 뭐라고 할지 내가 어떻게 알아? 직접 물어보시든지. 벤도 확신이 없을지 모르지. 네가 뒤에서 밀었다면 말이야. 그래도 의심스럽기는 하겠지."

"그러니까 사람들이 전부 내가 그랬다고 생각한다고?"

"우리 엄마는 네가 그랬대."

"우리 엄마는?"

"네 엄마? 그건 나도 모르지. 너희 엄마가 이웃에 그 일을 떠벌린 건 아닐걸. 누가 길에서 너희 엄마를 마주쳐도 그런 말을 끄집어낼 리는 없잖아. **이봐요, 댁의 정신 나간 딸이 아들을 계단에서 떠밀었다면서요.**"

이제 뭔가를 알 것 같았다. 그런 것 같았다.

타임스스퀘어의 건물 전체를 덮은 현란한 네온사인처럼 뭔가가 분명히 드러났다. 나는 오늘도 사진 한 장 찍지 못해 샐쭉해진 토니를 문밖으로 밀어냈지만 이제 그 애는 누군가에게 팔아먹을 수 있는 이야기를 손에 넣었을 것이다.

평범했어요. 그냥 귀엽고 사랑스러운 여섯 살짜리요.

그렇다면 제니의 친구 엄마 셋이 제니가 어떤 아이였냐는 질문을 받고 토씨 하나 틀리지 않은 똑같은 대답을 한 이유는 뭘까? 그리고 왜 그런 표현을 썼을까? 왜 하필 그런 표현을?

'평범하다.' 그 단어가 어떻게 나왔을까.

이렇게 생각할 수 있겠다.

친구의 딸이 유괴되었다.

그리고 그 친구, 로리와 제이크는 넋이 나갔다. 아이를 도둑맞은 부모라면 누구나 느낄(내 부모는 제외) 충격과 공포로 제정신이 아니었다. 그러자 이 동네에는 그들을 전적으로 지지하는 분위기가 형성되었다. 제니 핫라인과 제니 본부, 제니 포스터, 제니 수색대. 지역 형사(그리고 지역신문 기자)가 찾아와 제니가 어떤 아이였는지 묻는다면 대답은 두 가지다. 정신이 회까닥 돌아버린 폭력적인 괴물이라고 까발리거나, 그 애 부모를 위해서 그냥 평범하고 귀엽고 사랑스러운 여섯 살 여자아이라고 둘러대거나.

그들은 그날 미리 모여 회의라도 했던 모양이다. 만약 제니가 어떤 아이였냐고 물으면 이러이러하게 대답하자. 전부 똑같이. 앞뒤가 맞아야 하니까.

J. 페네베이커도 같은 경험을 한 것이 틀림없다.

크리스털 가족에게 그 자료를 보낸 사람. 세 부모의 똑같은 대답이 기록된 자료. 그도 처음에 그것을 보고 어리둥절했을 것이다.

그의 이름이 그렇게 낯익은 이유도 마침내 떠올랐다. 내가 내 뒷조사를 하느라 온라인에서 찾은 잡지 기사에서 본 적이 있어서였다. 제니의 실종 10주년 특집 기사. 루퍼 형사와 사설 탐정, 언젠가 크리스털 가족이 제니를 찾아보겠다고 고용하여 헛돈을 날린 가짜 영매를 다룬 기사였다. 그리고 한 사람이 더 있었다.

조 페네베이커라는 미제 사건 전담 형사는 모든 증거를 다시 꼼꼼히 검토한다. 이 말은 다소 과장된 감이 있는데 실제로 증거, 적어도 물적 증거는 전혀 없었기 때문이다.

J. 페네베이커는 바로 조 페네베이커였다.

하지만 조 페네베이커가 2년이 지난 후에도 그들에게 자꾸 전화한 이유는 뭘까?

누가 알겠어?

하지만 그가 왜 더 이상 전화하지 않겠다고 전화를 했는지는 알 것 같았다. 이유는 간단하다.

내가 집에 돌아왔으니까.

이제 내 차례가 되었다.

나는 미제 사건 형사가 돼야 한다.

29

"이번에는 저희가 제니하고만 얘기를 해도 괜찮겠습니까?"

"왜죠?" 로리가 물었다.

좋은 질문이다.

2인조 코미디언이 앙코르 공연을 위해 돌아왔다. 나는 꼭 그래야 돼요? 처음에 경찰에 전부 다 얘기했어요, 똑같은 얘기 반복하고 싶지는 않아요, 같은 변명만 늘어놨지만 빌어먹을 FBI 앞에서 언제까지나 말을 돌릴 수는 없었다.

"어머님이 옆에 안 계셔야 제니가 쉽게 마음을 열 수 있을 겁니다."

괜찮아요, 우리 엄마도 아니니까, 나는 이렇게 말하고 싶었다. 그 말은 거실에 서 있는 네 사람 중 둘에게만 새로운 정보가 될 터였다.

"괜찮겠니?" 로리가 물었다.

"그럼요."

나는 촉각을 곤두세웠다. 헤스와 클라인이 이번에는 좀 더 FBI처럼 굴었기 때문이다. 내 머리에 코트를 씌우고 새 은팔찌를 채우고 싶어서 안달 난 사람들 같았다. 오늘은 조심스러운 태도 따위는 아예 벗어던지고 없었다.

"DNA가 뭔지 아니, 제니?" 로리가 주방으로 들어가자 헤스가 물었다.

"아니요. 지구에 온 지 얼마 안 돼서 잘 모르겠어요."

"뭐라고?"

"네, 뭔지 알아요." 라스도 그걸 참 좋아했죠, 나는 생각했다.

"우리가 트레일러에서 발견한 체모를 분석했단다."

"대단하네요."

"물론 네 것과 비교했지." 맞다. 기억난다. 첫 면담이 끝나고 저들은 내 입속에서 세포를 채취했다.

"당연히 그러셨겠죠." 내가 말했다.

"그래……." 클라인이 말을 이었다. "트레일러에서는 다른 남자와 여자의 체모가 발견됐어."

"그것도 당연한 거 아닌가요."

"그 트레일러의 원래 소유자를 추적했어. 그 사람들 체모더라."

"그렇군요."

"그들은 흑인이었어. 여든이 넘었고."

그들은 나를 응시하며 반응을 기다렸다. 기다리라지, 나는 생각했다.

"이봐, 제니." 헤스가 말했다. "그건 뜻밖의 결과잖아."

"딴생각하고 있었어요." 내가 말했다.

그녀는 한숨을 쉬었다. 서배스천이 떼를 쓰며 멀리사의 아이폰을 깼을 때 트루드도 그런 반응이었다.

"네가 어떻게 그 트레일러에서 유괴범들과 같이 살 수 있었는지 납득이 안 되는구나. 그들이 그곳에 살았다는 물리적 증거가 전혀 없는데도 말이야."

"네?" 나는 시치미를 뗐다.

"과거 소유자였던 워싱턴 씨 부부는 4년간 그 트레일러를 비워뒀어. 그곳에 그들의 DNA가 수없이 흩어져 있더군. 네 것도 있었고. 하지만 네 '어머니'와 '아버지' DNA는 없었다고. 그걸 어떻게 설명할래?"

간단하다. 당연히 그들은 거기 살지 않았다. 버려진 트레일러는 그리어 가족에서 콘블루스 가족으로 갈아타기 전에 잠시 머무른 누추한 거처였다. 내가 '아버지'와 '어머니'의 집을 나온 후 족히 여섯 달은 지났을 무렵에. 그 두 사람과 헤스, 클라인을 최대한 멀리 떨어뜨리기 위해 그곳을 지목했을 뿐이다. 그렇다보니 다소 앞뒤가 안 맞는 거다.

오늘 이들이 나를 혼자 앉혀놓고 추궁하려는 이유는 그 때문이다. 로리가 그들에게 지옥 같은 삶을 경험한 증인을 괴롭히지 말라고 할까 봐. 그들이 한가득 준비해 온 질문을 로리가 풀어놓지 못하게 할까 봐.

헤스가 다시 물었다. "왜 트레일러에 '어머니'와 '아버지'의 DNA가 하나도 남지 않았다고 생각하니?"

"제가 DNA에 대해서 뭘 알겠어요. 전문가도 아니고."

"뭐가 문제인지 이해하는 데 학위가 필요할 것 같지는 않구나, 제니. 그냥 네가 우리를 좀 이해시켜줘야겠어. 네가 사실을 혼동하고 있을지도 모르니까. 다시 한번 우리한테 시간 순서대로 설명해주겠니?"

"시간 순서요?"

"그래. 그 사람들…… 유괴범들과 같이 살다가 떠난 시기가 언제지?"

헤스가 유괴범이라는 단어를 어떻게 생각하는지 알 만했다. 소년원 관리자—다시 말해 간수—는 우리를 '숙녀들'이라고 불렀다. 한 번도 그렇게 생각한 적 없으면서.

"이미 열 번은 더 말씀드린 거 같은데요."

"그게 앞뒤가 맞지 않아서 말이야, 제니."

"그 두 사람도 트레일러에 살았어요. 저랑 같이요. 제게 몹쓸 짓을 하면서요……."

꼼짝하지 말라고 했다…….

"왜 그 사람들 DNA를 못 찾으셨나 모르겠네요." 나는 짐짓 분하다는 투로 말을 이었다. 충분히 성질이 날 만한 상황이었다. "그들이 떠나기 전에 청소를 엄청 깨끗이 했나 보죠."

"자기들 체모는 흔적 없이 치우고 워싱턴 부부의 것만 남겼다고? 그게 말이 된다고 생각하니, 제니?"

"그럼요. 안 될 게 뭐 있어요?"

"과학 법칙에 위배되지. 있을 수 없는 일이야."

"뭐, 그렇게 생각할 수도 있겠네요."

"그래. 그렇게 생각할 수밖에 없구나."

나는 토니 켈리처럼 어깨를 들썩였다. 나보고 어쩌라고? 라는 식으로. 물론 나는 그들이 내게 무엇을 원하는지 알았다. 진실을 말하는 것. 미안하지만 난 그런 데 소질이 없다.

"그런데 보강 증거도 전혀 없더구나." 클라인이 다시 끼어들었다.

"무슨…… 증거요?" 알아먹을 소리를 하라구, 이렇게 말하고 싶었다.

"트레일러 주위에서 그들을 본 목격자 말이야. 그 두 사람도 가끔씩은 밖에 나갔을 거 아냐. 네가 말한 자선 물품함을 뒤지거나 먹거리를 구하러. 그런데 왜 그들을 본 사람이 아무도 없을까?"

"트레일러가 버려진 공터에 있었으니까요. 아무도 안 사니까 버려졌다고 하죠."

"공터였지, 그래. 하지만 공터 주변은 어땠니? 이웃이 아무도 없었니?"

"이웃이랄 게 없었어요. 이웃 사람은 하나도 없었다고요." 뜬금없이 시시한 우스갯소리가 떠올랐다. 종마가 키스하려 하자 암말이 뭐라고 했을까? 하지 마, 이히히히히웃 사람들이 입방아를 찧을 거야.

"몇 블록 걸어가면 있더라. 집. 거리. 사람이. 그중에 네가 말한 '아버지'나 '어머니'의 인상착의와 부합하는 사람을 목격했다는 이웃은 없어. 너를 봤다는 사람은 있던데."

"봐줄 만한 사람이 저 하나뿐이었겠죠."

나는 그에게 인스타그램에서 배운 표정을 지었다. 눈을 가늘게 뜨고 입술을 뾰족 내밀고 턱을 기울였다. 나 어때?

클라인이 히죽거렸다. 나는 유괴 피해자의 FBI 프로파일과 일치하지 않았다. 하지만 그들에게 어쨌거나 나는 피해자라고 외치고 싶었다. 저들도 그 말은 믿어야 한다. 나는 엄연한 피해자다. 믿지 않으면 날감자 냄새가 진동하는 식료품 저장실에 내가 새긴 표시도 기꺼이 보여줄 수 있다. 나랑 함께 그 수를 세어보든지.

"제니, 우리한테 진실을 다 밝힌 거니?" 헤스는 감정에 호소할 작정이었지만 씨알도 먹히지 않았다.

나는 오히려 발끈하며 대답했다. "진실만 얘기했어요."

지긋지긋했다. 내게는 할 일이 있었다. 이야기를 나눌 사람들이 있었다. 특히 한 사람이 떠올랐다. 이유는 잘 모르지만 내 경우는 기소 면제에 해당하는 거 아닌가?

나는 조개처럼 입을 꾹 다물었다. 아니, 로리, 우리가 몬토크에서 한 적도 없는 조개잡이의 조개를 말하는 건 아니고요. 그러자 헤스와 클라인은 내게 싸늘한 눈초리를 던지기 시작했다. 특히 헤스는 감정은 순식간에 팽개치고 단호하게 나가기로 결심한 모양이었다.

"우리는 답이 필요해, 제니, 그리고 조만간 답을 찾을 거야." 그녀가 말했다.

나는 잠자코 있었다.

"네가 우리한테 말하지 않은 것들이 분명히 있어. 네 진술과 일치하지 않는 뭔가가 말이야."

내 '이야기'라고 나는 소리 내어 말할 뻔했다. 내가 꾸며낸
이야기.

"다음에 또 올게." 클라인이 말했다. "네 어머니랑 할 말이
좀 있어서."

그러시든가.

30

꿈에서 제니를 만났다.

우리는 앞마당 테라스에 앉아 있었고 때는 여름이었다. 바로 그날, 제니가 사라진 날이었던 것 같다. 제니는 신문 기사에서 묘사한 옷차림 그대로였다. 분홍 반바지에 흰 줄무늬 티셔츠.

우리는 책상다리를 하고 앉아 서로를 마주 보고 있었다. 이 아이랑 단둘이 있으면 두려워야 마땅했다. 토니 말마따나 처키 같은 애였으니까. 하지만 나는 두렵지 않았다.

오히려 마음이 고요하고 평화로웠다.

제니는 그냥 여섯 살 꼬마였다. 그 애는 팔을 뻗어 나를 끌어안았다. 그리고 내 귀에 속삭였다.

나를 구해줘. 넌 할 수 있어. 꼭 해야 돼……

땀에 흠뻑 젖은 채 잠에서 깬 나는 벌떡 일어나 샤워를 했다. 내 몸에서 그 애의 흔적을 씻어내려는 듯 머리부터 발끝까지 몸을 문질렀다. 이래선 안 돼.

그래서 나는 전화번호를 찾으러 갔다.

누구 번호냐고? J. 페네베이커의 번호.

크리스털 부인에게 미안하다고 전해주세요, 더 이상 전화하지 않

겠습니다, 하고 말한 사람.

아무래도 그에게 전화해야 할 것 같았다.

그 번호를 찾기는 쉬웠다. 그냥 우편물을 훑어보았다.

빅토리아 시크릿, 웨스트엘름, 타깃의 카탈로그들. 선거관리위원회에서 온 우편물. 청소년당뇨병연구재단에서 온 기부 요청.

전화요금 고지서.

제가 좀 봐도 될까요, 엄마, 아빠? 괜찮다고요? 잘됐네요.

그 이상한 404 지역번호가 금방 눈에 들어왔다. 구글에서 확인한 결과 조지아주였다.

더 이상한 점이 있었다.

J. 페네베이커는 크리스털 가족에게 최소 서른 번은 전화를 걸었다.

내가 세어보았다.

한 달에 서른 통이라니, 끔찍하게 많다. 이 집 가족도 아니고 이 집의 가족을 찾고 있는 사람일 뿐인데. 적어도 2년 전까지는 그랬다.

페네베이커는 거의 쉬지 않고 전화를 했다.

대부분의 전화는 정확히 1분간 지속되었다. 이유는? 곧바로 음성메시지로 연결되어서일 것이다. 그가 아무리 전화를 해도 크리스털 가족은 받지 않았다.

신경 쓰이는 건 또 있었다. 그것도 점점 길어지는 의혹 목록에 추가했다. 페네베이커가 앞으로 전화하지 않겠다고 전화한 것뿐만 아니라 그가 미안하다고 한 것이 마음에 걸렸다. 미안할 이유가 뭐 있나? 대체 뭐가 미안하다는 걸까?

전화통에 불이 나도록 전화한 게 미안한 거다. 틀림없다.

서른 번. 내가 집에 돌아온 직후 서른 번째를 마지막으로 끝이 났다.

그러자 이런 생각이 들었다. 만약 전화를 할 때마다 음성메시지로 넘어갔다면 녹음된 음성이 아직 남아 있을지도 모른다.

봤지?

미해결 사건 탐정놀이는 생각보다 어렵지 않다.

31

"음…… 여보세요, 크리스털 부인. 조 페네베이커입니다. 전화로 부인과 크리스털 씨께 설명드릴 게 있어서요. 네, 저는 결국 은퇴 후 동남부로 이사했습니다. 아직 '부탁드립니다'와 '감사합니다'를 입에 달고 사는 사람들에게 적응이 안 되네요. 어쨌든 그 사건이 여전히 머릿속을 떠나지 않는군요. 따님 사건 말이지요. 사실 형사 나부랭이들은 다들 그런 사건을 하나쯤을 갖고 있습니다. 자신을 끝없이 괴롭히는 사건을요. 밤마다 잠을 설치게 하는 사건이죠. 제니 사건…… 글쎄 어쩌면 저도 딸을 잃어서인지 모르지만, 암으로요. 물론 경우가 다르긴 하나 고통스럽기는 마찬가지랍니다. 아무튼 저는 딸을 잃는 기분을 잘 압니다. 그나저나 제가 조사하고 있는 것에 대해 몇 가지 질문을……."

딸깍.

크리스털 가족의 자동응답기는 제니의 실종 전부터 쓰던 골동품 같았다. 이 전화기로 돌아오지 않은 딸의 소식을 기다렸으리라. 자동응답기가 시간이 다 됐다고 선언했다. 나를 앉혀 놓는 순간부터 딱 15분만 주고 더 이상은 1억 분의 1초도 허락하지 않던 소년원의 정신과의사가 떠올랐다. 나는 정확히 14분을 찍는 순간 그 의사에게 엄청난 사실을 폭로하곤 했다. 오로지 그녀가 내 말을 중간에 자르는지 확인하고 싶어서였다. 이 이야기는 다음번에 마저 하자. 그 여자는 따분하다는 듯이 말했다.

몇 초 뒤에 페네베이커의 다음 메시지가 나왔다.

"음…… 이번에도 조 페네베이커입니다. 죄송하네요. 몇 가지 여쭤볼 게 있어서 전화 드렸는데 괜찮을까요? 부인이나 남편분이 제게 전화 주시면 좋겠어요. 제 번호는 404-672-8579입니다. 감사합니다."

페네베이커는 회신을 받지 못한 것이 분명하다. 또 전화를 했으니까.

"안녕하세요. 이번에도 조 페네베이커입니다. 부인이나 남편분이 제게 전화 주시면 정말 감사하겠습니다. 말씀드렸듯이 제가 조사를 하다가 알게 된 사실이 몇 가지 있습니다. 아무래도 부인께서 도움을 주실 수 있을 것 같네요……. 한두 가지만 여쭤볼게요. 제 번호는 404-672-8579입니다. 감사합니다."

그들은 이번에도 회신하지 않았다. 다음번 전화에서 페네베이커는 조금 불안한 목소리였다.

"또 연락드립니다. 조 페네베이커입니다. 저는 이제 공식적으로 따님 사건을 맡고 있지 않습니다. 그래도 몇 가지 질문에 대답해주시면 정말 도움이 되겠습니다. 진짜, 딱 몇 분만 내주시면 됩니다. 그러면 충분합니다. 제 번호는…… 음, 지금쯤이면 제 번호는 아시겠네요. 언제든 연락 주십시오."

나는 아래층 거실에 있었다. 한쪽 귀는 조 페네베이커에, 한쪽 귀는 롱아일랜드 최악의 무단결석생이 언제 들이닥칠지 모르는 현관에 기울이고 있었다. 한마디도 안 하면서 집 전화기를 귀에 붙이고 있으려니 내가 대체 뭐 하고 있나 싶었다.

페네베이커는 며칠 기다렸다가 다시 연락을 했다.

"페네베이커입니다. 지금쯤은 제게 연락을 주실 줄 알았는데요. 두 분 다 전화를 안 주시니. 바쁘신 거 알지만, 이건 따님 일이잖습니까……."

그는 짜증과 예의 사이에서 오락가락하고 있었다. 조금 웃겼다. 내가 신경이 곤두서 있지 않았다면 웃음을 터트렸을 거다. 나는 현관문이 언제 열릴까 조마조마하면서도 페네베이커가 어떤 흥미로운 말을 꺼낼까 기대하며 앉은 자리(혹시 궁금하다면 오렌지색 안락의자다)에서 안절부절못하고 있었다. 뭔가 알아냈다면 제발 좀 털어놔 보시지…….

"……제가 궁금한 건…… 음, 그때 당시 가족 내의 역학 관계라고 할까요. 그게 따님에게 생긴 일과 관계가 있을지도 모릅니다. 그러니 부디 제게 연락 좀 주세요."

이 말이 먹혔나 보다. 마침내. 그들이 전화를 했다. 그리고 메시지를 남겼다.

"어…… 저 페네베이커입니다. 메시지 들었습니다. 사건 수사에 진척이 없어서 답답하시다는 거 이해합니다. 물론 제 조사도 지지부진하기는 마찬가지죠. 두 분 감정에도 깊이 공감합니다. 다 포기하고 더 이상 아무 말 하기 싫으시겠죠. 저 같은 사람도 얼른 꺼져줬으면 하시겠지만…….”

딸깍.

“이런 빌어먹을 기계. 이젠 다 포기하고 싶고 어떤 말도 듣고 싶지 않다는 심정 이해한다고 말씀드렸어요. 12년 동안 형사들에게 하소연해도 아무 소용 없었다고 하셨죠. 이해합니다…… 하지만 바로 그 때문에…….”

딸깍.

“맙소사, 이 기계 녹음 시간 좀 늘릴 수 없나요? 제가 연락드리는 정확한 이유를 말씀드리려고요. 저는 이 사건, 포기 못합니다. 그럴 수 없어요. 처음으로 돌아가서 전부 새롭게 검토했습니다. 우선 초동수사 기록에…….”

그가 우편으로 보내준 자료를 말한다. 내가 한밤중에 읽은 것.

“눈에 띄는 점이 있습니다. 전에는 제가 뻔히 놓쳤던…….”

말도 안 돼.

나는 내 등을 토닥여주었다. 페네베이커는 자료를 처음 검토할 때 뭔가를 놓친 모양이었다. 나는 아니었는데.

“이웃들과의 면담 내용에요. 저는 그분들과 다시 면담을 했습니다. 그러고는 좀 더 깊이 파고들었고요…….”

그러니까 페네베이커는 이웃 부모들과 이야기를 나눴다는 뜻이다. 내가 돌아온 다음 켈리 부인이 끊임없이 내 이야기를 한 이유도 그래서였다. 내가 돌아오기 전부터 계속 내 이야기를 했으니까. 무니 부부와 샤피로 부부도 페네베이커에게 떠벌

렸을 거다. 그 귀엽고 사랑스럽고 평범한 여섯 살짜리가 사실
은 끔찍한 괴물이었다고.

그는 그 이후에도 계속 크리스털 부부에게 연락을 시도했다.
최소 열 번. 때로는 메시지를 남기지 않고 전화를 끊었고, 때
로는 세 번이나 전화를 걸어야 하는 긴 메시지를 남겼다. 때로
는 친구처럼, 때로는 당장 대답을 들어야 하는 경찰처럼, 때로
는 둘 다처럼 느껴졌다. 마지막으로 건 전화에서—내게 전화해
엄마 아빠에게 미안하다고, 다시는 전화하지 않겠다고, 이제
다 끝난 것 같다고 전해달라는 말을 하기 직전의 메시지—그는
정확히 어떤 문제에 대한 대답을 원하는지 밝혔다.

"페네베이커입니다. 아드님에 대해 몇 가지 여쭤보고 싶습니
다. 벤에 대해서요."

딸깍.

32

탭스와 함께 루스벨트필드 몰에 갔다.

집을 벗어나 사람이 많은 곳으로 가고 싶었다. 왜냐면, 집이 슬슬 소년원처럼 느껴지기 시작해서였다. 지린내와 형편없는 음식, 룸메이트의 고자질이 없다는 점만 빼면.

이 집은 복도 조명을 일주일, 24시간 내내 켜놓는다. 그 느글느글한 노란 불빛을 도저히 벗어날 수 없었다. 문을 닫아도 불빛은 생명체처럼 문틈으로 스며들고는 했다.

널 지켜보고 있다는 듯이.

한밤중에 문 닫히는 소리에 잠을 깼다.

내 방 문이었다.

다가가서 문을 열었더니 불빛이 꺼졌다. 누구의 불빛인지 알 수 없었다. 하지만 그 잔상은 남아 있었다. 눈에 머무는 카메라 플래시의 잔상처럼.

내가 자는 동안 누가 내 방에 들어왔다.

나를 지켜봤다.

다시 잠이 오지 않았다.

아드님에 대해 몇 가지 여쭤보고 싶습니다. 벤에 대해서요.

왜 페네베이커는 제니에 대해 질문하지 않았을까? 친한 친구들을 정글짐에서, 오빠를 층계에서 밀친 아이인데? 그러자 벤의 페이스북에 적혀 있던 다른 내용들이 떠오르기 시작했다.

제니가 벤을 뒷마당에서 토마토 지지대로 밀었을 때 생긴 흉터가 아직 다리에 남아 있다는 얘기. 바다에 떠 있던 벤이 파도에 휩쓸려 물속으로 끌려들어 갔다는 얘기. 혹시 제니가 끌어당겼을까? 벤이 기억하기로 바다에 빠져 죽을 뻔했다가 가까스로 수면으로 올라온 순간 눈앞에 보인 것은 제니였다. 그의 여동생. 그리고 제니는 수월하게 빠져나온 동굴에서 벤이 길을 잃었다는 얘기. 어쩌면 길을 잃는 데 제니가 조금 관여했을지도 모른다. 그리고 제니와 다툰 후에 그 애 방에서, 벤의 이마에 피투성이 과녁을 그려 넣은 크레용 그림을 봤다는 얘기. 어느 시점부터 다른 친구들은 자신을 지키기 위해 제니를 멀리했는지도 모른다. 하지만 벤은 그럴 수 없었다. 그는 현장에 있어야 했다. 바다에. 동굴에.

집에.

"사진 찍을래?" 탭스가 물었다.

우리는 1달러 지폐를 넣고 형편없는 스냅사진을 찍는 부스 앞을 지나가고 있었다. 스마트폰으로 사진을 찍는 시대가 오기 전에는 꽤 인기 있는 기계였는지도 모른다. 부스는 누가 내다 버리는 수고를 하지 않은 탓에 오래전부터 그 자리에 방치되어 있었던 모양이다.

오늘 보니 쇼핑몰 전체가 고물 집합소 같았다. 오래되어 빛바랜 물건들. 로리가 날 이곳에 데려온 날에는 '점포 임대' 표시가 붙어 있는 가게들이 눈에 들어오지 않았다. 스키니 바지와 셔츠를 챙기느라 너무 바빴나 보다. 날 보고 미소 짓는 예쁜 여자애를 자세히 뜯어봤더니 이가 다 빠져 있는 모양새랄까.

탭스와 나는 별로 개의치 않았다. 우리는 얼굴을 서로 딱 붙이고 카메라를 보며 플래시가 터질 때마다 표정을 바꿨다. 그러자 경찰서에서 메리 형사와 함께 있던 날이 떠올랐다.

네 사진 좀 찍어도 괜찮겠니, 제니?

우리는 부스를 나와 사진을 하나씩 나눠 가졌다. 탭스는 우리가 혀를 내밀고, 입술을 잔뜩 오므리고, 눈을 찡긋해서 완전 웃기게 나온 사진을 마음에 들어 했다.

네 눈…… 웃으면 주름이 잡히곤 했는데…….

개인적으로 우리가 바보 표정을 짓지 않을 때 플래시가 터져 둘 다 정상으로 나온 사진이 좋았다. 쇼핑몰의 탭스와 '조베스'.

그 애와 있으면 나는 그런 기분이었다.

조베스가 된 기분.

우리 엄마가 크리스털을 조금만 덜 사랑했어도 내가 될 수 있었을 존재.

"이제 뭘 할 거야?" 벤앤제리스 아이스크림콘을 두 개씩 먹어치우고 탭스의 차를 찾아 주차장으로 나왔을 때 탭스가 물었다.

"모르겠어. 낮잠이나 잘까."

"앞으로 살면서 뭘 할 거냐는 뜻이야." 탭스가 말했다. 체리 가시아 맛이냐 초콜릿 칩 쿠키 맛이냐를 놓고 벌이던 언쟁이 어찌 된 일인지 인생에 대한 진지한 토론으로 바뀌었다.

"이대로 눌러앉으려고." 내가 대꾸했다.

진심이었다.

소년원의 정신과의사는 내가 남의 어린 시절을 훔쳐 나의 잃어버린 어린 시절을 되찾으려 하는 거랬다. 그럴지도 모른다. 하지만 내가 더 이상 어린애가 아니라면? 그러면 어떻게 해야 하나?

이렇게 해야 한다.

제니는 내 꿈에서 자기를 구해달라고 했다. 자기를 구할 수 있는 사람은 나밖에 없다고 속삭였다.

좋아. 해볼게.

나는 제니에게 빚을 졌다고 생각했다. 제니가 줄무늬 티셔츠와 분홍 반바지 차림으로 나타난 꿈속에서. 절대 어른이 될 수 없을 제니. 그것은 나 자신에 대한 빚인지도 모른다.

그 아이를 발견했을 때 나는 나를 많이 닮은 금발 소녀가 미소 짓고 있는 사진에 매료되어 깨진 욕실 거울 앞에서 그 아이 이름을 연습했다. 내 이름과 별로 다르게 들리지 않았다.

제니…… 조베스…… 제니…… 조베스. 그렇지?

제니를 몸에 걸쳐보니 내게 꼭 맞았다.

우리는 둘 다 어린 시절을 도둑맞았다. 어쩌면 나는 그 애를 다시 훔쳐오려 했는지도 모른다. 우리 둘 다를 위해.

나는 해답에, 12년 전 아침에 그 아이가 진짜로 겪은 일에 가까워지고 있었다.

지금까지는 나 좋자고 머무른 거다.

이제는 그 아이를 위해 머무르고 있다.

내 마음을 서서히 짓누르는 응어리가 느껴지는데도. 문이 늘 잠겨 있던 그 집에서 위층으로 올라오는 묵직한 발자국 소리가 들릴 때처럼.

33

"엄마한테 전할 메시지가 있었는데 깜박했어요." 내가 로리에게 말했다.

"무슨 메시지?"

우리는 저녁 식사 중이었다. 집밥 대신 KFC. 커다란 통에 담긴 다양한 종류의 치킨. 그래서 가족 각자가 좋아하는 것을 골라 먹을 수 있다. 다만 이 원칙은 모두 다른 취향을 갖고 있을 때만 통한다. 나와 제이크가 엑스트라크리스피 치킨에 동시에 손을 뻗었다. 잠시 대치하다가 내가 먼저 손을 떼며 말했다. 드세요. KFC는 먹을 때는 맛있지만 먹고 나면 속이 니글거리는 음식이다. 사실 나는 KFC라면 먹기 전부터 구역질이 난다. 문이 잠긴 집에서의 첫날을 연상시키기 때문이다. 나를 데리러 올 엄마를 기다리다가 얼굴만 얻어맞은 그날.

제이크가 물었다. 정말 안 먹을 거야? 나는 대답했다. 동의서에 기꺼이 서명하겠어요, 그리고 덧붙였다. 농담이에요. 그의 얼굴에 웃음기가 없어서였다. 나는 로리에게 미처 전하지 못한 메시지를 전했다.

"조 페네베이커라는 사람이요. 전화로 그동안 미안했다면서 더 이상 전화하지 않겠다고 전해달래요.”

두 사람 사이에 모종의 표정이 스쳐갔다. 눈치 보는 게 생활화되지 않은 사람들은 눈치채지 못할 표정이었다. 닭뼈를 뜯던 아빠는 동작을 멈췄다. 미리 밝혔어야 했는데, 벤은 또 행방불명 상태였다.

“아⋯⋯,” 로리가 입을 뗐다. “그게 언제 일이니?”

“지난주였어요. 죄송해요. 깜박 잊고 말씀 못 드렸네요.”

“괜찮다.” 제이크가 말했다.

“그 사람이 누구예요?”

“뭐?” 로리였다.

“조 페네베이커라는 사람이요. 대체 누구예요?”

“그걸 왜 물어?”

“그냥 궁금해서요. 뭐가 그렇게 미안할까요?”

침묵.

“나도 모르겠다.” 제이크가 대답했다.

“그 사람이 뭐가 미안한지 모르시겠다는 건가요? 아니면 그 사람이 누군지 모르신다는 건가요?”

“그 사람은 경찰이란다.”

“이 지역 경찰인가요?”

“아니. 은퇴한 경찰.”

“그런데 왜 전화를 하죠?”

다시 침묵. 엄마가 앉은 자리에서 몸을 꿈틀거렸다. 아빠는 윗입술에서 기름기를 닦았다.

"한때 네 사건을 담당했거든." 로리가 말했다.

"제 사건요?"

"말하자면 미해결 사건 담당 형사였지."

"일을 썩 잘하진 못했나 봐요."

"그랬나 보다." 제이크가 말했다.

"그 사람이 무슨…… 증거라도 갖고 있었나요?"

"증거?" 엄마가 별 희한한 단어를 다 들어본다는 듯이 반문했다.

"네. 저한테 무슨 일이 일어났는지 짐작했다든지요?"

"네 말마따나," 제이크가 말했다. "일을 잘 못하는 사람이었어."

포커게임이네. 나는 생각했다.

소년원에서 우리 같은 비행청소년들은 소등 후에 트윙키, 요델, 수지큐 등 매점에서 사온 과자를 걸고 포커를 자주 했다. 나야 포커페이스에 워낙 이력이 났으니 게임이 끝날 때마다 매점을 차려도 될 정도였다.

이것은 서로가 서로의 패를 훤히 아는 포커게임이었다.

카드를 테이블에 올리는 건 금지다. 이 집의 규칙이다.

"기억이 잘 안 나는데, 어릴 때 저랑 벤이 자주 다퉜나요?"

로리는 포크로 접시를 긁었다. 손톱으로 칠판을 긁는 소리가 났다.

"글쎄다." 로리가 대답했다. "그냥 보통 애들 같았어."

"보통이라면? 자주 싸웠다는 뜻인가요?"

"가끔씩 싸우긴 했지."

"누가 싸움을 걸었나요?"

"뭐라고?"

"싸움을 누가 시작했냐고요? 벤인가요, 전가요?"

로리는 어깨를 으쓱했다. "그걸 누가 기억하겠어?"

당신이 기억하겠지, 나는 생각했다.

"우리가 어떻게 싸웠어요? 벤이 갖고 있던 복싱 로봇처럼요?"(고맙다, 페이스북.) "그렇게 싸웠어요? 서로 주먹질을 하면서?"

"글쎄다, 제니. 너희들 가끔 싸우기는 했지. 형제자매끼리 다들 싸우면서 크잖아."

"저는 그냥 벤이 저를 좋아하지 않는 이유가 궁금해요." 사실은 벤이 나를 왜 좋아하지 않는지 알고 있었다. 내가 나라고 믿지 않기 때문이다. 하지만 그것은 내가 테이블 위에 내려놓을 수 없는 카드였다. 벤이 두 사람에게 나에 대해 밀고했음을 내가 안다는 사실. 나는 내가 안다는 것을 네가 안다는 것을 안다……. 머릿속이 지끈거리기 시작했다.

"아마도 벤이…… 뒷전으로 밀렸다는 기분이 드나 봐." 로리가 말했다.

"그럴까요? 그게 다일까요?"

"결국 옛날 모습으로 돌아올 거야."

"제가 벤한테 뭔가 잘못을 한 게 아닌가 싶어서요. 옛날에요. 우리가 어릴 때."

"잘못?"

"제가 괴롭혔다든지요. 벤이 그걸 기억하는지도 모르잖아요."

다시 침묵. "너는 지극히 평범한 동생이었어."

평범하다. 귀엽고 사랑스러운 여섯 살짜리.

"그런데 오빠랑 노상 싸움질이었죠. 벤은 어쩌다 팔이 부러졌나요?"

뭐랄까, 옷핀 떨어지는 소리도 들릴 정도의 고요? 나는 다른 것이 떨어지는 소리를 들은 것 같았다. 실수로 빗속에 방치한 비치타월처럼 묵직한 가식이 떨어지는 소리.

"계단에서 넘어졌잖니." 마침내 제이크가 말했다.

"느닷없이요? 넘어져서 층계 끝까지 굴렀다고요?"

"그 애 팔이 어떻게 부러졌는지 너는 모르잖아."

"확실히는 모르죠."

"맞아. 계단에서 떨어졌지. 조심성이 없었던 거야."

제이크는 내게 어디까지 갈 작정이냐고 묻는 듯한 표정을 지었다. 내게 그쯤에서 멈추라고 말하고 싶겠지.

"제가…… 실종된 뒤에 무슨 일이 있었던 거예요?"

"무슨 뜻이니?" 로리였다.

"벤한테요. 정신이 나갔었다고 하셨잖아요? 그래서 지금까지 고등학교에 다닌다고요. 어디 시설로 보내셨잖아요."

"벤은 트라우마로 힘들어했어." 로리가 말했다. "네가 없어졌으니까. 그 애한테는 도움이 필요했어."

"그렇겠죠. 벤한테는 힘든 일이었을 거예요. 나만큼은 아니라도요. 그래도 이해해요. 그런데 어디로요?"

"어디라니?"

"어디 보냈냐고요. 벤을 어디로 보내셨어요?"

"학교에."

"학교라고요? 어떤 학교요? 트라우마에 시달리는 아이들이 다니는 학교요?"

"비슷해."

"정신병원 말씀하시는 거예요?"

"학교라고 봐야지."

"무슨 학교요?"

제발 좀 그만하면 안 되나? 제이크의 얼굴이 말하고 있었다. 그렇게 FBI처럼 취조를 해야겠니? 연극은 그만두자. 네가 우리 딸이고 우리가 네 부모인 시늉도 그만하자. 관두자, 끝내자고.

"세인트루크 센터." 로리가 말했다.

그녀는 잠시 접시로 눈길을 떨궜지만 건치 미소를 띤 채 고개를 들자 다시 로리처럼 보였다. 로리는 내게 설거지를 도와주겠냐고 물었다. 넷플릭스에서 정주행하는 시리즈가 있는지, 더 따뜻한 겨울 외투가 필요한지도 물었다.

문득 선득한 한기가 느껴져 식당 창문을 흘끔 돌아봤더니 꼭 닫혀 있었다.

34

내 페이스북 친구가 또 메시지를 보냈다. 로렘이라는 친구.

오늘 아침에.

오랜만이었다.

얼른 그를 친구 삭제 했다.

혹시 그가 내 머릿속을 어지럽히는 미치광이가 아니면 어쩌나 싶었다.

그를 다시 친구 추가 했다.

몇 초 뒤 다시 친구 삭제 했다.

그는 미치광이가 틀림없기 때문이었다. 그게 아니면 뭐란 말인가?

친구. 바로 그거다.

나를 지켜주는 친구. 내게 있는지도 몰랐던 친구. 그래도 친구가 맞다.

'돌아온 걸 환영해.' 그가 메시지를 보냈다.

'와, 고마워요.'

'그들에게 물어봐.'

'누구한테요?'

'누구겠어? 로리와 제이크지.'

이 친구가 두 사람의 이름을 직접 언급하기는 처음이었다.

'알았어요. 뭘 물어볼까요?'

'조심하고 있어?'

'물론이죠. 걱정 붙들어 매셔요.'

'두 사람한테 아들을 어디 보냈는지 물어봐.'

'뭐라고요……?'

'네가 사라진 해에. 벤을 어디 보냈는지 물어보라고.'

그래서 나는 그렇게 했다.

35

"나는 학교에서 자위를 해본 적이 없다." 탭스가 말했다.

나는 보드카를 섞은 오렌지주스를 반쯤 쳐들었다. 소년원을 학교로 봐야 하나? 그럴 수도 아닐 수도. 나는 아니라고 보고 음료를 내려놨다. 우리는 운동장만 한 탭스의 방에 있었다. 그 애의 속물적인 부모가 남들에게 뒤처지지 않고 잘 따라가고 있다는 뜻이었다.

"네 차례야." 탭스가 말했다.

"나는 섹스 중에 토한 적이 없다."

탭스는 자기 잔에 든 그레이하운드를 한 모금 마셨다. 이런 경험 없는 사람도 있나?"

"나."

새 친구와 친해지려면 이 방법이 최선이다! 아무리 사소하더라도 과거 경험을 듣는 것보다 상대를 잘 이해하는 방법이 또 있을까? 탭스네 집에 《나는 한 번도 해본 적 없다》*라는 파티 게임 책이 있었다. 문장이 미리 만들어져 있어 직접 생각할 필

---

* 상대가 제시하는 문장을 듣고, 해당 경험이 있으면 술을 마시는 일종의 진실게임.

요가 없었다. 하지만 대부분 따분한 내용이었다. 이를테면 '나는 먹던 튀김을 공용 소스 접시에 다시 담근 적이 없다', '나는 빗속에서 춤춘 적이 없다' 등등. 그나마 가장 야한 예시가 '나는 노팬티로 돌아다닌 적이 없다'였다.

우리는 예문에 얽매이지 않고 직접 문장을 만들기로 했다.

"네 차례야." 내가 말했다.

"나는 바지에 오줌 싼 적이 없다."

엄마는 모텔 주차장에 나를 두고 떠났다. 모퉁이를 돌더니 자취를 감췄다. 제기랄, 너 뭐 한 거야……?

나는 음료를 내려놨다.

탭스의 방에 커트 바일 포스터가 붙어 있었다. 브루클린 네츠 옆에. 흔해 빠진 체 게바라 포스터 옆에. 탭스의 방은 딱 방 주인처럼 묘하게 조화로웠다. 이 집에는 지금 우리 둘밖에 없다. 세금 전문 변호사인 어머니와 '전문 쓰레기'인 아버지는 둘 다 하루 종일 직장에 있었기에 우리는 주류 진열장을 습격하며 달콤한 시간을 보낼 수 있었다.

"나는 같은 생리대를 두 번 쓴 적이 없다."

"우웩," 탭스가 이렇게 반응했다. "진짜?"

"난 그런 적 없어."

"그러는 사람도 있나?"

사실은 있다. 생리대를 구하기 어려운 소년원에 있을 때. 나는 잠자코 있었다.

"나는 스냅챗으로 누드 사진을 보낸 적이 없다."

"나는 하루에 남자 둘과 데이트를 한 적이 없다."

"나는 한 번에 남자 세 명과 섹스를 한 적이 없다."

"나는 친구 아빠와 사귄 적이 없다."

섹스와 관련한 문장으로 방향을 튼 다음에는 좀처럼 바뀌지 않았다. 보드카 때문일 거다.

고백한다. 나는 그 사회복지사 말대로 이른 나이에 '섹스에 눈을 떴는지'도 모르지만 조베스의 행동이 대부분 그렇듯, 그것 역시 흉내 내기의 일종이었다. 그때부터 시작되었다. 그것을 좋아하는 척. 마치 다른 곳에 있는 척. 어린이 놀이터의 아기 염소 삼형제 다리 밑이나, 샨쇼 호수의 보트 위에. 빙빙 도는 명왕성에.

벽에 똥색 얼룩이 진 그 집 침실만 아니라면 어디든지.

섹스는 내 물물교환 수단이었다. 내가 현관문을 뛰쳐나가거나 지하실로 달아나려 하지 않고 그들 손에 붙들려 묶을 필요 없이 침대에 순순히 누우면 나는 그 칠흑 같은 식료품 저장실에 들어가지 않아도 되었다. 고마워요, 어머니, 아버지.

샤워하는 내 모습을 차노 씨에게 슬쩍 보이면 그 집에 좀 더 오래 살 수 있을 것 같았다. 그의 아내에게 들켜 곧장 소년원으로 쫓겨나지 않았다면 그럴 수 있었는데. 거리에서 섹스는 내게 음식과 입을 거리, 비를 피할 곳을 주었다. 꼭 필요할 때 나는 그것을 이용했다. 비상시에는 이곳을 깨시오.

머리가 헤엄을 치기 시작했다. 밑으로 가라앉을 게 뻔한, 서투른 개헤엄을. 나는 술이나 마약에는 깊게 빠진 적이 없다.

책에 나오는 모든 약물과 책에 없는 몇 가지를 시도해봤지만 말이다. 통제 불능이 될까 두려웠다. 여섯 살 때부터 내가 통제할 수 있는 건 아무것도 없었기 때문이다. 거기다 한 가지 두려움이 더 있었다. 버림받는 것. 80도나 되는 보드카를 마시면서 정신을 바짝 차리고 있기란 어려웠다.

그래도 탭스와 함께 있으면 안전해 보였다. 그녀의 부모가 가장 아끼는 술 두 병을 깡그리 비워도 안전했다.

"나는 콜라와 마약을 섞어 마신 적이 없다." 탭스 차례였다.

나는 술을 마셨다.

탭스의 문자메시지가 내 아이폰에 떴다. 로리와 새 가족 요금제 덕분이었다. '놀러 올래?'

나는 그녀에게 엄지척 이모티콘을 보냈다.

탭스는 내게 집 구경을 시켜주면서 집 안의 가구들을 두고 우스갯소리를 했다. 우리 엄마 아빠가 잡지에서 마사 스튜어트의 집에 있는 걸 보고 당장 달려가서 이걸 샀지 뭐야. 주류 진열장 위의 '팁 환영'이라는 표시를 가리키며 말했다. 우리 엄마 아빠는 저런 게 웃긴 줄 알아.

나는 웃음소리를 내기는 했지만 사실은 집이 엄청 멋지다고 생각했다. 내가 자란 집들은 인조가죽 소파, 더럽고 거칠거칠한 카펫, 밖으로 나가려면 문을 쾅쾅 두드려야 하는 깜깜한 식료품 저장실이 있던 곳이었으니.

주류 진열장을 습격한 다음 우리는 파티 게임을 보관하는 서랍을 뒤졌다. 추리게임, 퀴즈게임, 단어게임.

'나는 한 번도 해본 적 없다' 게임을 한 번도 해본 적 없다. 아까 탭스가 말한 문장이었다.

"누구 차례지?" 탭스의 혀가 꼬이기 시작했다.

"잊어버렸다." 내가 대꾸했다.

탭스가 낄낄댔다. "나는 한 번도 이렇게 '과주'한 적 없다."

"그런 단어는 없어."

"뭐래니? 탭스는 완전 과주해서 취해따."

"완전 과음해서 취했다."

"이게 누구래, 알렉스 트레벡*?"

"도서관에서 오래 뭉그적거릴 뿐이야."

"왜?"

"나를 쫓아내지 않는 곳이니까."

스키니진과 앨리스 쿠퍼 티셔츠 차림의 탭스가 카펫에 털썩 주저앉았다. "맙소사, 방이 진짜로 빙글빙글 돈다. 회전목마 좀 멈춰줘. 나 내리고 싶어."

"이 게임 그만할 거야?" 내가 물었다.

"아니. 나는 한 번도 게임을 그만두고 싶었던 적이 없다."

"좋아. 어서 해."

"내 차례야?"

"그래."

"좋아, 어디 보자. 한 가지 생각났다. 나는 내가 아닌 사람인

---

*   미국의 인기 퀴즈쇼 〈제퍼디!〉의 진행자.

척 한 적이 없다.”

나는 술에 손을 뻗을 뻔했다.

“확실해?” 탭스가 물었다. “진짜 확실하냐고?”

내 심장이 두근거리기 시작했다.

“그래.”

“네가 아닌 다른 사람인 척한 적이 한 번도 없다고?”

“없어.”

“이를테면 여섯 살 때도? 인어공주나 탐험가 도라 흉내를 낸 적이 없다는 거야? 정말로?”

“그랬던 거 같아.”

“삐. 거짓말하다 걸리면 두 잔을 마셔야 돼. 내가 버저를 누르면 너는 술을 더 마셔야 한다고.”

“뭐?” 이 게임이 짜증스러워지기 시작했다.

“그게 규칙이야.”

“좋아. 알았어.” 나는 두 잔을 들이켰다. 작은 불꽃이 목구멍을 두 번 훑고 지나갔다.

“여섯 살 이후에도?”

“뭐가?”

“다 커서도 네가 아닌 다른 사람인 척한 적이 없단 거야?”

“그렇다고 했잖아.”

“네가 지난번에 한 말이…….”

“이 게임 그만하고 싶어. 완전 재미없다.”

“나는 분위기를 깬 적이 없다. 어서, 너 술 마셔야 돼. 지금이 파티 분위기를 깨고 있으니까."

"나 집에 갈래." 일어섰더니 방이 빙빙 돌고 있었다.

"나는 유괴됐다가 집에 돌아온 아이 흉내를 낸 적이 없다."
탭스가 말했다.

그리고 사방이 어두워졌다.

냉습포.

네댓 살 때, 엄마의 정신이 멀쩡한 기간—대체로 내 생리 기
간만큼 지속되었다—에 나는 독감에 걸렸다. 네 이마에 달걀프
라이 해도 되겠다. 내 이마를 짚어본 엄마가 말했지만 엄마의
손부터가 차가운 물 같았다. 8월 중순에 놀이터 분수에 머리를
집어넣을 때처럼 싸늘했다.

그것이 사랑처럼, 사랑에 매우 가까운 것처럼 느껴졌다. 그
후에도 나는 엄마가 내 머리를 다시 짚어주기를 바라며 종종
아픈 척했다.

일어나, 멀쩡한 거 다 알아. 엄마가 한창 안절부절못하는 상
태이거나 크리스털 파이프를 손에서 떨어뜨린 채 소파에 뻗어
있을 때는 인내심을 보이지 않고 이렇게 말했다.

내 머리에 냉습포가 놓여 있었다.

탭스가 그 위에 손을 대고 있었다.

나는 바닥에 누워 있었다.

"젠장." 탭스가 말했다. "미안. 나 때문인가? 너 때문에 놀라
자빠지는 줄 알았어."

나는 고개를 저었다.

"보드카를 과음해서 그래."

"그래? 정말이야? 내가 언제 그렇게 마시랬어?"

나는 다시 고개를 저었다. 목구멍이 사포처럼 꺼끌꺼끌했다. 나는 방이 또렷이 보일 때까지 기다렸다. 뇌가 제 기능을 할 때까지 기다려야 했다.

"어떻게 알았어?"

탭스가 한숨을 쉬었다. "검색 좀 했어. 사진으로 얼굴을 인식할 수 있는 앱이 있거든. 쇼핑몰에서 찍은 사진을 썼지. 비슷한 얼굴을 다 찾아주는 앱이야. 결과가 터무니없을 때도 있지만. 가끔씩은…… 제대로지."

"왜 그랬어?"

"뭐가 왜야?"

"검색을 왜 했냐고?"

"몰라. 그냥 궁금했어. 미안해."

"괜찮아."

"아니, 그게…… 나는 네가 좋아. 우리는 친구잖아. 내가 썩을 년이야."

"누구 사진이 나왔어?"

베키가 그 사진을 인터넷에 올렸나? 나랑 테라스에 앉아 있는 사진을? 로리가 가짜 DNA 검사 이야기로 그 여자를 퇴치했어도 베키는 즉시 상황을 간파했을 것이다. 어쩌면 우체국 벽에 현상 수배 포스터를 붙이듯이 집에 가서 인터넷 사이트에 내 사진을 올렸을지도.

아니.

"2년도 더 된 사진이었어. 그리어 가족이었나? 지역뉴스 사이트에 실린 사진이더라."

그리어 가족. 언젠가는 돌아올 딸을 기다리며 10년 넘게 딸의 방에 밤마다 불을 켜둔 이들. 딸이 돌아올 때까지. 그 비슷한 일이 생길 때까지.

"네가 좀 더 어렸을 때라는 뜻이지." 탭스가 말을 이었다. "하지만 보면 볼수록 너 같더라. 그리고 정황으로 봐도…….
앱이 유괴됐다가 집에 돌아온 다른 애를 찾아냈다면 우연치고는 너무 지나친 거 아니겠어?"

나는 눈을 감았다.

"어쩔 거야?"

"무슨 뜻이야?"

"일단 내가 선수를 쳐야겠지. 딱 하루만 줘. 그것만 부탁할게. 정리하는 데 필요한 딱 하루만 지나면 너는 아무한테나 알려도 돼."

"내가 뭐 때문에 남들한테 알리겠어?"

"왜냐면…… 내가…… 악질 사기꾼이니까."

"그래서?"

"그래서 사람들이 나에 대해 알게 되면 보통은 비밀에 부치지 않거든."

"나는 그런 사람 아니야."

"그러면 아무한테도 말 안 하겠다는 뜻이니?"

"내가 왜 누군가에게 말해야 돼? 난 너한테 총기협회 해킹한다고 털어놨잖아? 너는 그거 다른 사람한테 알렸니?"

"그건 다른 문제지."

"왜?"

"글쎄. 그냥 그런 거 같아. 나는 유괴당했다 돌아온 아이 행세를 하고 있잖아."

"나는 법을 준수하는 선량한 시민인 척하고 있고. 알겠지, 우린 비긴 거야."

나는 탭스를 바라보았다. 나의 진정한 첫…… 조력자…… 공모자…… 친구?

친구라고 하고 싶다.

페이스북 친구가 아닌 친구.

조심하고 있니?

"어떻게 시작됐는지 알고 싶어? 몇 번이나 했는지? 내가 왜 그랬는지?"

"물론이야. 혹시 내가 눈치 없이 호기심만 많은 미련퉁이 같아서 그래? 정말 나한테 말하고 싶은 거야?"

"응, 말하고 싶어."

36

"진짜 미쳤다." 탭스가 내뱉었다.

공포 영화를 보다가 같이 보던 옆 사람을 지켜본 적이 있는
가? 보고 있으면서도 보기를 거부하는 모습을 본 적 있는가?

하지만 내 이야기는 영화가 아니었다. 썩은 토마토*가 아니
라 썩은 감자다.

썩은 이야기. 썩은 인생. 썩은 나.

토사물처럼 쏟아져 나왔다.

멈출 수 없었다. 숨을 고를 틈도 없었다.

엄마 친구 만나러 갈 거야.

친구가 뭔지 정의해봐, 엄마.

여섯 살짜리 딸을 모텔 주차장에 데려가 팔아먹는 게 무슨
의미인지 말해봐.

그게 뭐 하는 짓인지 말해봐. 엄마가 무슨 짓을 했는지 말해
보라고.

새 엄마 아빠를 소개할게, 탭스. 네 부모님은 영혼 없는 속물

---

*   영화 정보 및 평론 사이트 '로튼토마토'를 말한다.

들이지. 내 옛날 부모는 영혼 없는 소아성애자들이야.

네 입이 지퍼 채운 듯 단단히 잠겨버렸구나. 좋아. 내 입은 검은 실로 꿰매졌었어. 한 땀 한 땀.

외면하지 마, 탭스. 그러지 마. 그래야 할 사람은 나야. 고개를 돌려야 할 사람. 더 이상 고통받지 않게 기억을 깊이 묻어야 할 사람. 거울 속에서 캐런 그리어, 알렉사 콘블루스, 테리 차노, 새러 러들로, 제니 크리스털을 보는 사람. 하지만 나 자신은 보지 못하는 사람.

네가 물었잖아. 그래서 얘기한 거야.

"참 안됐다." 내가 말을 마치자 탭스가 말했다.

"뭐가?"

"전부 다. 네가 겪은 일이. 진짜 끔찍하다."

"진짜 끔찍한 건 나라고 생각하는 사람들도 있어. 내가 자기네들이 오래전에 잃어버린 아이가 아닌 걸 알고 나면."

"그 사람들 입장에선 조금 화날 것 같기는 해."

"처음에는 태도가 전혀 다르거든. 그 사실을 알기 전까진."

"어떻게 다르다는 거야?"

"내가 자기들의 잃어버린 10년을 찾아줬다는 듯이 고마워하지. 내가 잃어버린 삶 전체를 돌려줬다는 듯이."

왜 울어, 베키? 괜찮아…….

그래, 맞아, 이제 괜찮을 거야. 모든 게…….

"지금도 그래? 새 부모는 아무것도 의심 안 해? 널 제니로 생각하는 거야?"

나는 망설였다. 언젠가 우리 패거리가 겨울이 되어 휴장한 워터파크에 잠입했다. 다들 약에 취했고 나는 가장 높은 다이빙 보드로 올라갔다. 하계올림픽 때 뛰어난 다이빙 선수들이 공중회전을 하는 곳이었다. 물 빠진 수영장이 내게 말을 걸었다. 뛰어내려, 조베스, 뛰어내려. 나는 한참을 고민했다.

뛰어내려, 조베스…… 뛰어내려…….

"그 사람들은 내가 자기들이 나를 제니인 줄 안다고 생각하길 바라는 거 같아."

"뭔 소리? 네가 자기들 딸이라고 생각하지 않는다면 왜 네가 자기들이 너를 자기들 딸인 줄 안다고 생각하길 바라는 건데? 맙소사, 조베스…… 이제 너를 이렇게 불러야겠지? 말만 해도 머리가 지끈거린다."

좋은 질문이다.

"네 해킹 실력은 어느 정도야?" 내가 탭스에게 물었다.

이것은 나중에, 우리 둘 다 (a)프리모 보드카 두 병을 마시고 (b)감정 소진으로 곯아떨어졌다가 깨어나 눈앞이 침침하고 어질어질한 상태에서 던진 질문이었다. 적어도 나는 그랬다. 내가 딸이라고 주장하며 찾아간 새 집에서 맞는 첫날 아침에 그곳이 아직도 내가 쫓겨난 지난번 집이라고 믿으며 잠을 깼을 때와 비슷한 기분.

탭스는 한쪽 눈만 뜨며 말했다. "해장술이 필요해."

"뭐?"

"해장술이 필요하다고. 숙취는 술로 풀어야지."

나는 일어나서 오줌을 누러 갔다. 내가 볼일을 끝내는 사이 탭스가 비틀대며 욕실로 들어와 보드카 병에 물을 채웠다. 그 애가 아래층 술 진열장에 그것들을 다시 갖다 두는 소리가 들렸다.

"엄마 아빠는 마시는 것보다 보는 걸 좋아해." 다시 위층으로 올라온 탭스가 설명했다.

해커로서 자신을 어떻게 평가하느냐는 질문은 바로 그때 한 거다.

오늘의 두 번째 고백. 내가 탭스에게 모든 걸 털어놓은 이유가 뭐였을까? 내가 진짜 누군지 그 애가 이미 알고 있어서는 아니었다. 더구나 그 애가 제대로 아는 것도 아니었다. 내가 속을 후련히 털어놓고 싶어서도 아니었다. 그럴 필요는 있었지만 그 때문은 아니었다.

전략적 선택이라고 해야겠다. 아니면 탭스에 대한 엄청난 신뢰인지도.

기억하겠지만 내게는 완수해야 할 임무가 있다.

우리는 친구잖아…….

옳다. 절박할 때 친구가 진짜 친구니까.

"어느 정도 수준이야? 10점 만점에 몇 점……?" 내가 물었다.

"점수를 매길 수는 없어." 탭스가 대답했다.

검정 베레모를 삐딱하게 쓴 체 게바라가 혁명에 동참하기를 촉구하는 듯 나를 응시하고 있었다.

"자, 어서…… 10점 만점이면?"

"힛…… 8점."

"그렇군."

"그리고 0.6."

"좋았어."

"0.8로 할게. 8.8점. 내가 아는 친구 중에…… 미국 중부사령부를 해킹한 애가 있어. 농담 아니고. 그 애가 9점이거든."

"8.8점이라. 그 정도면 충분하지."

"충분하다니?"

"학교는 해킹해봤어?"

"학교?"

"아님 병원이나?"

"무슨 병원?"

"학교 같은 병원. 병원에 더 가깝다고 해야겠지. 그런 곳도 해킹해봤어?"

37

벤의 가운데 이름은 호러스였다. 벤저민 호러스 크리스털.

내가 그것을 기억하고 있어 다행이었다. '벤 크리스털'로는 아무 결과도 얻을 수 없었으니까. '벤저민'이라고 입력하고 나서야 그나마 건질 게 있었다. 세인트루크 센터에서는 정식 이름을 선호하는 모양이다.

우리는 벨모어 도서관에 갔다. 탭스가 순회하는 도서관 목록에 새로 추가된 곳이다. 반쯤 죽어 있던 여자 사서는 우리가 들어가자 벌떡 살아났다. 나이가 여든 이하인 사람을 오랜만에 보았을 거다. 그녀는 스릴러 코너를 지나 사람이 아무도 없는 컴퓨터 쪽으로 가는 우리를 동물원의 동물 구경하듯 지켜봤다.

"있지, 내가 처음으로 빠진 여자가 소녀 탐정 낸시 드루였어." 탭스가 속살거렸다.

탭스는 해커의 필수품 백박스라는 것을 이용해 이동식디스크를 USB 포트에 꽂았다.

"이 장치가 나를 병원 시스템에 들여보내 줄 거야." 탭스가 설명했다. "병원에서 사이버펑크족을 별로 걱정하는 것 같지는 않아."

나는 그 애의 뒤편에 의자를 끌어다 놓았다.

탭스의 손가락이 키보드 위를 날아다녔다. 그 애보다 먼저 어디로 가야 하는지 아는 것만 같았다. 위험하게 속도를 내는 자동차 앞 유리에 붙는 날벌레처럼 숫자와 글자가 화면에 누적되었다.

"이게 다 무슨 의미야?" 내가 소리 죽여 물었다.

"이렇게 들어가는 거야."

허튼소리가 아니었다.

10분도 채 안 되어 우리는 윗부분에 '세인트루크 센터 관리자 포털'이라고 크게 표시된 화면을 보고 있었다. 탭스는 타자를 멈추고 돌아보며 무성한 눈썹을 치켜올렸다.

"이제 뭘 하면 돼?" 탭스가 물었다.

"2007년부터 2008년까지의 환자 기록을 찾아야 해."

그녀는 몇 번 키보드를 두드리더니 눈살을 찌푸렸다.

"깜깜한 동굴 속에 있는 거랑 좀 비슷해. 이쪽으로도 저쪽으로도 갈 수 있지만 일단 가서 부딪쳐보기 전에는 어느 쪽인지 모르는 거야. 그러다 길을 잃을 수도 있어."

벤이 그랬듯이. 나는 일곱 살 벤저민 호러스 크리스털이 톰 소여의 동굴에서 구불구불한 길을 지나는 모습을 상상했다. 그러다 갑자기 길을 잃고 유령이 재잘대는 소리에 둘러싸인 채 암흑 속에서 양손을 허우적거린다. '내 동생도 이런 기분이었을까?' 벤은 훗날 추모 페이지에 이렇게 기록했다. '깊숙하고 컴컴한 동굴 속에서 길을 잃었는데 아무도 찾아주지 않는 기

분……?'

탭스는 한참이나 막다른 길을 헤매고 다녔다. 사서는 보초병처럼 자꾸 순찰을 돌았다. 우리가 포르노에 접속하는지 감시하려는 것 같았다.

탭스는 고개를 들고 사서에게 천진난만해 보이는 미소를 던졌다. 나 같은 애가 조금이라도 규정에 어긋나는 짓을 할 것 같나요?라고 묻는 듯이.

그렇지 않다고 본 모양이다. 사서는 찍찍 소리를 내며 지나갔다. 한 걸음씩 뗄 때마다 그녀의 묵직한 교정용 구두가 찍찍거렸다. 도서관에서는 분명 금기 사항이지만 이제는 규정이 바뀌었는지도 모른다. 도서관은 이미 노인복지관이 된 지 오래니까.

"됐다." 탭스가 속삭였다. "사용자 목록…… 검색 목록…… 해킹해야 할 하위 디렉토리…….'

그녀는 이제 혼잣말을 하고 있었다. 하고 있는 일에 푹 빠져 손가락은 춤을 추고 시선은 화면 아래위로 현란하게 움직였다. 한숨도 여러 번 쉬었다. 욕도 여러 번. "비밀번호가 걸려 있어." 탭스가 웅얼거렸다.

"이게 뭐야?" 나는 세인트루크 센터 바로 밑에 적힌, 내가 모르는 언어를 가리켰다.

Sinite parvulos venire ad me et nolite eos vetare……

"라틴어야." 탭스가 설명했다. "내가 멍청하게도 2학년 때 라틴어를 수강했지 뭐야. 고통받는 어린이들이…… 음, 그러니까…… 나에게 오는 것을 금하지 말라. 그러게, 누가 가톨릭 병원 아니랄까 봐?"

라틴어, 맞아. 그렇지. 나도 한 단어는 안다. 내 왼쪽 허벅지에 선명한 빨간 잉크로 새겨진 글씨. VIDI. 나는 보았다.

그 순간 나는 보았다.

내가 아는 라틴어 단어가 두 개일 가능성을.

VIDI 외에 화면의 다른 단어들과 묘하게 비슷한 형태와 소리를 지닌 단어.

"라틴어일 수도 있지 않을까?"

"뭐가?"

"암호 말이야." 나는 그녀에게 방금 떠오른 단어를 입력해보라고 했다.

"그런가?" 탭스는 어깨를 들썩하고는 다시 키보드를 공략했다. 10초 후 그 애는 경망스럽게 낄낄거렸다. 너무 요란했다. 사서가 우릴 째려봤다.

"내가 라틴어 수업을 듣겠다고 했더니 우리 아빠가 그러더라. '그걸 배워서 어디다 쓰려고? 마르쿠스 아우렐리우스라도 꼬실 생각이냐?'"

"그럴 생각이었어?" 그 애 머리가 화면을 가리고 있었다.

"내 취향은 사포*인걸. 라틴어가 무슨 소용이 있는지 방금 깨달았어. 환자 기록을 여는 암호를 찾는 데 도움이 되는구나.

네가 말한 단어. 라틴어로 '치료'라는 뜻이지. 해결됐어. 그렇게 간단했다니. 참, 너 그걸 어떻게 알았어?"

나는 대답하지 않았다.

화면만 뚫어져라 응시했다. 세인트루크의 환자 기록을 연 암호에 시선이 고정되어 있었다.

L-O-R-E-M.

---

*   고대 그리스의 여성 시인.

38

좋아, 페이스북 친구 1371번. (남자 이름도 여자 이름도 아니었다. 놀랍게도, 놀랍게도, 암호였다.)

내가 왔어.

내 위장이 협조를 하지 않았다. 속이 울렁거려서 비닐봉지가 필요했다.

그곳에 내가 보고 싶지 않은 뭔가가 있는 것 같았다. 내가 봐서는 안 될 것. 나는 주거침입으로 두 번 감옥에 간 적이 있다. 남의 가슴에 상처를 주면서 위태롭게 버티고 있던 가족 속으로 들어간 적도 있다. 하지만 이번에는 진짜 침입이었다. 우리는 세인트루크의 지하실 창문을 깨고 들어간 것이나 다름없었다. 얼굴에 붙은 끈끈한 거미줄을 걷어내며 싸늘한 시멘트 바닥에 가뿐히 착지한 다음 녹슨 서류 보관장에 손전등을 비추는 것이나 다름없었다. 그곳에서 우리는 알파벳순으로 나열된 이름들을 K까지 확인했다.

벤저민 호러스 크리스털.

탭스가 옳았다. 세인트루크는 가톨릭 병원이었다. 동시에 가톨릭 학교이기도 했다(정신적 외상을 겪는 아이들을 위한 학교?).

아니면 가톨릭 학교인 동시에 가톨릭 병원인지도.

가톨릭에 방점이 있다. 의사와 교사 대부분은 '아버지'라 불린다. 이 많은 아버지 중에 제이크가 없었다니 벤도 참 딱하다. 교사들은 아이들에게 ABC를 가르치고 의사들은 아이들에게 데파코트, 토라진, 리시움("엄청 센 약"이라고 탭스가 속삭였다)을 먹인다. 복용량은 바로 벤의 의료기록에 적혀 있다. 그러고 보면 정체를 알 수 없는 고기, 레즈비언 같은 룸메이트(탭스, 미안), 짜증을 달고 사는 사회복지사 등에도 불구하고 소년원은 생각보다 나쁜 곳이 아니었나 보다.

왜 하필 가톨릭 시설이었을까? 크리스털 가족은 그다지 종교적으로 보이지 않았는데. 로리는 예수보다 태닝 기계를 숭배하는 것 같았는데.

그 당시에는 아니었는지도 모른다.

딸이 유괴된 직후라면 절박했을 법도 하다. 무슬림 염주를 쥐고 유대교의 두개모를 쓰고 성모마리아에게 기도하고. 뭐든 못 할까. 나는 그 집 책장에 꽂혀 있던 성경을 눈여겨보았다. 아무리 기도를 해도 소용없음이 명백해졌을 때부터 수년간 펼쳐보지 않았을 책.

벤의 주치의는 크라쿠프 신부였다.

"사제도 정신과의사가 될 수 있나?" 탭스가 속닥거렸다. "별걸 다 하네."

크라쿠프는 외상에 시달리는 여덟 살 소년이 상담실 문 앞에 나타난 순간부터 시작해 시시콜콜한 사항까지 꼼꼼히 기록해

두었다. 그 내용을 읽기 시작하면서부터—둘이서 같이 읽었다
—주위의 모든 것이 사라지는 기분이었다. 컴퓨터 화면, 늘어
선 테이블, 도서관, 그간의 세월이.

　[환자명: 벤저민 호러스 크리스털]

　갑자기 몸이 부들부들 떨렸다. 온몸으로 일렉트릭 슬라이드
춤을 추는 듯이.
　"누가 널 무섭게 하니?" 탭스가 물었다.
　"아니. 제니를 무섭게 해."

39

[환자명: 벤저민 호러스 크리스털]

입소 배경:
부모와 면담을 진행했다. 환자의 동생(제니, 6세)이 집 밖에
서 실종됐다. 유괴가 확실해 보인다. 지금도 실종 상태이며
수사에는 아무런 진척이 없다. 로리 크리스털(환자의 모친)
은 극심한 심적 고통과 정신역동적 죄책감을 느끼고 있다.
그녀가 딸을 혼자 이웃집에 보냈다고 한다. "하느님이 저를
절대 용서치 않을 거예요." 제이크 크리스털(환자의 부친)
은 억압, 위축, 고립 증상을 보인다. 부부 사이의 감정이
확연히 날카로운 상태다.
로리 크리스털에 따르면 환자는 학교에서 계속 말썽을 일
으킨다. 집에 오면 입을 꾹 닫는다. 감정적으로 반응이 없
으며 종종 신체적으로 과격한 행동을 한다.
사건: 환자의 부모가 딸의 부서진 침대를 발견했다. 매트리
스가 뒤집혀 있고 나무 널 몇 개가 박살 났다. 베개는 찢어
져 있었다. 환자는 자기가 한 짓이 아니라고 시치미를 뗐다.

사건: 환자가 학교에서 붉은 페인트를 뒤집어썼다. 운동장에서 다른 아이들과 몸싸움을 벌였다. 학교 이사회는 퇴학을 고려하고 있다. 환자는 이런 행동에 대해 해명하지 않았다.

사건: 환자가 자신의 침대에 실종된 동생의 옷가지를 단정히 펼쳐놓은 것을 어머니(로리)가 발견했다. 그녀에 따르면 매일 아침 등교 전에 자신이 딸을 위해 이런 식으로 옷을 꺼내두었다고 한다. 옷의 색은 달랐지만 제니가 유괴된 날 입은 것과 비슷한 옷이었다고 한다. 부친(제이크)의 생각은 달랐다. "그냥 빨래 바구니에서 아무 옷이나 꺼내놓은 겁니다."(해리성정체장애일까?)

로리에 따르면 환자는 동생이 유괴된 날 아침에 있었던 일을 떠올리지 못한다. 그날의 기억이 '싹 지워졌다'고 한다. 환자는 같은 악몽을 반복하여 꾸며 시달리고 있었다. 독사가 우글거리고 불이 붙은 벽장에 갇히는 꿈이었다. 환자는 이 반복되는 악몽 때문에 공포를 느끼고 있었다. 그는 이 무서운 악몽을 또 꾸게 될까 두려워 수면을 거부한다.

상담 1일차:
벤저민은 눈에 띄게 배타적인 태도를 보인다. (악몽으로 인한) 수면 부족인 듯하다. 겉보기에도 저체중이다. 모친(로리)에 따르면 환자는 동생이 유괴된 이후로 제대로 먹지 않는다. 눈도 거의 맞추지 않는다. 말이 없다. 반응도 없다.

통찰지향 놀이치료를 시작했다.

환자는 블록을 쌓은 다음 쓰러뜨리기를 반복한다. 기계적인 행동이다. 질문을 던지면 단조로운 대답을 한다. 뭘 만들고 있니, 벤? 아무것도 아니에요. 또는, 모르겠어요. 왜 블록을 무너뜨리니, 벤? 그냥 그러고 싶어서요.

동물 모양 장난감을 줘도 관심을 보이지 않는다. 말 모형에는 혐오감을 드러낸다. 만지려고도 하지 않는다. 말은 안 좋아하니, 벤? 안 좋아해요. 왜 말을 싫어하니, 벤? (어깨를 으쓱한다.) 네 동생은 말을 좋아했잖아, 벤? (침묵.)

그림은 공격적이다. 크레용 두 개를 부러뜨렸다. (긴장 완화 기법인가?) 무엇을 그렸는지 불분명하다. 검은 소용돌이뿐. 무얼 그린 거니, 벤? 제니의 방이요. 동생 방을 왜 그렸지? (어깨를 으쓱한다.) 동생 방이 깜깜했니, 벤? 아니요. (환자는 그림을 찢는다.) 그렇게 멋진 그림을 왜 찢었니, 벤? (환자는 대답이 없다.)

퍼즐 놀이에서 환자는 가족의 저녁 식사 장면을 선택한다. 환자는 여동생/딸은 퍼즐에서 빼버린다. 동생은 왜 뺐니, 벤? 여기 없으니까요. 그러면 어디 있지, 벤? 학교에요. 오빠는 집에 있는데 왜 동생은 학교에 있지? 호수에서 헤엄치고 있어요. 다른 가족도 없는 데서 혼자? 친구 집에 놀러 갔으니까요.

"너희 뭐 보고 있니?"

크라쿠프 신부, 여덟 살 벤과 함께 앉아 있는 방에 사서가 들어왔다.

이 여자가 왜 왔지?

우리 어깨 너머로 화면을 보고 있었다. 나는 신부 겸 의사가, 맛이 가버린 여덟 살짜리―페이스북에 반 페이지 길이의 글을 즐겨 올리는 정신 나간 스무 살짜리와 별로 다르지 않은―에게 무슨 일이 있었는지 분석하고 있는 세인트루크 센터의 상담실에 있다가 갑자기 시간의 관문을 통해 빨려 나온 기분이었다. 나는 현재로 돌아와 있었다. USB 포트에 이동식디스크가 눈에 띄게 꽂혀 있는 도서관 컴퓨터 앞으로.

"학교 숙제예요." 탭스가 이동식디스크를 손으로 덮으며 말했다.

사서는 주저하며 우리가 몸으로 가린 화면을 흘끔거렸다.

"그러니?"

"시험 벼락치기 하고 있어요." 그 애가 덧붙였다. "엄청 중요한 시험이에요."

사서는 중요한 시험이라니 이해한다는 듯 고개를 끄덕였다. 그녀가 치른 마지막 시험에서는 깃털 펜을 썼을 것 같았지만.

사서가 돌아갔다.

"휴." 탭스가 이마에서 땀 훔치는 시늉을 했다.

"이제 그만해야 할 것 같아." 내가 말했다.

나는 탭스가 그러자, 하며 조그만 검정 이동식디스크를 뽑아 나와 같이 달아나기를 바랐다. 다시 내가 보고 싶지 않던 것을 볼 것 같은 기분, 내가 저지른 나쁜 짓 때문에 대가를 치러야 할 것 같은 느낌, 벌받는 공간에 들어가 다시는 나오지 못할 것 같은 생각이 들었다.

"쫄기는." 탭스가 놀렸다. "저 여자 눈뜬 봉사 같은데. 그나저나, 벤을 찾는 이유가 뭐야?"

페네베이커가 마지막 메시지에서 **아드님에 대해 몇 가지 여쭤보고 싶습니다. 벤에 대해서요,** 하고 말했기 때문이다. 벤이야말로 전에는 따뜻하고 안락했으나 으스스해져버린 집의 냉점이었기 때문이다. 나의 얼굴 없는 페이스북 친구가 12년 전에 로리와 제이크가 벤을 맡긴 곳을 찾아보라고 했기 때문이다.

두 사람한테 아들을 어디 보냈는지 물어봐.

왜냐하면.

"다들 연극을 하고 있는 이유를 알고 싶어. 그 당시에 무슨 일이 있었는지 밝혀야 해. 그게 벤이랑 관계가 있을 거야."

"벤이랑? 그 애는 겨우 여덟 살이었잖아."

"내가 나타난 날 밤에 그 애가 내 방 앞을 지나가며 비웃었어. 넌 네가 흉내내는 사람이 아니라는 걸 나는 알아. 네가 제니가 아니란 걸 알아, 이러는 듯이."

"그래서? 너 제니 아니잖아."

"그 애가 그걸 어떻게 알았겠어? 어떻게 확신하겠느냐 말이야. 내가 그 애의 추모 페이지를 로그아웃하는 걸 깜빡하기 전이었는데. 어떻게 첫날부터 알았겠냐고? 어떻게 그리 확신했겠어?"

"다시 말하는데, 너는 그 애의 동생이 아니야. 제니는 12년 전에 죽었을걸. 그러니 다시 나타날 리가 없겠지."

"벤은 뭔가 알고 있었어."

벤의 두 번째 상담은 첫 번째보다 더 소득이 없었다.

환자는 말을 하지 않았고 반응도 없었고 비협조적이었다. 모든 게 부정적이었다. 벤은 양손을 무릎에 놓고 창밖을 내다보고 있었다.

여기 마음에 안 드니, 벤?

(반응 없음.)

장난감 갖고 놀래, 벤?

(반응 없음.)

뭐 하고 싶니, 벤?

(반응 없음.)

크라쿠프는 환자가 전위 반응을 겪고 있다고 기록했다. 사실 아는 미친 아이들이 머무는 가톨릭 병원에 벤이 버려졌다는 말의 다른 표현이었다. 병동 간호사는 아이가 불안과 정신적 고통을 표출하며 밤중에 식은땀을 흘린다고 기록했다. 그럴 만도 하다 싶었다. 나 역시 첫날 아침 낯선 침대에서 잠을 깬 순간 비명을 질렀다. 입술의 흉터가 그 증거다.

벤은 사정이 훨씬 나았다. 블록을 갖고 놀자고 졸라대는 이 해심 많은 의사와 어울리기만 하면 됐으니까.

(환자에게 공감, 관심, 신뢰, 치유를 주는 연대감을 형성할 필요가 있다.)

환자는 연대감을 원하지 않았다.

그때나 지금이나. 내가 집에 온 첫날 저녁 오렌지색 안락의자에 뚝 떨어져 앉아 있던 벤이 떠올랐다.

좋아, 벤. 네가 싫다면 우리 그냥 가만히 앉아서 아무 말도 하지 않는 거야. 그래도 괜찮아. 그냥 조용히 앉아 있을 거야. 어때?

벤이 그대로 한 것을 보면 그 제안이 마음에 들었던 모양이다. '오늘은 환자와 더 이상 의사소통이 없었다.' 상담을 마치며 끝부분에 크라쿠프는 이렇게 적었다.

이것 말고도 기록은 분량이 상당히 많았다.

크라쿠프 신부가 던지는 질문에 벤이 대답하지 않는 것을 제외하면 아무 일도 일어나지 않는 상담이 수차례 더 있었다. 벤이 꾸는 악몽에 대한 분석이 많았다. 여러 마리의 뱀과 함께 불타는 벽장에 갇혀 있는 꿈. 벤은 입을 꾹 닫고 무언극을 계속했다.

이 무렵 크라쿠프는 벤이 아동기 외상성 비탄을 겪고 있다고 진단했다.

죽은(또는 실종된) 사람에 대한 대화나 그 사람과 관련된 행동을 회피(예: 말 장난감을 건드리지 않으려 함). 학습에 지장이 생김(예: 학교에서 말썽을 피움—페인트 사건). 멍한 상태(예: 의사소통 거부와 위축). 흥분 수준 증가(예, 침대를 망가뜨림, 친구들과 싸움). 악몽(구체적이고 반복적).

그는 이 항목들을 열거한 체크리스트에 체크 표시를 했다. 캐런 그리어의 엄마가 가족 소풍을 가기 전에 필요한 물품을 점검하는 방식과 비슷했다. 과자. 티슈. 방충제. 과일주스. 일회용 행주. 다만 그리어 가족은 10단 워터슬라이드가 있는 오키도키 놀이공원처럼 신나는 곳에 주로 놀러 갔다. 반면에 벤은 가장 깊은 물속으로만 뛰어들었다.

EMDR……?

크라쿠프가 대문자로 이렇게 적어놓았다. 한참 밑에도 같은 글자가 다시 적혀 있었다. 이번에는 물음표가 없었다.

구글에서 검색해보았다.

"안구운동 민감소실 및 재처리 요법."

"음, 명칭이 모든 걸 설명해주는구나." 탭스가 소곤거렸다.

"환자가 고통스러운 기억을 떠올리고 처리하게 하여 바람직한 해결을 유도하는 심리치료. EMDR 치료에 성공하면 정서적 고통이 감경되고 부정적인 믿음은 다른 형태로 바뀌며 심리적 흥분은 줄어든다. EMDR 치료에서 환자는 외부 자극에 집중하면서 짧고 연속적인 순간에 감정적 고통을 주는 원인을 처리한다. 치료자가 유도하는 측면 안구운동 가운데 가장 흔히 이용되는 기법이다."

"미안." 탭스가 말했다. "사실 무슨 소린지 모르겠다."

그러게.

"일종의 최면 같은데." 내가 소리 죽여 말했다. "벤을 돌려보내는 방법 같아."

"돌려보내다니…… 어디로?"

"심적 고통의 원인으로. 실제 있었던 사건으로."

40

내가 상상한 상황은 이렇다.

입을 꾹 닫은 벤은 멍한 상태로 눈을 내리깐 채 크라쿠프 신부의 방으로 느릿느릿 들어가 어린이용 의자에 털썩 앉았다. 어쩌면 어린이용 의자가 아니었는지도 모른다. 영양 결핍 상태의 벤을 완전히 삼켜버린 보통 크기의 의자였는지도. 소년원 상담실에 있던 엉덩이가 쑤실 정도로 딱딱한 의자였는지도. 아이들에게 주어진 시간은 1인당 15분이 전부였으니 부러 그런 의자를 두었는지도 모른다. 우리를 얼른 들였다가 내보내야만 신속 치료가 가능했으니까.

아무튼, 벤이 있었다.

크라쿠프 신부도 있었다.

구글에 그의 사진이 있나 찾아보았지만 뉴욕에 사는 의사 또는 신부 크라쿠프 가운데 사진이 검색되는 사람은 매디슨가의 임플란트 전문의 한 명이 전부였다. 그래서 나는 크라쿠프를 베키의 남자 버전으로 상상했다. 동네에서 내 뒤를 밟거나 층계를 불쑥 올라오지 않을 때의 그녀처럼 친절하고 다정한 얼굴을 하고 있다.

크라쿠프 신부가 벤에게 말했다: 우리 간단한 놀이를 해보자, 벤.

무슨 놀이요?

기억 놀이.

(반응이 없다.)

동생이 없어졌을 때의 상황을 네가 잘 기억하지 못하는 거 알아, 벤.

(반응이 없다.)

이 놀이를 해서 기억을 한번 떠올려볼래?

(환자는 고개를 저으며 싫다고 한다.)

잘 들어, 벤, 네가 기억을 못 하는 이유는 네 마음이 기억하지 않으려고 안간힘을 쓰기 때문이야.

(반응이 없다.)

우리 마음은, 네가 이해하기 조금 어려운 얘기겠지만 한번 설명해볼게. 우리 마음은 거의 항상 우리의 '친구'란다. 그래서 나쁜 기억이 있으면, 우리를 불편하게 하는 기억, 우리를 슬프게 하는 기억이 있으면 우리 마음은 기억을 막으려고 해. 그래야 우리가 더 이상 슬프거나 불안하거나 화나지 않으니까. 이해하지, 벤?

(반응이 없다.)

그런데 말이야, 가끔씩 우리가 잠을 잘 때 우리 마음은, 음…… 경계를 조금 늦추기도 해. 그런 기분 나쁜 기억을 마냥 가둬놓기는 힘들거든. 물 밑에서 숨을 참고 있는 거나 마찬가지니까. 그래서 우리는 꿈에다 그것을 풀어놓는 거야. 나쁜 꿈이 될 때도 있어. 네가 한동안 똑같은 악몽을 꿨고 그 때문에 잠을 잘 못 잤다는 거 알아. 넌 그런 악몽을 또 꿀까 봐 두렵겠지. 네가 학교와 집에서 말썽을 피운 이유는 슬프고 화가 났는데 선생님이나 부모님이 몰라주기 때문이었는지도 몰라. 네가 그렇게 속상하고 슬프고 화가 난 이유를 네 자신도 모를 수 있어. 그래서 네가 여기 있는 거란다, 벤. 우리는 그 이유를 찾아야 해. 네가 좀 더 행복해지려면. 예전의 벤으로 돌아가려면. 이해하겠니? 내 말 조금이라도 이해하겠어?

(반응이 없다.)

그래서 이 기억 놀이를 하려는 거야, 벤. 무엇이 너를 그렇게 괴롭히는지 알아내려고. 넌 그게 좀 무서울 수도 있어, 벤. 이해해. 너 아플 때 주사 맞으러 병원에 간 적 있지?

(환자가 고개를 끄덕인다.)

그래, 주사 맞는 건 재미없지. 무섭기도 하고 좀 아프기도 한데 누가 맞고 싶겠어? 하지만 주사를 맞고 나면 어땠는지 생각해봐. 열도 내리고 목도 아프지 않고 금방 나았잖아? 그랬던 거 기억나니, 벤?

(환자가 고개를 끄덕인다.)

그래. 그거랑 비슷해. 주사 맞는 거랑. 우리 마음이 원하지 않는 것을 보려면 무서울 수도 있어. 조금 아플 수도 있고. 하지만 좀 지나면 기분이 나아지기 시작해. 더 이상 아프지 않은 거야. 그러면 좋을 거 같지 않니, 벤? 더 이상 아프지 않으면? 이 기억 놀이를 하면서 너는 나한테 하는 말을 많이 잊게 될 거야. 기억 놀이를 한다면서 잊는다고 하니까 좀 이상하겠지만 여기서, 이 상담실에서만 기억을 떠올린다는 뜻이야. 그러면 앞으로 기분이 훨씬 좋아질 거야. 내가 약속할게. 괜찮겠지?

(환자가 고개를 끄덕인다.)

좋아, 그러면. 놀이 방법을 가르쳐줄게. 놀이 이름은 '내 손가락을 따라와'라고 해. 내가 이렇게 네 얼굴 앞에서 손가락을 앞뒤로 움직일 거야, 벤. 그러면 너는 눈으로 손가락을 따라오는 거야. 그래, 잘했어, 그렇게 하면 돼. 알겠지, 그렇게만 하면 되는 거야. 그냥 내 손가락만 따라와. 그게 다야. 계속할 수 있을 거 같지, 벤?

(환자가 고개를 끄덕인다.)

좋아. 그러면 내가 손가락을 앞뒤로 움직일 동안―좋아, 그렇게, 계속 따라오면 돼―너는 요즘 자꾸만 꾼다는 꿈을 떠올리는 거야. 거기서부터 시작하는 거야, 알겠지? 기억이 나면 말이야, 벤, 실제로 꿈을 꿀 때처럼 꿈이 눈앞에 보일 거야. 네가 잠들어서 그 꿈을 처음부터 다시 꾸는 듯이. 그러면 네가 꿈을 꾸면서 느끼는 기분도 함께 느끼게 돼. 지금 꿈을 꾸는 것처럼 말이야, 알겠지?

41

[벤저민 크리스털. EMDR 1회차.]

깜깜해.

밤에 호숫가에 있을 때처럼 가로등도 손전등도 없고 아무
것도 보이지 않아.

하지만 나는 밖에 있는 게 아니야.

그건 알겠어.

나는 안에 들어와 있어.

여기 낡은 옷들이 걸려 있어. 옷이 내 얼굴을 뒤덮고 있어.

옷에서 고약한 냄새가 나.

내가 감기에 걸렸을 때 엄마가 내 가슴에 문지르던…… 좀
약 같은 냄새.

여기가 지하실 벽장 속인가? 거기에 좀약이랑 낡은 옷가지
가 있었는데.

여기서 나가야 해. (가냘픈 울음소리.)

무서워.

문을 열려고 해도 손잡이가 없어. 아무것도 없는 것 같아.

밀어도 열리지 않아.

나는 갇힌 거야.

"날 좀 꺼내줘요!"

어서 문을 열고 나를 꺼내달라고 외치지만 소리가 입 밖으로 나오지 않아. 내가 말을 못 하게 됐나 봐.

뭔가 부스럭대는 소리가 들려.

옷 뒤에서.

그게 무엇인지 보이지 않지만 거기 있다는 건 알겠어. 그것이 기어 다니는 소리가 들려.

"나를 꺼내줘요! 제발……." (신음 소리.)

목청껏 소리를 질러. 하지만 역시 소리는 들리지 않고 조용하기만 해. 옷 속에 숨어 있는 존재만 빼고. 뭔가가 있어.

그 순간 그것이 모습을 드러냈어.

뱀이다.

뱀이 옷더미 밖으로 커다란 머리를 스르르 내밀어. 나를 노려보고 있어.

그 눈, 빛나는 노란 눈. 길고 검은 혀가 날름거리며 나를 후려치고 있어.

나는 문을 쾅쾅 두드려.

"제발요, 엄마, 아빠. 제발 좀 꺼내줘요. 제발……."

뱀이 옷 밖으로 기어 나와. 거대한 녀석이야. 소 한 마리를 통째로 삼킬 수 있다는 남미의 강가에 사는 뱀 같아. 뱀은 벽장 바닥으로 툭 떨어져. 이제 내 쪽으로 기어오기 시작해.

입을 떡 벌린 채…… 커다란 송곳니 두 개가 보여.

"제발…… 안 돼…….”

이제 다른 소리가 들려. 뱀이 또 있어. 옷 무더기 뒤에. 그곳에서 스르르 기어 다니고 있어.

"무서워요…… 도와줘요…… 제발…….”

뱀이 내 몸을 감고 있어. 내 목을 감아.

목을 조르고 있어. 뱀은 싸늘하고 미끈거려. 입을 쫙 벌리고 나를 잡아먹으려 해. 나를 통째로 삼킬 참인가 봐.

숨이 막혀. 숨을 쉴 수가 없어.

뱀이 여러 마리야. 옷 뒤에서 기어 나오고 있어. 옷장 바닥으로 툭 떨어져. 내 쪽으로 다가와.

숨을 쉴 수가 없어…… 숨을, 쉴 수가…….

다른 소리가 들려. 마치…….

누군가 성냥을 긋고 있어.

연기 냄새가 나.

뱀의 눈이 활활 타오르는 것 같아.

벽장이 불타고 있어.

벽장에 불이 붙었어.

"불을 꺼야 돼요! 제발 불을 꺼줘요…….” (비명.)

불길이 나를 휘감고 있어. 뱀을 태우고 있어.

나를 태우고 있어.

"뜨거워요. 아파요. 도와주세요…….”

42

집에 기척이 들린다. 벤의 기척.

벤은 자기 방에 아이폰으로 음악을 틀어놓았다. 같은 악절을 으스스하게 반복하는 전자오르간 소리. 섬뜩한 전자음악 그룹.

해킹 작전을 마무리한 다음 탭스는 이동식디스크를 다시 호주머니에 챙겼다. 우리 둘은 아무 눈치도 채지 못한 사서 앞을 태연히 지나 문밖으로 나갔다. '도서관에서 입 닫고 있기' 규칙을 딱 한 번 따른 셈이다.

밖으로 나왔더니 매서운 한기가 내 안의 공기를 전부 짜내는 것만 같았다. 탭스가 말했다. "진짜 심란한 꿈이었네."

심란할 일은 또 있다. 그날의 상담 이후로는 기록이 없었다. 우리는 아무 내용도 없는 따분한 자료를 전부 꼼꼼히 확인해야 했다. 크라쿠프가 마침내 벤에게 최면을 걸면서 이제부터 슬슬 재밌어지나 했는데 갑자기 뚝 끝나버렸다.

"나도 이상한 악몽을 꾸곤 해." 내가 가만히 말했다. 탭스가 내 말을 듣고 싶어 하기라도 하는 듯이.

벤의 꿈이 아픈 데를 건드렸다.

문이 잠긴 벽장.

벽장에 갇힌 것 같은 기분은 환자의 무력함을 상징한다고 크라쿠프는 기록했다.

동생이 실종되고 가족이 위기를 맞고 자신의 상처는 인정받지 못했다. 어떤 의미에서 그는 잠잘 때 모습을 드러내는 살아 있는 악몽에 갇힌 셈이다. 불은 항상 큰 분노를 상징한다. 자신의 무력함을 인식할 때 느끼는 분노. 지금껏 친구들과 몸싸움을 벌이거나 동생의 침대를 부수는 식으로 표출하던 분노가 이제는 이 반복되는 악몽으로 표현된다.

"기록이 왜 그렇게 갑자기 끝났을까?" 내가 말을 꺼냈다. "그 신부는 벤의 꿈에서부터 시작할 거라고 했는데 나머지는 어떻게 된 걸까?"

"에잇, 환불받고 싶다. 잘 나가다가 뚝 끊기는 넷플릭스 드라마 같잖아."

우리는 잠시 서서 손을 호호 불었다. 우리의 숨이 뒤섞여 하나의 축축한 구름이 되었다. 말없이 비밀 서약을 맺는 기분이었다. 비밀에 대한 비밀 서약.

비밀을 지키고 풀겠다는 서약.

지하실로 가는 문을 열었더니 퀴퀴한 냄새가 훅 올라왔다. 죽음을 연상시키는 냄새.

나는 천천히 층계를 내려갔다. 층계 맨 위 칸에서도 빛은 희미한 오줌 색이었으나 바닥을 알 수 없는 지하의 칠흑에는 비할 바가 못 되었다.

가장 아래 칸 계단을 내려서는 순간 뭔가가 내 얼굴에 와 닿았다. 먼지인가? 아니면 더 나쁜…… 거미줄? 벤은 뱀을 무서워하는지 몰라도 나는 거미가 더 무서웠다. 거미의 섬뜩한 눈을 근접 촬영한 사진을 본 적 있다면 내 말에 수긍할 거다. 하나의 형태가 여덟 개로 바뀌는 만화경을 보는 것 같다.

나는 전등 줄에 부딪쳤다. 줄은 메트로놈처럼 앞뒤로 흔들렸다.

그 줄을 당겼다.

지하실은 절반만 마감이 되어 있었다.

바닥에는 빛바랜 장판이 깔려 있었지만 벽은 곰보 자국이 숭숭 난 회색 콘크리트였다. 여기까지 난방이 되는지는 알 수 없었다. 내 입김이 눈에 보였다.

다른 물건들과 함께.

손님이 아무도 찾아오지 않는 창고 개방 세일 같았다. 그럴 만도 했다. 이딴 물건을 누가 사겠어? 무너진 탁구대. 찢어진 배구 네트 위에 놓인 찌그러진 축구공 두 개. 곰팡이 핀 상자에 수북이 쌓인 온갖 잡동사니. 오래된 옷 무더기.

검붉은색 대형 보일러가 나지막한 트림 소리를 내고 있었고 구석에 놓인 테이블 위에는 오랫동안 손도 대지 않았을 스크루드라이버, 망치, 펜치 같은 연장이 어지럽게 흩어져 있었다. '평범한 아빠의 작업대, 서기 2000년경'이라는 제목의 박물관

전시물 같았다.

보일러 오른쪽에는 지하실 벽장이 있었다.

벤이 악몽 속에서 갇혀 있던 곳.

내 다리가 그쪽으로 다가가기를 거부했다. **벽장으로 가**, 나는 명령했다. 얼른얼른. 하지만 다리는 갑자기 의무를 팽개쳤다.

그것은 고주망태 씨의 실수였다.

그가 다시 농땡이를 부리고 있었다. 나의 확실한 지시를 무시하고 내 머릿속에 다시 사이코패스 둘을 들여놓았다.

그들은 내가 내 발로 벽장에 들어가게 했다.

그래놓고 자기들은 도미노 피자를 게걸스레 먹었다. 주방 TV로 한심한 시트콤을 보며 웃어젖혔다.

너 어디로 가야 되는지 알지…….

그 인간들에게 질질 끌려 들어가는 것보다 백만 배는 더 나빴다—다리를 버둥거리고, 비명을 지르고, 울부짖고, 애원하면서……. 안 돼요, 제발, 싫어요, 어머니, 이러지 마세요—그들의 성질을 돋우면 더 오래 갇혀 있어야 한다는 사실을 깨닫기 전의 일이다.

너 어디로 가야 되는지 알지…….

등 뒤에서 문이 잠기던 벽장 속으로. 곧바로 잠기지 않을 때도 있었다. 그들이 피자를 남김없이 해치우거나 TV 프로가 끝나기 전까지 잠기지 않을 때도 있었다. 자물쇠 딸깍거리는 소리를 기다리면서도 어리석게도 그런 일이 일어나지 않기를 기도한다. 문을 할퀴는 내 손마저 보이지 않는 컴컴한 곳에 갇히지 않기를. 내가 잠을 푹 잘 수 없는 이유는 그 때문인지도 모른다. 어둠에 싸여 있으면 절대로 나갈 수 없는 벽장에 갇혀 있는 기분이 들어서인지도.

TV에 노상 나오는 제2차 세계대전 사진이 있다. 나치가 유대인들에게 자기들이 묻힐 무덤을 파게 하는 흐릿한 흑백 사진. 조만간 일렬로 늘어서서 기관총을 맞고 쓰러져 들어갈 곳. 그런 비참한 사진도 TV에 나온다. 하지만 더 역겨운 것은 그들이 벌거벗은 채 총알이 박혀 쓰러지기 전에 찍은 사진들이었다. 나치가 절대적이고 완벽하고 무심한 권력을 휘두르는, 머잖아 죽게 될 유대인들이 뒤에서 삽질을 하는 사이 담배를 들고 입이 찢어져라 웃고 있는 사진.

너 어디로 가야 되는지 알지…….

두려움을 이용하면 되는데 구태여 힘을 쓸 필요가 있을까?

지금도 그것을 느꼈다. 두려움은 물러가기를 거부했다. 죽은 것들의 냄새를 풍기며 지하에 처박혀 있다. 아무리 거부하고 싶어도 층계를 내려가 그것을 마주해야 할 때가 있다.

벽장이 10킬로는 떨어져 있는 기분이었다.

그곳에 이르려면 경보 선수라도 돼야 할 성싶었다. 4년마다 올림픽에서 볼 수 있는, 꼭두각시처럼 흐느적흐느적 속도를 내는 말라깽이들.

나는 이렇게 생각하기로 했다. 이것은 벤과 제니의 벽장이야. 네 것이 아니라.

그 안에는 곰팡이 핀 감자 포대가 없어. 조베스도 없고.

그러자 갑자기 다리가 움직여졌다.

하지만 벽장문을 열고서는 나도 모르게 긁힌 자국을 찾았다. 어린 소녀가 손톱으로 만든 자국. 내가 영영 떠나기 전에 개수를 세어보았던 자국. 마흔하나, 마흔둘, 마흔셋……

그 자국들은 다른 문에 있다.

다른 집에서 다른 아이가 만든 자국.

여기에는 없다.

지금까지 형광등 불빛은 속이 느글거리도록 쨍쨍했다. 무더기로 걸린 옷가지의 윤곽은 알아볼 수 있었지만 어떤 옷인지는 식별할 수 없었다. 벽장에서 노인 냄새가 났다.

나는 휴대폰 손전등 앱을 켰다.

내가 뭘 하러 여기 내려왔는지, 여기서 무얼 찾는지 알 수 없었다. 아마도 꿈속의 장면이겠지.

독사들일까?

문에 기대고 있는 여덟 살짜리 벤?

아니, 벤은 위층에서 음악을 듣고 있다.

벤의 악몽 속 벽장을 내 눈으로 확인하고 싶었다. 그 애의 악몽. 그리고 나의 악몽을.

하지만 기대는 실망으로 변했다.

그것은 벽장에 있을 만한 물건으로 채워진 지하실 벽장일 뿐이었다.

곰팡내 나는 허접쓰레기. 낡은 우비, 빛바랜 블라우스, 보이스카우트 유니폼(벤이 입던 건가?). 의류 수거함에 진작 들어갔어야 할 옷들. '어머니'와 '아버지'는 수거함에서 내게 입힐 옷을 꺼내 왔다. 얼마 전 다시 나타난 제니의 말이 사실이라면 말이다. 헤스와 클라인은 그 애를 믿지 않지만.

더 이상은 믿지 않는다.

우리는 답이 필요해, 그리고 조만간 답을 찾을 거야.

그래요, 나도요.

바닥에 한 짝만 외로이 남은 검정 장갑이 떨어져 있다. 찢어진 스카프. 구석에는 오래된 가죽 벨트가 똬리를 틀고 있다.

그게 다다.

그것들은…… 없네…….

그것들이…… 뭔데?

알 수 없었다. 나는 무릎을 꿇어야 했다. 지하실에서는, 어느 지하실에서든 하고 싶지 않은 일이겠지만 이 지하실에서는 특히 그랬다. 눈을 동그랗게 뜨고 자세히 들여다보았다.

처음에는 그림자인 줄 알았다. 문과 벽장 바닥이 만나서 생기는 시커먼 웅덩이.

하지만 내가 밀어도 문은 꿈쩍하지 않았다.

내 손톱에서 검은 부스러기가 일어났다. 강력 세정제로도 잘 지워지지 않는 얼룩. 오렌지주스 쏟은 것, 굵힌 자국, 오줌. 내가 소년원에서 취사 당번 때 닦아야 했던 얼룩이었다.

세정제 용기에 표시된, 지울 수 있는 얼룩 목록에 해당되지 않는 물질.

검게 바스러진 나뭇조각.

탄 자국이라 봐야겠지.

불이 지나간 자리에 남는 흔적.

43

"일어났어?"

"어?" 이 대답은 '아닌 거 같아'라는 뜻이다.

힘든 밤을 보냈다.

페이스북 친구와 대화를 나누는 기묘한 꿈. 얼굴을 맞대고. 그는 아빠를 조금 닮은 모습이었다. 얼토당토않지만 어차피 꿈이 다 그런 거 아닌가? 나는 헐렁한 반바지를 입고 소파로 돌아가 다리를 쩍 벌렸다. 아빠는 닉스 팀 경기를 보고 있었지만 나는 그가 날 봐주기를 바랐다. 제발. 아빠. 나예요. 그러자 다시 속이 울렁거렸다. 직접 말을 안 했을 뿐 내가 몸으로 의사를 적극 표현하고 있어서겠지만 그는 나를 슬쩍 봤다가 시선을 돌렸다.

다만 그 사람은 아빠가 아니었다. 어쨌든 꿈에서는 그랬다. 나를 지하로 내려보낸 페이스북 친구였다. 그는 지하실 벽장에 대해 알고 싶어 했다. 화재에 대해서도. 내게 조심하고 있는지 물었다.

그러다 그는 속삭였다. 쉿…… 무슨 소리가 들려.

나도 들었다.

문이 열리고 있었다.

꿈속에서는 금방 장소를 이동할 수 있다 보니 이제 우린 내 방—어쩌면 탭스의 방이었는지도 모른다—이 아닌 세인트루크의 지하실에 와 있었다. 우리가 진짜로 쳐들어간 모양이다.

열리는 문을 보고 나는 공포에 질렸다.

꼼짝없이 잡히게 생겼다.

나는 땀을 뻘뻘 흘리다가 잠에서 깨어 벌떡 일어나 앉았다. 내가 어디 있는지 깨닫기까지 잠시 시간이 걸렸다. 침대에 있다는 사실에 "하느님 감사합니다" 하며 안도했다. 안도감은 오래가지 못했다. 문이 열렸기 때문이다. 내 방 문이었다.

며칠 전 그날 밤처럼.

복도로 비척대며 나가다가 다른 문이 쾅 하고 닫히는 소리를 들었다.

맨발에 닿는 나무 바닥이 얼음장처럼 싸늘했다. 싸늘한 것은 내 몸이었는지도 모른다. 어쩌다 냉점을 발견하고 이 집에 귀신이 들렸다고 선언하게 될지도 모른다.

"거기 누구예요……?"

소리를 질러야 할지 소리를 죽여야 할지 알 수 없어 절충하기로 했다. 적당히 나직한 소리로 물었다.

아무도 대답하지 않았다.

"거기 누구예요?"

복도는 어둑했다. 아래층 블라인드 틈으로 스며든 빛에 꼭 닫힌 침실 문들만 간신히 보였다.

개처럼 헐떡이는 내 숨소리가 잦아들 때까지 기다렸다.

숨을 고를 때까지.

방으로 돌아가 문을 닫고 침대로 다시 기어들어 갔다. 머리 위까지 이불을 덮어썼다. 결국 그렇게 잠이 들었나 보다.

휴대폰이 울릴 때까지.

"일어났어?" 전화 저편에서 누가 흐릿한 소리로 반복했다.

탭스였다.

그 애가 덜컹거리는 소리를 냈다.

"이제 일어났어. 지금 몇 시야?" 이른 아침. 내 방 창문으로 들어오는 어스름한 빛은 딱 구정물 색이었다.

"몰라. 나 밤샜어."

"나도 마찬가지야. 넌 왜 안 잤어?"

"세인트루크 뒤지느라."

"엥?"

"나 다시 들어갔어, 조베스. 참을 수가 있어야지. 벤의 기록이 왜 그렇게 끝났는지 너무 궁금한 거야. 뭔가 수상한 냄새가 나잖아."

"시스템을 다시 해킹했어?"

"잘 들어봐. 맞아, 시스템을 다시 해킹했지."

탭스의 말은 평소보다 빨랐다. 끊길까 조바심 내며 음성메시지를 녹음할 때처럼. 페네베이커처럼.

"벤의 기록은 거기서 끝난 게 아니었어." 탭스가 말했다.

"무슨 소리. 그 뒤에 아무것도 없었어. 우리가 확인했잖아."

"진짜야. 나머지 파일도 있었어. 거기 말고 거기."

내가 그 말을 제대로 알아듣기에 너무 피곤했거나 탭스가 말을 제대로 하기에 너무 피곤했던 모양이다.

둘 다거나.

"다른 곳에 보관돼 있더라는 뜻이야, 조베스. 알아먹겠어? 우리가 침투한 파일에는 암호가 걸려 있었잖아. 다섯 자. L-O-R-E-M. 기억나지?"

물론이지, 탭스. 내가 떠올린 암호인데 당연히 기억나지.

"'치료'라는 뜻이지." 그 애가 말을 이었다. "아주 그럴듯한 암호잖아. 그런데 벤의 나머지 자료는 다른 곳에 보관돼 있었어. 그래서 내가 샅샅이 뒤져야 했다고, 알겠지?"

"왜 그걸 딴 데다 옮겨놨을까?"

"그쪽에 해당하지 않는 자료였으니까. 왜냐면…… 얘, 내 말 좀 잘 들어봐. 다른 암호가 걸린 다른 구역이 있었어. 물론 이번에도 라틴어 암호였고. 뻔하잖아. 그냥 어떤 단어인지만 찾으면 되는 거지. 정신의학 용어 중에 라틴어 단어가 몇 개나 되겠어? 그래서 처음에 거기서부터 시작했어. 처치, 트라우마, 비탄 등등. 어느 것도 먹히지 않더라. 그래서 다른 방향으로 공략했어."

"무슨 다른 방향?"

"가톨릭 용어. 그제야 찾을 수 있었어. 다른 영역을."

"뭔 소린지 모르겠다. 무슨 영역?"

"아무도 볼 수 없는 영역. 그 암호는 라틴어를 몰라도 짐작할 수 있는 단어였어. C-O-N-F-E-S-S-I-O. 이게 암호야. 벤의 두 번째 EMDR 치료 기록이 있던 곳의 암호. 나 조금 전에 너한테 이메일 보냈어. '고해'라는 영역에 있던 자료야, 조베스. 내 말 알아듣겠지? 알겠냐고?"

그녀의 목소리는 끊기기 직전 한껏 팽팽해진 기타 줄을 연상시켰다.

"그 빌어먹을 집에서 당장 나와야 돼."

44

떠나려고 했다.

정말로 그러려고 했다.

옷가지 하나 챙기지 않았다. 그냥 떠나야지.

동트기 전이었다. 들킬 위험은 없다.

아래층으로 내려가서 현관문을 나가 포리스트 대로 쪽으로
건너가는 거다. 어디서나 만날 수 있는 응큼한 트럭 운전사에
게 차를 얻어 타야지. 적어도 올버니에 갈 때까지는 방어를 잘
할 수 있을 거다. 아니면 피츠버그나. 아니면 될 대로 되라지.

여태까지는 가만히 있었지만 이제는 그럴 수 없다.

크리스털 가족에게 작별을 고할 때가 되었다.

제니 크리스털에게도. 그래, 그 애한테도. 자꾸만 내 소매를
붙잡고 늘어졌던 아이. **나를 구해줘.** 너무 늦었어, 꼬마야.

그날 아침 그 아이가 블록 저편에서 걸어오는 모습을 보았
다. 현관을 통과해 층계를 올라 자기 방으로 돌아가는 모습을.

하지만 내 코가 석 자다.

복도는 아직 깜깜했다. 집이 숨을 죽이고 있는 것만 같았다.
장례식에서처럼 검은 천을 뒤집어쓴 채.

한참이나 늦은 장례식.

아멘.

누군가 현관문에 쇠사슬을 걸어두었다.

저것이 걸린 건 딱 한 번밖에 못 봤는데. 기자들이 앞마당을 아수라장으로 만든 날.

그것이 첫 번째 단서였다.

주방 싱크대에 뻔히 보이도록 놓인 제이크의 노트북이 두 번째 단서고.

화면에 다운로드 파일이 보였다.

벤의 나머지 파일.

탭스는 내게 비밀 저장 공간을 만들라고 충고했다. 내겐 컴퓨터(제니의 위시리스트 2순위)가 없으니 2층 컴퓨터에 숨길 공간을 만들어야 한다. 탭스는 그것을 프로그램 파일에 숨기는 요령을 알려주었다. 사진이나 게임 파일에 숨겨야 한다고. 나는 잔뜩 겁에 질렸다.

그랬다, 여기도 소년원과 똑같았다.

그들은 나를 감시하고 있었던 거다.

온라인에서나 오프라인에서나.

"이리 와." 로리가 말했다.

로리와 제이크는 외출복을 차려입고 있었다. 내가 약속에 늦었다는 듯이. 우리 같이 어디 가기로 했었는데 내가 시간을 깜박 잊었다는 듯이.

정말로 갈 데가 있었다.

"우리 호숫가로 갈 거야." 제이크가 말했다. "우리끼리 할 이
야기가 있어."

내가 왜 이 사람들과 같이 가야 하지?

내 발로 벽장에 들어갔듯이 이들의 차 뒷좌석에 순순히 올라
타는 이유가 뭘까? 왜 나의 두 다리를 써서 문을 나가고 진입
로를 내려갔지? 내가 그렇게 길들여졌기 때문이다. 그들이 두
려움을 일으켰기 때문이다.

내가 가지 않겠다고 버티자, 그들은 경찰을 부르겠다고 으름
장을 놓았다.

"내가 먼저 신고하면 되죠."

"경찰이 누구 말을 믿을 거 같니?" 제이크가 차분히 물었다.
"사기 전력이 수두룩한 협잡꾼을 과연 믿어줄까? 새 옷, 새 가
구, 집세 걱정 없는 새 삶 같은 금전적 이익을 위해 타인을 사
칭하다가 감옥에 간 전적이 있는 사기꾼, 비극적인 사건으로
망연자실한 사람들을 노리는 사기꾼을 믿겠냐고?"

그에 반해 이 두 사람은.

착취당한 부모?

이건 수사의문문이다.

협잡꾼, 사칭, 사기꾼…… 한 단어 한 단어가 망치처럼 나를
후려쳤다. 지하실 작업대에서 본 망치가 떠올랐다. 제이크가
그것을 이리저리 휘두르다가 머잖아 나를 묵사발로 만들겠지.
나는 산산조각 날 것이다.

나는 진짜로 그런 애니까. 제이크가 말한 그런 사람이니까.

"얘," 로리가 입을 열었다. 나와 함께 추억의 길을 거닐 때 보여주던 지나치게 환한 미소는 그대로였다. 지금은 그 미소가 내게 따뜻한 설렘 대신 전율을 느끼게 한다는 점이 다를 뿐. "그냥 얘기 좀 나누자는 거야, 알겠지?"

로리가 소파에 사진첩을 꺼내놓던 첫날이 떠올랐다.

그것은 그녀가 새로 찾은 딸과 애틋하게 추억을 되새기려는 노력이 아니었다.

나를 학습시키려는 게 주목적이었다.

다음 날 예정된 친척들의 방문에 대비시킨 것이었다. 이 사람 누군지 기억나, 제니? 이 사람은? 그러면 이 사람은? 내가 기억하지 못하면 로리는 도움을 주었다. 이쪽은 브렌트 삼촌이야…….FBI를 상대할 준비도 시켰다. 누가 딸을 괴롭히면 절대 참지 않는, 딸을 염려하는 엄마처럼 첫날의 취조를 중단시켰다. 그렇게 험한 일을 겪은 아이를 들들 볶으면 안 된다면서.

우리는 호숫가로 향하는 내내 거의 입을 열지 않았다. 집 안의 침통한 분위기도 그곳까지 데려가겠다는 듯이.

제이크는 내게 2층 컴퓨터에 저장된 자료를 전부 읽었냐는 한 가지 질문만 했다. 2007년의 어느 날 아침에 대해 벤이 의사에게 털어놓은 이야기.

"네. 도저히 내려놓을 수가 없더라고요."

45

[벤저민 크리스털. EMDR 2회차.]

등 뒤를 조심해.

팔 때문에 잠에서 깼어. 미친 듯이 가려워서.

뒤를 조심해.

깁스 밑이 근질근질했지만 긁을 수가 없었어. 엄마가 그러
는데 앞으로 4주나 더 하고 있어야 한대. 선생님은 우리 반
아이들한테 깁스 위에다 전부 한마디씩 적게 했어. '어서
낫길 바라'라든지 '네 팔이 불쌍해'라든지. 존은 '계단에서
그만 좀 떨어져라, 빵꾸똥꾸야'라고 적어놨어. 하지만 팔은
엄청나게 무겁고 지독하게 가려웠어.

뒤를 조심해.

아빠가 그랬어. 계단을 내려갈 때는 조심해야 한다고. 나
더러 앞도 잘 안 보고 다닌대. 엄마도 같은 소리야. 제니는
계속 착한 척이고.

"불쌍한 오빠, 기분 좀 풀리게 내가 그림 그려줄게." 그 말
을 듣고 엄마랑 아빠가 이러는 거야. 이야, 동생한테 고맙

다고 해야지, 벤.

내가 계단에서 굴러떨어지는 그림이었어. 계단 맨 위 칸에 서 있는 사람은 누구일까? 웃고 있네. 내가 균형을 잃고 바닥까지 구르기 시작한 곳에 서 있던 사람. 내 기억은 그래. 누가 내 뒤에 서 있던 기분이야.

뒤를 조심해.

아빠한테 말하려고 했어. 누가, 나를 뒤에서 떠민 것 같다고. 그리고 거기엔 딱 한 사람밖에 없었다고. 그랬더니 아빠는 너 무슨 소리를 하니, 네 동생 탓을 하는 거니? 네가 가는 길을 잘 살피지 않았으면서? 그래서 나는 앞은 잘 살피고 있었지만 등 뒤까지 볼 수는 없는 것 아니냐고 했어.

처음이 아니었어.

우리는 지난여름에 호숫가에서 '인디언 길' 놀이를 했어. 내가 정찰대 대장이 되어 함께 독수리 절벽까지 행진했어. 그곳에서는 계곡 전체를 내다보면서 정착민들이 오는지 살필 수 있거든. 제니가 부추기는 바람에 나는 절벽에서 튀어나온 바위까지 걸어갔어. 뒤를 힐끔 돌아봤더니 그 애가 내 바로 뒤에 서 있는 거야. 나를 금방이라도 떠밀 듯이. 내가 죽은 나무의 커다란 가지를 붙잡으며 '너 미쳤니'라고 했더니 그 애는 자기도 거기까지 미끄러졌다는 거야. 땅이 축축하지도 않은데 어떻게 미끄러질 수 있지?

뒤를 조심해.

제이시의 오빠가 그러는데 이제 제니는 그 집에 갈 수 없대. 다른 아이들도 마찬가지야. 제니가 입에 레고를 집어넣어서 제이시가 질식할 뻔했대. 제니는 토니한테도 해꼬지를 했나 봐. 뭔지는 모르지만 분명 무슨 일이 있었어. 하지만 엄마한테 물어봤더니 그 애들이 심술궂게도 없는 일을 꾸며냈다는 거야.

뒤를 조심해.

어느 날 밤에 숨을 못 쉬는 꿈을 꿨어. 잠을 깨보니 어떤 상황이었는지 알아? 숨이 막혔던 이유는 제니가 내 얼굴을 베개로 누르고 있었기 때문이야. 내가 소리를 질렀더니 그 애는 베개 싸움을 시작하려고 그랬다는 거야. 하지만 나는 자고 있었으니까 그건 말도 안 되는 소리지. 가까스로 제니를 밀쳐냈더니 나를 보는 그 애 눈빛에 증오심이 가득했어. 나를 죽이고 싶다는 눈빛.

뒤를 조심해.

독수리 절벽에서 떨어졌다면 나는 죽었겠지. 어마어마하게 높은 곳이니까. 계단에서 떨어져서 죽을 수도 있었어. 엄마가 그랬어. 목이 부러질 수도 있었다고.

제니가 나보다 어리고 여자라는 이유로 엄마 아빠는 그 애에 대한 나쁜 말은 믿으려 하지 않아. 그냥 믿기 싫은 거야. 언제까지나.

뒤를 조심해.

하지만 오늘 아침에는 깜박 잊어버린 거야.

46

벤

학교에서 돌아온 벤은 마리화나 꽁초부터 마저 다 빨았다. 쓰고 버린 콘돔과 찌그러진 버드와이저 캔을 밟고 넘어간 운동장 관람석 뒤에서 잭과 함께 피우다가 남은 것이었다.

마리화나는 기억을 떠올리는 데 도움이 되었다.

그는 일종의 실험을 하고 있었다.

마리화나에 취해 범행 현장으로 들어가기. 엄밀히 말해 범죄는 외부에서 일어났다. 그의 집과 토니 켈리의 옛집 사이의 어딘가에서. 어찌 됐든 그 일은 그의 기억에 없다.

최근에 여기저기서 구멍이 났다. 그가 실제로 해결할 수 있는 문제는 하나도 없었다. 어릴 때 상자에 도로 집어넣는 것을 잊은 직소퍼즐 조각을 찾아 헤매는 기분이었다. 침대 밑에서 나타나거나, 엉뚱하게 플라스틱 〈아이스 에이지〉 캐릭터 장난감들 사이에서 발견되거나. 파란 퍼즐 조각은 하늘이나 바다의 일부였을까?

정신병원—참, 학교였지—을 나온 후 말짱한 정신을 되찾기까지, 그의 감각을 무디게 만든 거대 알약을 떼기까지 한참이 걸렸다.

지금은, 뭐랄까, 안개가 좀 걷히고 있는 기분이었다. 그 애가 나타난 이후로.

실험은 이렇게 할 생각이었다.

마지막 남은 최상급 마리화나로 뇌를 취하게 하고(완료) 동생 방에 들어가(완료) 오래된 기억 저장고가 자극을 받는지 확인한다.

불법 약물의 도움을 받지 않고 같은 것을 시도한 적도 있다. 한밤중에 그 아이가 자는 방을 엿보면서. 침대에 잠든 제니를 보듯 그 아이를 보면서. 그렇게 하면 그가 절박하게 알고 싶어 하는 것을 알아낼 수도 있을 것 같았다.

그 애는 오늘 집에서 나갔다. 이른 아침에 다들 같이 나가는 소리를 어렴풋이 들은 것도 같다. 목소리, 문 닫는 소리, 차가 부르릉대며 진입로를 빠져나가는 소리. 동틀 무렵에 그의 꿈을 방해하면서. 짜증 나는 꿈을 꾸고 있었으니 차라리 다행인지도 모른다. 왠지 낯설지 않은 꿈이었다. 누구나 꾸는, 알몸으로 학교에 가는 꿈처럼. 그런 종류는 아니었지만 과거에 꾼 적이 있는 꿈은 분명했다. 뱀이 우글거리고, 불이 나는 꿈.

어디 보자…….

방이 그때와 다르다는 게 문제였다. 대화면 TV와 어수선한 책상이 없을 뿐 아니라 침대가 분명히 지금과 다른 위치에 있었다. 맞다, 당시에 제니의 침대는 문을 마주 보고 있어서 문을 열면 제니가 그를 바로 노려보곤 했다. 하지만 이 새 침대는 문 옆에 놓여 있다. 이렇게 보니 실험이 제대로 진행되고 있는 것 같다. 방이 어떤 모습이었는지 떠오르고 있었다. 그것은 시작점, 곧 기억의 무대가 될 수 있다.

그는 들어가도 되겠냐는 뜻으로 노크하듯이 문을 이마로 두드렸다.

효과가 있었다. 조금은.

갑자기 떠올랐다, 숨었던 기억이.

뭐지……?

지금 이 순간 그는 분명 숨는 것과는 정반대의 행동을 하고 있었다. 훤한 대낮에 정신 나간 여자애의 침실 한가운데 서 있다. 하지만 그의 기억 속에는 여동생 제니를 피해 숨었던 감각이 분명히 남아 있다.

어디로…… 숨었더라?

뒤뜰 단풍나무 뒤였나? 하나, 둘, 셋, 아빠의 사과나무에서 출발. 아니. 둘은 그 나무를 달리기 본부로 썼다. 이쪽 본부에서 저쪽 본부로 죽기 살기로 맹렬하게 뛰어야 한다. 단풍나무에서 흰 울타리까지. 따라잡히지 않으려고 죽기 살기로.

뒷마당 테라스 밑이었나? 절대 아니다. 벤은 테라스 밑을 들여다보는 것조차 꺼렸다. 그 밑에 뭐가 있는지 어떻게 알겠는가? 쥐가 기어 다닐지도 모른다.

어디가 됐든 그곳은 완전한 암흑이었다. 기억의 부재만큼 깜깜하지는 않았지만 빛의 부재만큼 깜깜했다. 그리고 고약한 냄새가 났다.

그렇다면…….

썩은 잎 냄샌가?

초탄, 겨울이 오기 전에 아빠가 마당에 뿌리던 똥냄새 나는 거름인가?

새똥?

좀약.

누가 바닥에 던지기라도 한 듯 갑자기 선명한 좀약 냄새가 났다. 바로 그의 코밑에서.

죽은 스컹크와 똑같지는 않더라도 비슷한 냄새다. 매년 여름 호숫가로 가는 길에 그 냄새가 훅훅 끼쳐왔다. 차창을 올려도 충분히 멀어질 때까지 한참 코를 싸쥐어야 했다.

지하실 벽장.

잠깐. 그는 헷갈리고 있었다. 꿈에도 벽장이 등장한 것 같은데? 꿈속에서 그는 벽장에 갇혀 있었다.

그렇다면 그가 지하실 벽장에 진짜로 숨어 있던 기억은 왜 떠올랐을까?

둘이서…… 숨바꼭질을 했으니까. 그랬다.

제니랑 벤이랑.

갑자기 갈비뼈 밑에 격렬한 통증이 느껴졌다.

왜일까?

숨는다기보다는…… 잡히는 기분이었다.

어느 해 핼러윈에 벤은 진짜 구속복을 입은 적이 있다. 얼마 못가서 그는 잭에게 그것을 벗겨달라고 사정했다. 숨이 제대로 쉬어지지 않아서였다. 구속복은 팔을 가슴에 고정한다기보다 말 그대로 가슴을 짓누르는 느낌이었다. 산 채로 매장당한 듯이.

숨어 있던 기억도 그와 비슷했다.

머릿속이 핀볼 기계와 같다고 그는 생각했다. 한 기억이 다른 기억을 튕겨내면 그 궤적은 그 특정 기억에 의해 다음 기억으로 연결되었다. 그는 그 과정을 믿어야 했다.

나를 꺼내줘!

문득 여덟 살 때 자신의 목소리가 들렸다. 우연히 발견한 낡은 비디오가 자동으로 재생되듯이. **안녕, 꼬마 벤.**

그날 아침에 그는 그렇게 소리쳤다.

벽장 속에서.

갑자기 문 반대편에 서 있는 듯 그 소리가 또렷이 들렸다.

기억이 번쩍 떠올랐다.

그때 있었던 일이.

47

제니가 내 침대 옆에 서 있었다.

잠이 안 온다고 했다. "일어나, 잠꾸러기야."

"꺼져, 멍청아."

제니는 계속 그 자리에 서 있었다. 꿈쩍도 안 했다. 놀이를 하고 싶다면서.

무슨 놀이?

숨바꼭질.

거추장스런 깁스 밑이 너무 가려워서 나는 꼭두새벽에 이미 잠을 깼다. 엄마는 앞으로 몇 시간 뒤에나 아침 준비를 할 거다. 아직 밖이 깜깜했다. 좋아, 나는 제니에게 대답했다.

우리 지하실로 내려가자.

까치발로. 제니는 엄마와 아빠를 깨우면 안 된다고 했다.

제니가 말했다. "오빠가 숨어야 돼." 평소에는 동전 던지기로 정했지만 제니가 웬일로 술래를 하겠다고 나섰다. 어쨌든 숨는 쪽이 더 재미있다.

좋아.

제니가 몸을 돌려 눈을 감더니 숫자를 세기 시작했다.

나는 벽장으로 숨었다. 뒤쪽으로 들어가면 낡은 옷에 가려져 하나도 안 보인다.

제니가 숫자를 세는 소리가 들렸다. "열여덟…… 열아홉…… 스물……. 준비됐어? 찾으러 간다."

좀약 냄새가 나는 깜깜한 벽장 속에 들어오니 조금 무서웠다. 나는 보일러 뒤편 같은 데 숨는 게 나을 뻔했다고 생각했다.

처음에 제니는 내가 어디에 있는지 몰랐다. 벽장만 빼놓고 여기저기 찾아다니는 모양이었다. 그러면 나는 이 속에 계속 있어야 한다.

마침내 문밖에서 제니 소리가 들려서 나는 숨을 죽였다.

"벤." 제니가 속살거렸다. "그 안에 있어, 벤?"

제니는 계속 그 자리에 서서 내게 그 안에 있냐고 물었다. 나는 결국 들키고 말았다. 더 이상 숨을 참을 수 없어서였다. 숨을 내쉬는 수밖에 없었다.

"잡았다." 제니가 말했다.

"네 차례야." 나는 뒤쪽에서 기어나가기 시작했다. 그 순간, 금속이 달깍이는 소리가 들렸다.

문이 열리지 않았다.

나는 다시 밀어봤다. 그래도 움직이지 않았다.

"장난치지 마, 제니."

벽장에는 낡은 걸쇠가 붙어 있었다. 우리가 이사 오기 전에 이 집에 살던 사람들은 이곳에 보물을 보관했다고 아빠가 그랬다.

우리한테는 그것을 건드리지 말라고 했었다.

"그러니까 재밌니, 제니? 재밌어 죽겠지?"

제니가 걸쇠를 잠갔다.

"문 열어, 등신아."

"싫거든."

"문 열라고 했다."

"잡았다."

"그러면 엄마랑 아빠 깨운다? 넌 1년 내내 벌받을 거야."

"그러시든가."

"도와줘……요!"

지하실에 있는 우리에게 올라오라고 소리를 쳐도 우리가 못 들을 때면 엄마는 이렇게 말했다. "너희들 귀먹었니?" 아니. 이 밑에서는 아무것도 들리지 않을 뿐이다.

제니는 상상 속 친구와 이야기하기 시작했다.

엄마는 그렇게 부른다.

"쉿……."

엄마 말로는 진짜 친구들이 같이 놀아주지 않으면서부터 제니가 그런 짓을 하기 시작했다고 한다. 그냥 친구 한 명을 만들어낸 거다.

"벤이 저 안에 있어……." 제니가 소곤거렸다. 킥킥거렸다.

"문 열어, 제니! 농담 아니다."

"갇혔네……."

"제니!"

"이히." 제니가 속살거렸다. "꼴좋다."

제니가 노래를 흥얼거린다.

"불가에 모두 모여 캠프파이어 노래를 부르자. 노래가 너무 느리다고 하면 섭섭하다네……."

〈캠프파이어 노래〉였다.

우리가 호숫가에서 불을 피울 때마다 부르는 노래다. 가사를 도저히 알아들을 수 없을 때까지 점점 더 빨리 불러야 한다. 원래 그렇게 부르는 노래다. 불이 활활 피어오르고 모두들 깔깔거리고 가사를 알아들을 수 없을 만큼 빨라질 때까지 계속 불러야 한다.

"불가에모두모여캠프파이어노래를부르자……."

"노래 그만해, 바보야."

"노래가너무느리다고하면섭섭하다네……."

나는 땀을 흘리며 문을 쾅쾅 두드렸다.

"불가에모두모여……."

"뭐야? 너 이게 무슨 짓이야?"

다른 소리가 들렸다.

"불가에모두모여……."

"뭐 하는 거야, 또라이야?"

그 소리가 또 들렸다.

무엇인지 알 것 같았다.

무슨 소리인지.

그 소리를 마지막으로 들은 때는 아빠가 나뭇가지를 큰 무더기로 쌓아 그 속에 작게 뭉친 신문지 여러 개를 던져 넣고 호주머니에서 그것을 꺼냈을 때였다.

성냥통을.

성냥 하나를 꺼내 상자 옆면에 긋는다.

"캠프파이어캠프파이어캠프파이어……."

"너 미쳤니, 제니?"

"캠프파이어……."

"그 성냥 내려놔! 내 말 들리냐, 멍청아!"

주방에서 가져온 성냥통. 엄마가 화로에 불을 붙일 때 쓰는 물건. 제니가 성냥을 그은 것이 틀림없었다.

"불가에모두모여……."

"제발 문 좀 열어줘, 제니…… 제발, 내가 이렇게 부탁하잖아……."

벽장 문 바닥 틈에서 뭔가가 깜박거렸다.

불붙은 성냥이었다. 불은 내 엄지발가락 끝에 닿았다가 꺼졌다.

"캠프파이어노래를부르자……."

"너 미쳤니?"

또 하나의 성냥이 문 밑으로 밀려들어 왔다.

"제니, 그만해! 제발 나를 꺼내줘…… 어서!"

"노래가너무느리다고하면섭섭하다네……."

성냥불이 스웨터인지 코트인지 모를 옷에 옮겨붙었다. 연기가 나고 있었다.

"내가 여기서 나가면 넌 죽을 줄 알아. 널 죽여버릴 거야. 각오해⋯⋯."

성냥이 또 들어왔다.

"너 때문에 불났어! 문 열래도!"

제니가 멀어지는 소리가 들렸다.

나를 여기 두고 가버렸다.

"너 어디 가? 돌아와!"

층계를 오르고 있었다. 천천히. 한 번에 한 칸씩. 뒤뜰에서 놀고 있는 우리를 엄마가 부르면 그렇게 발을 질질 끌며 집 안으로 들어갔다. 태엽 장난감처럼 한 발을 제대로 옮긴 다음 다른 발을 느릿느릿 옮겼다.

층계 위에서 문이 닫히는 소리가 들렸다.

"제발! 제니⋯⋯ 제니, 제발⋯⋯ 엄마한테 말 안 할게⋯⋯. 돌아와! 제발!"

나는 연기를 마시고 콜록거렸다.

문 밑의 틈에다 머리를 붙였다. 공기가 절실했다.

허겁지겁 들이마셨다. 심호흡을 하고 다시 문을 두드리기 시작했다.

공기를 또 들이마셨다.

그렇게 반복했다. 위아래로. 문을 두드리고 숨을 쉬고.

성한 팔로 문을 두드렸다. 부러지지 않은 팔로. 깁스를 하지 않은 팔로.

무거운 깁스.

망치만큼이나 무겁다.

그 팔로 문을 치자 통증이 곧장 머리까지 전해졌다. 처음 부러졌을 때보다 백배는 더 아팠다.

못 하겠어. 나는 못 해.

팔이 아파 죽을 것 같았다.

아니. 다른 이유로 죽을 것 같았다. 불 때문에. 문 밑에서 공기를 들이마시려 해도 이제는 공기가 없다. 숨을 쉴 수가 없다.

숨을 쉬어야 하는데.

숨을 쉬어야……

깁스로 다시 문을 두드리기도 전에 울음을 터뜨렸다.

아픔에 겨워 비명을 지르는 내 목소리가 들렸다. 꼭 다른 사람이 내는 소리 같았다. 꼭 팔이 다시 부러지는 기분이었다.

그래도 해야 돼……

다시 문을 두드렸다.

다시. 또다시. 또다시. 또다시. 또다시.

두드릴 때마다 소리를 질렀다. 아파서만은 아니었다. 그곳에 제니의 얼굴이 보여서였다. 내 앞에. 내가 그 얼굴을 짓이기고 있는 기분이었다. "널 죽여버릴 거야." 나는 그 애한테 외쳤다. "죽이고 말 거야."

갑자기 쪼개지는 소리가 들렸다.

마침내 문에 작은 구멍이 뚫렸다. 입을 대고 공기를 들이마시기에 충분한 구멍이다.

문을 다시 쾅쾅 두드렸다. 다시 또다시 또다시 또다시. 깁스로 제니의 얼굴을 뭉개고 있었다. 다시 또다시 또다시 또다시……

한참 동안 팔에 감각이 없었다.

다시 계속했다.

마침내 박살이 났다. 문을 뚫어버렸다. 이제 빠져나갈 수 있을 만큼 큰 구멍이었다.

하지만 아직도 내 앞에 어른거리는 제니의 밉살스런 얼굴을 부수어버리고 싶다. 부수어버리고…….

등 뒤를 조심해.

엄마와 아빠에게 일러바쳐야 할지, 제니가 나를 벽장에 가두고 불을 붙였다고 알려야 할지 고민했다. 그래봤자 이러겠지. 거짓말하지 마라, 벤.

뒤를 조심해.

동생한테 좀 잘해줘라, 벤.

그 애한테는 아무 일도 일어나지 않을 거다. 아무 일도.

제니는 앞으로도 이런 짓을 할 거다.

계단에서 그랬듯이.

그리고 뒷마당에서 나를 토마토 지지대로 밀었듯이. 그때 나는 서른 바늘을 꿰매야 했다.

지금 생각해보니 그날 바다에서 나를 넘어뜨린 건 파도가 아니었다. 이제 알겠다.

누가 밑으로 잡아당기는 느낌이었다. 내가 아무리 몸부림쳐도 놓아주지 않는 느낌. 누가 진짜로 날 잡아당겼으니까. 층계에서 내 뒤에 서 있던 사람이.

독수리 절벽에서도.

뒤를 조심해.

지하실 계단을 올라가는 지금 발에 감각을 느낄 수 없다. 둥둥 떠다니는 기분. '좀비 아포칼립스' 게임에서 총을 맞고 쓰러진 듯이. 내가 죽지 않으려면 상대를 죽여야 한다.

나는 제니의 방 문 앞에 섰다.

문을 확 열었다.

48

벤

환각을 일으킬 수 있는 특정 종류의 마리화나에 대해 들어본 적이 있다.

리세르그산, 곧 멕시코 버섯이나 다른 환각 물질을 조금 섞은 것.

그것의 도움을 받으면 진짜가 아닌 것을 볼 수 있다. 진짜처럼 보이지만 상상력과 마리화나의 산물이다. 그저 잔뜩 취하기만 하면 된다.

제발…….

층계를 올라가는 자신의 모습이 보였다. 스타워즈 잠옷 차림으로.

눈빛이 이글거린다. 폐가 쓰라리다.

동생의 방 문 앞에 서 있는 자신이 보인다. 바로 그곳에. 문이 꼭 닫혀 있다. 문에 골디 그림이 테이프로 붙여져 있다.

그는 그림을 갈기갈기 찢는다.

문을 벌컥 연다.

제니가 비명을 지른다.

"안 돼, 벤! 싫어! 나가!"

하지만 벤은 나가지 않는다. 꿈쩍도 하지 않는다.

가엾게도, 꿈쩍하지 못한다.

"이러지 마, 벤……."

"안 돼."

"제발……."

49

그들은 나를 숲속 빈터로 데려갔다.

초목이 엉킨 숲 한가운데로. 누런 풀이 돋은 작은 빈터를 둘러싼 나무는 이제 모두 헐벗었고 죽은 덩굴은 갈색 밧줄 커튼처럼 매달려 있었다. 일부러 찾지 않으면, 그런 곳이 있다는 사실을 모른다면 발견하기 어려운 곳이다.

묘비는 없었다. 감히 세울 수 없었겠지.

벤이 독수리 절벽으로 가는 길에 여길 지나갈 수도 있으니까. 아니면 어느 여행자가 오지 말아야 할 장소로 잘못 들어설 수도 있으니까. 이 부부는 빈터가 그들의 사유지라고 했지만, 모르는 일이다. 누구나 하이킹을 나섰다가 길을 잃고 방향을 헷갈릴 수 있다.

빈터 정중앙에 오래된 회색 돌이 박혀 있었지만 그것은 풍경의 일부로 그 자리에 아주 오래전부터 존재했을 터였다. 누가 봐도 대수롭지 않게 여길 것이다.

그냥 돌일 뿐.

그 밑에 무엇이 누워 있는지 모른다면.

"가끔씩 이곳에 찾아온단다." 로리가 말했다. "기도하러."

소년원의 양쪽 출입문에는 자동 잠금장치가 있었다.

문이 닫히자마자 단단히 잠긴다는 뜻이다. 경비원들은 특수 열쇠를 각자 회색 열쇠통에 보관했다. 열쇠를 보관하는 열쇠통은 뉴욕 자이언츠나 월마트 열쇠고리에 달린 그들의 집 열쇠, 자동차 열쇠와 섞여 허리띠에 고정되어 있었다. 그런데 남문 바로 오른쪽에 놓인 의자에서 항상 꾸벅꾸벅 조는 오티스라는 경비원은 열쇠를 대개 손가락에 걸고 다녔다. 열쇠를 손에 쥐고 만지작거리면 잠이 잘 오는 모양이었다.

그것이 나를 그 소년원에서 꺼내준 열쇠였다.

오티스의 열쇠.

맨발로 살금살금 복도를 내려가 그의 손을 벌렸다. 누군가 제자리에 갖다 두는 것을 깜박한 수레에 부딪치면서 나는 의도치 않게 소리를 냈지만 오티스의 요란한 코골이 소리가 덮어주었다. 나는 오티스의 펼쳐진 구릿빛 손에서 열쇠를 살그머니 집어 올렸다.

마치 오티스가 내게 가져가라고 내미는 것 같았다. **이봐, 조베스, 어서 가져가.**

두 사람과 함께 빈터에서 호숫가 집으로 이동한 나는 잠긴 문들을 생각했다. 제이크가 앞문을 잠갔는지는 알 수 없었다. 딸깍 소리만 들렸을 뿐.

"우리는 선택해야 했어." 로리가 말했다.

우리 셋은 거실에 둘러앉았다. 제이크와 로리는 소파에, 나는 그들 맞은편의 딱딱한 야외용 의자에 앉아 있었다. 제이크가 집에서 내게 험한 말을 할 때와는 분위기가 달랐다. 지금 우리는 다시 행복하게 재회한 크리스털 가족처럼 모여 있다. 함께 인생게임을 하거나 가족사진첩을 뒤적이거나. 아니면 살인 이야기를 하는 가족.

"우리는 아이를 둘 다 잃을 수도 있었어." 로리가 말을 이었다. "아니면 하나만 잃거나. 선택해야 했지. 넌 이해 못 할 거야. 우리가 그런 선택을 한 이유를."

맞는 말이었다.

"그날 아침에 애들을 발견했어." 제이크였다. "제니 목을 조른 거야. 팔의 깁스로. 아마 그랬을 거야. 벤이 이성을 잃은 거지. 충격에 빠져서 정신이 나간 거야. 제니가 숨을 쉬지 않더군. 내가 심폐소생술을 시도했지만 이미 죽어 있었어."

그 말이 허공을 맴돌았다. '죽었다'. 그 단어에는 잠깐의 침묵이 필요해 보였다.

"벤은 전혀 기억을 못 하더라." 로리가 부드럽게 말했다. "자기가 무슨 짓을 했는지. 트라우마 때문에 그럴 수 있지. 기억이 싹 지워진 거야. 어쩌면 축복인지도 모르지……. 나는 그렇다고 생각하고 싶어. 벤을 위해서 우리는 이야기를 꾸며냈어. 모두를 위해서. 내가 그날 아침에 제니를 이웃에 사는 친구 집에 보냈는데 결국 도착하지 못했다고."

"제니는 그 애를 죽일 뻔했어. 벤을. 벽장 속에 가두고서. 제니는…… 정상이 아니었지……."

"항상 그런 건 아니었잖아." 로리였다. "그 애 문제는 네 살 무렵부터 시작됐어. 하루는 더없이 평범한 어린애였다가—정말 사랑스러운 아이였지, 우리 아기는—다음 날은 전혀 다른 애가 됐어. 갑작스럽게."

평범했어요. 귀엽고 사랑스러운 여섯 살짜리요.

"애가 갑자기 변한 거야." 로리가 덧붙였다.

"왜 그 애를…… 세인트루크에 보내지 않았죠? 다른 곳이나? 다른 아이들을 해치기 시작할 무렵에요?"

제이크는 한숨을 쉬며 손마디를 꺾었다. "의도적 부정, 그게 무슨 뜻인지 아니? 믿고 싶지 않은 것은 믿지 않는다는 뜻이야. 그 애 친구들이 없는 일을 꾸며낸다고, 벤이 이야기를 지어낸다고 생각했어. 어린애들이잖아. 제니도 어린애였고. 누구도 자기 딸이…… 정신이상에, 위험한 존재라고는 생각하기 싫은 법이야."

"당신들이 진실을 밝혔다면 어떻게 됐을까요?"

내가 다른 사람한테 진실을 밝히라는 말을 하는 게 좀 웃기기는 했다. 내가 듣기에도 그랬다.

"그 일이 있고 나서요. 벤의 행동은 정당방위나 마찬가지잖아요?"

"우리가 나중에 벽장을 살펴봤다. 불에 탄 흔적을 확인했어. 그걸 보고 깨달았지. 제니가 성냥통을 자기 방으로 가져갔거든. 벤은 깁스로 문을 부순 게 틀림없어. 그냥 합판이었으니까. 그게 중요한 건 아니지만. 두 가지 끔찍한 선택지가 있었어. 온 세상에 우리 아이 중 하나가 정신병자였고 다른 아이는 살인자라는 사실을 인정하는 것. 열여덟이 될 때까지 아이를 정신병원에 처박아두고 자기가 저지른 죄, 동생을 죽였다는 사실을 한시도 잊지 않게 하는 것. 그렇게 살게 하는 방법이 있었어. 그게 싫다면 이야기를 꾸며내는 수밖에. 벤을 위해서. 세상을 위해서. 그 애를 구하고, 우리를 구하기 위해서였다. 집밖으로 나갈 때마다 두 괴물을 낳은 부모라며 우리에게 손가락질을 할 사람들로부터. 우리는 덜 비루한 선택을 했고 그 선택에 따라 살아온 거야."

"하지만 벤을 멀리 보냈잖아요. 1년 동안……."

"그 아이가 말썽을 피웠어." 로리가 대꾸했다. "폭력적으로 굴어서 학교에서도 퇴학을 당하게 됐고. 그 아이가 괜찮을 거라 생각한 우리가 어리석었지. 그날 아침 일을 다 잊었으니까 됐다고 생각했어. 괜찮아질 줄 알았어. 여느 아이들처럼 어린이 야구 리그 활동을 하고, 학교에 다니고. 우리는 뭔가를 해야 했어. 그 애를 그냥 집에 둘 수는 없었다고."

"가톨릭 정신병원을 골랐죠." 내가 말했다. "사제들이 의사 노릇을 하는 곳이요. 만약의 경우에 대비한 거죠. 아닌가요?"

제이크는 나를 보고 눈을 가늘게 떴다. 내가 그 사실을 안 다는 것이 당황스러운 모양이었다.

탭스가 전화로 뭐라고 했더라?

C-O-N-F-E-S-S-I-O.

EMDR 치료 때 벤이 기억을 떠올렸다면 그의 얘기를 듣고 그곳 의사들은 금방 상황을 파악했을 거다. 하지만 경찰에게 달려가지는 못했다. 고해 내용은 보호받아야 하니까. 고해 때 생긴 일은 고해로 머무르는 거 아닌가? 사제들은 발설을 할 수 없다. 더구나 교회는 비밀 유지에 매우 능하다. 그런 선례는 얼마든지 있다. 즐겨 보는 인터넷 뉴스 사이트에서도 교회가 최근에 내놓은 얄미운 사과를 찾아볼 수 있다.

"그 애는 겨우 여덟 살이었어." 제이크가 말했다. "더구나 정신안정제에 취한 상태였다고. 벤이 최면 상태에서 무슨 말을 했겠지. 의사들이 모여서 그 말이 사실인지 아닌지를 두고 회의를 했다니까. 그들이 뭐라고 진단했을까? '망상적 소망성취'라더군. 아이들은 부모든 동생이든 누군가 죽기를 소망한다는 거야. 아빠가 게임기를 사주지 않거나 동생이 더 큰 아이스크림을 차지한다는 이유로. 그러다 아빠가 교통사고로 죽거나 동생이 수영장에서 익사하는 등 바라던 일이 실제로 생기면 아이들은 자기가 죽였다고 생각하는 거야. 그걸 정말로 믿는 거지. 제니는 실제로 벤을 헤치려 했어. 그건 더 나쁜 상황이지. 벤은 보복을 하고 싶었던 거야. 그런데 제니가 어느 날 이웃집에 놀러 가다가 사라졌어. 그래서 벤은 머릿속에서 이야기를 꾸며냈지. 하지만 의사들은 벤에게 우리 이야기를 믿게 했어. 그 사람들한테는 우리 이야기가 훨씬 더 그럴듯하게 들렸을 테니까. 그곳을 나온 벤은 더 이상 학교 친구들을 때리지 않았다. 제니 방을 부수지도 않았고. 그냥 평범한 마리화나 중독자가 된 거야. 그렇게 끝났다고."

"페네베이커가 나타나기 전까지겠죠."

침묵.

"그 사람에 대해 어떻게 알았니? 그 사람이……?" 로리가 말을 하다 말았다.

제이크가 문장을 이었다.

"좋아, 그래. 페네베이커였지." 제이크는 유난히 거슬려서 도저히 삼킬 수 없는 음식물을 뱉어내듯 그의 이름을 말했다. "네 말대로 그 작자는 별로 유능하지가 못했다. 처음에는. 2년 전만 하더라도 우리한테 사건이 아직 오리무중이라고 했었지. 그러다 은퇴하고 조지아로 가더니 슬슬 활동을 시작하더라. 서둘러서. 그 일을 내려놓을 생각이 없었던 거야. 다시 이 사람 저 사람 만나고 다녔어. 사건 기록을 전부 다시 검토하고. 미해결 사건 형사들이 다 그렇겠지만. 지금은 공식적으로 은퇴했으니 꼭 자기가 나서야 할 일도 아닌데 말이야. 그 사람은 골프도 안 치나 봐. 어쩌면 세인트루크에 사람을 심어뒀는지도 모르지. 너랑 같은 파일을 손에 넣은 것 같으니까. 그건 알 수 없지만. 여간 끈질긴 사람이 아니었어. 끊임없이 전화를 하더라. 하루에 세 번이나 할 때도 있었어. 벤에 대해 알고 싶다면서. 그 인간은 오로지 벤만, 벤 하나만 파고들더군. 우리는 쫓기는 기분이었다. 협박당하는 기분이었어. 우리가 꾸며낸 이야기가 위협을 받았으니까."

"그다음이 나군요."

"그다음이 너야." 제이크가 동의했다.

나. 그들이 호숫가로 데려온 사람. 그날 아침 그들은 제니의

시신을 이곳에 묻은 다음 서둘러 집으로 돌아가 거짓말을 뿌리기 시작했겠지.

"너는 하느님이 보내준 선물 같았어. 분명히. 페네베이커를 단념시켜야 했는데 마침 네가 나타났지. 제니가 집에 온 거야. 우리 애가 돌아왔다고. 기적이 일어난 거야. 우리한테도, 벤한테도 좋은 일이었지. 페네베이커는 더 이상 전화를 하지 않았어. 협박이 끝난 거지. 행운이 찾아온 거야. 방금 무슨 소리 들었니?"

나무 사이로 부는 바람 소리 같았다. 제이크는 창문 쪽으로 다가갔다. 잠시 창을 내다보더니 어깨를 으쓱했다. 그는 다시 돌아와 로리의 옆자리에 앉았다.

"위층 컴퓨터에 있던 파일," 제이크가 말을 이었다. "세인트 루크의 환자 기록 말이다. 어떻게 손에 넣었니?"

"해킹했어요." 파일을 다운로드한 다음에 탭스의 이메일은 지워버렸다.

"그러니까 그걸 본 사람이 너 혼자라는 뜻이니?"

"네."

제이크가 로리를 보고는 다시 나를 쳐다보았다.

"좋아."

나는 이미 궁금한 건 다 물어봤다. 이제 한 가지만 남았다. 가장 중요한 질문.

"그래서 이제 어쩌려고요? 나를 여기 왜 데려왔죠?"

"벤이 집에 있어서." 로리였다. "너랑 차분히 이야기를 나눌 곳이 필요했어. 옆방에 벤을 두고 하기엔 곤란한 얘기니까."

"이 일은 우리끼리 비밀로 하는 게 피차 좋을 거다." 제이크가 말했다. "벤 이야기는 절대 밖으로 새어 나가서는 안 된다는 뜻이야. 그 애가 동생한테 한 짓 말이다. 지금은 안 된다. 네가 또 사기를 치고 있다는 사실도 아무도 알아서는 안 돼. 이제 너는 어린애가 아니잖아. 이 일로 감옥에 갈 수도 있어. 그러니까……."

"그러니까?"

"그러면 너도 힘들어지겠지. 너는 오랫동안 우리랑 떨어져서 온갖 일을 다 겪었어. 네가 우리를 떠난 시점으로 돌아가서 다시 가족이 될 수는 없지. 너는 노력했어. 우리도 할 만큼 했고. 그래도 힘들었잖아. 너는 더 이상 여섯 살 제니가 아니야. 지금은 12년 전이 아니지. 넌 다 컸어. 그래서 떠나기로 마음먹은 거야. 서해안 쪽으로 갈 수도 있겠지. 확실히 정하지는 않았겠지만. 앞으로 계속 연락해도 돼. 아쉽지만 이제 우리는 적어도 네가 살아 있다는 건 아니까. 언젠가는 우리가 다시 가족이 될지도 모르지. 아닐지도 모르고."

그래, 문은 잠겼다. 하지만 영원히 잠긴 것은 아니다. 출구가 있었다.

"그 FBI 요원들. 나더러 거짓말쟁이래요."

제이크는 어깨를 들썩했다. "네가 떠나고 나면 상관없지 않을까? 널 지명수배하지는 않을 거다. 뭐 하러 그러겠어? 사소한 사실 몇 가지 숨긴 거? 의심스러운 말 몇 마디 한 거?"

"벤도 내 정체를 아는 거 같던데요."

제이크가 코웃음을 쳤다. "벤 걱정은 접어둬라."

"알았어요. 그래요. 떠날게요."

"입단속 확실히 해야 한다. 미안하지만 그건 이 자리에서 분명히 약속해라. 서로 약속 지키는 거다, 알겠지?"

'어머니'의 바늘이 남긴 상처 하나하나가 욱신거리는 기분이었다. 타는 듯이 아팠다.

"물론이죠."

됐지? 입 꾹 닫는다.

50

2층에서 시간을 죽이고 있었다.

"나는 이 근처에서 몇 가지 할 일이 있어." 제이크가 말했다. "여기서 기다리고 있거라. 나중에 차로 집에 데려다주마. 거기서 네가 짐을 다 챙기면 공항에 데려다줄게."

알았어요.

2층 다락방에 컴퓨터가 있었다.

'캔디 크러시'를 했다. 레벨 3까지 가느라 목숨 다섯 개를 다 썼다. 나는 이미 다섯 개의 삶을 잃었지만 말이다. 캐런 그리어, 알렉사 콘블루스, 테리 차노, 새러 러들로.

제니 크리스털.

쫓겨나기 전에 컴퓨터에서 늘 하던 것을 하고 싶어졌다. 마약에 끌리듯 충동이 생겼다. 엄마도 멀쩡한 정신으로 지내는 게 지겨워질 때마다 비슷한 충동을 느꼈을 거다.

이제 너는 어린애가 아니잖아. 이 일로 감옥에 갈 수도 있어.

맞다, 나는 더 이상 어린애가 아니었다. 소년원에서 감방생활도 할 만큼 했다, 참 고맙게도.

미안해요, 엄마. 이 집안과도 결별할 시간이다. 더 이상 내게 다른 어린 시절은 없다. 더 이상 다른 아이 행세는 하지 않을 거다. 이렇게 맹세한다.

뭐, 아닐지도 모르고.

나는 벤을 생각했다. 그 애가 저지른 죄를 생각했다. 그 애 부모가 벤을 위해 한 행동을 생각했다. 그 애는 괴물이었을까? 그 애 부모가 괴물이었을까? 벤은 철저히 혼자라고 느낀, 진짜 위험에 빠진 아이였다. 나는 공감할 수 있었다. 그 애의 부모야말로 추악한 선택을 한 정신 나간 인간들이었다.

한 아이를 잃느냐, 둘 다를 잃느냐.

그래. 그랬겠지.

협박 얘기, 감옥 얘기가 나와서 말인데.

벤의 파일은 보관해둬야 할 것 같았다. 당연하지 않나? 일종의 보험으로. 혹시 모르니까.

나는 탭스가 시키는 대로 비밀 공간을 만들었다.

바로 여기 묻어둬야지. 호숫가 집의 컴퓨터에. 누군가가 묻힌 곳과 가까운 곳에. 필요하면 찾을 수 있는 곳에. 임의의 프로그램 디렉토리 깊숙한 곳에 새 파일을 만들어두는 거다. 암호도 걸어두고. 까먹지 않게 간단한 것으로 골라야 한다.

그러면, J-E-N-N-Y P-E-N-N-Y는 어떨까?

좋아.

컴퓨터가 허락하지 않는다.

숨바꼭질을 하다가 자신이 숨으려던 장소에 이미 숨어 있는 다른 아이를 발견한 적이 있는지? 그 아이가 내게 썩 꺼지라고 한다. 미안하지만, 여긴 내 자리라고.

컴퓨터에는 이미 비밀 공간이 있었다.

그 암호도 이미 사용되고 있었다.

J-E-N-N-Y P-E-N-N-Y.

그래. 암호가 나를 이끄는 곳으로 들어갔다. 이쪽으로. 그 파일을 클릭했더니 그 애 사진이 나왔다. 제니의 사진. 피자가게 앞 전봇대에 붙어 있던 포스터 속 제니. 1학년 때 찍은 제니의 사진이었다.

제이크는 그 사진을 왜 숨겨뒀을까? 나는 제이크라고 추측했다. 제니페니는 그가 제니에게 붙인 별명이니까.

차마 볼 수 없어서겠지. 그래서일 거다.

이렇게 오랜 시간이 흘러도 여전히 아픈 거다.

그날 밤 로리가 꺼낸 사진첩에는 먼지가 쌓여 있었다. 어쩌면 제이크는 이따금씩 다락으로 올라가 혼자 딸의 사진을 봤는지도 모른다. 자신의 죽은 딸 앞에서 맘껏 울기 위해. 혼자서. 로리에게 그 모습을 보이지 않으려고.

나는 그랬기를 바랐다. 그러자 제이크가 조금 마음에 들었다. 그가 나를 제니페니라 부른 순간들이 연극이라기보다 소망처럼 느껴졌다.

나는 그 사진을 확대하기 위해 클릭했다.

느닷없이 다른 사진들이 튀어나왔다.

수백 장의 사진이.

목구멍에서 올라오려는 구역질을 애써 삼켜야 했던 그 순간에도, 사진 속에 뭔가를 숨길 수 있다는 탭스의 말이 떠올랐다.

문이 열렸다.

"할 일이 두 가지 더 있어." 제이크가 말했다. "그걸 끝내고 나서 떠날 거야."

나는 고개를 끄덕였다. 머리를 움직이는 데만도 남은 기력을 전부 짜내야 했다. 비명을 지르지 않는 데 안간힘을 써야 했기 때문이다.

"컴퓨터 쓰고 있네?" 제이크가 물었다.

나는 고개를 끄덕였다.

책상이 문 맞은편에 놓여 있어 컴퓨터 화면은 그쪽을 등지고 있었다. 제이크에게는 보이지 않았다. 그는 미적거렸다. 책상 앞으로 돌아와서 내가 뭘 보고 있나 확인하고 싶었겠지. 진짜 그럴 작정 같았다.

"트위터 좀 확인하고 있었어요." 내가 말했다.

그는 문 앞에 그대로 서 있었다.

"그래. 그러면 나중에 하지 뭐."

그가 층계를 내려가 집 뒤편으로 나가는 소리를 들으며 기다렸다.

나는 구토를 했다. 컴퓨터 위에. 러그 위에.

휘청거리며 의자에서 일어섰다.

조금 전에 제이크가 나간 문으로 나갔다.

층계를 내려갔다.

사진을 봤다.

그 사진들.

제이크의 사진들.

나는 현관문을 나가 숲속으로 달려갔다.

토사물로 뒤덮인 컴퓨터. 그것을 끌 생각은 미처 하지 못했다.

51

벤

그는 운전을 하고 있다는 사실도 의식하지 못했다.

도로를 흘끔 살폈다. 뉴욕주 고속도로를 따라 늘어선 허옇게 빛바랜 방음벽, 톨게이트 한두 곳.

그는 다른 것을 보고 있었다.

몇 번이나 빗방울을 없애려고 와이퍼를 작동시킬 뻔했다. 비도 내리지 않는데.

'호숫가에서 허드렛일 좀 해야 해. 저녁 때 보자.' 엄마가 문자메시지를 보냈다.

차에 올라타고도 어디로 가야 할지 알 수 없었다. 집에서 달아나고 있었다. 그뿐이었다. 다른 집으로 향하고 있음을 깨닫기까지는 얼마간 시간이 걸렸다.

괴물을 보고 자살하는 것을 막기 위해 모든 사람이 안대를 써야 하는 드라마를 넷플릭스에서 본 적이 있다. 괴물을 보기만 해도 스스로 목숨을 끊게 되는 것이다.

벤이 그랬다. 괴물을 보지 않고 자신을 죽이지 않으려 안간

힘을 쓰고 있었다.

몇 번이나 핸들을 틀어 방음벽에 돌진할 생각을 했다.

2초면 모든 게 끝날 텐데.

그는 계속 달렸다. 스쳐가는 도로표지판에 애써 집중했다.

올버니 180km.

오버룩 모텔 10km.

로킹호스 목장 다음 모퉁이.

제니의 방문에 붙어 있던 그림 속 골디는 파란 당근을 먹고 있었다. 제니는 골디의 이름에서 첫 글자를 거꾸로 썼다.

그는 지나가는 파리를 노리는 거미처럼 고속도로 갓길에 웅크리고 있는 주 경찰차를 지나갔다. 덮치기 전까지는 꼼짝도 하지 않는다.

여기요, 경찰 아저씨, 저랑 얘기 좀 할래요?

제니가 다시 상상 속 친구에게 말을 걸고 있었다.

침실 문 저편에서.

나 예뻐요? 정말로요?

그는 고속도로의 점선을 울타리로 생각했다. 그는 그 안쪽에 머물러야 했다. 한쪽에는 그, 다른 쪽에는 방음벽이 있다. 그렇다면 벤이 정면충돌할 때 나는 소리가 없어질지도 모른다. 경찰은 앞 유리를 통해 소리 없이 터지는 불꽃을 보게 된다.

연기는 지금도 그의 폐 속에, 눈 속에 가득하다. 이제 불은 그의 내면에서 타오르고 있다.

속도를 확인하자. 할 일이 필요하니까. 주행거리계의 숫자가 차츰차츰 증가하고 있었다.

84킬로…… 85킬로…… 86킬로…….

잠들기 전에 먼 길을 가야 한다. 영어 수업 시간에 읽은 시구다. 그는 눈을 감기 전에 멀고 먼 길을 가야 했다. 그래야 더 이상 안 볼 수 있다. 제발.

그는 동생의 방 문을 열었다.

안 돼, 벤!

문을 열었더니 그곳에 제니가 있었다.

제발, 벤! 안 돼!

문을 열었더니 그곳에 제니와 아빠가 있었다.

나가!

제니와 아빠였다.

한 침대에. 벌거벗은 채로.

아빠가 괴롭히고 있었다. 제니를. 제니가 비명을 지르지 못하도록 입을 막고 있었다. 아빠는 팔로 제니의 입을 눌렀다. 제니의 목을 조르고 힘을 주었다.

안 돼, 아빠…… 제발…….

벤은 깁스한 팔을 들어 올렸다. 그 장면을 눈앞에서 영원히 차단하고 싶었다. 아빠가 제니를 해치지 못하게 하고 싶었다.

세상이 깜깜해졌다.

칠흑같이 깜깜했다. 아무것도 없는 듯이 깜깜했다. 죽음처럼 깜깜했다.

기억은 그렇게 끝났다. 그것이 끝이었다.

52

내가 어디를 달리고 있는지 알 수 없었다.

그건 중요하지 않았다.

숲 사이로. 전력을 다해.

나뭇가지가 내 얼굴을 때렸다. 가시가 내 바지를 찢었다. 나는 나무뿌리에 걸려 넘어졌다.

나는 멀티태스킹 중이었다. 달리는 동시에 생각하고 있었다. 생각하는 동시에 달리고 있었다.

그날 밤, 그가 소파에 앉아 있는 나를 볼 때 날벼락 치듯 엄습한 역겨움.

그것은 '아버지'의 표정이었다.

'아버지'와 '어머니'는 비디오카메라를 꺼내 내게 포즈를 취하게 했다. 다리를 좀 더 벌려…… 그래…… 잘한다…….

제이크는 그날 밤에 닉스 경기를 보고 있었다. 내가 다리를 벌리자 그는 나를 보았다. 똑같이 역겹고 끈적끈적한 시선으로. 토할 것 같았다.

똑같이 역겨운 사진들. 나는 구역질을 했다.

어느새 노란 풀이 돋은 빈터에 도착했다. 비틀거리며 회색

돌을 지나갔다.

조용히 기도했다. "미안해, 제니…… 미안해…… 편히 잠들어……."

애도했다.

그 애를. 나를. 이제는 다를 게 없다.

다시 달리기 시작했다.

빽빽한 나무 사이로 들어갔다. 심장이 두방망이질 쳤다.

그 애 문제는 네 살 무렵부터 시작됐어. 하루는 더없이 평범한 어린애였다가 다음 날은 전혀 다른 애가 됐어. 갑작스럽게.

네 살 때. 뭔가 달라졌다. 제이크가 잠자리에서 제니에게 더 이상 이야기책을 읽어주지 않고 자기 이야기를 지어내기 시작했을 무렵. 로리와 벤이 깊이 잠들어 있을 이른 아침에 제니를 찾아가기 시작했을 무렵.

그는 마지막 날 아침에도 제니를 찾아갔다. 제니가 숨바꼭질을 하다가 오빠를 지하실 벽장에 가둔 다음에.

갇혔네, 제니는 그날 아침 상상 속 친구에게 속삭였다. 꼴좋다…….

그리고 벤에게 불을 붙이려 했다.

제니가 나를 죽이려 했다고요. 베개에 얼굴을 눌려 잠을 깬 날 아침에 벤은 그렇게 말했다.

나는 이해해, 제니. 정말로. 진심으로.

매일 밤 성적 학대를 당한 것은 벤이 아니었다.

그는 신기하게 학대를 피해갔다.

제니의 친구 토니, 제이시도 언제 괴물이 나타날까 두려워하지 않고 곤히 잠들 수 있었다.

제니는 자신을 괴롭히는 사람에게는 반격할 수 없었다. 제이크에게는. 그것은 허락되지 않았다. 망가진 마음은 그것을 허락하지 않았다. 보복은 다른 사람들에게 해야 했다. 가까이 있는 아이들에게.

토니가 뭐랬더라? 너는 난폭했어. 나와 제이시한테 물리적으로 해를 끼쳤다고.

이곳의 나무들은 좀 더 굵었다. 가지들이 엉망으로 얽혀 있다. 옆구리를 찌르는 날카로운 바늘이 느껴졌다. 한 땀, 두 땀⋯⋯.

뱀들.

크라쿠프는 벤의 꿈에 등장한 뱀에 대해 구태여 해석하지 않았다. 사제에게는 큰 의미가 없는 상징성이었는지도 모른다. 적어도 복사 소년들을 강간하는 사제가 아니라면.

뱀은 남자의 성기를 의미한다. 꿈 해석 책에도 그렇게 나온다.

이 순간까지 내가 울고 있다는 사실을 인식하지 못했다. 숲을 지나오는 내내 눈물을 펑펑 쏟았는데. 흑흑 소리를 내면서. 내 얼굴은 콧물과 눈물, 긁힌 상처로 엉망이었다.

그 순간 소리가 들렸다.

나는 엉킨 가지와 뿌리를 딱, 우지끈, 툭 부러뜨리고 있었다.

그러는 사람이 또 있었다.

먼저 내 소리가, 몇 초 뒤에 다른 소리가 들렸다. 메아리처럼.

톰 소여의 동굴 속도 아닌데.

그가 나를 뒤쫓고 있었다.

나는 다시 걸었다. 발목이 접질렸다. 다시 발딱 일어섰더니 고통이 전류처럼 내 다리를 훑고 지나갔다.

더 빨리 움직여야 했다. 더 빨리 더 빨리 더 빨리. 하지만 속도가 떨어지고 있었다.

나무 사이로 빛 한 점이 보였다.

그쪽으로 다가갔다.

숨을 헐떡이며 옆구리를 틀어쥔 채 비틀거리다가 나는 하늘을 똑바로 올려다봤다. 마치 천국을 향해 달려가는 듯이.

정말 그랬다.

나는 낭떠러지에 서 있었다. 독수리 절벽에.

제이크가 덤불에서 튀어나와 돌아가는 길을 막고 섰다.

"이 징그러운 강간범아."

이번에는 크게 소리 내어 한 말이었다. 나는 악을 썼다.

"딸 강간범. 제니 강간범."

그 말이 내 입에서 튀어나왔다. 분노가 북받쳐 쏟아낸 말이었다. 오로지 제이크를 겨냥한 말은 아니었다. '아버지'와 '어머니'도 여기 있었다. 그들이 보이냐고? 나는 그들에게 그들이 한 짓을 알리고 있었다. 마약 한 봉지와 바꿔 온 어린애에게 한 짓. 벽장 속의 소녀, 누더기 입을 한 소녀, 침대에 묶인 소녀, 자라서 다른 누구도 아닌 조베스가 되고 싶었던 소녀에게.

"당신은 아빠 자격이 없어……. 당신이 그 애를 망쳤어, 당신이 그 애를 죽였어……. 당신 짓이잖아……."

"그럴 의도는 아니었어. 그건 사고였다고." 제이크가 침착하게 말했다.

아니…… 뭐라고?

제이크가 그 애를 죽였다는 말인가? 제이크가, 벤이 아니라?

나는 아이의 내면을 살해한 것에 대해 그에게 분노를 쏟아낸 것이었다. 제니의 가냘프고 순수한 영혼을.

하지만 그는 아이를 실제로 살해했다.

제이크가 한 짓이다.

"로리한테는 벤이 죽였다고 했지. 이렇게 오랫동안 벤한테 누명을 씌운 거야."

제이크는 대답조차 하지 않았다. 그의 눈은 주위를 살피고 있었다. 굵은 나무들…… 절벽의 평평한 지형…… 가파른 경사.

그리고 지금, 뒤로 돌아선 순간 나는 여기서 나갈 수 있는 유일한 통로가 막혔다는 사실을 분명히 깨달았다. 내 분노는 다른 감정으로 바뀌었다. 두려움으로. 펄펄 끓던 분노가 돌연 뼛속까지 얼리는 공포로 바뀌었다.

"안타깝네……." 제이크가 말했다.

벼랑 끝까지 거리가 얼마나 될까? 다섯 걸음도 안 돼 보였다.

"컴퓨터를 열어봤더라. 네가 그걸 봤더군. 나는 그 애를 사랑했어. 그 애도 나를 사랑했고. 우리 관계는 특별했다고."

나는 경악했다.

"그게 사랑이라고?"

"넌 이해를 못 하겠지."

"나도 잘 알아. 나도 특별한 관계가 뭔지 안다고. 내 부모도 더러운 강간범들이었거든. 나도 당했으니까."

"제니는 나를 사랑했어."

"선택의 여지가 없었잖아. 그 앤 겨우 여섯 살이었어. 전부 당신 잘못이야."

제이크는 고개를 저었다.

"망할. 네가 정말 그 컴퓨터에는 손대지 않기를 바랐다. 빌어먹을……." 그가 됐든 내가 됐든 어느 한쪽이 사고를 내거나 당하게 될지도 모를 순간이었다.

독수리 절벽은 어마어마하게 높아…….

"입단속 잘할게. 당신 말대로."

제이크가 코웃음을 쳤다. "잘도 그러시겠네."

"그게 피차 이익이잖아. 당신 말이 맞아. 나는 감옥에 가고 싶지 않아." 목숨을 구걸하려니 기분이 이상했다. 다른 것에 대해서는 얼마든지 애원하며 살았다. 음식, 돈, 잘 곳, 깜깜한 벽장에 가두지 말라고, 침대에 묶지 말라고, 트레이닝복을 입은 낯선 사람을 내 방에 들여보내지 말라고. 이번에는 정말 진지한 애원이었다.

"미안하지만 나도 마찬가지거든." 그의 얼굴이 붉었다. 무성한 덤불을 헤치며 내 뒤를 쫓아와서만은 아니었다. 자신이 지금 하려는 행동 때문이었다.

"제발⋯⋯."

"쉿⋯⋯." 그가 내 쪽으로 다가왔다. 얼굴은 상기되고, 두 눈은 가늘어지고, 팔은 포옹을 하려는 듯 앞으로 뻗고서.

처음으로 새 집에 갔을 때 나는 그들을 피했다. 그들이 뻗은 팔을 쌩하니 지나쳐 지하실로 내려갔다. 그곳에 숨어 겁에 질린 채 몸을 오들오들 떨었다. 몇 번이나 그렇게 했다. 대부분 그들은 내 목덜미, 잠옷 칼라를 붙잡고 다시 침대로 끌고 갔다. 거기에 묶어놓고 강간했다.

죽을 것 같은 기분이었다. 매번. 이제는 진짜 죽음이 기다리고 있다.

그의 손에 붙잡힐 것이다.

이제 곧.

제이크는 내 허리띠를 잡았다. 루스벨트필드 쇼핑몰에서 로리가 사준 것이었다. 그는 거기다 손가락을 단단히 밀어 넣고는 나를 힘껏 뒤로 밀쳤다. 내 뒤통수가 딱딱한 바위에 부딪쳤다. 고통이 척추를 타고 내렸다. 그는 나를 벼랑 끝으로 끌고 가고 있었다.

나는 저항했다.

젖 먹던 힘까지 짜내어.

그들이 억지로 내 턱을 쳐들어 입을 꿰매던 그날 아침 세면대 앞에서 그랬듯이. 그들이 지하실의 슈퍼맨 만화책과 함께 쌓여 있는 곰팡이 핀 골판지 상자 뒤에서 나를 끌어낼 때 그랬듯이. 나는 슈퍼투명소녀가 아니었다. 그런 순간에 나는 만화책 속에서 슈퍼맨이 곧장 날아와 불타는 집의 소녀를 구하듯 나를 구해주는 상상을 했다.

하지만 슈퍼맨은 나타나지 않았다.

단 한 번도.

만화책 속 영웅을 믿을 나이는 훌쩍 지난 열여덟 살에 지구에서 한 마지막 생각은 바로 이랬다. 내가 허공으로 날아갈 때 슈퍼맨이 튼튼한 두 팔로 나를 안아주러 날아오고 있다고.

내가 떨어져 죽기 직전에 그가 나를 향해 날아오고 있었다고 정말로 맹세할 수 있기 때문이다.

그 후의 이야기

델마와 루이스.

미네소타로 가는 머나먼 길에 나는 몇 번이나 그 영화 얘기를 했다. "나는 둘 중에 어느 쪽이야?" 탭스가 물었다. "그런데 그 둘은 결국 절벽 위로 날아가지 않나?"

"맞아."

우리는 오하이오를 절반쯤 지나고 있었다. 탭스의 낡아빠진 파란 머스탱으로 덜루스까지 갈 수나 있을지 의문이었다. 나는 가능성이 50 대 50이라고 보았다. 차는 끊임없이 툴툴거렸고 심하게 덜컹거렸다. 잘은 몰라도 나보다 살짝 나은 상태였달까.

마지막 통행료는 갈비뼈 네 개 골절, 쇄골—해부학 문외한들이 빗장뼈라 부르는 뼈—균열이었다. 여기저기 기괴하게 뒤틀린 다른 뼈도 몇 개 있었다. 몸속에 철심 네 개를 박았다. 이제부터 공항 보안 검색대를 지날 때마다 그 사실을 알려야 한다. 아니면 라텍스 장갑을 낀 교통보안국 직원의 손에 알몸수색을 당해야 한다. 하지만 가까운 시일 내에 비행기 탈 일은 없을 것 같다.

"델마," 내가 용감한 루이스에 좀 더 가까운 것 같아 그렇게 불렀다. "다시 한번 고맙다."

나는 탭스에게 자동차 여행에 대해 고마움을 표시한 거였다. 나를 거둬주고 보살펴주고 그럭저럭 제 기능을 하는 인간으로 돌려놓은 데 대해서는 이미 여러 번 감사를 표시했다. 그녀의 부모님에게도. 내 악명 덕분에 사람들이 내게 꽤 관심을 보였다. 두 사람의 '영혼 없는 속물들'도. 솔직히 내가 보기에는 꽤 괜찮은 분들 같았지만. 남들의 부러움을 사고 싶은 사람들 입장에서는 나를 돌보는 것이 최고로 돋보일 수 있는 선택이 아니었을까? 탭스의 아빠는 저녁 뉴스에까지 나왔다. "조베스는 잘 지내고 있지만 지금은 기자분들을 만나기 어렵습니다."

이렇게 덧붙였으면 좋았을 텐데. 영원히 만날 수 없을 겁니다. 이유는 설명하기 힘들지만요.

헤스, 클라인과의 만남은 피할 수 없었다. 이번에는 진짜 '아버지'와 '어머니'에 대해 털어놔야 했다. 하지만 나는 그들에게 혼란을 주려고 구라를 적당히 섞었다.

"별말씀을요, 루이스." 앞 유리로 쏟아져 들어오는 늦은 오후의 햇살에 눈을 찡그리며 탭스가 대답했다.

"됐어, 조베스라고 불러줘."

이제 나는 입양될 나이도 아니고 하니 누가 내 진짜 이름을 큰 소리로 불러주는 게 좋았다. 조베스가 되지 않기 위해 별짓을 다 하며 살았지만 이제는 그 아이와 웬만큼 화해했다. 쉬운 일은 아니었다. 영원히 서로를 경계하겠지만 더 이상의 유혈사태를 방지하기 위해서라도 화해가 필요했다.

이쯤 했으면 충분한 거 아닌가?

죽은 나무뿌리가 아니었다면 나도 사망자 명단에 이름을 올렸을 거다. 어쩌면 13년 전에 벤이 독수리 절벽에서 떨어지지 않으려고 붙잡았던 바로 그 나무인지도 모른다. 그렇다면 크리스털 가족 나무라 불러야 할까 보다. 가짜 가족도 그 지분을 주장할 수 있는 나무.

한 10초쯤 나무를 붙잡고 있었다. 자유낙하를 멈추고 튀어나온 바위에 착지하기에는 충분한 시간이었다. 나중에 사진을 보니—인터넷에 퍼진 새로운 사진들—바위는 움푹 팬 형태에 가까웠다. 어쩌면 보는 각도의 차이였는지도 모른다. 바위 선반은 울퉁불퉁한 나무뿌리로부터 적어도 6미터는 아래에 있었다. 덕분에 내 몸속에 네 개의 철심이 박히고 꼬박 3주간 화장실에 갈 때마다 탭스의 도움을 받아야 했다.

절벽에서 생긴 일은 뉴스 기사, 탭스, 내 증언으로 재구성되었다. 내 몸속에 메타돈(methadone)이 투약되고 있음을 알게 된 순간 나는 다른 진통제로 바꿔달라고 고래고래 소리를 질렀다. '메' 자만 안 들어가면 뭐든지 상관없다면서. 엄마를 중독시킨 마약이 '크리스털 메스(crystal meth)'라는 것을 안다면 내 심정 이해할 거다.

제이크는 독수리 절벽에서 나를 밀쳤다.

조베스 즉, 진짜 나는 제이크 크리스털이 친딸을 강간하는 사진 384장을 발견했다. 조베스(일명, 제니. 하지만 지금 그녀의 이름이 무엇인지는 중요하지 않다)는 그 집에서 도망쳤다. 제이크가 그 애를 쫓아왔다. 그 애를 궁지로 몰았다. 밀어뜨렸다.

그리고 제이크는 독수리 절벽에서 몸을 던졌다.

스스로 목숨을 끊었다.

그런 죄를 짓고 살 수는 없으니까. 자기 딸 제니에게 지은 죄. 제니 시늉을 한 여자애한테 지은 죄. 기타 등등…….

나를 향해 날아왔던 그 사람은 슈퍼맨이 아니었다. 제이크였다. 곧장 바닥으로 추락했다.

그렇게 된 거다.

딱 한 가지.

사실이 아닌 부분이 있다.

제이크가 자살했다는 부분.

이건 비밀이다. 알지? 당신과 나, 벤만 알아야 하는.

앓는 소리를 내지 않고 움직일 수 있게 된 날, 나는 탭스의 차에 실려 그 집에 물건을 가지러 갔다. 탭스에게 듣기로 로리는 내게 사준 옷을 전부 가져가라고 했다. 내가 가져도 좋다고. 나는 탭스 옷을 빌려 입고 있었지만 앨리스 쿠퍼 티셔츠, 메탈리카 탱크톱, 노란 플라스틱 꽃이 붙은 나팔바지에 슬슬 염증이 나던 참이었다.

나는 탭스가 돌아올 때까지 차 안에서 기다렸다. 몸 상태가 안 좋다는 핑계를 또 우려먹으면서. 그 집에 들어가고 싶지 않았다. 그때 다른 사람이 모습을 드러냈다. 벤이 테라스로 나와 차에 타고 있는 나를 지켜보고 있었다. 내 기억에 그가 썩 꺼지라는 표정을 짓지 않기는 이번이 거의 처음이었다.

'거의'라고 했다.

비슷한 표정을 독수리 절벽에서도 본 것 같아서다.

그때 나는 거꾸로 매달려 있었기 때문에 그냥 착각이었는지도 모른다. 하지만 내가 바위 위로 떨어지는 사이, 벤이 자기 아빠 바로 뒤에 서 있었다고 맹세할 수 있다. 그 애는 연민 비슷한 감정이 담긴 표정으로 나를 응시하고 있었다.

그리고 몇 초 후, 제이크가 내 뒤를 따라 굴러떨어졌다.

지금 벤의 표정은 그때와 같았다.

나도 알아. 나도 이해해. 뭐 이런 표정.

그래서 나도 비슷한 표정을 지어 보였다.

나도 알아, 벤. 안다고. 나도 이해해.

진심이었다.

구글맵스에 따르면 롱아일랜드에서 미네소타까지는 1927킬로미터다. 내리 달리면 열여덟 시간 반이 걸린다.

중간에 멈추고 싶지 않았다. 조금만 틈이 생겨도 돌아가고 싶어질 것 같아서였다. 하지만 나는 기진맥진했다. 우리는 모텔에 들러 옥외 자판기에서 사 온 팝콘을 먹으며 넷플릭스로 〈델마와 루이스〉를 보았다.

두 주인공이 절벽 위를 달리는 마지막 장면에서 나는 눈물을 흘렸다.

한없이 강인한 친구와 한없이 다정한 친구.

운전을 하던 탭스는 느닷없이 내게 커서 뭐가 되고 싶은지 물었다.

내가 이미 다 컸다는 사실은 우리 둘 다 알고 있었다. 시간이 얼마 남지 않았다는 뜻이다. 어쨌든 나는 잠시 생각을 해보았다. 하루하루 살아남으려고 아등바등하느라 모든 시간을 소진하지 않아도 되면 놀랍게도 그런 고민도 할 수 있다. 비로소 다음 해를 생각할 수 있다. 그다음 해도. 그리고 그 시간—남은 인생을 말한다—에 어떤 가치 있는 일을 할지 생각할 수 있다.

"글쎄, 그림과 관계있는 일…… 미술 치료 같은 거. 힘든 일을 겪은 아이들을 돕고 싶어."

"그거 참 멋지다, 조베스." 탭스가 말했다. "진짜로."

맞아, 나도 그렇게 생각한다. 멋진 일이야.

하지만 먼저 해야 할 일이 있다.

그 집까지 1킬로미터도 채 남지 않았을 무렵 내가 말했다. "나 돌아가고 싶어, 탭스."

"벌써 다 왔는걸."

"그래. 그게 문제야. 벌써 다 왔는데 도저히 용기가 안 난다는 거."

"못 할 게 뭐 있어."

나는 J. 페네베이커에게 연락했었다.

모든 상황이 정리된 후에 그에게 전화했다. 제이크를 찾아헤매던 로리가 나를 바위에서 구조하고, 뒤이어 경찰과 구급차가 나타나고, 15분에 걸쳐 충격적인 뉴스 기사가 발표된 후에. 페네베이커에게 그가 옳았다고 말했다. 절반만. 제니는 그날 아침 토니 켈리의 집으로 놀러 가던 길에 유괴당한 것이 아니었다. 살해당한 것이었다. 하지만 죽인 사람은 벤이 아니었다.

페네베이커는 그 사실을 잘못 알고 있었다.

나는 그에게 다른 이야기도 했다.

"아저씨가 내 페이스북 친구였죠. 로렘이라는."

"인정."

"왜 그랬죠?"

"왜 그랬냐고? 짧게 설명할까, 길게 설명할까?"

"지금 온몸에 깁스를 하고 있거든요. 시간이 많아서 주체를 못 하겠네요."

"알았어. 사실 나는 네가 나타나기 전에 진실을 거의 밝혀냈어. 그래서 조사를 중단했지. 네가 받으리라 믿고 전화를 한 거야. 전화 받을 사람은 너밖에 없다고 생각했으니까. 내가 그동안 미안했고 다시는 전화하지 않겠다고 전해달라고 했었지. 그런데 그때 문득 이런 의심이 드는 거야. 그것도 직업병이겠지만. 상황이 너무 완벽해 보이는 거야. 그러니까 그 부부 입장에서 말이지. 타이밍도 그렇고. 그래서 너를 조사하기 시작했어. 그렇게 어렵지 않더라. 네가 본인이 주장하는 사람이 아닐지도 모른다는 사실을 밝히는 게."

"그러면 왜 저한테 귀띔하지 않았어요?"

"100퍼센트 확신하지 못했으니까. 더구나 넌《피플》표지에도 실린 유명인이잖아. 나는 곧 연금을 타기 시작할 은퇴 형사고. 그래서 조사에 너를 이용해야겠다고 생각했어. 대신에 너의 안전은 지켜줘야 했지. 최소한 너한테 경고는 해야 했어. 그 집에서 거짓말을 하는 사람이 너 혼자만은 아니라고. 정확히 누구인지는 몰라도 거짓말쟁이는 또 있다고. 결국 내가 너의 안위를 지키는 데는 실패했구나.”

“저야말로 악질 사기꾼이잖아요.”

“인생은 상대적인 거란다. 내가 경찰 생활을 하면서 체득한 가장 중요한 교훈이지. 너는 사기꾼이 맞지만, 네 행동은 용서받을 여지가 있어. 어쨌든 그들은 더 나쁜 사람들이고. 적어도 제이크는, 결국 훨씬 나쁜 인간으로 밝혀졌지.”

상상도 못 했다. 페이스북 친구가 진정한 친구였다니.

“어쨌든 전화해줘서 고맙다.” 페네베이커가 말을 이었다. “너를 찾느라 많은 시간을 쏟았거든. 음…… 네가 아니라 네가 이름을 빌렸던 그 애라고 해야겠지. 얼른 회복하렴, 알겠지?”

작별 인사를 하기 전에 나는 그에게 한 가지 부탁을 했다.

내가 전화한 진짜 이유는 그것이었다.

“아저씨는 누구든지 찾아낼 수 있으시죠? 끝내주게 유능한 형사니까요.”

그가 껄껄 웃었다. “그럴지도. 누구를 찾고 싶니?”

나는 그에게 이름을 알려주었다.

그는 시간을 오래 끌지 않았다. 한 주도 걸리지 않았다.

하지만 내가 그녀에게 연락을 할지 말지 망설이다가 2주가 더 지나갔다.

할까. 말까. 할까.

회신을 받고도 나는 하루 반나절 동안 읽지 않았다. 의사가 보낸 나쁜 검사 결과 대하듯 나는 메일을 노려보았다. 열어보면 나는 끝장이라는 듯.

결국 그것을 클릭했다.

'정말 너니?' 그녀는 이렇게 썼다. '너를 얼마나 찾았나 몰라. 몇 년이나.'

나는 울음을 터뜨렸다. 컴퓨터 앞에서. 도리질을 치며 아기처럼 울부짖었다.

답장을 썼다. 주저하다가.

그녀는 눈 깜박할 사이에 또 답장을 보냈다.

우리는 그렇게 연락을 주고받았다.

연락이 대화가 되고 대화는 계획이 되었다.

그녀는 6년 전부터 약을 끊었다. 조금의 여지도 두지 않고 단호하고 완벽하게. 그녀는 다른 중독자들을 상담하는 일을 하고 있었다. 좋은 집도 있고, 심지어 좋은 남자와 살고 있었다. 나도 만나고 싶어지는 사람이었다.

그녀에게 유일하게 없는 것은 마음의 평화였다.

오래전 싸구려 모텔 옆에서 저지른 용서받지 못할 죄 때문이었다.

하지만 지금 내가 해야 할 일이 바로 그것이다.

용서.

헤스와 클라인이 다시 연락을 해왔을 때 나는 그들에게 '아버지'와 '어머니'에 대해 사실대로 털어놓을 수밖에 없다는 사

실을 깨달았다. 그러면 결국 그들의 관심은 그녀에게로 향하게
될 거다.

지금은 그렇게 되기를 원치 않는다.

내가 그곳으로 가고 있으니까.

"저기야." 탭스가 말했다. "웨덜리가 95번지, 맞지?" 탭스는
그 집 건너편에 차를 멈춰 세웠다. 현관문까지 이어진 진입로
를 따라 장미 덤불이 늘어선 회색 판벽 집이었다. 내 위치에서
는 장미에 달린 가시가 하나도 보이지 않았다. 그저 화사하고
아름다운 분홍 꽃들뿐.

나는 뭉그적거렸다.

"들어가 볼 거지?"

나는 고개를 끄덕였다.

"내가 같이 가줄까?" 탭스는 안전벨트를 풀었다.

"아니. 이제 안 도와줘도 혼자 걸을 수 있어."

나는 차에서 내려 길을 건넜다. 다리를 절룩거리며 장미 덤
불을 지나 현관문 앞에서 심호흡을 했다.

딩동.

문을 여는 여자를 나는 못 알아볼 뻔했다. 촉촉하고 다정한
눈이었다. 그녀의 팔은 이미 나를, 자신의 딸을 보듬으러 앞으
로 뻗어 있었다.

마침내 집에 돌아왔다.

안전한 집으로.

옮긴이 **김효정**

심리학과 영문학을 전공했다. 글밥 아카데미 수료 후 현재 바른번역 소속 번역가로 활동하고 있다. 옮긴 책으로는 《누군가는 알고 있다》, 《굿걸》, 《인형의 집》, 《스토커》, 《옆집의 살인범》, 《죽음을 보는 재능》, 《내 이름을 잊어줘》, 《더 키퍼》 등이 있으며, 계간지 《우먼카인드》와 《킨포크》 한국어판 번역에도 참여하고 있다.

세이프

초판 1쇄 2021년 11월 25일

지은이 | S. K. 바넷
옮긴이 | 김효정

발행인 | 문태진
본부장 | 서금선
책임편집 | 허문선   편집 4팀 | 박은영 허문선

기획편집팀 | 한성수 임은선 이보람 송현경 박지영   저작권팀 | 정선주
마케팅팀 | 김동준 이재성 문무현 김혜민 김은지   디자인팀 | 김현철
경영지원팀 | 노강희 윤현성 정헌준 조샘 최지은 조희연 김기현
강연팀 | 장진항 조은빛 강유정 신유리

펴낸곳 | ㈜인플루엔셜
출판신고 | 2012년 5월 18일 제300-2012-1043호
주소 | (06619) 서울특별시 서초구 서초대로 398 BnK디지털타워 11층
전화 | 02)720-1034(기획편집) 02)720-1027(마케팅) 02)720-1042(강연섭외)
팩스 | 02)720-1043   전자우편 | books@influential.co.kr
홈페이지 | www.influential.co.kr

ISBN   979-11-6834-005-3 (03840)